世界最終大戦 3
全世界同時大戦

◆

羅門祐人

コスミック文庫

この作品は二〇一八年九月・二〇一九年二月に電波社より刊行された『世界最終大戦（5）（6）』を再編集し、改訂したものです。

なお本書はフィクションであり、登場する人物、団体等は、現実の個人、団体、国家等とは一切関係のないことを明記します。

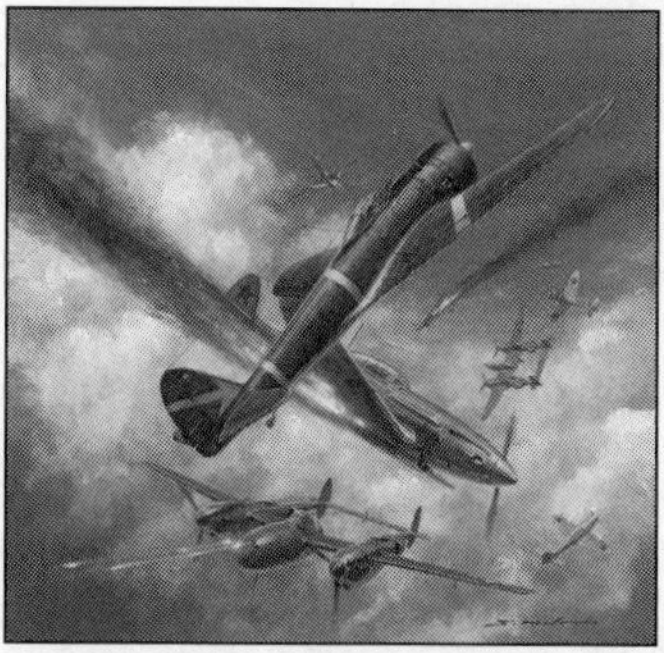

目　　次

第一部　全面反攻！

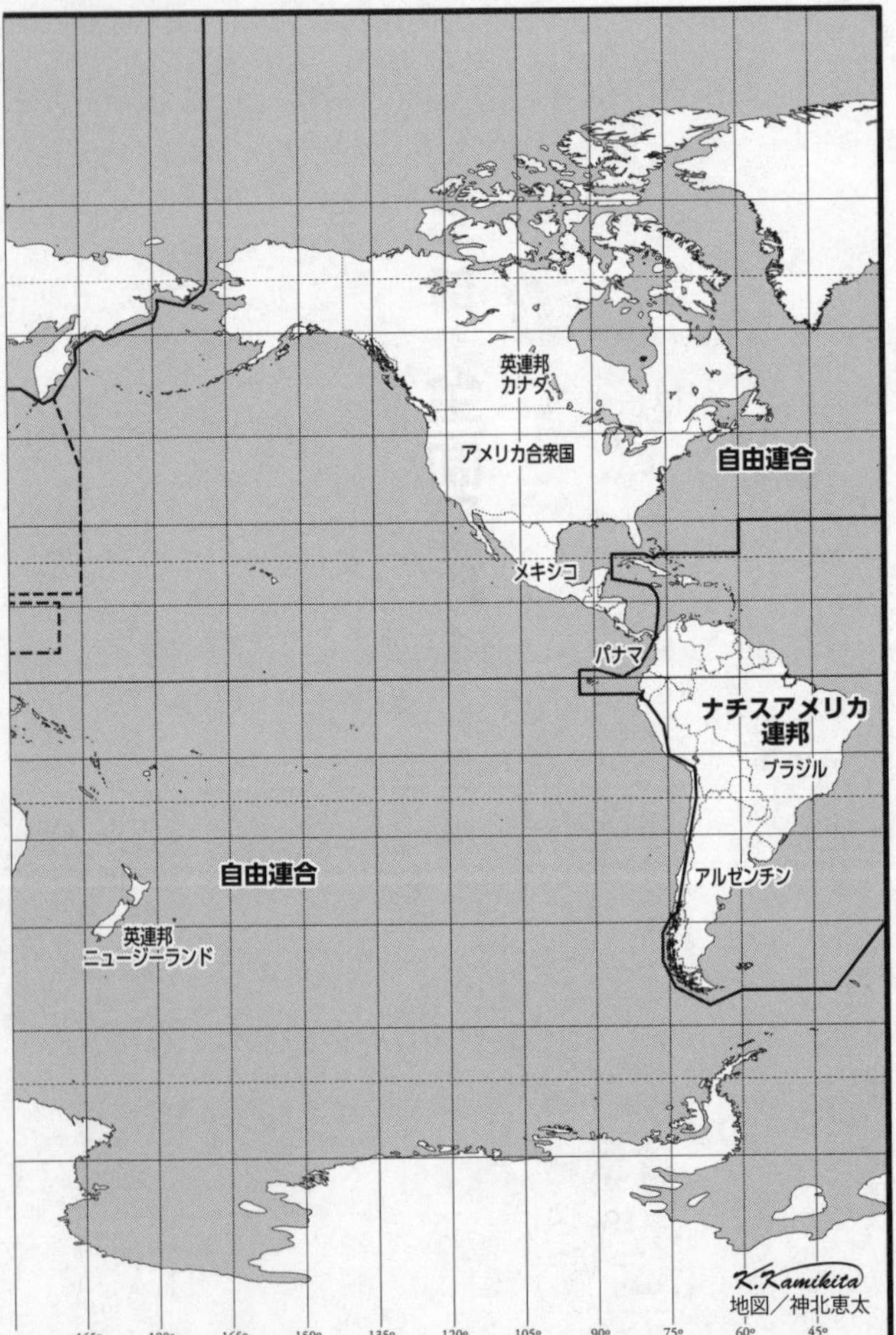
英連邦
カナダ
アメリカ合衆国
自由連合
メキシコ
パナマ
ナチスアメリカ
連邦
ブラジル
アルゼンチン
自由連合
英連邦
ニュージーランド
K.Kamikita
地図／神北恵太
165°
180°
165°
150°
135°
120°
105°
90°
75°
60°
45°

自由連合
イギリス
ナチスドイツ
ナチスロシア
ナチス
ペルシャ
エジプト
自由連合
モンゴル
満州
中華民国
大日本
帝国
英連邦
インド
連合国
植民地
イタリア領
ソマリア
日領インドシナ
（ベトナム）
英連邦
オーストラリア
ナチス
アフリカ戦線
自由連合
世界情勢
1942年5月
赤道縮尺
0
5000
km

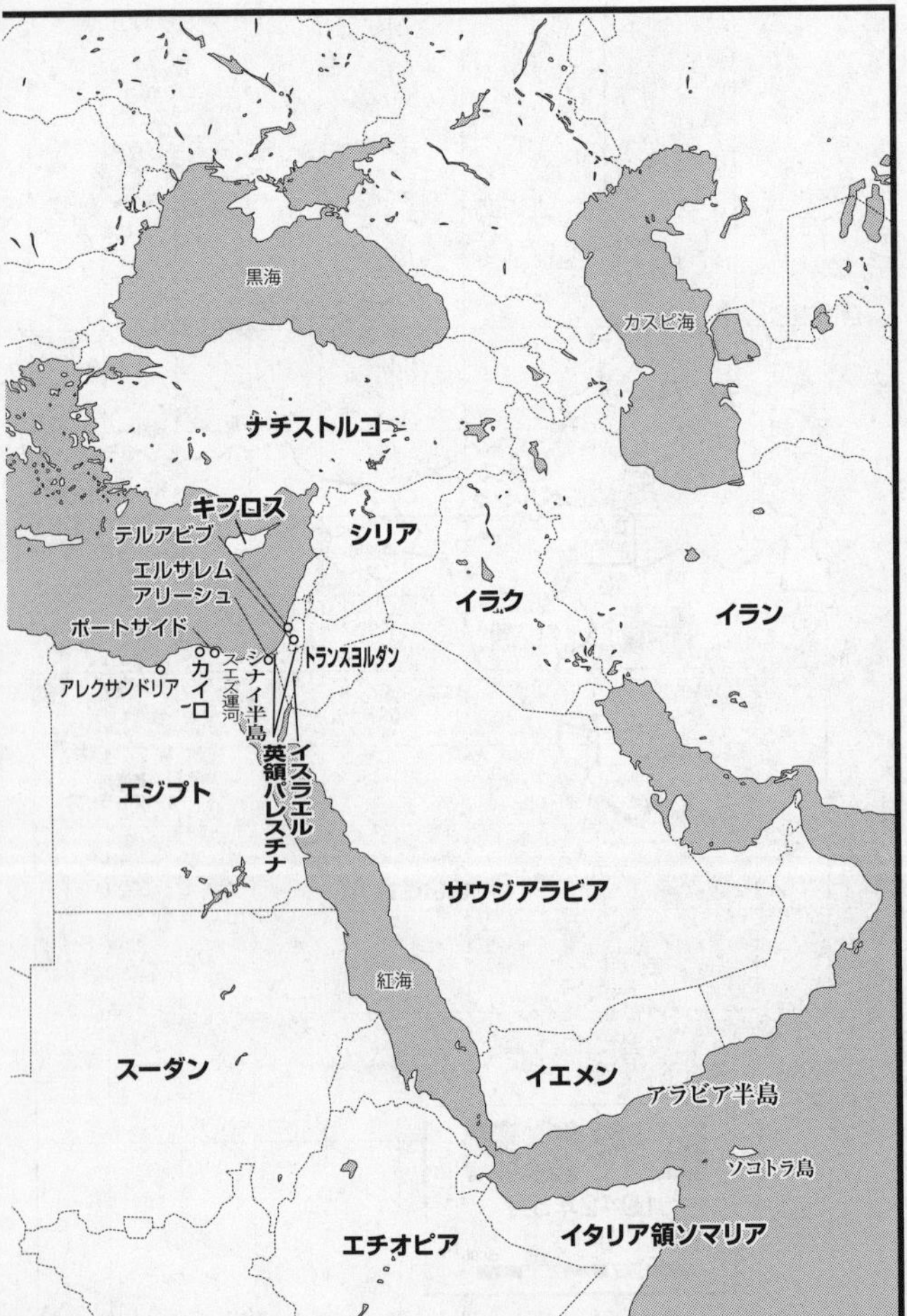
黒海
カスピ海
ナチストルコ
キプロス
テルアビブ
シリア
エルサレム
アリーシュ
イラク
イラン
ポートサイド
トランスヨルダン
アレクサンドリア
カイロ
スエズ運河
シナイ半島
イスラエル
英領パレスチナ
エジプト
サウジアラビア
紅海
スーダン
イエメン
アラビア半島
ソコトラ島
エチオピア
イタリア領ソマリア

ビスケー湾
イタリア
ポルトガル
スペイン
バレアレス海
リスボン
チェニス
アルジェ
ジブラルタル
海峡
オラン
メディア
地中海
チュニジア
カサブランカ
アインウシーラ
トリポリ
モロッコ
アルジェリア
リビア
モーリタニア
マリ
ニジェール
チャド

コルサコフ
樺太
ナチスロシア
ハバロフスク
沿海州
満州
ウラジオストク
長春
日本海
北朝鮮
奉天
遼東半島
丹東
錦州
営口
平安南道
元山
義州
平壌
遼東湾
秦皇島
旅順
ケソン
京城
南朝鮮
唐山
大連
渤海
天津
渤海湾
大田
釜山
煙台
朝鮮半島
山東半島
福岡
黄海
中華民国

第１章　ドミノ戦略

1

一九四二年五月　日本

「さあ、時は至った。始めようではないか！」

ここは東京の市ヶ谷。

自由連合極東陸軍および自由連合極東軍司令部は、大日本帝国陸軍総司令部のある敷地内に併設されるかたちで置かれている。

もともとは日本海海戦の敗北で劣勢に立たされた日本が、合衆国に対し満州の共同開発を理由に、日米安全保障条約の締結と在日米軍の駐留を求めたことが発端なのだから、それが自由連合結成に伴い、そのまま自由連合軍の在日基地として流用されているのが実状である。

どちらの組織も、オーストラリアに設置されている自由連合軍最高司令部の下部組織となっている（本来、最高司令部は合衆国に設置されていたが、第二次世界大戦の勃発以降、オーストラリアに移動している）。

したがって極東軍司令部は、実動を陸・海・海兵隊（陸戦隊）の各軍極東司令部に任せている関係から、ほぼ連絡や手続きを行なうだけの専門的な事務組織となっている。

そのため、両司令部の司令長官を兼任しているドワイト・D・アイゼンハワー大将も、ほとんどが自由連合極東陸軍司令長官としての仕事しかしていない。

その彼の勇ましい声が、帝国陸軍総司令部の敷地内に響き渡っている。

いつもなら付近にいる帝国陸軍司令部要員は、所轄の違う組織なので見て見ぬふりをする。これは互いに干渉しない決まりのため、あえて無視するのが礼節と判断されているからだ。

だが今日ばかりは、極東軍司令部本棟玄関前に整列した司令部要員を遠巻きに、アイゼンハワーの訓辞をじっと見守っている。

もっとも……訓辞の内容は、前もって両軍幹部には知らされている。

『極東地区における全面反攻作戦の開始の檄《げき》を行なう』

これがその内容だ。

このことは今朝の段階で、ある程度は知れ渡っていた。それでもなお、司令長官の口から威勢のよいセリフが飛び出てくると、一瞬どよめきが走った。

「昨夜遅く、朝鮮半島の大田《テジョン》に立てこもっていたロシア極東軍二〇万が、我が軍の徹底した包囲網により、ついに全面降伏の意志を明らかにしてきた。

現段階において朝鮮におけるロシア軍は、ほぼすべてが武装を放棄した上で、現地の自由連合軍に投降しつつある。敵の総大将であるチェイコフ司令長官も捕虜となり、事実上、朝鮮半島のロシア軍は壊滅したといえる。

とはいえ満州の南部には、いまだに朝鮮半島を脱出した一〇万の精鋭部隊……ロシア軍装甲部隊および重装備部隊が居座り、もとからいたロシア陸軍満州方面軍と合流した上で、満州のすぐ西まで迫った我が方の中国方面軍と睨み合っている。

つまりチェイコフの部隊は、満州にとっての柔らかい下腹部へ、朝鮮方面の自由連合軍が食いつくのを阻止するため、負けを覚悟の上で立てこもっていたことになる。

これまで満州南部では、錦州《チンチョウ》まで進出した我が方の中国方面軍と、営口《インコウ》から長春《チャンチュン》にかけて重厚な守備陣を展開しているロシア満州方面軍との間で一時的に戦力の均衡が発生し、両軍ともに睨み合う結果となっていた。

だがもう、それも終わりだ。大田のロシア軍が消滅した以上、朝鮮半島にいる自由連合所属の全軍が、ロシア満州方面軍の下腹を喰い破る牙となった。これこそが極東方面における反攻作戦開始の狼煙《のろし》だったのだ。

すでに朝鮮では、二〇万という未曾有《みぞう》の捕虜を拘束・収容するための後方処理部隊と、ただちに北上して朝鮮半島北端まで移動する実戦部隊が選り分けられつつある。

そこで我々、自由連合極東軍司令部としても、帝国陸海軍総司令部と連携しつつ、これまで温存していた日本国内の戦力を最大限に活用し、極東地域において電撃的な全面反攻作戦を実施する。

何度でも言うが、これは複数の大規模作戦が同時に行なわれる、最大規模の全面反攻作戦だ。これまでのチャチな作戦展開とはわけが違う。

当然ながら、投入する戦力も未曾有の規模となる。よって絶対に失敗は許されない。敵を圧倒する大戦力を短期間に連続かつ集中的に投入し、敵に態勢を立て直すチャンスを与えぬまま、一方的にシベリアの奥地まで押し返す。

そして極東における最大級の反攻作戦実施は、ナチスロシア軍を他方面へ投入される可能性を阻止する意味で重要であり、ここでの結果は極東だけにとどまらないことになる。

極東で我が方の作戦行動が実施されると、ロシア軍はこちらに専念しなければ対処できなくなる。そうなると、中東方面におけるインドから中東までの軍事連携ラインを、北方からロシア軍の派遣によって阻止する策が実行不能となる。

今回の反攻作戦は、直接的に中東方面にも影響を与えるわけだ。そして中東方面に影響が波及すれば、当然、北アフリカ方面にも影響が出る。

いわば世界の大半……関連が薄いのは南アメリカ戦線だけで、残りのすべての大規模戦争が関係してくる。それを諸君は、これから過酷になるであろう日々の中で、ゆめゆめ忘れてはならない。

我々、軍の中枢が適確な判断を示し、命令を下さなければ、いくら各部隊の練度が洗練されていようと、戦術では勝てても戦略的な勝利は得られない。

そして今回の戦いは、まさしく最大規模の戦略的な勝利を目的とするものであり、今次大戦のターニングポイントとなるであろうことは、すでに明らかな事実として認識されている。

諸君！ ここが踏ん張りどころだ。作戦の隅々まで精査し、一点の見落としもなく、戦場の将兵たちに勝利をもたらすべく人知の限りを尽くし、奮闘してほしい。

敵を甘く見るな。いま敵も、勝とうと必死になっている。

だが、敵は我々より末端の将兵を軽んじている。それが大田の二〇万の捕虜となって表面化した。彼らは精鋭部隊を逃がすため捨て駒にされたのだ。これは敵にとって取り返しのつかない失点であり、我々にとっては初めて訪れた最大の好機である。

いま戦争の流れは、瞬間的にせよ、我々のほうに有利となった。あとは墓穴を掘らぬよう、敵の弱点を徹底的に叩き、こちらの利点を最大限に生かさねばならない。

諸君、勝利の日まであと少し……頑張ってくれ!!」

これまで辛抱に辛抱を重ね、あまりの劣勢に涙する日々が続いていた。

それが今日、劇的に変わる。

日頃はあまり感情を荒だてないアイゼンハワーですらも、ここまで感情的な訓辞を行なっているのも当然だ。

それだけ胸に来るものがある。

訓辞を聞いている司令部要員や帝国陸軍将兵たちにもしっかり伝わっている。

今回の反攻作戦には、自由連合軍として参加する帝国軍部隊もいるが、それとは別に、日本軍独自の枝作戦も用意されている。

日本はロシア軍により、一時的だったにせよ、純然たる日本本土である北海道を蹂躙《じゅうりん》された。この汚名を返上するためには、「目には目を」の思想が必要になる。

力の信奉者であるスターリンを筆頭に、ロシア人は下手な介入策で仲良くするより、拳《こぶし》で語りあったほうが後々うまくいく。

やられたらやり返す。それをやらず、別の方法を選ぶのは腰抜けの証拠と見なされる。

だったら期待に応える。

すなわち、ロシア領への侵攻作戦である。

そして皮肉にも、用意された日本独自の枝作戦は『樺太制圧作戦』……。

敵が出撃してきたコルサコフに、今度は日本軍が上陸作戦を仕掛ける。渡洋ルートも、ほぼロシア軍がとったものの逆を行く。

そしてコルサコフを制圧したあとは、一気呵成《かせい》に樺太北端まで攻め上がる。

まさに『仕返し』以外のなにものでもない。

その後は自由連合軍との連携作戦に移行することになっているが、場合によっては間宮海峡を越えてハバロフスクまで制圧することも視野に入っているらしい。

というより……。

満州全域を奪還し、ロシア軍を最低でもシベリア西部にまで押し込めるには、沿海州を完全に孤立させねばならない。そのためには、ハバロフスクの制圧が不可欠である。

問題は時期的なもので、どう考えても日本軍による樺太制圧のほうが、自由連合軍による満州制圧より早期に達成される見込みのため、あまり時期がずれると連携するメリットより、長期間の樺太駐留による弊害のほうが大きくなる。

それらを勘案すると、まだ流動的な扱いにせざるを得ない……。

持てる戦力に限りがある以上、これは仕方のないことだった。

＊

日本海北西部……。

朝鮮半島北東部沿岸沖に、新たに『極東第2任務部隊』と命名された、自由連合海軍所属の艦隊が遊弋《ゆうよく》している。

艦隊を束ねているのは、ようやく日本海海戦での人的損失を越えて頭角を現わしてきた、海兵三七期卒の井上成美《しげよし》少将だ。

この極東第2任務部隊は、少し前までは自由連合軍朝鮮方面艦隊の一翼を担っていた。いわゆる警戒隊と呼ばれていたものがそれで、今回は警戒隊を再編したものだ。

とはいっても、凜空《りんくう》型軽空母二隻（天空／俊空《しゅんくう》）と新鋭の舞鶴型軽巡洋艦二隻（舞鶴／富山）、そして自由連合海軍基準駆逐艦として各国で大量建艦されたケン・クラフト級（日本名称は雨型汎用駆逐艦。現在は最新鋭のアトランタ級駆逐艦に移行している）を一気に八隻も追加配備したのだから、これは再編というより艦隊新設に近い。

そこまでして井上成美に求められた任務とは、ずばりウラジオストク封鎖作戦である。

これから始まる極東全面反攻作戦の間、ロシア軍の極東における最大拠点のひとつとなっているウラジオストクを、ほぼ恒常的に機能不全に落としいれるための枝作戦だ。

王道的にいえば、ウラジオストクに上陸作戦を仕掛けて攻略し、沿海州の一画に致命的な楔《くさび》を打ちこむのがベストだが、さすがに陸戦兵力が足りない。

自由連合極東海軍の力をもってすれば、ウラジオストクへの上陸作戦を決行するまでは可能だろうが、強力無比なロシア満州方面軍と沿海州軍がいるため、その後、現地を確保し続けるのはほぼ不可能と判断されている。

それだけ満州方面にいるロシア軍の戦力は強大であり、下手に部隊をウラジオストクに揚陸させたら、ロシア軍の大田死守と同じ愚を犯すことになる。

どのみち自由連合の中国方面軍と朝鮮方面軍が満州南部へ攻め入り、そのまま力押しで北上していけば、そのうちウラジオストクに立てこもっているロシア軍も、徐々に撤退するか、包囲されたあげく白旗を上げるしかなくなる。

その時まで井上成美は、ウラジオストクを徹底的に海から攻撃し続け、ロシア軍守備部隊が常に疲弊するよう破壊作戦を続行しなければならないのだ。

ウラジオストクさえ恒常的に無力化できれば、ロシア軍は沿海州経由でハバロフスクへ撤収することも、逆にハバロフスクから満州の東側面へ増援を送ることもできなくなる。

そしてロシア軍が手をこまねいている間に、日本陸軍主体の樺太制圧作戦が実施される。

樺太北端の間宮海峡まで日本軍が達すれば、ハバロフスクのロシア軍は満州方面への肩入れどころか、自分たちの身を案じなければならなくなる。

ここまでして、ようやくシベリア東部への進撃が見えてくるのである。

第2任務部隊の旗艦に抜擢された軽巡舞鶴の艦橋で、井上成美は部隊参謀たちを前にして出撃前の訓辞を行なっていた。

「ロシア極東海軍を殲滅《せんめつ》することで、我々は自由連合海軍の力を借りるかたちではあるが、ようやく日本海海戦のかたきを取った。だが、まだ我々日本海軍独自での戦略的な勝利は得ていない。

このウラジオストク破壊作戦は、ロシア極東海軍を消滅させるための最終作戦であり、これを達成してこそ、我が日本海軍はロシア極東海軍に全面勝利したと宣言できる。

むろん現在の我々は自由連合海軍の一員であり、今回の作戦も帝国海軍独自のものではない。しかし……それでもなお、任務部隊の構成艦を見てもわかるように、すべて帝国海軍拠出艦のみで占められている。

この事実が帝国海軍の総意であり、自由連合海軍極東方面艦隊の中にありながら、方面艦隊司令長官のF・J・フレッチャー少将から独立作戦行動を認可された、我が艦隊の意志でもある。

諸君、我々の任務は、けっして派手なものではない。ひたすら軽空母艦上機と艦砲によって、ウラジオストクを叩き続けるだけの地味なものだ。

しかし、この作戦こそが日露戦争の総決算であり、日本海海戦の屈辱を晴らし、この海を名実ともに日本のものとするために不可欠であることを胸に刻んでほしい。

では、作戦行動に移る。全艦、輪形陣を維持しつつ、ウラジオストク南西二八〇キロ地点を目指せ！」

極東第2任務部隊は独立作戦を実施するため、主軸となる全面反攻作戦より、わずかばかり早く実施される。

以前に古賀長官がウラジオストクを破壊してから日がたっているため、改めて破壊しにきたと思わせる意味合いもある。

だが今回は、一時的な破壊では終わらない。

それを敵が確信した頃には、もう手遅れだ。

これもまた、古賀長官の攻撃から連綿と続く、一種の錯覚を利用した周到な作戦立案あってのものである。

自由連合は、しつこいくらい用意周到に準備をしてきた。戦力を投入するのは一瞬であっても、準備に年単位をかけることで、いろいろと複雑な任務を用意することができる。

まさに極東方面とアメリカ大陸方面においては、それが顕著に現われている。

問題は、ナチス陣営に先手を取られたかたちで拡大した、中東方面と北アフリカ方面だ。

こちらは下準備に費やす時間もなく、ナチス勢の先手に合わせるかたちで逐次戦力を投入している。

それが下策とわかっていても、まだ反攻の準備が完了していない段階で攻められた以上、そうするしかなかったのである。

可能ならば……。

極東方面の全面反攻によってナチス陣営に動揺が走り、中東やアフリカ方面でなにかヘマをやらかしてくれないか……そこまで願う局面に至っている。

地球規模の戦争である以上、どこかの方面における突出した動きは、時間差こそあれ、かならず他の方面にも影響が出てくる。

それを適確に予測し、常に先を読み、未来の時点における対処をより正確に行なった陣営が、最終的な勝利を手にする。

そのきっかけとなる全面反攻を、ついに自由連合は実施することができた。

だが……。

まだ先は見えていない。

2

五月二〇日　チュニジア

地中海に面した北アフリカのアルジェリア。この国の東方に、リビアと挟まれるかたちでチュニジアがある。

もともとアルジェリアとチュニジアはフランス領だったが、フランス本国がナチスドイツに占領され、その後、ナチス連邦に編入されたことにより、現在はナチスフランス領ではなく、暫定的にナチス連邦委任統治領として扱われている。

フランス南部で猛訓練を行なっていたロンメル指揮下の北アフリカ方面軍は、当初アルジェリアの首都アルジェへ移動し、そこに方面軍司令部を設置することになっていた。

ところが今年の四月になって、アルジェリアのオランへ自由連合軍のパットン部隊が総攻撃を仕掛けたことにより、現地にいたドイツ第６ＳＳ師団とイタリア装甲師団所属の二個戦車大隊が耐えきれず、ついにアルジェ方面へ撤退しはじめた。

とくにイタリアの戦車大隊の被害が大きく、戦闘理論における戦闘不能と判定される三割損耗どころか、ほぼ半減した状況となっている。

反対にドイツ第６ＳＳ師団は戦車の数が少なく、旋回砲塔を持たない突撃砲戦車を多く保有していたため、最初から徹底防戦に務めた結果、予想外に善戦する結果となった。

しかし、相手が自由連合最強のパットン率いる機甲部隊のため、守るだけでは押し切られてしまう。

結果、オランで包囲されて孤立無援になるか、不名誉な全軍撤退のどちらかを選択するしかなくなってしまったのである。

こうなると、次の戦場はオランとアルジェの間になる。

ところがアルジェは当初、ロンメルが方面司令部を設置する予定にしていた場所……。

敵が攻め寄せてくる最前線に最も近い大都市、そこに方面軍司令部を置くなど常識外れもいいところだ。

戦局が変われば臨機応変に対応しなければならないのが軍というものだから、当然、予定は変更されてしかるべきということになる。

常識的にはアルジェに前線司令部と補給基地を置き、ともかくパットンの猛攻を食い止める算段をしなければならない。

したがって方面軍司令部は、イタリアにも近いチュニジアの首都チュニスに置くのが妥当だ。

チュニスに方面軍司令部を置けば、東どなりのリビアが緩衝地帯となり、エジプト方面からの圧力もほとんど受けない。

北アフリカ全体を見ても、チュニスはほぼ東西の中間点に存在する。

そのため、当初からモロッコ方面とエジプト方面の両方へ睨みをきかせるつもりだったロンメルにすれば、こちらのほうが本命だった可能性すらある。

なのにアルジェが選ばれたのは、モロッコ方面から攻めてくるパットン軍団の絶対阻止を、ヒトラー総統が厳命していたからだ。

ロンメルの当面の主敵はパットン。

ナチス連邦の最高指導者がそう決定した以上、これは従うしかない。

ヒトラーは、中東方面を指揮するマンシュタインをエジプト攻略の主役と考えている。

だから、いくらロンメルが戦略的見地から、北アフリカ戦線での戦いは中東方面へも影響を及ぼすと考えていようと、いま中東方面を攻めているマンシュタイン大将を無視してエジプトに手を出すことは許されないのである。

結果……。

チュニスのほぼ中心部――シテ・マラジェーヌ地区に隣接する高台一帯が、そっくりロンメルの方面軍司令部用敷地として摂取された。

もともと旧市街の北部にある緑地帯のため、そこには歴史的な建物が散在している。

その中の旧フランス貴族の別邸を方面軍司令部本棟に定めたロンメルは、さっそく各部隊の長を集めて作戦会議を開くことにした。

いま戦況報告をしているのは、方面参謀部作戦立案課の若手参謀だ。ドイツ陸軍士官学校を卒業後、あらためてナチス連邦陸軍大学を優秀な成績で卒業した秀才である。

ただしナチス陣営においては、最優秀とは判断されない。

最優秀なのは、あくまでドイツ陸軍士官学校を卒業したのち、ドイツSS幹部養成学校を首席で卒業し、ヒトラーから『優等アーリア人徽章』を授与された者だけに冠せられる。

「おそらく自由連合の機甲部隊は、海から狙われやすい北部海岸沿いのルートではなく、オランからまっすぐ東にある要衝のティアレトを確保したのち、アルジェとの間にある山地を抜けるオセイニアからムザイアへ通じる街道をやってくると思われます。

むろん、街道ではなく砂漠地帯を踏破することも考えられますが、敵部隊は、ともかく一秒でも早くエジプトへのルートを確保する使命を帯びていますので、わざわざ遅延をきたすルートは選ばない……そう判断しました。

よって今回の場合、街道以外の場所も偵察機による遠距離索敵は行ないますが、部隊の分散に繋がる砂漠地帯への配備は考えておりません。

そこで我が軍としては、ムザイアの東一〇キロにあるブリーダから海岸にあるコレアの間に阻止線を構築し、ブリーダ北東のブファリックに出撃拠点となる前線基地を設営するのが最適だと判断しました。

また、アルジェにはアルジェリア軍団司令部を設置し、第4軽装甲擲弾兵《てきだんへい》旅団のカール・ローデンブルク少将を軍団指揮官とする、第4軽装甲擲弾兵旅団／スペイン陸軍第3機甲兵師団／スペイン陸軍第5砲兵師団／フランス陸軍第8／第10歩兵師団、そしてオランから撤収してきた連邦SS第6師団とイタリア陸軍一個戦車大隊（縮小再編）が、敵主力部隊の阻止および撃退を実施します」

ドイツ陸軍に所属するロンメルが方面軍司令長官となったため、彼にはドイツ陸軍方面参謀部が与えられた。

彼らはナチス連邦軍の参謀部ではなく、ドイツ陸軍から選りすぐられた者たちだ。ロンメルとしても、忠実な手駒として扱いやすい存在となる。

反面、方面軍に所属するドイツ以外の連邦軍部隊からすれば、自分たちを指揮するのがドイツ人ばかりという結果となり、表には出ないものの、かなりの軋轢《あつれき》が生じていると思われる。

本来の組織構造からいえば、連邦軍拠出部隊で編成されているのであれば、方面軍司令長官がどこの国の出身であろうと、ナチス連邦軍が参謀部を出すべきだ。

ドイツはあくまでナチス連邦の構成国のひとつというのが連邦の建前なのだから、これは常識以前の問題である。

だが、ナチス連邦に関してだけは、この常識があてはまらない。

なぜなら、ナチス連邦の終身大総統（皇帝待遇）としてヒトラーが着任していて、同時にヒトラーはドイツ第三帝国の終身総統でもあるからだ。

帝国とは本来、いくつかの国を束ねる上位存在であり、古くは王国や公国を統括し、神の意志により皇帝の座につかされた代表者が、一切合財を統括するものだ。

つまり、ナチスドイツがナチス連邦を結成すると同時に第三帝国を名乗った以上、ドイツ帝国はナチス連邦を統括する上位国家となることを明示したことになる。

その上で、ダメ押し的な連邦と帝国の同一総統着任なのだから、ヒトラーはドイツ帝国大総統の権限で連邦を支配できることになる。

この二重権限を駆使し、ドイツ軍が連邦軍の上位組織であると徹底することが、連邦発足当初から最優先で遂行されてきたのである。

「総統陛下のご命令によると、この私が率先して敵部隊を殲滅せよとのことだったはずだが」

方面参謀部が、総大将であるロンメルを最前線に立たせまいと画策しているのに気づき、ロンメルはまったく表情を崩さなかったものの、かすかに言葉へ不満の音《ね》色《いろ》を滲《にじ》ませた。

「自由連合が送りこんできた部隊は、合衆国海兵隊や日本海軍陸戦隊を含めると、ゆうに一〇個師団を超える規模です。ただし現時点においては、半数がいまだにモロッコ国内で待機していますが……。

敵がオラン防衛のため最低でも二個師団ほど常駐させねばならないことを考えますと、アルジェ方面まで出てくるのは、当面、五個師団規模のみと思われます。対する我が軍は、アルジェに七個師団規模を張りつけますので、防衛戦闘を行なう限りにおいては圧倒的に有利となります。

むろん敵がアルジェ南部を迂回して、一部の部隊を東へ進ませる可能性もあります。その場合は、最大で三個師団を中部のドジュファ方面へ出し、迂回した敵軍を片っ端から殲滅し、結果的には戦力消耗へと追い込みます。

問題があるとすれば、自由連合が北アフリカ方面を諦めず、第二次・第三次の大規模増援をモロッコへ送りこんで来る可能性があることです。

なにしろアメリカ合衆国から大西洋を越えて、直接的に戦力を移動させることが可能ですので、世界最大級の後方支援基地といえる合衆国本土へ自由連合の戦力を集結させれば、いつでも最大規模の軍を出せることになります。

これらの中期的な展望を考えますと、作戦の初期段階において閣下の主力部隊が疲弊してしまいますと、後々になって不利な状況が生まれかねない……そう判断しました。

ならばいっそ、当面は手持ちの連邦軍部隊で力まかせに敵をせき止めて疲弊させ、敵の増援状況をじっくり見定めてから、こちらが有利と確信した段階で、閣下の主力部隊を一気に投入するのが賢明な策だと判断しました」

たしかに秀才が考えそうな、効果的かつ無難な策だ。

しかし、かつて巨大なリスクを背負いながらフランスを電撃侵攻したロンメルからすれば、あまりにも神経質で女々しい戦術に思えてしまう。

「増援に関しては、自由連合軍より我が連邦軍のほうが有利だ。地中海をイタリア海軍が押さえている限り、ヨーロッパから北アフリカへ自在に戦力を移動させられる。

そして陸上戦力に関しては、我がナチス連邦が自由連合を圧倒している。だから戦闘が長引いて補給が必要になれば、それは我々に、より有利な状況になることを意味している。

我々が留意しなければならないのは、ジブラルタルを越えて、自由連合の艦隊が地中海へ入ることだ。北部アフリカ沿岸に敵艦隊が張りついたら、一気に我々のほうが不利になる。

むろん、総統陛下もそのことはご承知であり、いま連邦の総力を結集して、海軍戦力の大増強を行なっているそうだ。それらが地中海と大西洋に出てくるようになれば、ようやく私の危惧も杞憂《きゆう》に終わるだろう。

したがって地中海を確保している現在こそが、最大戦力で敵を一気に疲弊させる好機である。

時間がたてば、かならず敵艦隊がやってくる。そうなる前に、パットンの機甲師団に回復が困難なほどの打撃を与えなければ、北アフリカ戦線の将来は混沌としたものになるだろう。

諸君は優秀なだけに、個々の戦術レベルではきわめて適確な作戦を構築できる。しかし戦争、とくに世界大戦のような全地球規模の戦争ともなると、個々の戦闘に勝利しても戦略的に敗退すれば負ける可能性が高くなる。

戦略的なことは、ドイツ本国の総参謀部や連邦参謀局に任せればよいと考えているかもしれないが、あまり上の連中を信用しすぎるな。

彼らは各方面の調整を主な任務にしているため、どうしても各方面の戦闘結果を見て、後だしで判断を下すことが多くなる。

しかし現場で戦う我々は、負けた後に戦略的な判断を上から告知されても、もはや後の祭りだ。我々は上の判断を自分たちの力で左右し、結果的に方面単位の方向性を自分たちに有利なものへと導かなければならない立場にある。

そのためには、戦術的勝利より戦略的勝利を優先しなければならない。いま我々に必要なのは、モロッコ方面から攻めてくるパットン軍団を急速に疲弊させ、一時的にせよアルジェリアもしくはモロッコ国内に押しとどめることだ。

大規模な補給をしなければ新たな作戦を実施できないほど敵を疲弊させられれば、我々は悠々と損耗ぶんを補給しつつ、エジプト方面を圧迫することが可能になる。最終的にはエジプトを陥落させることが目的なのだから、それを中東方面軍に任せっきりでは、同じ規模の方面軍として恥辱とすら言える。

我々はパットン軍団を抑えつつ、エジプトをめざす。結果的にマンシュタイン大将のほうが先にエジプト入りをするのは構わないが、その時に我々もまた、エジプトのすぐ西側にまで到達していなければならないのだ」

いかに先輩であるマンシュタインであろうと、進んで当て馬になる気など、ロンメルにはさらさらなかった。

同規模の方面軍を与えられたのなら、最低でも同程度の戦果をあげなければならない。可能なら圧倒する戦果をあげ、その後の連邦内での軍事的地位を不動にしたい。

それが、貴族出身の将軍たちに平民出のロンメルが勝つ唯一の策だった。

「……了解しました。ただし、さすがに長官のご要望のすべてを作戦に盛り込むのは無理がありますし、下手をすると連邦政治局のほうから横槍が入りかねません。多少はきれいごとも入れた策でないと、実施する前に上から潰される恐れもあります。

総統陛下のご下命があれば磐石《ばんじゃく》だと思われますが、長官がヨーロッパにおられる頃とは総統陛下との距離が違いますので、どこでどう細工をされても堂々と作戦を実施できるよう、こちらも知恵を絞らなければならないでしょう。

そこらあたりを、もう一度考慮に入れた上で、方面参謀部として作戦プランを練りなおすことをご許可願います。一日……いや、明日の朝までに大筋をまとめあげますので、お時間はとらせません」

ただの純粋培養の秀才かと思っていたが、けっこう黒い部分も持っているらしい。

そうでなくとも、ドイツ正規軍のエリートはSS幹部から睨まれることが多い。

それを上手にかいくぐってロンメルの部下となったのだから、それなりの手腕を持っていると考えたほうがよさそうだ……。

目の前の若手参謀を少し見直したロンメルは、さすがに方面軍規模ともなると、自分一人ですべてを采配するのは得策ではないと思いはじめた。

「そうか、ならば任せてみよう。私としても、改めて総統陛下のご意向を確認してみようと思う。その上でナチス連邦の総意として、誰はばかることのない公明正大な作戦を実施しようではないか。しかも必勝の作戦でなければならない」

心の中では、必勝の作戦などないと呟《つぶや》いたロンメルだったが、これも巨大な軍組織の司令長官ともなると、ある程度は士気を上げるための虚言も必要だと自分に言い聞かせ、あえて心にもないことを口にした。

「おそらく敵は六月初頭にも攻めてくるはずだ。そしてパットンの性格から、一気に主力部隊を大規模投入してくる可能性が高い。戦力を小出しにして、我々の反応を見るなどの小賢しい真似は、おそらくしてこない。

だから我々としては、常に最悪の状況を考慮した上で対処せねばならん。そのためには、一刻も早いアルジェへの戦力移動が不可欠となる。

これは作戦立案とは別の問題だ。そこで参謀部が予定していた戦力に加え、ドイツ陸軍第12装甲旅団もアルジェへ移動させる。

チュニスには私が直率する第7装甲師団とイタリア陸軍第8対戦車旅団がいれば、

当面は体裁をつくろえるだろう。たしかに私はチュニスを動かない。だが……チュニスにいながら、アルジェの部隊を完璧に統率する。この移動はただちに開始せよ」

断定的な命令口調で発言を切り上げたロンメルだけに、事実上の作戦会議終了となった。

たしかに……。

部隊の移動と作戦実施は、また別の問題だ。

それを完全に分けて、移動だけは自分の思惑を満たすだけの規模にしたロンメルは、やはりドイツ陸軍きっての指揮官と言える。

方面軍の意志が決定したため、参謀長以下全員が動きはじめる。

おそらく明日の朝になる前に、チュニスからアルジェに至る海岸沿いの街道を確保するため、かなりの規模の先遣隊が出立するはずだ。

チュニスとアルジェの間の距離は八〇〇キロ余。それに対し、オランからアルジェまでは六〇〇キロ余。

距離だけを見ると、こちらが不利だ。

だからこそロンメルは、一刻も早く戦う準備を終わらせたかったのである。

3

六月一日　極東方面

「うーむ……」

自由連合軍先遣部隊を束ねるジョセフ・スティルウエル中将が、作戦指揮室に広げられた大きな作戦地図を見下ろしながら、ほとほと困り果てたといった声を出した。

ここは満州の南の玄関口となる、遼東湾《リヤオトン》に面した錦州郊外の地だ。ロシア軍が支配している営口からは北西に一三〇キロほど行ったところにある。

現時点において営口は、ロシア軍の最前線基地として機能している。

最低でも二個装甲師団および数個歩兵師団／数個砲兵師団を配備し、実質的に軍団規模の巨大すぎる守備部隊だ。まさしく、自由連合軍の反撃を阻止するために設置された最重要防衛線と言えるだろう。

ただし営口は、本来なら湾の奥にある港町として栄える適所にあるのだが、すぐ近くに遼東半島があり、その先に天然の良港である大連《ターリエン》や旅順《リユイシユン》があるため、小規模な沿岸漁業や近隣交易以外には使われていない。

わざわざ水深が浅く干潮時には泥海になる渤海《ポーハイ》を通らずとも、大連や旅順を使えば黄海《ホワンハイ》に出られるのだから、ここが大規模な港湾都市になる時代はまず来ないだろう。

だが……。

いま、営口から北西へ一〇〇キロしか離れていない錦州の郊外には、自由連合の中国方面隊に所属する、米陸軍第６歩兵師団を中心とする先遣部隊（他に米陸軍第13対戦車連隊／英陸軍第23砲兵旅団／日本陸軍独立第一〇戦車連隊が所属）が臨戦態勢を敷いたまま展開している。

ただ、これだけならロシア軍もひねり潰せるのだが、錦州の後方には、数箇所におよぶ後方部隊待機基地が設営されていて、錦州で事が起これば、すぐさま軍団規模の増援、最終的には方面軍規模の巨大な戦力が殺到することになる。

この現状があるため、朝鮮方面から逃げ延びてきたＳＳ機甲師団も、ここで自由連合軍をせき止めるための盾《たて》となるよう厳命されている。

スティルウエル中将は米第６歩兵師団長に任じられているものの、以前の任務は中国国民党の軍事顧問であり、中国方面全般のエキスパートと見なされていた。

そのため、実質的には極東反攻作戦司令長官のマッカーサー大将の直轄的な部下として、自由連合中国方面軍の米軍全体をまとめる司令官の役目を担っている。

では、肝心の本隊はというと……錦州から渤海沿いに南西へ五〇キロ下がったところに、米軍中心の四個師団が控えている。これは緊急増援用の待機部隊だ。

さらに南西へ一三〇キロほど下った場所にある秦皇島《チンファンダオ》には、中核部隊となる日米英所属の三個機甲師団と各国の歩兵／砲兵／対戦車部隊、秦皇島空軍基地所属の日米英三個戦闘飛行隊（迎撃および支援任務／総数一二六機）が、ロシア軍に対する絶対防衛線を構成している。

そして中国方面軍司令部が置かれている総本山は、秦皇島と天津《テンチン》の中間くらいにある要衝——唐山《タウザン》となっている。

唐山には、現時点における自由連合中国方面軍の総戦力の七割が集結しており、もし最前線の錦州で動きがあれば、ただちに必要なだけの戦力を秦皇島へ出陣させ、秦皇島の部隊が後顧《こうこ》の憂《うれ》いなく錦州へ出られる仕組みになっている。

これら三段構えの布陣は、かつて満州においてロシア軍の猛攻を受け、次々に防衛線を破られたあげく、ほとんど潰走《かいそう》に近い退却を強《し》いられた苦い経験あってのことだ。

ロシア軍は、たとえ国がナチス化しても軍の本質は変わっていない。すなわち部隊前面に大火力を集中し、長距離砲の乱打により何もかもを吹き飛ばすやり方だ。

そして次に行なわれるのは、ドイツの技術で性能向上を果たした、強力な戦車部隊の大量かつ電撃的な進撃である。

これはロシア軍のお家芸というより、ナチスドイツが行なった西ヨーロッパ電撃侵攻を真似たものだ。

狡猾《こうかつ》で人を信じないスターリンは、ナチス陣営の中にありながら、常にドイツの戦車を意識し続けている。

表立って口にしないものの、ロシアがドイツを仮想敵国と考えていることは、ある程度は他の連邦構成国にも知られているほどだ。

しかし、最高指導者のヒトラー総統が何も言わないため、他の国の首相も見て見ぬふりをしているのが現状である。

これはヒトラーの絶大なる自信の現われであり、たとえスターリンが裏切ってロシアがヨーロッパへ攻め込むような事態になっても、ドイツ陸軍はこれを余裕ではね返せると確信している証拠でもある。

なるほどそう考えてみると、ロシアへ供与されたドイツの戦車は、すべて二世代前のものばかり――中心となるのは二号戦車と三号戦車であり、四号戦車の実物は供与されていない。

ましてや最新鋭の五号戦車――パンターI型戦車などは、ドイツに駐留している武官以外、スターリンですら見たことがなかった。

ただ、T－34B型（自由連合の呼称は改良型T－34もしくはT－34改）と呼ばれる大幅改良型には、四号戦車の技術が導入されている。

ドイツ本国では、すでに五号戦車（パンターI型）が主力戦車となりつつあり、北アフリカへ渡ったロンメルのもとへも大量に配備されている。

そして現時点において拡大試作段階に入っている六号戦車は、世界最強といわれるパンターI型が中戦車に見えるほどの、巨大かつ次元の違う強さを身につけているると噂されている。

そこまで先に進んでいるからこそ、ようやく四号戦車の一部技術が供与されたのである。

なお六号戦車の噂は、ナチス連邦内の中枢国家にのみ流れているものだ。

自由連合どころかナチス衛星国家ですら、厚い最高機密の壁によって完璧な情報遮断がなされているため、噂になるネタすら流出していない。

こと機密厳守に関しては、ナチス連邦は圧倒的だ。これに比べれば、自由連合の機密保持など児戯《じぎ》に等しい。

相互監視と政治将校の絶大な権限、そしてナチスＳＳ軍団による鉄の規律が、ナチス連邦諸国の隅々まで監視の目を光らせている。

その中で、いかにスターリンがもがこうとも、ロシアの情報はドイツに筒抜けになり、その反対はまったく皆無なほど遮断されることになる。

それでもスターリンは、国家としての独自性とロシアの気概を守るため、あえてヒトラーにバレるのを承知の上で、ロシア国内限定のロシアＳＳ組織を構築したのだ（もっとも、表向きは国内の反政府主義者を監視するためとなっている）。

実際問題、ロシアＳＳが粛清したロシア人の数は、数百万とも数千万とも言われている。これだけの人間を殺害もしくはシベリア送りにした実績があるからこそ、ロシアＳＳだけは連邦ＳＳの中で特異的な存在……そう認識させることに成功したのである。

「どうかなされましたか？」

以前は満州方面軍第3軍団長だった磯谷廉介《いそがいれんすけ》中将が、困り果てた顔をしているスティルウエル中将に声をかけた。

磯谷の階級も同じ中将だが、スティルウエルが先遣部隊の司令官なのに対し、磯谷は彼の下で働く部隊参謀長といった役目のため、実質的にはナンバーツーということになる（先遣部隊副司令官は任じられていない）。

「どうもこうも……総司令部は反攻作戦計画を送りつけてきたものの、初動作戦が機甲師団による営口突入とは、あまりにも現場を知らなすぎる。

たしかに朝鮮半島が我が陣営の手に落ち、満州南部のロシア軍は、中国方面と朝鮮方面の二方向から挟み撃ちにされる状況になった。

そこで総司令部は、中国方面から圧倒的な数の機甲部隊を突入させれば、敵は背後の朝鮮半島から攻められるのを恐れて、即座に長春まで退却するだろうと読んでいる。

だが……それは、あまりにもロシア軍を知らない机上の空論だ。実際に満州で戦った我々には、それがよくわかる。しかし、すでに作戦の骨子と始動時期が決められている以上、根本的な作戦の修正は無理だ……」

スティルウエルの話を聞いた磯谷は、ピンとくるものがあった。

「下手に機甲部隊を突入させると、営口にたどり着くまでに長距離砲の連打を浴びせられて大被害を出しかねない……そうお考えなのですね」

「その通りだ。航空索敵でも、営口の後方一〇キロ地点に大規模な砲兵陣地が三個も設営されている。

長春に近い地点から第一・第二・第三砲兵陣地と呼んでいるが、それらはすべて営口の背後から弧を描いたような布陣になっていて、すべての砲身が錦州方向を向いているそうだ。

一個の砲兵陣地だけで、長距離砲が二〇〇門ほど配備されている。ということは、三個で六〇〇門……これだけの数の大口径長距離砲が一斉に火を噴けば、いかに我が方の機甲部隊が優秀でも、営口にたどり着くことすら難しいだろう」

さすがロシア陸軍、常識はずれの数だ。

米軍や日本軍の砲兵師団でも、長距離砲と呼べる一〇センチ以上の重砲は、せいぜい一〇〇門あれば上等な部類に入る。

それが六〇〇門なのだから、砲兵部隊だけで六個師団規模に相当するわけだ。

むろん、自由連合の砲兵師団には一〇センチ以下の野砲や迫撃砲など多種が配備されているため、長距離砲だけで戦力を比較するのは無謀かもしれない。しかし、それを考慮に入れても、ロシア軍の重砲に対する思い入れは異常なほどだった。

「オーストラリアにある自由連合軍最高司令部は、こと極東に関してはマッカーサー極東反攻作戦司令長官の意向によって動いています。そのマッカーサー長官は、いま日本の極東総司令部で、アイゼンハワー大将と共に指揮をとられておられますので、どうしても現場に疎くなってしまうのは否めません。

かといって、極東総司令部の上位組織であり実務部門の最高司令部でもある連合軍最高司令部が作りあげた作戦計画を、いまになって変更しろと現場が言うのは無茶というものでしょう。

となれば……現場には現場のやり方がある。そうは思いませんか?

反攻作戦の本筋は変更せずに実施する。これは決定事項です。しかし現場の判断で、ある程度の独立した枝作戦を実施するのは、本作戦を確実に成功させるためにも不可欠なこととなされています。

この軍事的な常識を逆手にとって、中国方面軍の範囲内で、本作戦を側面から支援する独立した枝作戦を実施すればいいのです」

臨機応変は日本軍の得意分野だ。

とくに日本本土でふんぞりかえっている上層部の石頭連中をなだめながら、なんとか与えられた作戦を成就させようとする現場指揮官たちは、好んで自分の指揮下にある戦力の中から枝作戦用の部隊を出し、それで本来の作戦が失敗するのを未然に阻止したことが過去に何度もあった。

満州総撤退の時も、数多くの退却支援作戦が実施され、本隊を無事に逃がすと同時に、枝作戦を実施した部隊が壊滅的被害を受けたことは記憶に新しい。

それを今回も応用したらどうかと、磯谷は提案したのである。

「攻略目標の本陣後方に布陣している砲兵部隊だぞ？　こちらも砲兵部隊で潰すのが常套《じょうとう》手段だが、それをやるとこちらの被害も無視できなくなる。しかも味方砲兵部隊の損耗が激しすぎると、その後の侵攻作戦そのものにも影響がでる。どうするつもりだ？」

当然の疑問である。

陸軍将官なら誰でも、砲兵を潰すのは砲兵だと常識で知っている。

「砲兵に砲兵をあてては、千日手になりかねません。しかも砲兵部隊に関しては、口惜しいですがロシア軍のほうが上です。真正面から潰しあいをすれば、いずれ潰されるのはこちらのほうでしょう。

戦争の妙は、敵の虚を味方の実で突くところにあります。砲兵に関しては、ロシアは大きな実であり、こちらの標準的な実ではかないません。ではロシア軍にとって虚とはなにか……それは航空隊です。

昨今のロシア空軍は、ドイツ機の供与や技術改良によって、開戦前とは段違いに強力になっています。しかし満州南部に展開しているロシア空軍機は、ヨーロッパ方面においてはすでに二線級になった旧型機であり、我々が今回持ちこんだ最新鋭機なら打ち勝つことが可能です。

そこで反攻作戦の始動直前に、中国方面軍の保有する航空部隊の総力……むろん朝鮮方面軍や海軍航空隊、空母航空隊にも支援を要求しますが、中心となるのはあくまで陸軍航空隊とお考えください。

それらを用いて満州南部にいるロシア軍機を短期間で徹底的に叩き、一時的に制空権を奪取します。その上で、朝鮮半島で活躍したという日本陸軍の新型双発対地攻撃機部隊に、全力支援を要請します。

彼らが主力となります。我が中国方面軍には、残念ながら旧型の単発襲撃機しかありませんので、何がなんでも日本陸軍に掛け合い、手持ちの双発対地攻撃機の大半を投入してもらい、これをもって営口背後に布陣している三個砲兵陣地を殲滅するのです。

私が聞いた彼らの対地攻撃能力が本物であれば、どれだけ大規模な砲兵陣地であろうと、あっという間に戦闘不能にできると確信しています。

問題は、その特殊な対地攻撃機の出撃には、味方の制空権確保が絶対条件だということです。これを実現するために我々は総力をあげて、満州南部に展開しているロシア軍の戦闘機を叩き落とさねばならないのです」

「その双発対地攻撃機とやらは、そんなに打たれ弱いのか？」

自由連合軍には、まだ東海一式双発地上掃討機『撃虎《げきこ》』の正式な情報は送られていない。

なにしろ日本陸軍独自仕様の拡大試作機であり、大量生産が開始され、量産第一ロットとなる一六機が工場をロールアウトする今年七月までは、まだ正式の軍用機ですらない代物《しろもの》なのだ。

ただし、拡大試作機の朝鮮半島における実戦試験の結果は驚くべきものであり、自由連合加盟国家のうち、とくに英国が重大な関心を示しているらしい。

反対に合衆国陸海軍の航空機部門の反応は鈍い。どうやら専用の対地攻撃機などを作るくらいなら、大量の爆弾をばらまくことのできる戦略級の重爆撃機を大量生産すべきという考えのようだ。

このあたりは各国の軍事ドクトリンの違いのため、どちらの判断が正しいとは言えないが、少なくとも『戦車キラー』としての特殊用途においては今後も充分に実用可能であり、かつこの新しいカテゴリーの機体は、長い将来にわたって生き延びる可能性が高いと判断されている。

戦車が進化すれば、対地攻撃機も進化する。

対地攻撃機が戦車の天敵になれば、その後は矛盾のたとえの通り、どちらが強いかわからなくなるまで究極の進化が始まるはずだ。

その最初の段階で、早くも有用性に気づいた磯谷は、さすがといえる。

「日本陸軍は、その機を出してくれるだろうか？　朝鮮半島での使用実績はどの程度だったのか」

興味が湧いてきたのか、スティルウエルの口調がわずかに早口になった。

「朝鮮に投入されたのは六機ほどと聞いております。ただし、日本本土には拡大試作機として一二機、そして量産試作機が六機、試験量産機が一六機あるそうです。最後の試験量産機は実際に量産ラインを作り、ラインの調整を兼ねて先行試作したものなので、早ければ夏に制式採用と同時の実戦配備を始めるため、この一六機はすでに訓練に入っていると思われます。

ですから現時点において、最低でも三四機が存在していることになります。むろん、朝鮮半島での実戦試験で被害を受け、調査のため解体された機もあるかもしれません。

しかし、試験量産は本格量産が始動する直前まで行なわれるので、おそらくこうしている間にも、続々と量産ライン上で新たな機が作られているはず……それらは加算できるものとなります」

「最低でも三四機か……それで足りるのか？　相手は六〇〇門の長距離砲だぞ」

「朝鮮半島における実戦試験では、砲兵陣地への攻撃も実際に行なわれています。その報告を見ると、一回の出撃で六門の砲を破壊したとあります。

これは一機、しかも戦車攻撃のついでに行なわれた攻撃ですので、目標を砲兵陣地に絞れば、さらに多くの砲を破壊できることになります。

でもって、三四機をローテーションを組ませて出撃させるとなると、だいたい一回の出撃で一〇機編成になると思います。三〇機で三組、予備が四機。これで出撃・整備・待機を回転させれば、搭乗兵たちの疲労も最小限にできます」

「一〇機で一回六〇門を潰せれば、一〇回出撃で六〇〇門をすべて破壊できる計算になるな。まあ、実際にはそれほどうまくはいかんだろうが、それでも一日三回の出撃で一週間続ければ、総数二〇回になる。倍の余裕を見ていれば、おそらく大丈夫だろう。これは、いけるかもしれんな」

絶望的な気分になっていたところに、一筋の光明がさした。見違えるように顔色をよくしたスティルウエルを見て、磯谷も思わず笑顔になる。

「そうと決まれば、一秒でも時間が惜しいです。反攻作戦の主作戦は、七月四日に開始されることになっています。

本来なら一日が切りがいいのですが、月初めの切りのよい時点を開始日にすれば、ロシア側も容易に推測が可能ですので、もしかすると警戒を強めるかもしれません。そこで四日遅らせたそうです。

でも、我々にとっては天の恵みですね。この四日は大きいですよ。いまから日本陸軍にかけあって出撃を確約してもらうのに、どうしても二週間近くかかると思います。となると残りは二〇日。

実際に朝鮮半島北部の滑走路が整備を終えるのが月半ばですので、この時期からしても、朝鮮の現地飛行場へ対地攻撃機と整備要員、それからローテーションを可能とするための補給部隊の確保などを考えると、どうしても六月二〇日を大きく過ぎてしまいます。

この時点から、何がなんでも一週間の枝作戦実動日数をひねり出すためには、最悪でも六月二六日には最初の攻撃を行なわねばなりません。

二六日から七月四日の反攻作戦開始まで、予備日と言える日は一日しかひねり出せませんので、ほとんど一発勝負になるでしょう。これを統括するには、よほどの人材でなければ無理なのですが……そこは私がなんとかしましょう」

自分が動かなければ何も始まらない。

実務派の磯谷は、そのことをよく知っている。

スティルウエルには、主に中国派遣軍に所属している航空隊の中から、最優先で満州南部の敵機を叩く、精鋭かつ最新鋭機装備の部隊を持ってくる算段を頼むことになる。

なんといっても、自由連合軍は米軍指揮官の声がよく通る。反対に日本出身の磯谷は、日本になら自由連合軍所属の指揮官として無理強いができる……。

これらのことを、先ほどから説明しつつ考えていた。

「作戦開始日が七月四日なのは、それが合衆国のインディペンデンスデイだからと思っていたよ。さて……まず誰を抱き込むべきか」

やる気になったスティルウエルが、ついに冗談まで口にする余裕を見せた。そして、自分たちの悪巧みに引き込む米軍指揮官を算段しはじめる。

「戦闘機部隊のことは、司令官にお任せします。夕刻に確認の電話を入れますので、かならず出てください。では、私はいろいろかけあうため、いったん秦皇島基地に戻ります」

「わかった。ここは私に任せろ」

ようやく前線司令官と前線部隊参謀長の息が、ぴたりと合った気がした。

これは幸先がよい……。

これまでの戦闘経験から、司令官と参謀長の息が合った時は、高い確率で勝利を手にしてきた。

今回も、きっとそうなる。

そう自分に言い聞かせながら、これから始まる地獄のように忙しい一ヵ月間を前にして、磯谷は大きく深呼吸をした。

4

六月一六日　平壌《ピョンヤン》

「見事なほど何もないな……」

零式指揮戦車の車長席に立って周囲を見渡している上御門巴《かみみかどともえ》大佐が、端正で切れ長の目をさらに細めながら呟いた。

ここは朝鮮半島北部の要衝……平壌。

いや、かつて平壌だった場所と言ったほうがいいだろうか。

これまで幾度もの都市攻防戦が行なわれた結果、木造家屋はむろんのこと、以前は旧都の名残りとして残されていた土煉瓦や土塀、ごく一部だが城壁の面影を残す石積みの壁などまで、見事なほどに粉砕・焼失してしまっている。

よく見れば、あちこちにある地面の盛り上がった場所が建物跡だとわかるが、基本的にはずっと彼方まで見通せる穴ぼこだらけの荒野でしかない。

それでもここは、いまもって軍事上の要衝である。

大田のロシア軍を制圧した自由連合・朝鮮半島方面軍は、三分の二の戦力を京城《キヨンソン》へ、残りを朝鮮半島北東部へ移動させた（この場合の戦力とは戦闘員の実数を示す。一個歩兵師団に一万五〇〇〇名いても、即応戦闘員は三個連隊規模・九〇〇〇名程度となっている。他は工兵部隊や後方要員、輸送部隊・事務方など）。

朝鮮北東部への戦力移動は、万が一にロシア軍がウラジオストク方面から反撃に出た場合の押さえであり、満州方面へ侵攻させるものではない。

あくまで満州方面へ攻め入るのは、主力が中国方面軍、そして朝鮮半島西部から北上して敵の背後を突く京城の戦力となっている。

そして京城に朝鮮方面軍総司令部を移動させ、主力となる機動力のある大半の戦力を平壌へと移動させた。

その尖兵となって送りこまれたのが、大日本帝国陸軍がとっておきの虎の子として派遣した日本陸軍近衛《このえ》第二師団第二戦車連隊なのである。

近衛師団といえば、天皇陛下の護衛専門部隊として特別に選ばれた者たちばかりを集めた、陸軍の中でもエリート中のエリート部隊として知られている。

しかも頭脳明晰・肉体頑強なだけではダメで、古くは平安時代にまでさかのぼった由緒ある家柄、しかも朝廷に一度も反旗をひるがえしたことのない家系から選ばれると言われている。

ここまで特殊な構成のため、日本の常識に照らすと門外不出の最精鋭部隊となる。

しかし日本が自由連合の一員になると、戦時というのに最精鋭部隊を最も安全な帝都に常駐させていては他国に示しがつかないとの声が、日本国内からも上がりはじめた。

ただ、さすがに国家元首の『私兵』と位置付けられている部隊だけに、自由連合軍としてもあからさまに出せとは言えず、これまで見て見ぬふりをしてきた経緯がある。

それが今回、遅ればせながらも初めて国外へ派遣されたのは、なんと天皇陛下自らの聖断があったからだ。

『国を守る軍の極みとも言える近衛師団は、常にすべての皇軍の規範でなければならぬ。その規範がいつまでも戦わぬというのなら、朕自らが近衛師団を率いて出征する』

この発言には、帝国政府以下の臣民すべてが仰天した。

しかも国家元首自ら、同盟を結ぶ自由連合諸国に対して公式に宣言をしたわけだから、これは実施しないと天皇陛下の信用にも関わってくる……。

というわけで、あまたの反対意見はすべて封じられ、とんとん拍子で近衛師団の海外派兵が決定したのである。

それでもなお、中東や北アフリカではなく、最も近い朝鮮半島への出兵になったのは、反対派の口を封じるための苦肉の策といえるだろう。

同じ理由で、天皇を直衛する近衛第一師団はさすがに出せず、近衛第二師団の派遣になったのも、ぎりぎりの妥協だったに違いない。

だが、近衛師団が実戦投入された真の意味は、その後に行なわれた目の醒めるような活躍を見れば一目瞭然だ。

そう……。

近衛師団は義理や体裁のために投入されたのではなく、まさしく日本という国を脅かす極東アジア地域の不安定化を解消すべく、確たる理由があるからこそ投入されたのである。

「連隊長殿、仮設置された機甲部隊司令部で、武藤司令官や各戦車連隊長がお待ちです。急ぎ幕舎へお越しください」

平壌に到着したばかりで戦車から降りてもいないというのに、慌てて走ってきた伝令からそう告げられた。

「おお、それは悪いことをした。すぐに行く」

上御門は、指揮戦車の中にいる部下に短く声をかけると、すぐに戦車を飛び降り、二〇〇メートルほど離れた場所に設置されている司令部幕舎めがけて走りだした。

ここは走らざるを得ない。

なにせ武藤章《あきら》司令官は、もともと第二近衛師団長に内定していた由緒正しき中将であり、今回の出来事により急遽、天皇陛下じきじきに、自由連合陸軍独立第1機甲部隊の最高指揮官として推薦された剛の者である。

本来であれば、無難に英国か合衆国の陸軍指揮官が任命されるところだろうが、一連の流れと天皇陛下の推薦という例外中の例外が発生したため、自由連合軍としても、ここは日本の顔を立てておくべきと判断したらしい。

よって、武藤の指揮下に入った自由連合陸軍独立第1機甲部隊には、日本の近衛第二一戦車連隊（上御門巴大佐）／米第3機甲師団派遣戦車部隊（二個連隊／モーリス・ローズ少将）／英南方アジア軍所属の混成第1戦車連隊（フォックス・ピット大佐）／カナダ陸軍派遣第1戦車大隊（メイナード・フェアバーン少佐）／タイ陸軍第1戦車大隊（ソムチャット・プラカオー大佐）が集合することになった。

急造の寄せ集め部隊に見えるが、それぞれの部隊のナンバーの多くが若い番号で占められているのでもわかるように、各国においてはトップクラスの中核部隊である。

しかも米派遣部隊を指揮するモーリス・ローズ少将は、パットン将軍の下でめきめき頭角を現わしてきた人物として有名であり、人によっては合衆国最高の戦車指揮官と称する者もいる。

これは英国派遣部隊のフォックス・ピット大佐も同様で、本来ならエジプト方面でバリバリの現役機甲師団の一員として戦っていてもおかしくない。

これもまた、天皇陛下の熱い思いを知った英王室が、特別に英政府と英陸軍に対して配慮を示すよう促した結果、直率の一個戦車中隊込みでインドから香港へ派遣され、香港で南方アジア軍から抜粋した三個戦車大隊と合流再編したものである。

つまり、主力部隊の指揮官は精鋭揃いというわけで、各国も天皇陛下のメンツを潰さないよう、時間の許す範囲で最高の措置を行なったといったところだろうか。

これら優秀な連隊指揮官たちを、武藤は嫌でも束ねなければならない。

その責任は重く、作戦に失敗したら陛下の手前、辞職程度ではすまないだろう。

武藤の一途で熱血溢れる気質からすれば、実際に腹を切って果ててもおかしくない。

だからこそ帝国陸軍も、すべてを任せるかたちで武藤へ白羽の矢を立てたのだ。

その決意は、上御門を出迎えた武藤の顔を一瞥《いちべつ》するだけで理解できた。

＊

「すでに朝鮮方面には日本本土から新型戦車が届けられ、即日配備されたそうです。日時的には一六日となっています。しかし我々には、まだ届いていません。天津への陸揚げは終わっているそうですが、天津からこの秦皇島基地まで陸送しなければならない……それが遅延の原因となっています。

通常の陸送だと鉄道を使うのですが、いまだに天津と満州をつなぐ鉄路は寸断したままのため、どうしても自力で走ってこなければなりません。

戦闘車輌の輸送には、天津にいる予備の戦車大隊員が従事してくれることになりましたが、けっこうな距離を走ってくる関係で、ここに到着しても、すぐに部隊配備とはいかないそうです。

自走してくるせいで発生すると想定される不良箇所の修復や消耗部品の交換のため、一両日程度の整備が必要だそうで。あれやこれや予定に入れますと、最短でも我々の部隊に新型が配備されるのは六月二四日……つまり四日後にならないと無理とのことでした」

説明しているのは、秦皇島へ戻った磯谷廉介中将だ。

場所は秦皇島司令部内にある来賓室。

いま目の前に立って磯谷の説明を受けている予想外の大人物を見ていると、どうしても言いわけがましくなってしまう。

「日本の極東総司令部の話では、今日にも届くとのことだった。だから私が、こうして飛行機を乗り継いで視察に来たんだが……あと四日も待たされるとなると、スケジュール的に滞在するのは無理だな。

仕方がない。今回は貴官に任せて私は日本へ戻ろう。しかし、前線司令部にいるスティルウエル中将には、きちんと私のメッセージを届けてくれ。文書にするのも堅苦しいから、ここで口頭で伝える」

そう言うと極東反攻作戦司令長官のダグラス・マッカーサー大将は、愛用のコーンパイプにかぶせていた親指を浮かせ、一服吸い込むと大量の紫煙を吐き出した。

「新型戦車の配備と同時に、陸海空航空部隊による全力支援攻撃が開始される。敵の砲兵陣地に対する航空支援攻撃は最低三日間だ。それ以降は、戦車部隊が出撃可能になるまで漸次《ぜんじ》行なわれることになっている。

つまり、貴官ら機甲部隊が敵拠点へ突入する直前まで、航空機による攻撃が続くことになる。しかも今回は、日本陸軍の協力により双発地上掃討機部隊が参加してくれる。

おそらく狙われた敵砲兵陣地は、持てる力の百分の一も発揮できぬまま空しく全滅するだろう。余力があれば敵戦車も攻撃するというから、貴官らも少しは楽ができるはずだ。

したがって貴官らの部隊は、掃討機が撃ち漏らしたり隠匿により無事だったロシア軍戦車や砲戦車を、営口へ突入するのと同時に撃破してほしい。

なお諸君の側面支援として、日本陸軍の独立第三対戦車連隊／米陸軍第6歩兵師団／英第16師団／米第21迫撃砲連隊が、貴官らの後方から暫時投入される。ちなみに戦車部隊に随伴して敵歩兵を警戒するのは、米陸軍第6歩兵師団の歩兵たちとなっている。

歩兵部隊は二個師団のみだが、攻撃部隊が前線基地を出撃するのと入れ代わるように、基地防衛部隊として北西五〇キロに布陣している、米軍中心の四個師団と台湾義勇隊の二個歩兵連隊／一個機動大隊が移動してくる。

それでも足りなければ、ここ秦皇島基地に集結している第二陣を出す。これでゆうに軍団規模になるはずだ。

その後も状況が芳《かんば》しくなく、唐山にいる方面軍本隊から増援する時間もない場合、最悪、唐山から大規模増援が到着するまでの間、これら後詰めの部隊が全力で戦うことで敵の反撃を封じることになっている。

むろん、その間も朝鮮方面からの側面支援部隊の攻撃も実施されるから、そうそうロシア軍が反撃に転じられるとは思っていないが、こちらも失敗は許されないから駄目押しの策が必要なのだ。

前線司令部に課せられた営口攻略期限は、主作戦が開始される七月四日から一週間だ。貴官らは前線基地の戦力と後詰めの四個師団強、秦皇島の軍団規模部隊、そして航空支援だけで、敵が満州入口に陣取っている営口地区の全域を奪還しなければならない。

これが極東軍総司令部司令長官としての、私が命じるすべてだ。

営口を制圧次第、唐山にいる主力部隊が移動してくる。方面軍司令部は現在の場所のままだが、戦闘部隊や輸送部隊の主力は、より満州に近い各地へ前進することになる。

その間、一部の部隊を用いて遼東半島を奪還する。遼東半島を完全制圧できたら、全軍をもって長春制圧に動く。ここまでが満州奪還作戦の第一段階となる。それ以降は、いくつかの枝作戦との関係から、しばらく様子を見ることになる。

満州国の首都だった長春まで取り返されたら、ロシア軍も本気になって反撃してくるだろう。だが、その頃には枝作戦が佳境に入っているせいで、ロシア軍はシベリア地区から動くに動けない状況に陥る。そのための一時待機だ。

ここらへんのことを、しっかりとスティルウエル中将に伝えてほしい。営口奪還、そして長春奪還までは、臨機応変かつ迅速に作戦を実施しなければならない。

だが、その後は焦るあまり先走らないよう、しっかり肝に銘じてほしいと私が言っていた……そう貴官自身が直接伝えてくれ」

おそらく文書で伝えないのは、ここから先——秦皇島から錦州に至る道のりで、万が一にも敵の特殊部隊などの潜入により作戦命令書が奪われないよう、念には念を入れてマッカーサーが考えた結果だろう。

ロシア軍も、まもなく自由連合の総反撃が始まることぐらい知っている。しかし、具体的な日付や投入戦力までバレてしまえば、最悪、裏をかかれて大被害を受ける可能性もある。

戦力的に余裕のない自由連合軍としては、それだけは絶対に避けたいところだ。

「了解しました。では、これよりただちに移動車輌を用いて、錦州前線司令部へ戻ることにします」

「うん!? 貴官は新型戦車の受けとりに来ていたのではないのか」

すぐに戻ると告げた磯谷を見て、マッカーサーは意外そうな表情を浮かべた。

「更新装備が届くまで四日もあるのでしたら、余裕で行って帰ってこれます。ともかく前線司令部との意思疎通が最重要事項だと思いますので、総司令長官の命令を伝えるのは早いほうがよいと判断しました。

もっとも、私がここへ戻ってくる明後日には、長官は日本へお戻りになられているでしょうから、前線司令部の最新状況を報告するのは、極東総司令部宛の定時報告内で行なうしかありませんが……」

「それでよい。もし緊急の突発的状況が発生すれば、別ルートでただちに極東総司令部へ届くことになっているから、そこは心配しないでいい。この作戦は、なにも軍だけが動いているわけではないからな。各国の情報機関や政府機関も独自に動いている」

軍人は、どうしても自分たちだけで戦争している気分になりがちだ。その点、政治にも理解の深いマッカーサーは、もっと広い視野で戦争を眺めることができる。

そうでもなければ、胸の内に秘めたる野望……いつの日か偉大な戦勝国の最高司令官として合衆国へ凱旋し、その勢いを利用して一気に戦後の大統領戦を勝ち抜く。

それが実質的な『世界の王』になる最短ルートなのだから、野心に溢れるマッカーサーにとっては、あたかも予定調和のごとく彼の思考に組み入れられているのである。

自由世界の王は、いずれ全世界の王となる。

その時こそ、いまだ実現するメドすらたっていない、マッカーサードクトリンによる理想世界を、アメリカ主導で構築する時だ。

そのためには、この戦いに負けるわけにはいかない……。

おそらく現時点において、マッカーサーほど満州奪還作戦の成就を願っている者はいないはずだ。彼には、そう思う絶対的な理由があった。

第2章　ナチス連邦の秘策

1

一九四二年七月　ドイツ

「総統閣下、お喜びください。ついに完成しました！」

ここはベルリン中心部。

定時報告の予定もないのに『最優先緊急報告』の名目でヒトラーの総統府執務室に飛びこんできたのは、ブローム・ウント・フォス社の一部門であるハンブルガー航空機製造社の技術総責任者兼航空機開発本部長のリヒャルト・フォークト博士だった。

「ほう……」

執務机の上にいくつもの報告書を広げて思案していたヒトラーは、かすかに苛立《いらだ》ちの表情を浮かべつつも、無謀すぎる行動をしでかしたフォークト博士が何を伝えにきたのか興味を示す声を出した。

「いま私は忙しい。なので手短に願う。もし長くなりそうなら、改めて報告書にしたためてほしい。いまは概略だけでいい。三分で話せ」

いくら興味があっても時間は限られている。

ただしヒトラーが本気で興味を持ったら、他の予定がどこかへ飛ばされる。

「新型の正規空母用ジェット戦闘機が、ようやく実戦配備できるまでに完成しました！　現在は拡大試作段階ですが、陸上に固定した模擬飛行甲板による離着テストでは、現在艤装中《ぎそうちゅう》の新型正規空母飛行甲板でも充分に使用可能との結果を得ました‼」

「なんと！」

さしものヒトラーも驚きを隠せない。

つい二ヵ月前に、ようやくフォッケウルフ社製のＦｗ１９０を艦上機タイプへ改造したＦｗ１９０－Ｓが量産に入ったばかりというのに、もう次の世代に該当するジェット艦上戦闘機が完成したのだ。

「それが本当なら喜ばしいことだが……ジェット機はエンジンの性格上、初速が出ないため、空母艦上機での運用にはカタパルトが必須であるとの報告を聞いているが？

まもなく実戦配備されるベルリン級正規空母には、諸般の事情からカタパルトは設置されておらんぞ」

二年前ヒトラーは、空母の大量建艦を可能にするため、断腸の思いでカタパルトの設置を諦める判断を下した。

そこまでして自由連合海軍に対抗しようと奮闘したのだから、忘れるはずがない。

「大丈夫です。我々の開発したBvP205単発ジェット艦上戦闘機は、BMW社製の新型003B－ABエンジンを搭載しております。

このエンジンは、ユンカース社ですでに成功しているアフターバーナー機構を初めて導入したもので、発進時の一分間のみ、規定出力の約二倍にあたる一六〇〇キログラムを発生させられます。

この大出力を利用して、カタパルトなしでの発艦が可能になりました。ただし、さすがに戦爆機として爆弾を搭載しての出撃は無理のため、純粋な戦闘機となりました。

まあ、爆撃機に関しては、従来のレシプロ機からの転用としてドルニエ３３５の艦爆改造型が完成していますので、当面はあちらに任せていれば大丈夫だと考えています。

また、我が連邦の艦上機に雷撃機は存在しませんが、代わりに空対艦誘導ロケットをドルニエ３３５艦爆に搭載できるよう、爆弾搭載架に工夫がなされているそうです。

この空対艦誘導ロケットは、すでに実戦配備されているヘンシェル社製Ｈｅ２９３フリッツの後継ロケットで、すでにＨｅ２９４の名称が決定しています。

この対艦ロケット兵器の威力は凄まじく、既存のあらゆる戦艦の上甲板装甲を貫通できます。さすがに分厚い舷側装甲の貫通は難しいようですが、これに関してはＨｅ２９５－ＳＶと呼ばれる魚雷型ロケットで対処するそうです。

このＳＶ型は、基本的にはＨｅ２９４と変わりはなく、ロケット推進で母機から敵艦手前まで飛行し、そこで着水すると同時に主翼と尾翼部分を分離します。五メートルの弾体のみとなったロケットは、なおも水中をロケット推進によって高速で進み、敵戦艦の喫水下部分に命中・炸裂します。

この部分は舷側装甲もテーパー状に薄くなっていますので、打ち破るのは簡単です。しかも魚雷の二倍以上の高速で突っ込みますので、そのぶん破壊力も大きくなります。

ヘンシェル社からいただいた技術検討資料によりますと、四〇センチ五〇口径主砲を搭載する大戦艦であっても沈められるとありました」

技術者の親玉だけに、どうしても難しい話になる。

しかしヒトラーは、予定の三分を大幅に過ぎたにも関わらず、上機嫌な表情で話に聞き入っていた。

「それは来月末……八月末に艦隊へ配属される二隻の正規空母、ベルリンとドナウの両方に配備されるのか」

「爆撃機のほうは、ドルニエ社とヘンシェル社にお聞きください。艦上ジェット戦闘機に関しては、少なくとも正規空母二隻ぶんに予備機を加えた九二機を、とりあえず拡大試作機として揃えていますので、無事に二隻へ配備できるはずです。

もし、実戦もしくは訓練により機体が失われた場合、次の正規量産機が製造ラインを出てくる九月一五日を待たねばなりませんが、そこから年内は月産三〇機を予定していますので、時間がたてばたつほど楽になります」

「月産三〇機では、少なすぎるのではないか」

年間で三六〇機程度では、とても大量生産とは言えない。これまでのレシプロ戦闘機の場合、年に五〇〇〇機以上を製造した機種もあるのだ。

そう考えたヒトラーは、やや不満そうに聞いた。

「あっ、失礼しました。これはあくまでジェット艦上戦闘機のみの製造数でして、同じ機種の陸上型であるＢｖＰ２０４は、すでにバイエルンにおいて月産一二〇機態勢で量産が開始されています。

これとは別に、先行して開発が完了していたメッサーシュミット社の２６２陸上双発戦爆機も、すでにドイツ国内において実戦配備が完了しつつあります。

これらの状況から、来年になれば新たな大規模製造ライン工場がフランクフルトに完成しますので、我が社のジェット機全般の開発と生産も加速される予定になっております」

「そうか、そうか。どうやら間に合いそうだな。ともかく自由連合海軍に痛烈な一撃を食らわせ、そう簡単にはナチス連邦領土へ踏み込めないと知らしめることが、いま最も重要なのだ。

敵の海軍さえせき止められれば、ユーラシア大陸とアフリカ大陸は我が陣営に落ちたも同然……ヨーロッパ大陸を合わせた三大陸、地球の三分の二を制圧できれば、もはやナチス連邦にかなうものはいなくなる。

自由連合の海軍など、三大陸を制覇した我が陣営が本格的な海軍大拡張を行なえば、いかに部分的に技術が優れていようと数の上で対抗できなくなる。そうなれば、一隻また一隻と狙い撃ちにし、最終的には全滅させることが可能になる。

ただし……北米大陸に存在する合衆国だけは、滅ぼさずに存続させる予定だ。すべての敵を抹消してしまうと、人間は内部分裂しはじめる。だが外に敵がいる限り、内部は団結することが可能だ。

だから合衆国には、敗戦の苦杯を飲んでもらうものの、ナチス化は強制しない。むろん結果的にみれば、ナチス連邦とアメリカ合衆国との講和に落ち着くだろう。

我が方に圧倒的優位な条件付きだが……」

またぞろヒトラーの妄想が始まった。

ただ、現時点においては妄想ではなく、誰もが『ありうる未来』と考えている。

ここでヒトラーの機嫌を損ねるとすべて台なしになることを知っているフォークトは、さも感じ入ったといった表情を浮かべ、じっとヒトラーの演説に聞き入っている。

そして……。

閣僚のヒムラーが定時会議の催促にやってこなければ、フォークトの帰る時間はもっと大幅に遅れるところだった。

＊

——同日、七月一日。

ついに満州奪還作戦の前哨戦——ロシア軍が守る営口、および周辺部一帯に展開している複数の砲兵陣地に対し、自由連合軍が起死回生の一手と確信している変則的な航空攻撃が開始された。

また、この露払いとなる枝作戦の目標には、とくに双発地上掃討機『撃虎』部隊にのみ、『重装甲車輌』の五文字が追加されている。

逃げまわる戦車や砲戦車には、水平爆撃による爆弾投下はなかなか当たらない。命中自体がほとんど偶然に近い確率散布界をもとにしているため、最初から重爆の攻撃目標には移動車輌が入れられていないほどだ。

これまでは、移動する車輌を撃破できる航空機は、急降下爆撃できる単発爆撃機や襲撃機と相場が決まっていた。

装甲車程度の防備なら戦闘機の機銃でも撃破可能だが、戦車ともなると上面装甲でも、なまじの機銃弾では貫通しない（二〇ミリ以上の徹甲機銃弾だと通用する）。

では、急降下爆撃機を多数出撃させればいいではないかという意見もあるが、たとえば正規空母に搭載できる艦上爆撃機は、一隻につき多くて四〇機程度だ。

それらが一度の出撃で投下できる爆弾は、たった四〇発にすぎない。

相手が多くても数十隻の艦隊ならそれで大丈夫だが、艦船とは段違いに小さく、しかも高速で動きまわる機動車輌に命中させるのは、たとえ急降下爆撃でも至難の業だ。

さらに言えば、爆弾の威力は二五〇キロから五〇〇キロと、戦車を破壊するには明らかにオーバースペックだ。

ならば小型爆弾を多数搭載すればいい……艦爆にせよ陸上急降下爆撃機にせよ、多数の爆弾を急降下で一発ずつ投下するようには設計されていないため、これも机上の空論となる。

だからこそ日本陸軍は、あえて襲撃機という種類の陸上単発機を実戦配備したのだ。

襲撃機になら三〇から六〇キロ程度の小型爆弾を数発搭載でき、個々に投下できる（ただし、この場合は緩降下となる）。

だが襲撃機でも、今回のような大規模かつ多数・広範囲にわたる目標では、性能が大幅に不足している。

一機が一回出撃するだけで、一〇輛以上の戦車を撃破したり、最低でも一〇基以上の大口径砲陣地を破壊できなければ、ロシア軍の凄まじい防備を打ち破ることができないのだ。

これらのことは、満州国がまだ日米に間接統治されていた時期に、すでに日本陸軍においては危機感をもって検討されていた。

しかし日本軍は、自由連合軍の一員として動くことを義務づけられている。

これは装備開発にいたるまで徹底しているため、自由連合軍に参加する部隊は、自由連合軍規格に沿った装備しか持っていけない。

そうでもしないと、他国部隊との補給や弾薬の共有で深刻な状況が生まれるのだから、これは仕方のないことだと誰もが考えていた。

ところが日本陸軍は、ロシアだけでなくドイツの驚異的な装甲車輛とも、いずれは正面から戦う時が来ると確信していた。

その時、自由連合規格の装備だけでは、どうしても後手後手にまわってしまう。

下手をすると、ドイツ本国が新開発した超級の新兵器が登場するかもしれない。その時に『戦ってみて対抗できないから新型を開発します』では、勝てる戦争も勝てなくなる……。

そこで日本陸軍は、自由連合軍に供与しない独自兵器の範疇《はんちゅう》で、四年の歳月をかけて双発地上掃討機『撃虎』を作りあげたのである。

たとえ国軍限定装備であろうと、いったん制式化されると、どうしても自由連合軍の装備として採用可能か否かの登用テストを受けさせられる。

そこでもし不用と判断されればいいのだが、常識的に考えて、自由連合軍で不採用となった装備を日本国内軍限定として制式化するのは、軍備に税金をつぎ込んでいる手前、かなり難しくなってしまう。

そこで日本陸軍は、特別枠の拡大試作という名目で、じつに三四機もの完成機体を確保したのである。

この機数は双発機ということもあって、本来なら拡大試作レベルで製造できる数ではない（通常は一〇機前後）。特殊用途機ということも考えると、制式化されたあとの量産段階であっても、下手をする六〇機程度で終了してしまう可能性すらある代物《しろもの》だ。

つまり……。

日本陸軍は、最初から『拡大試作』という名目で完成品の量産を行ない、もし確固たる戦果が得られなければ、すべての計画を破棄して制式採用もせず、そのまま闇に葬《ほうむ》る予定だったのだ。

しかし幸いにも、撃虎は朝鮮半島においてロシア軍の砲兵部隊と装甲車輌に対し、凄まじい戦果をたたき出した。

こうなると頭の固い自由連合軍上層部も、「あれはなんだ」ということになる。

それでもなお日本陸軍は、あせって自由連合軍採用機として量産するよう進言するのではなく、いま一度、手持ちの機すべてを用いて、誰もがぐうの音もでないほどの歴史的な大戦果を獲得する決断を下した。

これは『地上掃討機』という新しいカテゴリーを、なんとしても未来へ末永く存続させるためだ。今後、この種の航空機は必要不可欠な存在になる。そう確信しているからこその英断である。

それは、歴史に残るような大勝利を獲得しなければならないという強い決心あってのことだった。

とはいえ、いきなり地上掃討機の出番はまわってこない。まずは、オーソドックスな戦術……戦闘機による制空権の奪取から始まった。

2

七月一日　朝　満州・営口

「前方高度一〇〇〇、距離約八キロに敵編隊！」

この日のために、朝鮮半島北部の平安南道《ピョンアンナムド》には、数箇所の未舗装滑走路が突貫で設営された。

もともとコウリャン畑だったところを、ブルドーザーとローラーで強引に地ならしただけだから、四〇〇メートル程度の滑走路一本なら、ものの数日で完成する（一〇〇式陸戦・爆装なし一五〇メートルでも離陸できる）。

それらを用いて、日本と合衆国で猛訓練を積んできた戦闘機部隊が、最初の一撃を食らわせるため出撃したのだ。

自由連合朝鮮方面航空団所属の第一二／二六戦闘航空隊（日本）、および第１０２／１１４戦闘航空隊（合衆国）、合わせて一二〇機以上……。

彼らのうちの第一陣四六機が、いま朝鮮北部国境を越え、満州南部にある営口地区へ迫っていた。

『こちら第102戦闘航空隊所属の第一飛行隊。出撃部隊長兼任のサーランド中佐だ。いま山東《シャントン》半島の煙台航空基地から電信連絡が入った。まもなく煙台基地のP－38部隊と唐山基地のスピットファイア部隊が、合流したのち戦闘空域へ入るとのことだ。

各飛行隊は、彼らを敵と間違わないよう充分に注意し、戦闘を実施してくれ。たとえ前方に機影を発見しても、しっかり敵味方識別をしたのち戦闘空域へ入れ。間違っても、敵機だろうとの思い入れで戦うな。今回の作戦には四ヵ国で四種類もの戦闘機が参加しているのだ。同士撃ちだけは避けねばならん」

サーランド中佐は、朝鮮半島から出撃した戦闘機部隊の隊長を任じられている。彼の下に各飛行隊長がつき、各飛行隊長の下に多数の編隊長がつく。しかし中国方面から出撃した米英部隊は、別の部隊長に率いられている。

そのため命令や意志の確認に間違いが生じやすく、個々のパイロットが真剣に見極めないと、容易に同士撃ちをしでかす可能性が高いと判断されていた。

そうでなくとも、英軍のスピットファイアとロシア軍のヤコブレフH1改戦闘機

（実質的なハインケル112の出力強化型）は、水冷エンジン同士とあって見分けがつきにくい。

対する日本軍は一〇〇式戦『隼《はやぶさ》』Ⅰ型戦闘機、米軍は隼Ⅰ型戦闘機をベースに米軍好みの加速重視タイプに改良したP－42だから、どちらも似たり寄ったりで間違うことはない。

P－38に至っては、米軍専用機ながら自由連合軍として参加している。特徴的な双胴機は英国にも存在しているが、幸いにも極東には配備されていない。つまり、自由連合の双発戦闘機はP－38しかいないため、見誤る可能性はゼロだ。

これは長距離飛行が可能な双発戦闘機が、日本軍には呑龍《どんりゅう》しかないためである呑龍は、日本独自設計機としては最終開発機にあたる。

これ以降の双発戦闘機は、基本的に自由連合共有設計となっているため、日本軍は特殊用途機（対地掃討機／対潜駆逐機／本土防衛用の局地戦闘機／水上機基地用の専用水上機／超大型飛行艇／各種実験機など）を除くと共有設計機しか生産していない。

事前情報では、営口周辺の滑走路には、ヤコブレフH1改戦闘機の他に、旧式のロシア製単発戦闘機も配備されているらしいが、それらは自由連合軍機に対抗できるものではない。

おそらく基地防衛用、もしくは対地上攻撃用に温存されているのだろう。

これらとは別に、大都市の長春南部にある基幹航空基地には、多数の双発爆撃機と双発戦闘機が存在していることがわかっている。

このうち双発爆撃機が最新鋭のイリューシンJu88Ⅱ型機（Ju88の寒冷地対策機）なのはわかっているが、肝心の双発戦闘機がメッサーシュミットBf110ベース機なのか、それとも新型のMe210ベースなのかは判明していない。

この双発機部隊が出てくると少し厄介だ。

安全策でいくなら、今回の出撃機種に加えて、唐山基地に新配備されているP-47サンダーボルト（日本名・一式戦『雷風《らいふう》』）を出したいところだが、唐山基地から直接出撃させると航続距離が足りなくなる。

もし出すなら秦皇島基地に属している山海関《サンカイクワン》飛行場へ前方展開させなければならないが、さすがに敵機が余裕でやってこれる場所に最新鋭機を常駐させられないとし、今回の前哨戦には参加が見送られた。

『敵機種、視認！　敵は新型ヤコブレフ二四機、旧型ヤコブレフ一八機、ポリカルポフも八機ほどいます!!』

編隊無線電話を使って、日本の隼飛行隊の編隊長が視認報告をしてきた。

むろん英語のため、米軍にも即座に伝わる。

「ポリカルポフって……ナチス連邦に入る前の機種じゃないかよ。なんか出せるもん、みんな出してきたって感じだな」

隼第一飛行隊長の湯島数輝大尉は、誰も聞くものがいないというのに声に出して喋った。

『こちらサーランド、隼第一飛行隊は旧型ヤコブレフを頼む。隼第二飛行隊はポリカルポフを叩いたあと、旧型ヤコブレフ退治を願う。米飛行隊は全力で新型ヤコブレフを殲滅《せんめつ》する。以上だ！』

「やっぱり、美味《おい》しいところは持ってくんだな……」

いかに一緒に猛訓練してきた仲とはいえ、米軍と日本軍の格差は厳然として存在する。

もし日本軍部隊が優先的に敵に対処したければ、米軍部隊以上の明確な戦果をたたき出さねばならない。それが不文律となっている。

もっとも海軍においては、すでに日本海軍空母部隊が優秀な成績をおさめているせいで、最近では米軍部隊を指揮する日本軍指揮官も出ているから、空における戦いも、いずれは日本軍指揮官が統率する場面もあるかもしれない。

そういった意味においても、今回の前哨戦が日本軍航空部隊にとって重要な戦いになるであろうことは、日本陸軍のみならず広く日本軍部全体で囁《ささや》かれている。

一〇〇〇メートルと低い高度を維持していたロシア軍戦闘機部隊に対し、米飛行隊のP－42は高度一五〇〇まで急降下したのち、一対一で背後を取る策に出た。

「ジョン、別の機が上昇していくぞ！」

第102戦闘飛行隊の三番編隊に所属するマーランド軍曹は、自分が追いかけている新型ヤコブレフを重複して追いかけようとした編隊三番機のジョンソン一等兵に、英国設計の短距離無線電話を通じて注意を与えた。

『敵機のほうが上昇力があるので追いつけません！』

すぐに返事が来た。

米陸軍による隼I型を改良したP－42は、エンジンをハ－115R（一三五〇馬力）から米国製のライトR－2600－8（一七〇〇馬力）に換装し、機体もそれなりに強化されている。

武装は両者ともに一二・七ミリ四挺だが、強馬力を生かした強襲戦法においては

P-42のほうが一枚上手だ。

ただし、機体重量が増大しているせいで、低・中空域における格闘戦は隼I型のほうが優れている。ここらあたりの変更は各軍の軍事ドクトリンによるものなので、現状ではどちらが優れているかといった比較はナンセンスである。

ただ……。

その強馬力をもってしても、ハインケル112の出力強化型であるヤコブレフH1改戦闘機に追いつけないとなると、ロシア軍機を圧倒するには隼改良機では難しくなる。

やはり配備が急がれている新型陸上戦闘機——P-47サンダーボルト(日本名・一式戦『雷風』)への全面的な更新を急ぐしかない。

「くそっ……おおっと!」

無線電話にむかって悪態をついたマーランドだったが、その目は前方四〇〇メートルを降下していく敵機からまったく外れていない。

そして、電影照準器のターゲットに敵機がはまると、躊躇《ちゅうちょ》せず射撃トリガーを絞った。

「一機ゲット!」

後方から追尾されているのがわかっているはずの敵機なのに、ほとんど回避することもなく、ほぼ四挺の一二・七ミリ機銃弾のすべてを機体に受けてしまった。

まず主翼フラップが吹き飛び、つぎに垂直尾翼がちぎれる。これが致命傷となり、敵機は制御不能になって墜落していった。

あと四機落とせば、晴れてマーランドもエースパイロットの仲間入り……。

ヨーロッパ戦線や中部アメリカ戦線では、とうの昔に多数のエースが誕生している。

だが、これまで極東戦線においては若干数の海軍エースが誕生しただけで、陸軍からはほとんど出ていなかった。

ロシア軍が航空機の漸減《ぜんげん》を恐れて前線に出さなかったせいで、もっぱら陸軍戦闘機は地上攻撃任務だけ行なってきたからだ。

今回の出撃はそれらの鬱憤《うっぷん》払いの意味もあり、必要以上に各パイロットは名誉欲に駆られている。

「しかし妙だな……まさか敵の野郎、急降下だけで逃げきれると思ってたのか」

あまりにもあっけなく撃墜できたため、かえってマーランドは疑心をいだいた。

なにしろ出撃前のブリーフィングでは、敵の新型はハインケル112を改造したものであり、格闘戦には定評があると注意を受けたほどなのだ。

『マーランド軍曹！　上に行った敵機が軍曹の斜め後方から突入する模様です‼』

先ほどのジョンが、ふたたび無線で声をかけてきた。

「ハインケルで一撃離脱戦法……ねえ。頭おかしいんじゃないのか」

せっかくの優秀な機体性能を、まるで生かしていない。

もしかすると……。

ここに来てマーランドは、ひとつの仮説を思いついた。

「おらよっ！」

本来ならスロットルを開けて強馬力をひねり出し、敵機の突入をパワースライドでかわすところだが、マーランドは自分の仮説を確かめるため、あえてスロットルを絞り、反動トルクのかかる左捻《ひね》り回転で相手の射撃軸線をかわす戦法に出た。

「あ、やっぱり……」

ひらりと機体を左へひるがえしたＰ－42に対し、敵のヤコブレフはそのまま急角度でまっしぐらに通過していく。

ついでに機銃弾までばらまいていったのだから、あの突入で落とせると思っていたらしい。

「こちらマーランド、編隊全機および編隊長へ至急連絡！　新型の敵機は、パイロットがえらく未熟だ。おそらく新型機が配備されてから、ろくに格闘訓練を行なっていない。だから強馬力を使って一撃離脱戦法しか行なえない。せっかくのドイツ譲りの格闘戦性能が泣いている。

だから俺たちは、相手の一直線行動に追従するんじゃなくて、機体機動ですばやくまわりこんで銃撃する戦法がきわめて有効だ。

まちがっても深追いするな。編隊長殿も、他の編隊や飛行隊長に連絡してください。そうすれば楽に勝てます！」

伝えるだけ伝えると、マーランドは無線電話のトークスイッチを切り、改めて次の獲物を探し始めた。

3

七月一日　朝　営口上空

「くそっ！　旧型と思ってたら、けっこう馬力あるじゃねーかよ!!」

隼第二戦闘隊（第二六戦闘航空隊第一飛行隊所属）の雁茅太治《かりがやたいじ》一飛曹は、くねくねと逃げ回る敵機の尻を追いかけつつ、ずっと罵声を吐き続けている。

楽勝の気配が漂っている米軍飛行隊とは裏腹に、旧型ヤコブレフとポリカルポフを相手にした日本陸軍の隼戦闘隊は、予想外の苦戦を強《し》いられていた。

最初に相手をしたポリカルポフのほうは、本当に楽勝だった。

ずんぐりむっくりとした不格好な機体に脆弱《ぜいじゃく》な七七五馬力エンジン、機銃は四挺備えているものの、いずれも七・七ミリと小さく、防弾装備の少ない隼Ⅰ型であっても急所に当たらないと撃墜できない。

加速・機動・最高速の三拍子とも隼Ⅰ型に負けているのでは、これはもう標的同然であり、実際そうなった。

ところが、その先にいた旧型ヤコブレフ（Ｙａｋ１型の出力向上型）は違っていた。

旧型ヤコブレフは、ドイツ技術を導入しているものの、機体はロシア製のまま だ。そのため大幅に馬力を上げようとすると機体がもたないため、大きな改良ができていない。

ところが、この機体強度の低さと程よい出力向上が合わさった結果、かえって低高度での格闘戦に好都合な状況が生まれた。

また、旧型ヤコブレフに乗るパイロットは、ずっとこの機種に親しんできた熟練が多い。

新型ヤコブレフは、かなり神経質なドイツ機の性質をそのまま受け継いでいるため、かえって熟練パイロットには敬遠されたことも一因らしい。

結果……。

予想外の、隼Ｉ型との壮絶な格闘戦の展開となったのである。

『雁茅一飛曹、真うしろ上!!』

いきなり明瞭な声が無線電話から聞こえてきた。その声が編隊内でペアを組んでいる江藤俊二《しゅんじ》一飛兵の声と気づくや、雁茅は反射的に機体を左へひねった。

次の瞬間、跳ね上がった右翼のわずか数十センチ先を、一二・七ミリ曳光弾が通りすぎていく。

『あとの機は任せてください！』

ふたたび江藤の声。

突入しての銃撃なら、曳光弾が通りすぎたあとに、敵機そのものが突き抜けていくはずだ。

それがなく、江藤の通信があった。

ということは、雁茅機を射撃した敵機は、その直後、江藤機によって牽制射撃を受け、突入を諦めて機体をひるがえしたことになる。

「了解」

自分が追いかけているのは、三〇〇メートルほど先を左方向へスライドしつつ旋回しはじめた敵機だ。

何度も射撃直前でひらりと機体をかわされ、撃つ機会を逸している。

機体の機動性能……とくに格闘戦における機動は、やや隼一型のほうが上にも関わらず、敵はこちらの意図を先読みしながら射撃タイミングをずらす戦法を行なっている。

そしてペアになっているもう一機が、隙を見て突入射撃する……。

こちらがペアを組んでいるのと同様、ロシア機も二機一組で戦っている。これは二機のうち最低でも一機が熟練パイロットでないと、なかなか成功しない戦技である。

「古参は、こっちの機か……」

雁茅とて、開戦前から猛訓練につぐ猛訓練に明け暮れてきた。さすがに熟練とか古参と呼ぶには早すぎるが、それでも世界各国の戦闘機乗りには負ける気がしない。その雁茅が弄《もてあそ》ばれているのだから、よほどのつわものなのだろう。

「ていっ！」

雁茅は、当たらない前提の牽制射撃を行なった。

これ以上、敵機に左旋回されると、こちらもまわりこむのが苦しくなる。そこで一瞬だけ大きく機首を左にふり、敵機の鼻先に機銃弾をばらまいたのだ。

案の定、移動先を狙われたと思った敵機は、進路を右方向へ変更した。

「あっ……」

右へ進路を戻した敵機を見越し射撃で落とそうと思っていた雁茅は、敵機の予想外の機動を見て、思わず驚きの声をあげた。

敵機は右に機首を戻すと上昇回避するのではなく、反対にスロットルを絞って急降下態勢に入り、またたく間に雁茅機の後ろ下方向へと落ちたのである。

その上で、急降下で増した速度を利用し、急速に左捻りを入れて、ほぼ左翼を下にした垂直状態で旋回、その後にスロットルを全開にして急速上昇……見事、雁茅機の背後につく動きを見せた。

この機動を雁茅は、横旋回段階で見抜いた。

そして強化された隼I型の機体剛性を信じ、強引な右旋回に入った。

大幅に馬力の増えたエンジンが、ぐいぐいと機体を引っぱって行く。

さしもの隼も機体がきしみ始める。同時に身体にもGがかかり、頭から血の気が引いていく。

「あ、あと少し……」

薄れようとする意識を歯を食いしばって耐え、雁茅はついに、旋回を終えた敵機の右真横の位置に機首を持っていくことに成功した。

「当たれッ！」

軽快な一二・七ミリ機銃四挺の発射音。

ほぼ全弾が、わずか八〇メートル足らず先にいる敵機に吸い込まれる。

次の瞬間、機体を左へ捻る。

距離が八〇メートルしかないのでは、のんびりしていると衝突してしまうからだ。

ギリギリで敵機の後方をすり抜けた雁茅は、その目にしっかりと敵機の胴体後部がちぎれ飛ぶのを焼きつけた。

おそらく燃料タンクに焼夷弾が命中し、瞬時に爆発したのだろう。

見事な撃墜だった。

隼I型は、根本的な設計こそ日本航空技術陣が心血をそそいだものだが、エンジンが米国技術によりパワーアップしたぶん、機体強度も高いレベルで強化されている。

そのせいで、もとから得意だった格闘戦にも磨きがかかった。

機体強化に伴い、紙のように薄かった防弾性能も、少なくとも米軍機に準拠したコクピットまわりの防弾板設置だけは実現している。

だから、かなり大胆な攻撃手段も選択肢となる。

それでも両翼と胴体にある燃料タンクは防燃処理されていない。

これに対し米軍の隼改良機（P－42）は米国製エンジン搭載により、さらなるパワーアップの恩恵を受け、燃料タンクの不燃処理まで行なわれている。

この点に関してのみは、日本側の対策が不充分なことがわかる。

それらをP－42なみに向上させた隼Ⅱ型が予定されていたが、米側から「隼の設計にはあまりに余裕がないため、今後はP－47サンダーボルトへ順次変更していく」との通達があった。

そこで日本側も、仕方なく次世代の自由連合陸軍単発戦闘機として、P－47準拠の一式戦『雷風』を主力機にする予定に切りかえたという。

いかに名機と呼ばれようと、将来の発展性が小さい機体設計では早期に引退を余儀なくされる。

それだけ航空機の発展が凄まじい証拠なのだが、これぱかりはイタチゴッコのため止めるわけにもいかず、自由連合の航空技術陣は寝不足の日々が続きそうだった。

やや隼優勢で格闘戦を行なっているところへ、いきなり上空からP－38編隊が二機一組で急降下突入してきた。

同時に無線電話連絡が入る。

『こちら米陸軍煙台基地のP－38飛行隊だ。苦戦しているようだから、ちょっとばかり加勢する。こちらは一撃離脱専門だから、俺たちの突入で機体機動を乱された敵機の始末は諸君で行なってくれ。では健闘を祈る！』

どうやらP－38部隊は、はなから支援に徹する予定だったらしい。

その証拠に、隼飛行隊の苦境を解消すると、ふたたび上空の高みに舞い上がり、そこから個別に苦戦している味方機の支援を行なう態勢へ戻っていく。

まさに自由連合軍ならではの、各国戦闘機の長所を生かした戦いかただ。

こうなると、さしものロシア軍熟練パイロットたちも、急速に劣勢に追い込まれていった。

＊

三〇分後……。

営口上空を守る敵機のあらかたを撃墜もしくは追い払った戦闘機隊に代わり、渤海湾まで北上してきた英海軍空母部隊から、艦戦のホーカー・シーハリケーンの護衛を受けたブラックバーン・スクア艦上爆撃機の編隊が到着した。

彼らの任務は、敵戦闘機が出撃してきた飛行場の破壊だ。そのため単発の急降下可能な爆撃機に出撃命令が出たのである。

ただし、自由連合軍内部においても、ブラックバーン・スクアはすでに艦爆としては時代遅れとの声もあり、もし英空母部隊の飛行隊で効果不充分な場合、午後早々には黄海に展開している極東第1任務部隊に所属している護衛空母水鳥《みずとり》／海鳥《うみとり》から、第二陣となる日本海軍の艦爆飛行隊が出撃することになっている。

英海軍としても、次世代艦上機は日米機と歩調を合わせることが決定しているため、英国独自の艦上機はそろそろ引退する時期にきている（しかも次世代艦上機の製造はインドで行なわれる）。

そういう意味では、今回の出撃は貴重な歴史の一シーンとなるはずだ。

次に……。

午後すぐに、戦果確認のためP－38部隊が長春近くまで北上して強行偵察を行なう。

敵航空基地の破壊状況や、上空および地上の敵機の有無を確認したのち、第二次攻撃の可否が検討される。

そして第二次攻撃の必要がないほど破壊したと判断されれば、いよいよ夕刻、双発および四発の大型爆撃機による広範囲の制圧爆撃が行なわれる（破壊不充分な場合は続く作戦予定が順延される）。

これが本日のフィナーレとなるが、これで終わりではない。

明日の早朝……。

夜明け直後にも、営口を中心とした周辺一帯に対し、各陸上戦闘機部隊による制空戦闘出撃が実施される。

これにより完璧なまでに制空権を奪取できたと判断されたら、ようやく次の段階に入ることになる。すなわち、対地攻撃機による精密地上攻撃の幕開けである。

その後も万が一の敵襲に備え、対地攻撃機の護衛には英空軍のスピットファイアがつく。

ここまで万全の態勢を整えないと、自分を守る手段を持たない対地攻撃機は出せない。

しかも防弾能力は地上からの攻撃のみに対処しているせいで、上空および背後から狙われたら、下手をすると数発の七・七ミリ機銃弾であっても撃墜されてしまう可能性がある。

撃ち落とされないためには先に敵戦闘機を殲滅し、無理なら一時的に追い払う必要がある。

丸一日を費やし、陸海軍の多数航空隊を用いて実施した事前航空機殲滅作戦だった。

4

七月二日　朝　営口

自由連合側の戦果報告がまとまった。

七月一日の朝から夕方まで断続的に実施した事前掃討作戦により、ナチスロシア軍戦闘機九八機（うち空中戦での撃墜三六機／地上撃破六二機）、単発爆撃機二六機（すべて地上撃破）、双発爆撃機四二機（すべて地上撃破）、その他の機三九機（すべて地上撃破）の大戦果を得たという。

事前の索敵では、営口を中心とする半径二〇〇キロ以内にある飛行場や滑走路には、各種航空機あわせて四〇〇機前後が配備されていたとなっている。

このうち輸送機や連絡機・観測機など非戦闘目的の航空機を除外すると、おおよそ三〇〇機となる。

そのうちの約一〇〇機を破壊したのだから、計算上ではまだ三分の二——二〇〇機が健在なことになるが、それらの大半は整備中のため格納庫内にあって格納庫ごと破壊されたものの確認不能とされたか、もしくは事前に後方退避させていたと思われる。

敵が攻めてくるというのに後方退避とは妙な話だが、実際の戦場ではよくあることだ。

最前線の飛行場には、即時対応できる整備された新型機が必要になる。

そこに整備不充分な旧式機が混ざっていると、それらを出撃させるため整備陣の労力を割かねばならないし、もし出撃できたとしても戦果を得る可能性は低い。

かえって古参のパイロットを数多く失うだけの結果になるなら、このさい後方へ送って別任務につかせるほうが、機体もパイロットも有効活用できるのである。

おそらく長春より北部の飛行場へ移動した二〇〇機の大半は、ナチス以前のロシアが開発した複葉機だと思われる。いわば第一次世界大戦の遺物のようなものだが、ロシアはナチス革命直前まで複葉機を量産していたため、いまも現役機が多い。

それでも戦闘機・爆撃機・単発機・双発機ぜんぶあわせて二〇〇という数は多すぎる。

もしかすると、ロシアは営口での戦闘には爆撃機は必要ないとして、かなり新しい単発と双発の爆撃機まで、自由連合機の届かない北方へ退避させた可能性がある。

これが事実なら、今回の戦いにおいてロシアが示した唯一の賢明な策といえる。

今後、自由連合軍が満州奪還を目的として北上してくれば、その先々で爆撃機による阻止行動が必要になる。それに用いる機がすべて温存されているとなると、自由連合も余計な手間が必要になるはずだ。

むろん、ロシアも爆撃機を守るための戦闘機を新たに配備しなければならないから、そう簡単に反撃できるわけではない。

ともあれ……。

この戦果には、一日夕刻に実施した、双発／四発爆撃機／空母飛行隊による敵航空基地破壊作戦によるものも含まれている。

ちなみに攻撃目標とされたロシア軍の航空基地は、営口周辺に三箇所、奉天《フォンティエン》南部の二箇所、長春南西の基幹航空基地一箇所があった。

これらへ爆撃を実施し、営口と奉天の滑走路は完全破壊、長春の基幹航空基地は復旧に二週間ほどが必要と判断された。

たった一回の夕刻爆撃でこれほどの戦果をあげられたのも、その前に徹底した戦闘機狩りを実施したからだ。

命中精度の低い水平爆撃しかできない双発・四発重爆撃機が、ここまで驚異的な破壊精度を達成するには、常識では考えにくいほどの超低空爆撃を実施しなければならない。

それができた裏には、敵の迎撃機が上がってくる可能性を徹底的に排除したことと、直前に空母艦上爆撃機による急降下爆撃と銃撃で、基地を守る対空砲座や機銃座をしらみ潰しに叩いたことが理由とされた。

丸裸の航空基地など、固定された標的でしかない。

地上に駐機させてあった無事な戦闘機も、重爆がやってくる前に、艦戦の銃撃で穴だらけにされて飛びたてない。無理に飛ぼうとしても、速度の遅い上昇段階のうちに落とされてしまう。

結果、自由連合軍は今次大戦で、最も効率のよい大戦果を得ることができたのである。

そして二日の朝……。

まだ東の空がかすかに明るくなってきた段階で、事前掃討作戦の最終段階を飾る部隊が、ついに営口上空へと飛来した。

『まもなく営口地区南部にある第一目標へ到達する。各員、母機が攻撃進路に入り次第、各装備の照準器を用いて全力で攻撃を開始せよ。なお母機が攻撃進路を外れ、第二次攻撃にむけて旋回へ入る前に、俺から攻撃停止の命令を下す。以上、機長の草鹿《くさか》』

朝鮮半島北部、平壌北西に設営された一二〇〇メートルの臨時滑走路から飛びたった、対地攻撃機『撃虎』部隊一二機。

これまでは多くても二機ペアでの出撃だったが、今回は一個飛行隊に該当する初の大規模出撃である。

ちなみに、朝鮮北部の大型滑走路に分散配備された撃虎の総数は三四機の予定だったが、直前になってさらに四機が量産工場の奮闘により完成したため、それらを予備機にする前提での出撃が可能になった。

すなわち、第一飛行分隊一二機／第二飛行分隊一二機／第三飛行分隊一〇機でローテーションを組み、遅れてやってくる四機のうち二機が第三分隊へ配備され次第、残る二機を予備機として攻撃日程をまわすことになったのである。

その第一飛行分隊二番機を預かる草鹿朋哉《ともなり》中尉の声が、翼の位置にある胴体内で懸命になって射撃準備に入っている、遠藤数繁《かずしげ》砲撃班長（飛曹長）のヘッドホンを通じて聞こえてきた。

ヘッドホンには、インカム式のマイクなどという洒落《しゃれ》たものはついていない。

そのため機長に連絡するには、目の前にある四六ミリ斜め機関砲を離れ、右胴体部に設置されている攻撃各班共用の機内有線電話を使うしかない。

そのような不便な代物でいちいち返答していたら任務に支障が出るため、特別かつ切迫した状況でもない限り、『無返答は機長の命令を受諾したもの』と判断されている。

「遠藤班長……いつも思ってるんですけど、この四六ミリ機関砲、なんで砲口を機体下部に出して前方固定にしたんでしょうね。

離着陸時に支障がでないよう、砲身と砲本体を可能な限り胴体内の高い位置にまで引き込んでるせいで、胴体上部に砲後部のための『逃げ用出っぱり』までつけ足してあるし。

ここまで無理するなら、いっそ胴体のどちらかに開口部を設けて、そこから砲身を出せばよかったんじゃないかと……」

いまさらながらに超根本的な疑問を口にしたのは、砲弾の弾帯を格納している弾箱担当の伊万里栄吉《いまりえいきち》一等兵だ。

遠藤が返事をせずに第一弾めの薬室装填を確認していたため、伊万里はさらに言葉を続けた。

「だって下方斜め砲だと、射撃時に機は直線飛行を強いられますから、敵からの対空砲火にも当たりやすいでしょう？　その点、側面砲だったら旋回しながら敵を一点に定めての攻撃が可能なので、確実に破壊するまで旋回を続ければいいわけで……」

さすがに黙っていられなくなった遠藤は、手を休めず目も向けずに答えた。

「おまえ、側面機銃で敵機を狙ったことないだろ。撃った弾は、すべて斜め下の後方に流れて行くんだぞ。だから敵機との距離と角度を目で確認し、頭の中で弾道計算しないと当たるもんじゃない。

側面砲も同じだ。自動的に弾道修正してくれる機械かなんかありゃ別だが、そうでなければ、相手も動いている戦車とか当たるもんじゃない。

母機がうまく旋回してくれれば当たるかもしれんが、まったく同じ旋回半径・旋回高度を戦場で維持するのは、うちの機長みたいな熟練パイロットでも難しいんだ。

それに側面砲ともなると、軍部のうるさい方々が、固定砲じゃなく旋回砲にしろとかいらん注文をつけてくるだろうから、なおさら当たらなくなる。その点、斜め下の前方のみを狙う砲は、固定にしないと問題が大きすぎるから、最初から固定ですんなり通る。

まあ、今回みたいに動かない砲兵陣地なら側面砲でも大丈夫だろうが、この機の本来の敵は地上を突っ走る装甲車輌の破壊なんだから、本命を潰せなきゃ意味ないんだよ。

その点、斜め前方の一点に照準が固定されてるこいつなら、機長が機速を固定さえしてくれれば、照準器に目標が入った瞬間に撃てば必ず当たる。なんせ機速を加味して、照準器にはオフセットがつけられてるからな。

これは機関砲だけでなく、機首の機銃やうしろにいるバズーカ班の照準器も同じだ。この途方もなく高い命中精度は、そう簡単に他のものには変えられない……」

せっかく忙しい中の説明というのに横槍が入った。

『こちら機長、最終機速・高度固定態勢に入った。いつも通り時速一七〇キロ・高度五〇メートルだから、照準修正の必要はない。敵機もなし。地上からの対空射撃も薄い。行けるぞ。全班、目標が照準に入り次第、攻撃開始だ！』

「黙るぞ。専念しろ」

遠藤は短く口にすると、片目を機関砲と連動している照準器の接眼筒にあてた。

黙れと言われた伊万里も、すでに準備態勢に入っていた。

弾箱から勢いよく機関砲へ吸い込まれていくはずの四六ミリ機関砲弾の弾帯が、万が一にも途中で引っ掛かって射撃不能になった場合に備えている。

なにごともなければ一二〇発の機関砲弾は、弾帯が尽きる最後まで発射される。

その場合には、伊万里のやることはない。

もっとも弾帯の砲弾が尽きたら、急いで予備の弾箱を、車輪付き輸送台と機内レールを使って後部から搬送し、ただちに次の給弾を完了しなければならない。

機内に保管してある弾箱は三箱。つまり、総数三六〇発を撃ち尽くせば、基地に戻らないと機関砲を撃つことができない。

零式四六ミリ斜め機関砲は、分速一六〇発の連射速度だから、連射し続ければ二分少々で弾切れとなる。

これは一二センチ斜め連装バズーカ砲も同じで、あちらは二〇発入りの弾箱となっているが予備箱はない。

なぜなら、機関砲に比べると圧倒的に発射速度の遅いバズーカ砲のため、一回の攻撃進路飛行では、連装で二発しか撃てないからだ。

したがって一回の出撃では、二〇発もあれば間に合ってしまう。

一方、前部操縦席下の七・七ミリ連装斜め機銃座は、二連装合計で一二〇〇発もの弾数を誇っているが、実際には、分速六〇〇発もある七・七ミリ機銃弾が真っ先に尽きる。

なにせ機首機銃は、前方の地上に迫ってくる敵の対空射撃装備を牽制する意味で、ほぼ攻撃進路飛行状態の間、断続的に連射し続ける必要があるからだ。

狙いをつけて撃っていては間にあわないので、機銃手は、なにか前方地表に見えたら反射的に射撃ボタンを押す訓練を積んでいる。

だから、あっという間に機銃弾は目減りしていくのである。そのため一二〇〇発でも足りず、操縦席の後方に予備弾箱が四箱も積んである。

これが一箱四〇〇発の弾帯となっているため、飛行中でも一挺につき四〇〇発ずつなら二回の交換が可能である（この場合、なんと副操縦士もしくは航空機関士が弾帯交換を行なう）。

「せいっ！」

遠藤は息を止めて接眼筒を覗きこんでいたが、いきなり短いかけ声とともに機関砲の発射レバーをにぎり締めた。

拳銃の引金を大きくしたような発射レバーは、ちょうど右の手のひら全体で引き絞ることができる。

――ズドドドン！

腹に響く四六ミリ機関砲の発射音。

一射で三発から五発を撃つバースト射撃が効率的なため、単一目標の場合はこれで撃つ。

むろん三点バーストなどのセレクタスイッチがあるわけではなく、射手の経験と勘で、発射レバーを引き絞る時間を加減して実現する完全な手動操作である。

「次！」

――ズドドドドドッ！

今度は少し長かった。

最初の目標は、敵砲兵陣地の外れにある孤立した対空砲座だった。そのため、砲そのものを破壊する短めの射撃となった。

次の連射は、砲兵陣地の主力となる長距離砲座が居並んでいる場所だったため、帯状に破壊する必要がある。

そこで、無駄弾が出るのを覚悟の上で連射したのである。

――バッ！　バッ！

機関砲班の後方から連装バズーカ班が、わずかにタイミングをずらして二発発射する音が聞こえた。

　バズーカ砲の照準は、弾速の違いから機関砲より前方位置に合わせてある。ただでさえ当たりにくいバズーカ砲なのに、弾速まで這うように遅いのだ。

　このことはバズーカ班も承知していて、あくまで機関砲班が撃ち漏らしたり破壊不充分な目標を、ダメ押しで破壊するためと割り切っている。

　当然、機関砲班が射撃しなければ撃たない。

　そこで照準器による目標捕捉ではなく、機関砲の発射音を聞いて連射していた。

　なにしろ現在の機体高度は、わずか五〇メートルだ。最低速度に近い時速一七〇キロの飛行でも、地表の目標は飛ぶように過ぎ去っていく。

　それを狭い照準器内の固定された視界だけで射撃するのだから、まさに瞬間芸に近い判断が求められる。

　もしこれ以上の攻撃精度を出したければ、照準装置になんらかの探知能力を付与し、目標だと照準装置が判断したら、あとは自動で装備が射撃を開始するようにするしかない。

　だが……そのような技術は、まだこの世には存在しない。いまは、現状がベストだと考えられている。

『攻撃停止、旋回する』

機長の声と同時に、二基の三菱P＆W・R－２８００Lエンジンが、急速に雄たけびの音を高めはじめ、すぐに右旋回を開始した。

『次は、先ほどの進路と三〇度交差する進路で侵入する。最高効率を求めるなら先の進路と平行した両サイドのどちらかに侵入するのがベストだが、それだと敵さんの対空射撃陣に進路を予測されるからな。

再攻撃まで三分だ。これまでの出撃では二分だったが、今回は多数の僚機がいるから、どうしても一周するタイミング合わせに時間がかかる。だから一分遅れるが、間違うなよ。侵入路に入ったらまた連絡する』

機長は返事がないため、あたかも独り言のように聞こえるが、遠藤たちはその場で、小さいながらも口に出して「了解」と呟《つぶや》いている。

その聞こえるはずのない声が、たぶん機長に届いている。それが猛訓練の末に獲得した、一種の以心伝心だった。

5

七月二日　モスクワ

ベルリンにあるドイツ総統府（同じ敷地内に連邦総統府本館もある。パリにあるのはナチス連邦府内の別館）。そこに直結しているナチス中枢国家専用電話の受話器を架台においたスターリンは、のけぞるようにして大きく深呼吸をした。

吸った息を吐き終えないうちに、ナチスロシア政府の重鎮――ソロモン・ロゾフスキー国家戦略局長官が、大量の書類を抱えてクレムリンにある首相執務室へ入ってきた。

「首相閣下！　満州方面軍総司令部のある長春から、マスレニコフ方面軍司令長官による緊急連絡が届きました!!」

ロゾフスキーの報告を聞いたスターリンは、ゆっくりと残りの息を吐きながら、怪訝《けげん》そうな表情を浮かべた。

「ほう……？」

数日前から満州南部において、自由連合軍の攻撃が活発化しているとの報告を受けている。

朝鮮半島にいたロシア軍が戦略的撤退を実施したのだから、そのあとには当然のごとく満州南部で戦闘が激化する。

これはスターリンだけの考えではなく、ナチスロシア軍上層部の誰に聞いても同じ答えが返ってくるほどの基本的な共通認識だ。

だから、ロシア南部で大規模な戦闘が発生することは予想範囲内であり、それをもってマスレニコフが緊急連絡を行なう理由にはならないはず……。

となると、何を報告してきたのだろう。

そうスターリンは思い、何も思いつかなかったため怪訝な表情になったのである。

「なんの連絡だ」

ともかく聞かないことにはわからない。

考えてみれば、ナチスロシアの情報を一手に牛耳っているロシアSS本部長ではなく、ナチスロシア政府の公式な官庁である国家戦略局が先に報告を受けたというのも妙だった。

「満州南部の営口において、我が軍と自由連合軍の大規模戦闘が発生しております。

そしてマスレニコフ長官の報告によれば、営口に布陣していた二個砲兵師団が壊滅、三個航空隊も戦力を喪失……残るは、地上の二個装甲師団と四個歩兵師団のみとなっているそうです。

そこでマスレニコフ長官は、事は満州南部の戦術的状況にとどまらず、満州方面全体の戦略的問題に発展しつつあるとの観点から、急ぎ奉天の守備軍を南下させると同時に、長春へ満州方面軍の半数を集結させたいとの要請がありました。

まずはそこから、本格的な反攻作戦を実施すべきとの意見具申がありました。

もっとも、首相閣下がご命令なされていた満州死守命令がいまもって生きているため、現在は奉天を方面軍前進部隊の拠点とし、営口地区へ援軍を送り出している最中とのことです。

ただ、現地では制空権が完全に奪取されており、そこで自由連合軍の砲撃機編隊が猛威をふるっているとのことですので、営口へ送りこむ増援部隊の多くが、まともに戦えず、被害ばかりが増大する恐れが高いとのことでした！」

報告を聞き終えたスターリンは、ようやく納得した表情を浮かべた。

ようは準備万端整えて敵の襲来を待っていたというのに、いざ攻められたらボロ負けしつつある。

すでに現地での小手先技による形勢逆転は不可能なため、なるべく粛清されないよう、SS本部ではなく国家戦略局に戦略要件として報告したらしい。

だが、自分の責任にされるのを恐れた戦略局長のロゾフスキーが、国家戦略局で戦略的対策を作成・伝達するより前に、さっさとスターリンへ密告してしまった……これが唐突な報告の原因だった。

「イワン・イワノヴィッチ・マスレニコフ……彼の名前はよく覚えている。彼が以前、私に提案した軍内組織……たしか督戦隊とか言ったな。

士気の低下した自軍から逃亡兵が出るのを防ぐため、前線部隊のすぐ後方に逃亡兵を射殺するための特別部隊を配置し、戦うか、さもなくば銃殺かを選ばせるという案だった。

あの話を聞いて、マスレニコフは私と同様に、人間というものの本性をよく知っていると感じたものだ。当然、優秀な軍人だと思っている。

そうか、あのマスレニコフが慌てるほど、自由連合の反攻作戦は熾烈《しれつ》かつ大規模なものになっているのだな……。

ならば、彼の真骨頂を見せてもらおう。

そうそう、その前に国家戦略局を通じて正式な通達を出してくれ。私はたったいま、ベルリンに戻っておられるヒトラー総統と、一対一で電話会談を行なったばかりだ。

その会談において我がナチスロシアは、地中海東部方面を通じて、イランへ大規模軍事派遣を実施することが決定した。

インドに集結した自由連合軍が、いまにもイランへなだれ込みそうだとのことなので、中東方面において制圧作戦を続行しているドイツ正規軍を側面支援するため、ぜひともロシア軍を出してほしいと頼まれたのだ。

事がナチス連邦軍の戦略的見地から決定したことなので、我が国単独で行なっている極東方面とは重要度が段違いだ。たとえ極東方面が苦しかろうと、我が国はナチス連邦の一員として、できうる限り最大規模の中東支援を実施しなければならない。

つまり……マスレニコフに、はっきりと伝えろ。このような事情のために当面の間、極東方面には一兵たりとも増援する余裕はない、とな。

そこでマスレニコフは、自身が提案して創設した督戦隊を有効に用い、手持ちの満州方面軍だけで、なんとしても自由連合軍の反攻作戦を失敗に導いてもらいたい。

もし阻止できなかった場合は、すべて満州方面軍総司令部の責任として処理する。

そうだな……さすがに援軍がゼロというのも非道すぎるか。では、シベリア方面軍の一翼を担う極東シベリア軍団が本拠地としているハバロフスクの部隊までは、満州方面軍の自由にしてよい。これでなんとかしろと私が厳命した……そう伝えよ」

スターリンは、自分可愛さから報告を丸投げしてきたロゾフスキーについては、責任を問わないことにした。

なにしろスターリンはロシアSSこそ牛耳っているものの、肝心の政府省庁や付随する官僚組織については、ナチス連邦に参加する以前からの複雑怪奇な利権が絡みあっているため、なかなか手がつけられない状況にあった。

下手に有能な官僚を粛清すると、たちまち指揮下にある省庁が機能不全を来す。

その様を、これまで何度も見てきた。

この戦時下においてロシア国内で省庁が機能不全になると、最終的には地方行政にまで影響が出る。

その結果、ロシア国民の不満が急速に増大し、下手をすると革命運動に火がつきかねない。

そこでスターリンは、一部の必要不可欠なエリート官僚については、うまく飴と鞭を使って飼い馴らし、なんとか国内情勢を鉄の規律の下で安定させようとしている。

その一人にロゾフスキーも入っているのだから、今回の従順な行動は評価してやらねばならない……これがスターリン流の人間掌握術なのだ。

ちなみにスターリンの話にあったイランは、わずか七年前の一九三五年、国名をペルシャからイランへ変更したばかりの『イラン民族主義』国家だ。

民族主義国家と国家社会主義ドイツ労働者党（ナチス）は馴染みやすいらしく、イランになった途端、ナチスドイツへ接近しはじめた（現在のナチスの定義は、連邦結成と同時に変更され、より広い意味の『国家社会主義労働党』となった）。

現在はまだ独立国家のままだが、いずれナチス連邦に参入するだろうと目されている筆頭候補となっている（連邦参入の場合は、いきなり中枢国家扱いとなるはずだ）。

つまりイランは自由連合にとり、中東とインドを隔てる独立した仮想敵国なのだ。なのに、中東への大規模地上軍派兵を実現するためには、どうしてもイラン領内を通らなければならない。

本来なら第三国扱いのはずのイランが、もっぱら敵国扱いなのも、こういった裏の事情があるためである。

「あの……国家戦略局としては、極東方面の新たな戦略指針を練らなくてもよろしいのでしょうか」

たんなるメッセンジャーにされそうだと思ったのか、ロゾフスキーは恐る恐る質問した。

「極東方面の戦略指針は、とうの昔に決定している。すなわち、満州および朝鮮半島の完全制圧。次に中国本土と日本列島の制圧。この二点をもって、ひとまずの極東方面作戦の第一部完了とする。

その後は日本および中国を拠点として、太平洋から東南アジアに至る全域を制覇するための、主に海軍力の飛躍的増大に着手する。同時にナチス連邦各国に軍港を提供し、ナチス連邦海軍の総力をもって、太平洋およびインド洋の完全掌握を完遂する。

ここに至り、ようやく極東方面の戦略的指針が達成される。それまでは、なにも変更することはない。

そのようなことに気をまわすくらいなら、いまも日々変化している中東方面における戦略的指針の随時検討、およびにナチスロシア軍の、戦略的に最も有効な配備位置と規模の算定を実施せよ」

いまスターリンが告げた内容は、かつて国家戦略局が胸を張って提出した極東方面の指針だ。

これまでの満州侵攻、朝鮮半島侵攻などは、すべてこの指針に基づいて実施されてきた……。

ぐうの音も出ない。

ロゾフスキーの顔が凍りついている。

現実が変化しても、スターリンが承認した指針は変わらない。

そして現実が指針と大きく乖離《かいり》し、もはや指針に従った状況には戻らないと判明すれば、その時、誰かが粛清される。

いまロゾフスキーは、その虎の尾を踏みかけた。よほどうまく回避しなければ、満州方面でロシア軍が敗北した場合、ついでに責任を取らされる……。

「いえ……大変申しわけありません。この報告を私のもとへ持ってきた部下が、そのようなことを具申していましたので、ついそのまま口にしてしまいました。

私としては、閣下のお考えと寸分たりとも変わっておりませんので、当然、従来の指針に基づき戦略局としての実務に邁進する所存であります」

「そうか、それは頼もしい。では、よろしく頼んだぞ。私は忙しいのだ」

誰が見てもスターリンが忙しそうには見えない。だが、ナチスロシア政府の首相がそう言えば、それが正しい。

かつて肩を並べていたエリート官僚の三人に一人が、いまはこの世にいない。それでも二人が生き残っている。これはロシア全体から見れば希有《けう》の出来事だ。

地方行政を担う部門や宗教から思想部門、学者・作家などは、一〇人いたのが一人か二人しか残っていない。地方行政を担う役人は、役場ごと粛清されてナチス党員が大挙して送りこまれたところもある。

よほどうまく立ちまわらないと、この国では生きていけない。

とくにロゾフスキーのようなユダヤ人の家系は、ただそれだけで危ない橋を渡っている。ナチスドイツにおいては、すでに公然とユダヤ人迫害が実施されているのだ。

その点、ナチスロシアにおいては、なぜかまだ表立っての迫害は行なわれていない。

一説によると、スターリン自身がユダヤ人の血を引いているとも言われている。そのせいで、まだおおっぴらには迫害できないらしい。

しかし、ユダヤ人と名指しせずとも、無能のレッテルを張られれば同じことだ。すでにロシア国内では、一〇〇〇万名を超える人間が処刑されているのである。

「承知しました！　スターリン閣下、万歳‼」

ナチス党にならい、片手を挙手する独特のポーズで、ロゾフスキーは声を張りあげた。

さすがに『ハイル・スターリン』と言うのは、ヒトラー連邦総統の手前はばかれる。そこでロシア語で万歳を意味するハラショーを叫ぶことで、スターリンがロシア国家元首であることを示すのが一般的となっている。

それをロゾフスキーは律義に守ったのである。

＊

「なんだと……」

スターリン首相を示す公式略字入りの電文が、モスクワの国家戦略局とロシアSS本部の内容証明付きで送られてきた。

ここはハバロフスクにある、ロシア陸軍極東シベリア軍団司令部。

おそらく、電文を送られた本命は長春の満州方面軍総司令部長官なのだろうが、なぜかここの司令部長官（軍団司令官兼任）――ニコラエビッチ・メルクーロフ大将のところへも送られてきたのである。

「別件でナチス連邦軍総司令部から、ロシア・シベリア方面軍に所属する極東シベリア軍団を組織再編し、満州方面軍に組み入れるとの通達がありますので、その関係ではないでしょうか」

まるで他人事《ひとごと》のように事務畑出身の通信武官が返答した。

「いや、こちらになんの相談もなく、しかもロシア軍を飛び越えて、連邦軍総司令部からの組織改編命令だぞ？　いつもならスターリン首相が黙っていないところなんだが……。

それがなにごともなく決定事項として送られてきたということは、首相閣下も決定に一枚嚙んでいるということだ。

どうも先ほど非公式に送られてきた、ウラル方面軍のイラン方面への大規模派遣が関係しているようだな。ウラル方面軍がごっそりいなくなれば、相対的にシベリア方面も手薄になる。

そこでシベリア方面と満州方面を合流させ、極東全体を巨大な方面軍として再編するつもりなんだろう。となると、ウラル方面からシベリア中央までは、イルクーツクを本拠とするシベリア中央軍団が担当することになる。

あっちは担当地域が拡大されて大喜びだろうが、我々は貧乏クジを引かされたわけだ。おそらく……近いうちにウラジオストク守備部隊を含む沿海州方面軍も、我々に合流することになる」

メルクーロフは、持ち前の優秀な頭をフル回転させて考えた。

話しているのが一介の通信武官というのが残念すぎるが、なにかを口にすることで考えをまとめる性格のため、つい喋ってしまったのだ。

満州方面軍と極東シベリア軍団、さらには沿海州方面軍まで合体するとなると、普通に考えれば『軍集団』に匹敵する巨大戦力に成長するはずだが、さすがにそこまではいかない裏事情がある。

そもそも沿海州方面軍は、ウラジオストクを本拠地とする拠点防衛集団としての性格が強く、規模も方面軍というより軍団……いや軍団以下の数個師団しか有していない弱小勢力にすぎない。

こうなった原因は、朝鮮制圧作戦において多数の派遣部隊を出したため、のちにロシア陸軍朝鮮方面軍が結成されると、そっくり指揮下の部隊を横取りされてしまったのである。

これと同じことがシベリア方面軍にも言える。

満州制圧のため部隊を拠出したのがシベリア方面軍であり、その後に満州方面軍が設置されたものの、シベリア方面軍の穴埋めはされていない。

あの広大なシベリアの地を、たかだか二個軍団で確保し続けなければならないのだから、極東シベリア軍団およびシベリア中央軍団は、とうの昔に全域の常時確保を諦め、いくつかの拠点防衛とシベリア鉄道の維持に全力を傾注してきたのである。

よって満州方面軍が増強されるといっても、実質的に二線級の一個軍団が追加される程度と思ったほうがいい。

そう考えると、自由連合軍が中国方面軍に加えて朝鮮方面軍からも戦力を追加したのは、これらのロシア側事情を推測した結果といえるだろう。

「この通信は告知のようなものですので、返信は必要ないと思いますが……どう処置しましょうか？」

「長春には、こう伝えろ。極東シベリア軍団の満州方面軍への編入措置、確かに承知した。そこで満州方面軍総司令部におかれては、早急なる我が軍団の行動指針および新たな戦略目標について指示願いたい。すぐに送れ」

通信武官の言うように黙っていれば、最も波風が立たないように思える。

しかしそこは浅慮というもので、公式の問い合わせを上部組織に行なわないと、いつ独自裁量を理由に責任をかぶせられるかわかったものではない。

すでにハバロフスクにも、満州南部における危機的状況は入っている。

どこをどうやったか知らないが、自由連合は恐ろしい威力を持つ新型航空機を多数投入したらしく、ロシアの地上軍は、その機のせいで手も足も出ない状況らしい。

味方航空隊も、機種こそ新型に転換されているものの、肝心のパイロットたちの考えが古すぎて、新型をうまく生かせる状況にない。

かといって新兵はまだ訓練不足であり、あとしばらくは実戦に出せそうにない……。

まさに航空機の急速な発達に伴う新旧パイロットの交代の隙を、自由連合軍は見事に突いたことになる。

多分に偶然的な要素が大きいものだが、運も実力のうちと考えれば、自由連合軍の極東における反攻作戦開始は、運すら味方につけた時流の流れと言えるだろう。

となれば、下手に動くと敗北の責任を取らされて粛清される。ロシア軍指揮官なら、まずこれを真っ先に考える。

その点、国家保安院の武官をしていた過去もあるメルクーロフは、この国の裏を支配している真の権力について、嫌というほど承知していた。

「あやうく北海道侵攻作戦の責任を取らされそうになったばかりだ……ここでミスすると、私だけでなく軍団司令部丸ごとが処罰対象になりかねん。むろん貴様もだ。それを回避するには、私の言うことを一字一句違えず伝達するしかない。いいな」

「は、はい！」

いきなり自分まで処刑対象に含まれていると告げられた通信武官は、顔を真っ青にして返答した。

「では自分の持ち場に戻り、長春へ通信連絡を送るのだ。急がねばならぬが、決して間違ってはならない。間違いは命をさし出すことだと考えろ。では行け」

通信武官は、まるで短距離走者のような勢いで走りだした。

「脅かして悪いが、事務官だから他人事では許されん。これから地獄が始まるのだ……」

なにか恐ろしいことを察知したのか、メルクーロフは真剣な表情になりながら、ぶつぶつと独り言を呟き続けた。

第3章　世界の中心を奪いあう戦い

1

一九四二年七月　中東

極東地区において、史上最大級の反攻作戦が開始された頃。ここ中東方面では、見事なほどに対照的な戦いが繰り広げられていた。

まず特筆すべき点は、エーリッヒ・マンシュタイン大将率いるドイツ正規軍を含むナチス連邦軍――ナチス中東方面軍が、ドイツ正規軍を前面に出しての、これでもかというほど強力な火力戦および打撃戦を実施しはじめたことだ。

ヒトラーの本気度がどれほどなのかは、次のような状況を見ればわかる。

それまでドイツ本国にしか配備されていなかった世界最初の制式ジェット戦闘機

――メッサーシュミット262F（V型改良版）を、今回は四〇機もシリアへ運びこむ予定になっている。

ちなみにMe262は、開発初期に爆撃機用途へ変更されるプランもあったが、英本土攻撃用のレシプロ機量産が順調なため、当面の間、本土防衛用戦闘機として制式採用することが決定した。

たしかにMe262はドイツ本国において、すでに旧型ジェット機扱いの代物《しろもの》でしかない。双発ジェットのMe262シリーズは、エンジン推力が乏しく機動性にも難ありとして、半年前に生産が終了しているのだ。

現在は、同じくメッサーシュミット社製のMe108――強力なBMW製新型ジェットエンジンを搭載した単発機が量産態勢に入り、ドイツ国内においては拡大試作機を含めて、すでに一二〇機が実戦配備についている。

ちなみに、このMe108はあやうくお蔵入りにされそうになった原型機――Me101型のモデファイ版である。

大量の試作図面を保有していたメッサーシュミット社だったが、最近はめきめきと頭角を現わしてきたホルテン社やブローム・ウント・フォス社が、既存の非力なエンジンでも効果的に戦える戦闘機や爆撃機を試作しているのに対し、どちらかといえば苦しい競争を強《し》いられていた。

なぜならメッサーシュミットのジェット機は、あくまで将来的に開発されるであろう強力なターボジェットエンジンを大前提として設計されているため、試作しても既存のジェットエンジンでは期待した性能が出ないのだ。

かえって他社の妥協した設計機のほうが、試験で優秀な成績をおさめることが多い。

ところが、開戦前から着々と実施してきた増産五ヵ年計画が二期めに入ると、BMW社においてタービンブレードと燃焼室にチタン合金を使用する新技術が開発され、燃焼温度の向上と空気圧縮率の大幅な向上が可能になった。

この技術革新には、低純度のチタン鉱石をマグネシウムで還元して高純度チタンを製造する手法を、ドイツ人科学者のハインリヒ・ワイデマンが開発したことが大きい。

開発自体は戦前だったが、すでにナチス政権下だったドイツでは、ただちに高純度金属チタンの製造方法すべてを国家最高機密に指定したため、いまもって自由連合では、ワイデマン法と呼ばれるスポンジチタン製造方法は知られていない。

この技術はヒトラーの厳命で、ただちにエンジンを製造している他社へも共有されることになった。

さすがにジェットエンジンの元祖と言われるＢＭＷの蓄積されたノウハウには一日《いちじつ》の長《ちょう》があり、ここにメッサーシュミット社が渇望していた、従来比で一・七倍という高出力エンジンの大量生産が可能になったのである。

もし戦争前から、事実上の戦時増産体制である五ヵ年計画をヒトラーが命じていなければ……。

また、ドイツ本国以外のナチス連邦国家において、既存のレシプロ機を大量生産するライン生産システムを完備していなければ、とてもドイツ一国だけでは、この時期にＭｅ１０８を完成させられなかったはずだ。

もしドイツ一国で、以前の各社競合システムのまま、しかも日々消耗していくレシプロ機を量産しつつＭｅ１０８を完成させようとしたら、おそらくあと二年は必要だったに違いない。

エンジンを供給するＢＭＷ社も、すでにジェットエンジン製造に軸足を移している。

なんとご本尊だったバイクや自動車・航空機用レシプロエンジンですら、すでに独立採算制の子会社・ＢＭＷエアモビル社へ全生産ラインを移しているのだ。

このようにナチス連邦において、ドイツの科学技術力は比類なきほど進化しつつある。すでに自由連合と比べると、ゆうに一年以上も先行していると考えられる。

戦時における丸一年の技術先行は、下手をすると絶望的な状況をもたらす。

事実、自由連合においては、英国でようやくジェット試作機の初飛行が行なわれたのが一九四一年三月なのに対し、ハインケル社の試作ジェット機が初飛行したのは一九四〇年四月のことだった。

この差は、その後も縮まっていない。

さすがに、ドイツがジェット機を実用化したと知った自由連合各国が、これは大変だと必死になって開発を急いだせいで、それ以上の差が開くことはなかった。

だが、計画的に開発しているドイツと、泥縄式に開発を急ぐ自由連合とでは、そもそも技術的な横の広がりが段違いとなる。

このままでは危うい……。

自由連合軍の上層部がそう感じ始めた矢先、ついに中東地区において、ドイツの双発ジェット戦闘機が実戦参加することになったのである。

中東方面を防衛している英国空軍が初めてＭｅ２６２に出くわしたのは、まだインドから連合軍の増援が届いていない一九四一年一〇月のことだった。

この時は多分に実戦試験の色合いが強く、配備された数も三機のみだった。

それでも、ドイツ正規軍による中東侵攻が九月からなのだから、地上軍がシリアに展開を終了し、既存航空基地の整備や新設を完了したら、ただちにジェット機を送りこんできたことになる。

ヒトラーが新兵器を出し惜しみしないことは、西ヨーロッパ電撃侵攻作戦の頃から知られている。

今回の侵攻でも、最初から新鋭の五号戦車――最近では自由連合側にも愛称の『パンターI型』が知られるようになった、あの強力無比な大型戦車を投入している。

現時点においても、自由連合は同距離でパンターI型と対等に戦える戦車を持っていない。

側面や背後にまわりこみ、しかも距離を八〇〇メートル以内まで詰めて、ようやく自由連合の主力戦車であるM4シャーマンでも撃破できるのだが、対するパンターI型は、シャーマンのどの部位であろうと、一〇〇〇メートルの距離から撃破可能なのだ。

それでも、英軍がなんとかもちこたえていられるのは、数こそ少ないが、主砲を七五ミリ相当の長砲身砲に換装したバレンタインⅢ型と呼ばれる改装戦車が、いわゆる砲戦車のような扱いをされることで対抗しているためである。

最近になってインドからの増援が始まり、新規に七五ミリ砲搭載のクルセーダーI型戦車も配備されるようになり、少なくとも火力の点では負けることは少なくなった。

しかし、強傾斜に加えて分厚い前面装甲を誇るパンターI型の砲塔正面を撃ちぬける戦車は、いまだに自由連合にはない。

重戦車のM26ですら一〇〇〇メートルでは無理なのだから、他は以下同文となる。

そこで自由連合中東方面軍は戦車対戦車の戦いを諦め、ひたすら歩兵携帯型の対戦車兵器に頼る戦いを行なっている。

すなわちバズーカII型砲二種と、ドイツのパンツァーファーストを参考にしたロケット推進携帯砲『ファイアアローI型』である。

これらを大量生産・即時配備し、これに小隊単位でも扱える八〇ミリおよび一二〇ミリ迫撃砲を加えて、奇襲攻撃しては退散する、いわゆる遊撃戦法を実施している。

むろん、ナチス連邦の戦車が今後も強大になる一方なのはわかっているので、自由連合の中核国家である合衆国と日本・英国の戦車開発陣は、国の垣根を越えてインドに集結し、何種類かの次世代型ドイツ戦車にも撃ち勝てる想定の次期新型戦車開発を行なっている。

まずインドで設計から基本試作、応用試作を行ない、最低限戦える仕様を模索する。その上で、致命的な欠陥を払拭した試作戦車ができたら、その後はインド／合衆国／日本へ持ち帰り、各国でさらなる強化とリファインを行なうことになっている。

ともかく時間がないとのことで、あまり奇抜な趣向は排除され、主砲ですら既存の高射砲や艦載高角砲をもとに再設計したものを使用するなど、最短時間で完成させるための涙ぐましい努力があちこちに見られる。

それが量産に入る予定が、今年の秋遅くから年末にかけてとなっている。

その頃には、おそらくドイツもパンターI型を超える無敵戦車の試作を完了していると予想されているため、自由連合の戦車開発陣は、まだ見てもいない次世代ドイツ戦車をターゲットに、それを陵駕《りょうが》する戦車を開発せよと厳命されていることになる。

これはどだい無茶な要求のため、すでに多くの技術者や科学者が、あまりのプレッシャーに精神を病《や》んで現場を離れているという。

それでもやり遂げなければならない。

そうしないと、人類の版図から自由の文字が消えてしまう……。

力と技術力で押しまくるマンシュタインの軍団に対し、英エジプト方面軍と自由連合中東派遣軍は、少しでも自陣営に有利な部分があれば、それを最大限に生かし、不利な部分はすっぱり諦めて、ともかく時間稼ぎしつつナチス勢を足止めする戦法に終始しているのである。

だが……。

自由連合軍も、こと地上部隊に関しては、そのような小手先技だけでは、そう長く食い止められないことは承知している。

しかも困ったことに、次第に燃料が不足しはじめている。

巨大油田が存在する中東で燃料不足とは不可解かもしれないが、現時点において、中東では大規模石油資源の存在こそ知られるようになっているものの、まだ試掘段階のものが数箇所あるだけで、大半の石油は地下で眠っている。

試掘で掘り出された石油は、戦争のせいで輸送手段がなく現地で備蓄されているため、サウジにも原油は豊富にある。

だが、原油では自動車や戦車・航空機は動かない。船舶ですら下手な原油を燃やせば故障する。

石油製品は、あくまで原油を精製したのちに使用するものであり、その精製設備が中東には存在していないのである。一番近い精製設備でも、インドまで行かないとない。

敵の攻撃をかいくぐり、アラビア半島南端まで陸路で原油を運び、そこからさらにタンカーでインドまで運ぶ。

ようやく精製し使えるようになった石油製品を、ふたたび逆ルートで中東北西部まで届けるくらいなら、東南アジア製の精製済み石油製品をインドに集積し、そこから運ぶほうが理にかなっている。

ところが、その理にかなっているはずの石油製品輸送が、ドイツのジェット機による銃撃で再三にわたり妨害されているのである。

Me262の航続距離は初期型より延びたものの、現時点でも最大で一二〇〇キロとなっている。

つまり、シリアの航空基地から半径六〇〇キロ以内にしか出没しないのだが、この距離は、自由連合の最前線で燃料不足に泣いている部隊の位置とすっかり重なっているのだ。

燃料補給のため後退すれば安全だが、いったん引くと、またたく間にドイツの装甲部隊が進撃してきて前線を押し戻される。

前線が長期にわたり押し戻されたままだと、シリア領内のより前線に近い敵航空基地が整備され、そこからジェット機が出撃してくる。

そうなると、また前線が押し戻される……。

こうなることが明白なため、燃料が枯渇しても補給を待ちつつ耐えるしかなかった。

これらの事象を総合した結果、自由連合は状況を打開するために抜本的な対策を練る必要に迫られたのである。

＊

「いやはや……なにがどうなって、私はここにいるのだろう」

イギリス人らしいウィットに富んだセリフを吐いたのは、いささかくたびれた表情を浮かべるウイリアム・F・センピル少将だ。

彼は『自由連合海軍合同中東支援航空艦隊（通常は中東支援航空艦隊と呼ばれて

いる〕』と名付けられた、自由連合海軍中東方面総司令部直属の独立艦隊を率いる身分であり、それより先に、日本においては一九二〇年に民間のセンピル教育団を率いて来日した、イギリス有数の親日家として知られている。

センピルは、基本的に軍人というより政治や商売に興味があり、日本に来たのも兵器商人として英国製の兵器売却を目論《もくろ》んでいたからだ。

しかし自己顕示欲が強く、商売のためなら違法行為も厭《いと》わないといった、軍人としてはモラルに欠ける一面もあり、来日中には商売をうまく成立させるため、英国軍部の機密情報を日本軍部へ提供するといったスパイ行為も行なっている。

このスパイ行為は英国情報部の知るところとなったが、その頃には日米英三ヵ国の密接な同盟関係が締結されていたため、あえて英情報部は彼を処罰せず、内々に英国の利益のために動くよう脅迫しただけだった。

その彼が、英国本土の危機によりインドの重要度が飛躍的に向上するのを見て、目ざとくインド東洋艦隊への転属を希望、自由連合による反攻作戦実施のため人手が足りないこともあり、すんなり受け入れられた。

そして、現在。

東洋艦隊内でうまく立ちまわろうとしていたセンピルだったが、なんと日本海軍からの強い推薦で、かつて英海軍航空隊の隊員で構成されていたセンピル教育団を率いていた彼を、中東情勢を打破する切り札として、独立艦隊の司令長官へ抜擢する要請が出されたのである。

インドの陸上で武器商売に精を出そうと思っていたセンピルにとっては、まさに青天の霹靂《へきれき》だった。

しかも推薦したのが、かつて商売のため採算度外視で恩を売った日本海軍なのだから、ここで辞退すれば日本との関係も危うくなる。

そこで仕方なく、与えられた仕事をさっさとすませるために引きうけた……。

このような理由で艦隊を率いられる部下たちは可哀想だが、その指揮下にある艦も、どう見ても寄せ集め、しかも新造艦ばかりという考えられない構成である。

どうやら自由連合軍の上層部は、中東方面がドイツ軍の強力な装備と怒濤の進撃で危うくなっているため、インドから派遣した地上軍の支援を行なう空母部隊がどうしても必要になった。

ドイツのジェット機には勝てないが、神出鬼没の艦隊行動で、主にドイツの装甲部隊を奇襲的に攻撃して漸減《ぜんげん》するだけであれば、新たに建艦された『支援空母』でも役目を果たせると考えたらしい。

ちなみに『支援空母』とは、中身は既存の護衛空母そのものだ。

だが、ここのところ護衛空母が正規艦隊の作戦を補助するため使用される傾向が強まっているとして、既存の水鳥型護衛空母の建艦を一時停止してまで、急遽、設計から建艦まで突貫で行なわれた艦種である。

変化したのは飛行甲板長で、艦首ぎりぎりから艦尾後方に突き出るほど延長され、水鳥型護衛空母より二〇メートル近く延長されている。

離艦するのにかなりの合成風力が必要不可欠だった護衛空母では、出撃できる気象条件が限定されすぎるとして、限られた予算と工期で可能な最大限の工夫を行なった結果だ。

飛行甲板が延長されたため、その下にある二段格納庫も若干なり容積が増えた。

やや排水量や搭載機も増えたため、機関出力も若干、増大した。それでいて建艦費用は、ほとんど水鳥型と変わらない。

これは自由連合の官民あわせての各造船所が、ようやく戦時増産体制に設備が追いついた証拠である。

結果、四〇機を搭載する最大速度二六ノットの『空母もどき』ができあがった。

むろん中身は護衛空母のため、防御能力はきわめて低い。艦体構造も安価な商船構造のため、一発でも爆弾を食らえば大破する。大型魚雷だと撃沈される可能性も高い。

しかし、航空隊の出撃条件が緩和されたせいで、さほど速力を出さずとも、既存の小型単発艦上機（中島九九式艦戦（F3F）／三菱九八式艦爆（F3B））であれば発艦可能となっている。

これは艦隊行動を極端に制限される紅海やアラビア海において、いつでも艦上機を発艦・着艦させるためには必要不可欠な条件であり、これまでは正規空母と軽空母でなければ不可能だったものだ。

「長官に期待しているのでしょうね。少なくとも日本は……」

皮肉っぽい口調を返したのは、ルイス・アーノルド艦隊参謀長だ。彼も、自分が貧乏クジを引いたと自覚している一人だ。

これまでセンピルの専任参謀としてうまい汁を吸ってきた以上、いまさら逃げ出すこともできない事情があった。

「我々が向かうのは、航路すら限られる狭い紅海だぞ。だいたい紅海に入るだけでも、イタリア領ソマリアにある沿岸航空基地を潰してからでないと無理だ。だからまず、ソコトラ島を過ぎたら、ソマリア爆撃が最初の仕事となる。

でもってイタリア野郎の飛行場を潰して紅海に入れば、次はひたすらこまめに動きまわりながら、シリアからシナイ半島にかけての敵地上軍を掃討しなければならん。

その場合、後方にある破壊したイタリア航空基地が復旧しても、改めてそこを叩く余裕などない。つまり背後の危険は、日に日に増大することになる。

幸いにも航空隊の補給だけは、サウジの紅海沿岸にある飛行場を経由して、必要なだけ各国の海軍空母航空隊を増援できる。

ただし燃料補給は無理だから、艦内の母艦用燃料および航空燃料、さらには随伴するタンカーの燃料が尽きたら任務終了となる。

これは裏返せば、我々は任務が終わるまで、どこにも帰港すらせずに戦えと言われているようなものだ。自由連合軍を助ける救世主なんだから、もう少し便宜を図ってくれてもよさそうなのだが……」

「長官が日本に漏らした機密情報の件、海軍上層部はそうとう根に持っているようですね。まあ、日本が敵だったら軍法会議ものだけに、いまも不問にされているだけでも儲けものと思いますけど」

自分も悪巧みに荷担していたというのに、アーノルド参謀長はまるで他人事のように喋っている。

この態度を見ても、彼もまた人間としては誉められた部類の者ではないことがわかる。

「しかし……この艦隊に被害が出れば、すぐに自由連合内部で軋轢《あつれき》が生じるぞ。なにせ支援空母シンガポールは、オランダに建艦を委託された日本製だ。支援空母ネグロスは米海軍所属、支援空母モルジブは英インド海軍、支援空母バンカンに至っては初のタイ海軍空母だ。

どれが沈んでも、私は責任をとらされる。艦隊を守る軽巡にしても正規艦隊用のものではなく、準艦隊用のアデレード級汎用軽巡洋艦だけで構成されている。いくら新造の新鋭艦といっても、戦時急造艦のため、正規艦隊用に比べれば性能の劣る代物じゃないか。

私だって、まともな空母と最新鋭の艦上機、そして高性能の護衛用艦船を与えられれば、それなりに戦ってみせるさ。

しかし、この陣容では……作戦を終了するのは燃料切れではなく、被害拡大による撤収になりそうじゃないか。

あっと！　いま言ったことは、他の艦隊員には言うなよ。あいつらは大半が初陣だから、気分だけは最高に盛り上がってるからな。

空母航空隊に至っては、航空学校を卒業して一ヵ月の、飛行甲板離着訓練をしただけのひよっ子ばかりだ。

それを我々は、できる限り温存しつつ育てろと言われている。喉元まで無茶だと出そうだったが、断ればスパイ容疑をおおやけにすると脅されているから断れない。

今回ばかりは貴様も私も、海軍上層部にはめられたっぽいな。こうなったら開きなおって、戦果よりも被害軽減に特化した艦隊運用に終始し、ともかくこれ以上の難癖をつけられないようしなければ……」

ここでの話だけを聞くと、いかにもセンピルが腹黒い人物のように思える。

だが、そのセンピルが日本では、きわめて優秀な海軍提督兼航空畑の専門家として評価されているのだから、ようは見る視点の置きかたなのだろう。

ただ、これだけは言える。

自分の利益になるならなんでもするという人物は、開きなおって悪に徹した場合、予想外の結果を出すことがある。

普通の人間なら、部下のために悩むといった温情から判断を間違うところを、センピルなら何も考えずに非情に徹することができるからだ。

儲けにならないと思えば、徹底的に損を回避する行動も取ることができる。

そのような軍人としては異例中の異例の人物に率いられた独立航空艦隊が、いま紅海に入ろうとしている。

その結果がどうなるか……。

これだけは言える。

今次大戦において、彼ほど戦争を引っかきまわした人物はいない。

後世の評価は、そう物語っている。

２

七月三日　南米・ベネズエラ

三日未明……。

ナチスベネズエラの首都、かつ最大の人口を誇る大都市でもあるカラカスの住民は、時ならぬ爆発音でたたき起こされた。

「なにごとだ!?」

旧大統領府を改装した首相官邸も、大地震のような揺れに襲われた。

動転したナチスベネズエラ首相のカルロス・ウンデマンは、窓の外を見るより早く、身近に誰かいないか探し求めていた。

「首相閣下、爆撃を受けています！　それに砲撃も混ざっているようです!!」

夜間当直担当の補佐官の一人が、息を切らしながら走ってきた。

「なんだと……」

南米のナチス国家を攻撃する者といえば、ナチスメキシコを崩壊させた自由連合軍しかいない。

不幸なことにカラカスは、大西洋とは低い山を隔てて一〇キロほどしか離れておらず、海からの攻撃にはまったく無防備だった。

「我が国の空軍はどうしている！」

「現在確認中ですが……官邸通信室に入っている緊急連絡によりますと、カラカスの西部にあるカラヤカ海軍航空基地は、すでに艦砲射撃によって壊滅状況にあるそうです。

また、首都防衛隊所属のラ・ラグニータ飛行場は、現在懸命に出撃準備を整えているそうですが、すでに敵航空機の銃撃を受けているようなので、現場は混乱の極にあるようです」

「となると、残っているのはカラカス南西部にあるマラカイ空軍基地だけか」

「はい、そうなります。しかしマラカイとの通信連絡が途絶しているため、現地の状況がまったくわからず、ナチス党本部も命令の出しようがないとのことでした……」

――ドガッ！

二人の会話を特大の爆発音がかき消した。

同時に首相官邸の私邸区画にある寝室の窓が、窓枠ごと内側に向けて爆散する。

「ぐわっ！」

衝撃波を伴った爆風に、ウンデマンの太った身体が吹き飛ばされる。

気がつくと何も聞こえない。両方の鼓膜が破れ、おそらく内耳も損傷している。

ふと右手を見ると肘から先がなかった。

「だ、だれか……！」

自分の声だけは骨伝導で聞こえる。しかし、声が届いたかどうかを確認する術《すべ》がない。

数分後……。

幸いにも二人の護衛官が、無事だった官邸敷地内にある宿舎から駆けつけてきた。

「………」

護衛官の口が激しく開閉しているが、なにを言っているかわからない。

どうやら首相は耳が聞こえないと悟ったらしく、有無を言わせず二人がかりで抱きかかえられた。そのまま首相官邸地下にある、旧大統領府時代に秘密退避所となっていた地下室へ連れて行かれる。

現在そこは地下耐爆施設として改修されているため、少なくとも地上に加えられている攻撃からは守られる。

やがて、二度くらいしか顔を合わせたことのない、官邸近くにある病院の医師が部屋へ連れてこられた。

『首相専属の主治医は爆死なされましたので、急遽、近くの外科医を連れてまいりました』

顔見知りの護衛官長が、ノートにメモした文を見せてくれた。

「何が起こっている……誰か新しい情報を聞いていないか」

どうやら口にした言葉が理解されたらしく、ふたたび護衛官長がノートにペンを走らせる。

『沿岸要塞部隊からの連絡では、カラカスの沖に戦艦を含む所属不明の艦隊が出現したそうです。同時に空母艦上機も多数飛来していますので、砲撃を実施している艦隊の後方には空母もいるとのことでした。

状況から考えて、相手が自由連合海軍所属の艦隊であることは明白でしたので、以後は正体不明の艦隊ではなく敵艦隊と表現するよう通達したところです。

沿岸要塞部隊は現在も沿岸砲で応戦中ですが、敵の艦爆による急降下爆撃で砲台トーチカが次々と破壊されているそうで、そう長くはもたないとのことでした』

口にすれば一分かからない報告も、メモにして見せるとなると時間がかかる。

その間も、外科医による右手の止血処理が行なわれているため、次第に痛みが舞い戻ってきて、意識までが朦朧《もうろう》としはじめた。

「敵艦隊には上陸部隊は伴っているか？　それが一番重要だ。もし地上軍に上陸されたらおしまいだ。カラカス防衛隊だけでは太刀打ちできん……ともかく、内陸部にいる全兵力をカラカスへ集めろ。

それからナチスブラジルに、援軍を出してくれるよう大至急公式電を出せ。それと、パナマに張りつけている部隊も呼び戻せ。まず首都を守るのが先だ。ええと、それから……」

そこでウンデマンの意識は、まるで糸が切れたかのように短絡した。ろくに麻酔も射たずに止血処理と感染防止処理を施された結果、ちぎれた腕の神経からの痛みで、ついに意識を失ったのである。

＊

「さてさて……これで南米のナチス陣営が、こちらの思惑通りに動いてくれればいいのだが」

戦艦伯耆《ほうき》の昼戦艦橋にある司令長官席に座ったまま、今回の『ラテンローラー作戦』を命じられた宇垣纏《うがきまとめ》中将は、横に立っている米海軍連絡参謀のアーレイ・バーク大佐に向かって、いつも通りの落ち着いた声で話しかけた。

ラテンローラー作戦といっても、新規の作戦ではない。以前からずっと続いているカントリーロード作戦の第三段階を称してつけられた作戦名だ。

宇垣が率いているのは、今回の作戦のために任務部隊形式で編成された南米派遣艦隊である。

中身は在米日海軍第二派遣艦隊にスプルーアンスの米海軍第4任務部隊を合流さ

せ、その上で戦艦や重巡中心の打撃群と、正規空母ヨークタウンおよび四隻の軽空母で構成される空母群のふたつに分けた二個艦隊構成となっている。

「長官、そろそろ時間になりますが……」

宇垣の言葉を完全に無視したバークが、いかにも生真面目そうな表情のまま告げる。

「おお、そうか。すまんな、無駄な戯言《ざれごと》を吐いてしまった。では、スプルーアンス少将に攻撃終了の命令を伝えてくれ。以後は作戦予定通りに移動を開始する」

「承知しました。では早速……」

これが僚艦となった戦艦ユタやフロリダなら、艦内有線電話を使って通信室へ連絡を送るところだが、残念ながら宇垣が旗艦に定めた伯耆には、まだ艦内有線電話網が完備されていない。

そこで艦橋連絡室にある有線電話を使うか、もしくは昼戦艦橋にある伝音管を通じて、艦橋基部の司令塔内にいる副長に伝言、司令塔から通信室へ有線電話を使うしかなかった。

バークは迷うことなく、艦橋連絡室にある有線電話を使うため、艦橋エレベータ方向へ足を向けた。

司令長官席に残された宇垣は、まだ独り言をつぶやいている。

「……中東、北アフリカ、極東の三箇所で、いま同時に反攻作戦が始まった。これを全世界同時の、自由連合軍による一大反攻だとナチス陣営に思わせるためには、どうしても南米でも事を起こさねばならなかった……か。

本来ならば、我が艦隊はジブラルタルを越えて地中海へ入り、イタリア艦隊と雌雄を決する戦いを演じるか、もしくは大西洋において、スペイン主力艦隊と決戦を行なうか……そのどちらかを演じるはずだったのだが……。

まあ、その役目は第一派遣艦隊の加藤さんと、北アフリカ作戦――『デザート・トマホーク作戦』の米海軍総指揮を任された、ウイリアム・ハルゼー中将に譲るしかないか。

少なくとも第二派遣艦隊は、対メキシコ戦で大きな戦功をあげたのだから、まだ戦功を上げていない部隊に遠慮しないと、いずれ恨まれることになる。

そこらあたりを勘案した日本海軍が、今回の南米派遣作戦を進言したのだろうが……せめて一言あってもよかったのではないか」

どうやら宇垣は、今回の措置が不満らしい。

そういえばメキシコ作戦に駆り出された時も、たしか宇垣は不満を口にしていた。

どうも人に聞かれない場所で、独り言として愚痴を呟《つぶや》くのが癖になっているらしい。

それも仕方ない。開戦からこのかた、宇垣は日本の土を踏んでいないのだ。

太平洋を隔てた遠いアメリカ大陸に出されたまま、ろくに日本本土の事情も知らされず、ひたすら合衆国のために戦わされてきた。

それが合衆国に常駐する在米艦隊の宿命とはいえ、そろそろ戦時増産も軌道に乗ってきたことだし、艦隊丸ごと交代してもよい時期に来ている。

そう思っていた矢先の南米派遣である。

これでは愚痴のひとつもこぼしたくなるというものだった。

「前衛の重巡三隻、撤収準備を完了したとの連絡が入りました」

連絡武官が信号所からやってきた。

まだ戦艦三隻は砲撃中だが、より沿岸に近い重巡三隻は、先に砲撃を終了して沖へ移動を開始しはじめている。

「戦艦群も砲撃を中止して、集合地点へ向けて移動を開始せよ。これにてカラカス破壊作戦を終了する」

空は、まだうっすらと明るくなってきた頃……。

時間にして、わずか一時間足らず。一国の首都に対する攻撃を終了するのは、あまりにも不充分だ。

しかし作戦自体が、それでよしと設定されているのだから、宇垣も当然のように作戦完遂と考えて終了命令を下す。

ラテンローラー作戦——それは名前の通り、ラテンアメリカの大西洋沿岸を総なめする作戦だ。

まずベネズエラを皮切りに、ブラジルとの間にある三ヵ国の準独立国家（ナチス政府は樹立されているものの、まだ独立宣言から日が浅いため、とりあえずナチスベネズエラとナチスブラジルの保護下に置かれている地域）の主要沿岸都市と港湾を、軒並み艦砲射撃と空母艦上機による銃爆撃で破壊しつつ南下する。

その後は、アマゾン河口部をスキップして、いきなりブラジル北東部の主要港湾都市を破壊、鳴り物入りで、ブラジルの中核都市であるサンパウロとリオデジャネイロへ迫る。

その間、ブラジル海軍の沿岸警備部隊が戦闘を仕掛けてくるだろうが、宇垣の打撃群とスプルーアンスの空母群が連携すれば、ことごとく撃破できると判断している。

ブラジルの沿岸都市が砲撃・爆撃を受ければ、南米でブラジルにつぐナチス国家であるアルゼンチンも浮き足立ってくる。

もしなす術もなく、ブエノスアイレスの沖合いまで宇垣たちの艦隊侵入を許せば、南米のナチス諸国は、自国本土すら守る手段がないことを各国民に知られてしまうはずだ。

そうなれば、ナチスの圧政に不満を持つ旧国軍や市民たちが、メキシコで起こしたようなクーデターを実行に移すだろう。

そうなれば、南米ナチス国家群は完全に崩壊し、ユーラシアのナチス連邦からは切り放された存在になってしまう。

これはもはや国家社会主義労働党による一党独裁の終焉であり、最も穏便な策でも、多数派政党による議会制民主主義に立ちもどり、ナチス党はその中のひとつとして細々と生きのびるしかなくなる。

だが……。

おそらく、それすら難しい。

崩壊したナチスメキシコでは、急速な自由化の大波が発生している。アメリカ流の自由主義の名のもとに、既得権益を守ろうとするメキシコ・マフィアですら、新国軍と自由連合駐留軍によって徹底的に検挙されている。

ナチスメキシコ政府は、マフィアを国民統率の道具に使っていた。これとは正反対の政策のため、多くの良識ある市民はこれを歓迎している。

同じことがブラジルやアルゼンチンで起これば、それはいずれ、大富豪の地主や農場主たちの既得権益を奪う方向へ向かうはずだ。

これは外圧による農地改革であり、近代から現代社会へ脱皮するための通過儀礼となる。

大多数の裕福ではない国民は、これを諸手をあげて歓迎するだろう。その結果、急速に民主化と自由化が進展し、両国は現代国家への道を歩み始めることになる。

ナチス政府はこれら既得権益と深く結びつくことで、自分たちの勢力を拡大してきた。

その歪みを解消するための解放戦争……。

これが南米における第二次世界大戦の実相である。その解放の銅鑼《どら》の音を騒々しく響き渡らせる役目を、宇垣纏は担っている。

あくまで主役は、不満を持つ旧国軍と国民だ。

自由連合は、南米ナチス陣営とナチス連邦中枢国家群を物理的に切り放し、軍事的に少しだけ圧力を加えればいい。

それがカントリーロード作戦の大根本であり、今回のラテンローラー作戦においても、事前に予定に組み込まれているのである。

3

七月四日　満州・営口

四日の夜明けと同時に、自由連合地上軍による満州奪還作戦が開始された。本当に、インディペンデンスデイでの解放作戦開始である。

ただし、進撃を開始したのは錦州に大挙して集結していた中国方面軍ではなく、まったく正反対の方向の部隊だった。

三日の朝……。

平壌から朝鮮北西部へ移動していた自由連合陸軍独立第1機甲部隊は、朝鮮半島北西部にある義州《ウィジュ》から、国境の川を渡った先にある満州の丹東《タントン》へ入った。

当然、この動きはロシア軍も把握している。

そのため営口の後方警戒を万全にするという理由で、朝鮮半島から撤収してきたロシアSS第4装甲師団を、営口東部から丹東へ繋がる街道沿いに展開している。これは万が一に自由連合軍が攻めてきた場合、営口の手前で阻止するための策である。

だが、丹東を出撃した独立第1機甲部隊は、まるで営口など存在しないかのようなそぶりで、一目散に遼東半島先端にある大連をめざし、遼東半島南岸を西進しはじめた。

長春のロシア陸軍満州方面軍総司令部にいるマスレニコフ方面軍司令長官は、三日の夕刻に届いたこの報告を聞いて、朝鮮から来た自由連合軍は、まず遼東半島を奪還する策に出たと判断した。

自由連合の中国方面軍が、いまにも錦州から出陣しそうな気配を見せたのも、連日の徹底的な爆撃も、最終的には営口を奪取して長春に至るルートを獲得するためのものだ。

ただしその場合、営口の背後となる遼東半島にいるロシア軍守備部隊を野放しにしておくのは、まさに下策中の下策となる。

そこで営口攻略の直前に、朝鮮方面から遼東半島へ部隊を進撃させ、短期間で大連と旅順を制圧する。その後、完全に遼東半島を手に入れた上で、営口で中国方面軍と合流する算段だと考えたのである。

この判断はたしかに論理的であり、かつ効果的な策だ。だから、すんなり信じてしまう。

ところが、満州奪還作戦の総指揮をしている極東地区自由連合軍の総大将は、あのひねくれ者のマッカーサーなのだ。

まず常道的な作戦をたて、それを実行するよう見せかける。

こちらの行動は軍学の王道に沿ったものだけに、誰が見ても妥当な策に思える。

しかしマッカーサーは、それをあえてひっくり返し、敵を欺《あざむ》くかたちでの攻撃を用意したのである。

それにマスレニコフが気づいたのは、日付が四日となった未明のことだった。

『営口南部の西海《シーハイ》と、遼東半島南岸にある庄河とを結ぶ街道を、大連に向かっていたはずの自由連合軍機甲部隊が驀進中！　現在位置は、すでに西海南部に達している!!』

まさに青天の霹靂である。

丹東からまっすぐ営口へ向かうルートではなく、わざと一本大連寄りのルートを選び、闇夜に紛れて高速移動してきたのだ。

西海から営口までの距離は、わずか三〇キロ弱……。

後方を警戒させていたロシアSS装甲師団は、一本北東にずれた主幹街道沿いに展開しているため、いまから呼び戻しても間にあわない。

そこで、少しでも敵の行動を遅延させようと、大連と旅順の守備隊へ、機動力のある部隊を出すよう命令を打電した……。

ところが、返ってきたのは出撃不能の悲鳴に近い報告だった。

大連および旅順は同時刻、F・J・フレッチャー少将率いる合衆国極東派遣艦隊――極東第1任務部隊に所属する戦艦ニューヨーク／テキサス、重巡ハートフォード／オーガスタの猛烈な砲撃を食らい、出撃どころか地下退避壕から一歩も外に出られない状況にあったのだ。

ウラジオストクを井上成美率いる極東第2任務部隊が攻めているせいで、ロシア軍はてっきり、自由連合の極東海軍はウラジオストクにかかりっきりだと勘違いしていた。

いや……。

そう思わせたのはマッカーサーであり、最初から重打撃群構成の第1任務部隊は遼東半島の港湾施設を破壊し、沖縄に待機させていた東南アジア各国の混成陸軍四個旅団を上陸させる腹づもりだったのである。

遼東半島先端部に対する上陸作戦……。

これが重要な作戦だと考えれば、朝鮮から出撃した自由連合の機甲部隊の迂回も、遼東半島を守るロシア軍と営口とを地理的に遮断する、きわめて効果的な部隊の機動運用といえる。

孤立したロシア軍大連・旅順守備隊は、わずかに三個連隊。

そこに三個旅団を上陸させ、さらには戦艦と重巡の砲撃支援や周辺航空基地の爆撃支援もあるのだから、もはや孤立無援のロシア守備隊は、白旗を上げるか全滅するかの二択しか残されていなかった。

＊

「来たぞ。T－34改良型だ！」

西海で進路を北へ変更した、自由連合陸軍独立第一機甲部隊所属の近衛第二戦車連隊。

この動きは、当初の作戦予定にはなかったものである。

第1機甲部隊を指揮する米第3機甲師団派遣戦車部隊長——モーリス・ローズ少将の思惑だった米軍部隊先陣突入を曲げてまで、近衛第二一戦車連隊は、自分たちが満州奪還の尖兵となり突っ込むと言い張って聞かず、ついにローズ少将も折れたという経緯がある。

その岩をも貫く鋼《はがね》の意志を見せたのが、近衛第二一戦車連隊長の上御門巴大佐である。

日本陸軍の至宝と呼ばれている精鋭中の精鋭、近衛第二師団の戦車連隊が戦うのだから、それは天皇陛下が自ら出陣なされたのと同じこと……。

日本国内でこのようなことを発言したら大変なことになるが、平壌で行なわれた作戦会議の席上でなら不問にされる。

ただ、『天皇の親衛隊』を軽く見ると、あとあと面倒なことになると誰もが思ったに違いない。

発言した上御門も、古くは公家の血統を引く由緒正しき家柄でなければ、その後に厳罰を食らっていたかもしれない。

しかし、そこは平安時代から続く公家と朝廷の間柄だ。いくらでも天皇陛下の擁護を引き出す術を持っている。

つまり上御門は親の七光りどころか、先祖代々の容易にはくつがえされない強固な威光をフルに活用してでも、この初陣を飾る覚悟だったのである。

「零式砲戦車の左右を零式中戦車で固めろ！　絶対にロシア戦車にまわりこませるな。正面装甲だけなら零式砲戦車のほうが上だ。行けッ！」

上御門は英国製の戦車用短距離無線電話のマイクを握り締め、第二列に位置している自分の零式指揮戦車の車長席に立ったまま叫んでいる。

この無線電話は、じつのところ艦上機や陸上単発機に搭載されている短距離無線電話と同じものだ。

空の上で見通しがよいため、最悪でも六キロほど、最良なら一〇〇キロ近く届くが、陸上では二キロ前後しか届かない（見晴らしのいい丘や山の頂上なら、見える範囲内で最長一〇キロほどは届く）。

それでも部隊運用には欠かせないため、指揮戦車には送受令機、各戦車には受信機のみが搭載されている。

営口南部に流れる小さな川沿いに、西海へ通じる枝街道が延びている。

周囲は湿地と原野のため、街道を外れて進撃すると、運が悪ければ戦闘車輌が底なしの湿地にはまってオダブツになる。

それを熟知しているロシア軍の営口守備司令部直属の戦車中隊は、細い枝街道に一輌ずつ連なるようにして向かってきた。

「やつら……川を越えたところにある河岸段丘のところが少し広くなってるから、あそこに展開するつもりのようだな。だが、そうはさせん！」

上御門の腕がひと振りされると、後方から猛烈な速度でトラック二輌が驀進してきて、指揮戦車の横を接触するギリギリの間隔ですり抜け、そのまま河岸段丘の手前まで突っ走って行く。

段丘手前の斜面でトラックは乗り捨てられ、荷台から一個小隊一六名が転がり出た。

二名につき一門の八センチバズーカ砲を背負っている。残る一名は、バズーカ砲弾二発が入ったショルダーバッグを重そうに抱えていた。

総数八門のバズーカ砲を、斜面に沿って低く構え、段丘の上へ敵戦車が到達するのをじっと待っている。

彼らこそ近衛第二一戦車連隊に所属する、連隊司令部直属の支援対戦車中隊の一部なのである。

「バズーカ班が敵に気づかれぬよう、支援射撃を実施する。当たらなくてかまわん。

ぶっぱなせ！」

上品な近衛師団の指揮官にあるまじき、下品な言動だ。

しかし上御門は、自分の家柄が下卑な言葉で汚されるようなヤワな代物でないことを、小さい頃から痛いほど承知している。

部下も『隊長殿が敵を前にして、またおちゃめをしていなさる』と考えているはずだ。

――ドン！

米軍のＭ22重戦車を改良した零式砲戦車が、まず強力な八二ミリ五〇口径戦車砲を発射した。

改良型Ｔ－34の主砲は七五ミリ五〇口径だから、明らかに零式砲戦車の主砲のほうが強力だ。

橋を渡った先頭のＴ－34が、後続戦車に道を開けるため、河岸段丘の左側手前へ移動した。

そこで向きを変え、強引に三メートルほど高さのある河岸段丘（自然堤防のようになっている）を登りはじめる。

零式砲戦車の砲弾は、先頭のＴ－34の後方六メートルほどに着弾したが、湿った土を掘り返しただけだった。

しかし、あとに続いていた二輛めのT－34は目の前に敵弾が着弾したため、あきらかに怯《ひる》んだ。

そこに零式砲戦車の左右にいた二輛の零式中戦車が砲撃を仕掛ける。

――バゥン！

先ほどとは違い、軽めの砲撃音が二度響く。

零式中戦車の主砲は、七八ミリ五〇口径。わずかにT－34の主砲をしのぐが、徹甲弾の貫徹能力はほとんど変わらない。

――ガキィン！

耳をつんざくような金属音とともに二発の七八ミリ徹甲弾は、二輛めのT－34の砲塔前面に張られた強傾斜装甲に弾かれ、後方上空八メートルほどで次々に炸裂した。

「距離八〇〇でも正面を貫けないとは……想定以上の堅固さだな」

肉眼で距離を推し量っていた上御門は、撃破したと思った敵戦車がけろりとして、河岸段丘の右手へ方向転換したのを見て、やや呆《あき》れた声を出した。

「我々を前にして側面を向けるなど、舐めすぎだぞ。上村、次は当てろ。右側のやつだ」

名指しでマイク越しに、先頭にいる零式砲戦車の車長に命じる。

砲戦車の砲塔ハッチが開き、手が一本にょきっと伸びた。それがすぐ、大きくうち振られる。

――ドン！

ふたたび砲戦車の重厚な発射音が響く。

――ドガッ!!

右手に向かって走っていたT－34が、河岸段丘の陰に見えなくなる寸前、側面の砲塔と車体の境目あたりに派手な火花が炸裂した。

一瞬で、T－34の砲塔が向こう側へ吹き飛ぶ。

一呼吸おいて、砲塔をもぎ取られたT－34の車体旋回砲塔口から、わらわらと四名の搭乗兵が転がり出てきた。

彼らは幸運だった。

砲戦車の徹甲弾が強力すぎたため、旋回砲塔全体を反動で突き飛ばしただけで、肝心の炸裂は数メートル先で発生した。

そのせいで砲塔内部にいた搭乗兵たちは、奇跡的に無傷ですんだのである。

しかし戦車を脱出した彼らが、その後も生き延びられるかは運次第……。

二輌の零式中戦車が彼らを逃すまいと、主砲同軸の七・七ミリ機関銃をこれでもかと発射しはじめた。そのせいで敵兵は、飛び降りた場所から一歩も動けず、その場で伏せたままだ。

――バウッ！

その時、三輌めのT－34が橋を渡り終えた。

いったん停車して、零式砲戦車めがけて射撃する。だが慌てたせいか、砲弾は右へ大きく外れた。

敵戦車の数は、おそらく六輌。

こちらは零式砲戦車二輌に零式中戦車六輌。

しかもバズーカ班もいる。まず、負けはない。

「第一分隊、前へ！」

もう少し距離を詰めないと、ここからでは河岸段丘の高さが邪魔で、これ以上狙えない。

確実に撃破するためには、距離六〇〇まで接近する必要がある。だがその距離では、こちらも撃破される可能性が高い。

それでも、先へ進む。

たとえ被害を出しても、営口にいる敵を南へ引きつける。完璧に囮《おとり》の役目を果たさなければならないのだ。

「あと五分で航空隊が来る。それまで粘れ！」

上御門たちが強引な進撃で敵戦車をおびき出し、地上からはバズーカ砲、上空からは一式双発地上掃討機『撃虎』が敵戦車にトドメをさす。

敵は戦車対戦車の戦いと思っているだろうが、上御門たちは最初からそう思っていなかった。

左手側へ移動したＴ－34が、いきなり動きを止めた。ちょうど河岸段丘の上部にある平坦な場所の端まで移動し、そこからこちらを狙おうと正面を向けた途端のことだった。

目を凝らして見ると、動きを止めた戦車のすぐ手前下で、手をふる者がいる。

バズーカ班の一人が、まだ硝煙の残る砲口を掲げて勝利のポーズを見せていた。

いかに強傾斜装甲を持つ改良型Ｔ－34でも、車体底面は平らなままだ。

しかもそこは、きわめて薄い鋼板一枚しか張られていない。そこに下方から超近距離で、八センチバズーカ砲弾を叩き込まれたのだ。

薄い底部鋼板など、モンロー／ノイマン効果を発揮する成形炸薬弾頭の前には紙切れ同然……。

易々と超高温の溶融金属噴流が突き抜け、車室内部をことごとく焼きつくす。撃たれたロシア戦車兵は、自分の身に何か起こったか理解できないまま即死したはずだ。

そして忘れた頃に、車室内部の弾庫にあった戦車砲弾が加熱誘爆、砲塔を高々と上空へと吹き飛ばした。

「おっ、来た来た！」

遠くから双発機特有の、共鳴するようなプロペラ音が聞こえてきた。

少しあとになると、不格好ながらこれ以上力強い味方はないと信じさせてくれる撃虎二機が、高度五〇メートルの超低空へ降りてくる様子を見せつけてくれた。

自由連合の戦車砲塔上部には、撃虎から誤射されないよう、派手な色の国旗マークが描かれている。

日本軍の場合は日章旗の日の丸が、白い枠付きで描かれている。そのため、たとえ一瞬であろうと見間違うことはない。

「撃虎の掃討で撃ち漏らした敵を、左右から包囲殲滅《せんめつ》する。その後は、後方からやってくる米機甲師団の戦車部隊に道を譲り、今日のところは西海の集合地点へ戻る。次の出番は今夜だ。今夜遅く、営口市街地に錦州の方面軍が突入する。それに合わせ、南方から我々朝鮮方面軍が後方を突く。もし敵が北部へ遁走しはじめたら、追撃は中国方面軍に任せ、我々は営口全域の確保に専念する。

いいか、朝までに市街地全域の確保が至上命令だ。敵が一人でも残っていたら、徹底的に掃討する……が住人が残っていれば、住人の安全確保を優先せよ。まあ、捕虜になりたいという者は、白旗をかかげて武装放棄した者だけ確保する。他は全員潰せ！」

満州各地には、先の大撤収の時に逃げ損ねた現地住民や移民多数が残っている。営口は直近の大都市である奉天と大連を結ぶ中間地点であり、奉天は長春に至る南満州の最大拠点のため、必然的に営口も平時には物流が活発な場所として民間人も多数住んでいた。

もっとも、ロシア軍が住民を強制的に連れ去っていれば、誰も残っていない可能性もある。

ナチスロシアは開戦以降、計画的に満州の住民をシベリアへ搬送し、奥地で強制労働させているという噂が絶えない。

それを確認するには満州奪還と現地の子細な住民調査が必要だが、いまはまだ奪還の入口に片足をそっと伸ばしたに過ぎず、詳しいことは何もわかっていない。

しかしナチス連邦全体が、極端な人種差別と中枢国家を構成する優等人種の優遇を政治目標にしているため、ロシアにおいても黄色人種は差別の対象になる可能性が高い。

ドイツではユダヤ人迫害がおおっぴらに行なわれているが、ロシアではユダヤ人の代わりに満州人や中国人、日本人、朝鮮人が迫害されてもおかしくない状況なのだ。

敵が差別しても、自由連合は差別主義を実施しない。

もともと多民族国家の合衆国が中核国家であり、黄色人種の雄である日本や極東地域、白人種に近いものの見た目が違う東南アジアからインド・中央アジアに住む人々など、純粋な白人など少数派でしかないためだ。

白人が大多数の英国などは、表立っての差別こそないが、それでも裏では多民族集団を毛嫌いする風潮が残っている。

それを少しでも緩和したのが、明治以降、ヨーロッパを驚かせた高度な日本文化なのだから、英国人やフランス人が少しでも有色人種を見直しているとすれば、それは日本のおかげと言えるだろう。

「いやはや……何度見ても凄まじい威力だ」

超低空を一直線に飛び、胴体下から大口径機関砲弾やバズーカ砲弾をばらまき、そのたびに敵戦車が破壊されていく。

時おり地上から機関砲弾や機関銃弾が撃ちあげられるが、それを胴体や翼の下面へ受けてもビクともしない。超低空なため、対空砲は役にたっていなかった。

朝鮮半島での戦いにおいても、主に終盤にかけて、撃虎が単機もしくは二機一組で支援に飛んできては、敵戦車や砲台を吹き飛ばしていった。

それを久しぶりに思いだすような光景に、さしもの上御門も、もしナチス連邦軍が撃虎のような航空機を実戦配備したら、もう戦車には乗りたくないなと思った。

4

七月五日　北アフリカ

地中海が目と鼻の先というのに、ここ低い山地に囲まれたアルジェリアのメディアは、盆地構造ということもあり、昼間は地獄のように暑い。

「この暑さは想定外だったな。その他は予定通りだが……」

第一派遣陸戦隊司令官の森国造《くにぞう》少将は、四周に砂と砂利とセメントを固めた四角いブロックを積み重ね、天井には米国製の厚さ二センチの鉄板を三枚、間に三〇センチの土を二層にわたって挟みこんだ仮設退避壕の中で、耐えられぬほどの熱と湿気に辟易《へきえき》した声を出した。

在米日海軍第一派遣陸戦隊から北アフリカ作戦へ駆り出された第三／第五陸戦旅団一万六〇〇〇名は、当初の作戦予定にはないメディアに進駐している。

なぜ、自由連合軍の大西洋軍総司令部が立案した侵攻ルート——アルジェリアの首都アルジェを攻略するため、オランからオセイニア、さらにムザイアへと抜けるルートではなく、オセイニアから東へ三〇キロほど行ったメディアに移動したのか……。

この変更には、パットンが深く関与している。

ナチスドイツ屈指の知将として知られるエルヴィン・ロンメル陸軍中将が、ついに北アフリカへ渡った。

この情報が、オラン東方の内陸部にあるティアレトにいたパットンのもとへ届くやいなや、先行していたアルジェ攻略作戦従事部隊に対し、全面的な進撃地点の変更を厳命したのである。

むろん合衆国本土の上層部、とくに作戦立案部門を無視してまでの現地判断は、さしものパットンといえども権限逸脱として罰せられかねない。

しかし相手がロンメルだとしたら、パットンの部隊がアルジェへ突入する前に、かならず阻止するための罠を仕掛けてくるはず……。

そう確信したパットンだからこそ、とりあえず敵が仕掛けたはずの罠にはまらないため、先遣部隊を大きく三つに分けて、アルジェ南方三箇所に待機させたのだ。

まずアルジェのほぼ南、ナチス連邦軍のアルジェ南部守備陣地のあるビルトゥタから直線距離にして六〇キロしか離れていないメディアへ、日本が派遣した二個陸戦旅団と一個戦車大隊／一個砲兵大隊を居座らせ、敵の注意を引くための囮とした。

そしてオセイニアには、敵が万が一に逆侵攻してきた場合に備え、米第2海兵機甲旅団と第22砲兵旅団を置き、完全な守勢防御態勢を取らせている。

肝心の先遣主隊となるアドナ・R・チャーフィーJr大佐率いる米第2機甲兵旅団、そして日本の第一陸戦機甲旅団／米第4歩兵師団／米第7砲兵旅団／カナダ陸軍派遣旅団は、なんとはるか内陸部——アルジェから直線距離で一三〇キロも南に下がったアインウシーラに先遣部隊司令部をすえて、そこで悠々と物資の備蓄と機動車輌の本格的な修理を実施しはじめた。

この布陣を凡庸な指揮官が見れば、どう考えても、アルジェにいるナチス連邦軍を二個部隊で封じ込め、その間にアインウシーラを基幹拠点に仕立てあげる策と判断するだろう。

そして基幹基地が完成すれば、アインウシーラの部隊はさらに増強され、そのうちパットン率いる最大戦力の本隊も移動してくるに違いない。

そこに至れば、その後の予想は誰にでもつく。

すなわち……。

自由連合の北アフリカ作戦部隊は、防備を固めて待ち受けるナチス連邦軍をアルジェに封じたまま、本隊は内陸部を突き進み、さっさとチュニジアへ侵攻する算段……。

こうなるとチュニジアのチュニスに本陣を構えるロンメルは、持ち駒の半分をアルジェに封じられた状況で、パットンの本隊を迎え撃たねばならなくなる。

かといって、パットンの動きを先読みして、アルジェにいる部隊をチュニスへ引きもどしたら、オセイニアとメディアにいる二個部隊がアルジェになだれ込み、さっさとアルジェリア最大の都市を奪取してしまうだろう。

とまあ、このようにナチス連邦側が判断するよう、パットンの作戦変更は仕組まれている。

そして『仕組まれている』という以上、本音は別のところにある。

ロンメルほどの知将なら、パットンが配置した先遣隊のすべてを足止めする方法が、ひとつだけ存在することに気づくはずだ。

それをロンメルが気づく大前提で、パットンの変更はなされている。

まさに狸と狐の化かしあいだが、勝つためには手段を選ばない戦争においては、まだクリーンな策の部類に入るといえる。

その策とは……。

最も南に位置する基幹基地予定のアインウシーラも、地中海に展開しているナチス連邦海軍所属の空母艦上機なら、楽勝で攻撃範囲内におさめることができる。足の短いナチス連邦の艦上機でも、往復六〇〇キロなら最大爆装しても大丈夫なのだから、海岸線から一六〇キロほどしか離れていないアインウシーラなど、上空で三〇分くらい待機しても空母に余裕で戻れる計算になる。

アインウシーラですらそうなのだから、オセイニアとメディアの部隊など、演習気分で爆撃できる位置となるはずだ。

では空母艦上機ではなく、連邦側は陸上にある滑走路からでも爆撃機を出せるのではないか……。

そう思うのも当然だが、さすがにそこは自由連合軍も抜け目なく、先遣隊が進撃する先にあるすべての航空基地や予備滑走路は、事前にモロッコ国内に配備した長距離双発戦闘機と双発もしくは四発重爆撃機によって破壊が完了している。

さらには、ナチス側が滑走路を復旧させることまで想定し、オラン南方のサイダに、突貫で米海兵隊所属の航空隊用に二本の単発機用滑走路を仮設した。

この滑走路はブルドーザーで地ならしした上に鉄板を敷きつめた簡易仕様で、長さも五〇〇メートルしかない。

しかし、その簡易仕様がモノを言う。

ナチス連邦の復旧した航空基地から、さっそく滑走路を破壊するためスツゥーカ爆撃機の群れがやってきて、しこたま爆弾を落としていった。当然、鉄板はめくれあがり、地面には大穴があく。

だが、配備されているはずの海兵航空隊所属の単発爆撃機や単発戦闘機は、ナチス側の攻撃を予想してモロッコ領内へ退避済みだ。その上で、なんと滑走路の補修は三日で完了させてしまった。

つまり、敵から一撃を食らうことまで、予定の範囲内だったのだ。

敵は滑走路が復旧するまで三週間ほど必要と判断するだろうから、それを三日で補修したのち、ただちに海兵航空隊を引きもどし、翌朝にはナチス連邦が必死になって補修した航空基地を、貴重な航空機もろとも破壊する……。

まさに油断を誘い、慢心を逆手に取った撃滅作戦である。

こういった相手とポーカーをしているかのような手段は、パットンが最も得意とするものだ。

そこに『ブラフ』と呼ばれるだましのテクニックが入ってこそ、パットン流の作戦が完成するのである。

とはいっても……。

そのブラフの駒にされた日本の陸戦隊は、いい迷惑ではすまない状況にあった。

「敵も真昼のクソ暑い時間帯には攻撃してこない。だから空撃があるのは、朝と夕方の二度……わかってはいるものの、きっちり日に二度の航空攻撃を実施しなくともよかろうに」

日頃は勇ましい言動で有名な森国造少将も、さすがに愚痴をこぼしている。

退避壕の外では、朝の定期便となっている一二機ほどの艦爆と六機ほどの艦戦が、地表に見えるめぼしい目標にむけて銃爆撃をくり返している。

とはいっても、陸戦隊に所属する戦車と火砲は、すべて近くの山地の斜面を掘り、巧妙に擬装した状況で保管しているため、まず上空からは発見できない。

したがって、メディアの市街地にあるのは、最低限の対空機銃座と警戒のため残した司令部直属の軽戦車六輌、装甲車六輌、ジープ一二輌、トラック一二輌のみだ。

それらも可能な限り家屋の陰に擬装ネットを張って隠したり、地面を掘った上にネットをかぶせ、その上から瓦礫《がれき》を薄くまいて隠している。

「艦上機による攻撃が芳《かんば》しくないとわかったら、次は砲兵部隊を前に出してくるかもしれませんね」

第一派遣陸戦隊所属の第三陸戦旅団長・神林宗定《かんばやしむねさだ》大佐が、天井から落ちてくる砂埃が湯飲みに入らないよう、湯飲みの上に右の手のひらをかざしながら言った。

退避壕は司令部専用のため、ここにいるのは司令官の森と神林、そして第五陸戦旅団長の島崎朋蔵《ほうぞう》大佐、作戦会議のため山地の隠れ家から移動してきた上村大器《たいき》戦車大隊長／鹿島庸雄《つねお》砲兵大隊長（いずれも大尉）、それに各部隊の連絡役として活躍している美津《みつ》一成《かずなり》特殊偵察中隊長（中尉）の六名となっている。

いくらコンクリートブロックと鉄板で強化された退避壕とはいえ、六名は多すぎる。

敵の攻撃中に作戦会議を開くという暴挙を行なっているため、卓袱台程度の大きさのテーブルの上に作戦地図を広げると、椅子を置くスペースもなくなってしまう。

仕方なく六名は、立ったままテーブルを囲む格好になっていた。

「敵の砲兵部隊が出てくると、ちょっと面倒だな。こちらも山地から砲兵隊を出して反撃すれば、すぐさま敵の空母艦上機が飛んできて殺《や》られてしまう。かといって放置していたら、爆弾とは密度の違う砲弾の雨が降ってくるから、さすがに退避壕にいても被害が出てしまう。

ここも直撃を受ければ無事ではすまん。まあ、これは爆弾の直撃でも同じだが、爆撃の場合は、ここに退避壕があると事前に判明していない限り、まぐれでしか当たらんからな」

「方面司令部のほうで対策を練っていないんですか」

地上での戦いなら負ける気がしない上村戦車大隊長も、空からふってくる爆弾や砲弾にはお手上げらしく、妙案のひとつも出ないまま、上の判断に期待する発言をした。

「パットン長官からは、さしあたって格別な対策は講じないと言われている」

「それは酷《ひど》い……」

すでに自分の旅団から数名の被害を出している神林が、さすがに憤りを込めた声を漏らす。

「まあ、待て。たしかに北アフリカ方面軍としては、格段の対策は採らず、このまま待機して敵の出方を見ると言われている。

しかし、それは方面軍としての判断だ。パットン長官の話では、それより上のレベルで動きがあるとのことだ」

「方面軍より上ってなんでしょう？」

発言するつもりのなかったらしい鹿島砲兵大隊長が、意外に思ったらしく口を開いた。

「パットン長官は、大西洋軍総司令部になんとかしろと矢の催促をしているそうだ。つまり、脅威の中心が敵の空母部隊の艦上機である以上、こちらも海軍主体で対処してもらわないと、陸軍と海兵隊／陸戦隊で構成されている北アフリカ方面軍はなす術がない……そう主張しているそうだ」

「となると、味方の空母機動部隊が出てくるんでね？」

島崎旅団長が、声に期待以上のニュアンスを込めて発言した。

「さあ……具体的な作戦は知らされていない。ただ、あまり待たせるつもりはないとのことだった。

なにせ、この海軍側の作戦を実施するため、陽動を兼ねて、南アメリカへ一部の艦隊を派遣したらしい。その艦隊には、我々もよく知っている宇垣司令官の派遣艦隊も混ざっている。

いや、混ざっているというより、宇垣司令官が作戦司令長官として指揮を取っておられると聞いている。

メキシコ作戦で大戦果をあげた部隊を陽動に使う以上、主作戦はかなりの規模になるはずだ。しかも下手すると、もう始まっているかもしれない」

「我々に知らせないまま、海軍が動くんですか？　それってかなり問題があると思うのですが」

一転して不安に駆られたのか、島崎が不満そうに聞いた。

「我々のところまで情報が届くとなると、敵に察知される可能性も高くなる。海軍側としては、完全な奇襲作戦にしたいようだ。それに、いま我々が知ったところで、なにか格段のメリットがあるわけでもない。

我々に命じられているのは、アルジェに敵の本隊が居座っている間は、この場を動かず待機せよ……だ。それは海軍側が派手に作戦を実施して、その結果がどうなろうと、次の命令が来るまでは変わらない」

「となると、海軍さんの結果待ちってことですね。さすがに我々を攻撃している敵空母部隊が、どういうかたちであろうと一時的にも排除されたら、敵にとっては一大事……。

今度は逆にアルジェが我が方の航空攻撃圏に入ってしまうため、これまでのようにアルジェのほうぼうに露天で展開なんかできませんもんね」

いささか軽率な口のききかたながら、島崎とて日本軍の誇る陸戦隊旅団長だ。当然、平均以上の能力と精神力を兼ね備えている。

だからこそ森の曖昧な説明だけで、ここまで理解できたのである。

「パットン長官のことだから、北アフリカ担当のナチス艦隊がいなくなれば、一気に全軍をもってアルジェ攻略ってのもあるだろうな。その時に備えて、我々も待機するだけでなく、それなりの戦術なり策なりを立てておかないと、いざという時に恥をかくことになる。

そういうわけなので、本日の作戦会議は簡単だが、各自で本格侵攻が開始された場合、いかに敵を効率よく殲滅するかの策を練るということで散会とする。

ただし、いくら敵を殲滅できても、味方の被害が甚大では話にならんぞ。そこのところ、最優先で考えておくように」

いきなり散会といわれても、はいそうですかと退避壕の外へ出るわけにはいかない。

あと一〇分ほどは、爆撃を終えた機も銃撃するはずだから、しばらくはここで六人で顔を突きあわせなければならなかった。

「まあ、茶でも飲んで待ちますか。ただし砂埃が入ると、まずくて飲めなくなるのが難点ですが……」

最後になって、茶の入ったヤカンを片手に美津偵察中隊長が声を発した。

5

七月五日　夕刻　大西洋

大西洋のド真ん中――。

感覚的にはまさにその通りなのだが、大航海時代から新大陸と旧大陸の最重要な中継点となっていたアゾレス諸島は、じつのところかなりスペイン寄りに位置している。

それでも一〇〇〇キロ以上はゆうに離れているため、現在においてもスペインからアゾレス諸島への連絡は船舶に頼るしかない。

ちなみにアゾレス諸島は、ナチスポルトガルに所属しているが、大戦勃発以降、ポルトガルがスペインに諸島防衛を委託した関係で、現在は軍事的にはスペインが守備するところとなっている。

いわばスペイン軍にとっては海外の駐屯地のようなものだが、そこを守る航空機はいずれも旧式複葉機ばかりで、しかも島の上空と狭い範囲のみしか防衛できていない。

スペイン軍は、もともと本気で島を防衛するつもりはなく、ポルトガルとの外交的意味あいから、形ばかりの守備隊を置いているのが現状である。

これが日本や合衆国なら、片道だけなら一〇〇〇キロ以上を余裕で飛べる艦上機や飛行艇があるため、いざという時は短時間で航空機の支援を受けられる。

したがって、島の防衛をなおざりにすることもなく、このような大洋の重要な中継点ともなれば、最重要軍事拠点として徹底的に防備を固めているはずだ。

だが、ナチス連邦中枢国家の中では最も航空部門が遅れているスペインでは、連邦入りする前の旧型複葉機では航続距離が足らない。

かといって、連邦入りした後に大量に供与されたドイツ製の双発戦闘機や爆撃機も、いずれも大戦初期型のため、これまた航続距離が短いという欠点がある。

つまり現時点においても、スペイン軍はアゾレス諸島の局地的な制空権しか確保しておらず、もし本気で自由連合軍が制圧しようと思ったら、空母を伴う艦隊と上陸部隊を乗せた輸送船を送りこむだけで、かなり短期間で奪取できると考えられている。

なのに、大戦勃発からかなりたった現在も、あい変わらずアゾレス諸島はポルトガル領のままで、駐留するスペイン陸軍一個旅団（島がいくつもあるため、連隊もしくは大隊規模で各島へ分散配備されている）は、あいもかわらずのんびりとした日々を過ごしている。

現在、自由連合は北アフリカに軍を展開しているのだから、モロッコにも近いアゾレス諸島は格好の中継点になるというのに、なぜ放置しているのだろう。

それは、近代に入る前から『アゾレス諸島を新たに制圧する者は、新大陸もしくは旧大陸に覇を唱える意志のある者』というヨーロッパの常識があるからだ。

もし自由連合が、北アフリカ方面のためアゾレス諸島を奪取すれば、まず間違いなく、ナチス連邦軍は全力で奪還作戦を実施してくる。

そうしないと諸島を拠点化され、そのままスペインや北海方面への出撃基地になってしまうからだ。

たとえ自由連合にその気がなくとも、ヨーロッパに住む者はそう考える。結果、大西洋を挟んで本格的な全面戦争が開始されることになり、北アフリカ方面への支援はかえってやりにくくなってしまう。

だから、本当に必要な時まで放置しておく。

これは太平洋におけるミッドウェイ島と同じ関係だ。

日米が敵と仮定した場合、ミッドウェイ島へ大艦隊が集結すれば、それが日米どちらの陣営であろうと、まず間違いなく防衛する側も大艦隊を出してくる。

その結果、雌雄を決する大海戦が勃発する。

アゾレス諸島もミッドウェイ島も、地政学的にそのような位置にあるのだから、必然的にそうなるのは当然である。

そのアゾレス諸島に、いま迫りつつある艦隊があった……。


「チェサピーク、エンタープライズ航空隊、ともに出撃を完了しました！」

つい先ほど、総数一五〇機もの艦戦と艦爆が艦隊上空を飛び去っていった。

三隻の正規空母による半数出撃である。

「作戦予定通り艦隊を分離する。空母機動部隊は、ただちに西進して航空隊収容地点へ向かう。打撃部隊は、このまま直進してアゾレス諸島との距離を詰めろ」

艦隊旗艦と定めた正規空母チェサピークの艦橋に、ウイリアム・ハルゼー中将の勇ましいダミ声が響き渡った。

「第９任務部隊旗艦・戦艦ジョージアより発光信号。部隊司令官の加藤隆義《たかよし》中将からの返信です。我が部隊は忠実に作戦を実施する。ハルゼー司令長官のご武運を祈る。以上であります」

　在米日海軍第一派遣艦隊司令官として永らく合衆国に赴任しているというのに、加藤隆義中将は一寸たりともアメリカに染まっていない。

　ハルゼーから見れば歯の浮くように堅苦しい返信も、加藤からすれば大日本帝国海軍においてきわめて常識的な挨拶でしかなかった。

「あの加藤が律義に作戦予定通りに実施するというのだから、こりゃガチガチに予定通りになるぞ。となると、相手をするスペイン軍が少し可哀想に思えてくる……というより、俺自身が加藤の戦いを見てみたい。

　だが、それはかなわぬ思いだ。我々はここで袂《たもと》をわかち、別々の作戦を実施するのだからな。ここまで一緒に来たのも、ナチス野郎をだまくらかすためなんだから、もともと二個の独立した部隊が別の作戦を実施するにすぎない。

　ただし、本命は俺たちだ。加藤の部隊は大西洋広しと暴れまくるものの、最初から最後まで陽動作戦に従事する。

　加藤はいわば囮だ。だから、ことさら派手に動かねばならない。

　それを日本海軍の時計のような精密さで完遂すると宣言したのだから、これは見物だぞ。下手すると俺たちより目立つ結果になるかもしれん」
まるで加藤と役目を変わりたいような口振りで、ハルゼーは楽しそうに喋ってい
る。
それを聞いている空母艦橋の部隊参謀部は、どう返事していいのかわからず、い
ずれも互いの目を見ながら押し黙ったままだ。
「水偵からの報告はまだか？　こちらの動きは隠していないのだから、そろそろ敵
も動いてよさそうなのだかが……」
いつまでも軽口を叩いているようなハルゼーではない。いきなりなんの前触れも
なく、航空参謀に重要な質問をあびせた。
「は、はい。現在は重巡ジャクソンビルと軽巡基隆の水偵が、本日最後の前方偵察
に出ているはずです。こちらの機動部隊は航空攻撃隊自身が偵察隊を兼ねているよ
うなものですから、先ほどから間欠的にアゾレス諸島方面の情報を送ってきていま
す。
いずれの偵察情報にも、いまのところナチス連邦海軍の艦隊を捕捉したとの報告
はありません」
その時、航空参謀付きの伝令が小さな通信用メモを持って艦橋へ上がってきた。

「あ、お待ちください。エンタープライズの艦戦隊に所属するF3Fから、たったいま、アゾレス諸島にいるスペイン海軍所属と思われる二機の単発複葉機と遭遇したとの報告が入りました。ただちに交戦に入るとありますので、すでに結果が出ていると思われますが、続報はまだです」

さすがに最新鋭とは言えなくなったF3F（日本仕様は中島九九式艦戦）だが、相手が大戦前の複葉機、しかもたった二機が相手では負けようがない。

おそらく一瞬で勝負がつき、二機は撃墜されたと思われる。

ちなみに自由連合海軍の空母艦上機は、いま大車輪で装備改編中だ。本来ならハルゼーの空母も新型機に衣更えすべきなのだが、いまのところ正規空母の一部機種のみ新型機に変更した程度にとどまっている。

今回の作戦までは従来機で行なうほうが、主に搭乗兵の練度の関係から好ましいと判断され、従来型艦戦にとっては最後のお勤めとなった。

新型機は、大きく分けて二種類が開発されている。

ひとつはレシプロ単発機で、従来型の強馬力／大型バージョンとでも言うべきものだ。

ここのところ、ナチスドイツ設計の強力な戦闘機や爆撃機が登場している関係で、艦上機も高速／強加速／防弾能力向上の三拍子が揃った大型機が求められるようになった。

そこで従来型機は、主に軽空母や支援・護衛空母用に配置転換し、正規空母用には新たな大型機を開発したのである。

いわば正規空母専用の艦上機のため、飛行甲板の短い軽空母や支援・護衛空母では離着艦に大きな制限がかかる。とくに護衛空母は、ほとんど発艦不可能とされるほどだ。

さらにいえば、軽空母・支援空母・護衛空母のエレベーターサイズにも収まらない。つまり、搭載するには飛行甲板に係留するしかなく、これは輸送任務にしか使えないことを意味している。

そこまでして艦上機を大型化したのは、次にくるジェット化を先読みしているからだ。

現在の正規空母ですら、次世代機となるジェット艦上機だと離着艦に難ありと考えられている。

その原因がジェットエンジンの離床時推力が小さいためだから、これはジェットエンジンの高性能化を待つか、空母側で対処するしかない問題とされている。

そこで自由連合海軍は、所属各国の正規空母用に、完全共通仕様の蒸気式カタパルトを開発している。

このカタパルトがなければ、ジェット艦上機は飛びたてない。

それを、いきなりジェット機配備と一緒に、空母まで本番一発ですべて揃えるのは、いくらなんでも博打にすぎる。

とりあえず現在のレシプロ艦上機の需要が大型化ということもあり、既存の正規空母の規格を先んじて、ジェット機と同じサイズのレシプロ新型機に合わせたのである。

日本で『一式シリーズ』、合衆国で『5シリーズ』、英国で『フェアリーMGシリーズ』と銘打たれた完全共通機こそがそれだ。いずれの機種もまったく同じものでしかなく、たんに各国海軍において名前だけ違う存在となる（英空母用のみ、空母設計との関連から小改造される可能性が残されている）。

「まもなく航空隊収容地点に到着します」

航行参謀が腕時計で時間を見ながら報告した。

現地点は、航空隊を発艦させた海域から西へ八〇キロほど移動した場所になる。アゾレス諸島から見れば、まっしぐらにアメリカ大陸方向へ退避しているように見えるが、これは擬態である。日没後は方向転換し、南へ向かうことになっている。

「日没までに収容を終わらせろ。軽空母群は上空直掩《ちょくえん》を怠るな。付近に敵空母がいないことはわかっているが、訓練だと思って実施しろ。

いつも万全を保っていないと、これから先、いつポカをしでかさないとも限らん。常に気を張っておけ、いいな!?」

部下をこき使うのでは定評のあるハルゼーだけに、『いつものこと』と誰も不満そうな顔をしていない。

他の艦隊から見ればハードな状況であっても、ハルゼーの艦隊では普通の日常にすぎないことを、慣れ親しんでいる部下たちが一番知っていた。

「さあ、ナチス野郎ども……いつまでも地中海で天下を取れると思うなよ」

ハルゼーの獲物は最初から最後まで、地中海で我がもの顔で航空攻撃しているナチス連邦海軍の空母部隊なのだ。

もう少し詳しく言えば、イタリア西地中海艦隊に所属する軽空母部隊と、最近になってモロッコ北東部沖まで姿を現わすようになった、ナチスフランス海軍の国旗を掲げた軽空母二隻を中心とする艦隊、そしてスペインのバレンシア沖——バレアレス海から動こうとしないスペイン海軍の正規空母一隻と軽空母一隻の艦隊……。

なんとハルゼーは、この三個艦隊を一網打尽にするつもりなのだ。

たしかに第7任務部隊には、三隻の正規空母と三隻の軽空母が所属している。数だけ言えば、正規空母一隻と軽空母四隻のナチス陣営を圧倒している。

ただし、こちらはあくまで一個機動部隊、先方はバラバラの艦隊機動も可能な三個部隊……。

この違いがどう結果に反映するか、いまのところ判断に悩むところだ。

しかしハルゼーは、まったく気にしていない。

戦力さえ上回っていれば、あとはどうにでもなると考えているらしい。

無理と言われれば、さらなる無理押しで押し通る。それがハルゼーである。

これまであまたの提督が戦いに参じてきた。

他者の活躍を横目に、ハルゼーはじっと自分の出番を待っていた。

そして……。

ついにその時が来たのである。

第４章　全世界同時大戦！

1

一九四二年七月　シナイ半島北部

スエズ運河まで一五〇キロしかない、シナイ半島北部・地中海に面したアリーシュの町。

そこは一本の水量乏しい川の河口に営まれた、砂漠の中のオアシス的存在である。

そして現在、ここはナチスドイツ正規軍が到達した、最もエジプトに近い地点となっている。

そのアリーシュの町に、かなり傾いた夕刻の太陽の光がさしている。

しかしその光の大半は、猛烈に巻きあがる砂塵と土砂にさえぎられ、市街地の地面にはほとんど届いていなかった。

「ええい、イタリアの空母航空隊は、まだ来んのか！」

半地下式に掘り下げられた前線司令部の中で、不安そうに頭上の丸太組みを眺めながら、エーリッヒ・マンシュタイン大将は、前線司令官兼ドイツ陸軍第32歩兵師団長のハインリヒ・ベルグマン少将を怒鳴りつけた。

「先ほどから再三にわたって緊急出撃要請を行なっていますが、まだ出撃したとの返電は入っておりません。もしかするとカイロ爆撃の最中のため出せないのかも……」

まるで自分が空母部隊の司令官であるかのように恐縮した声で、ベルグマンがひたすら頭を下げている。

「今日は本当に運が悪い。せっかく危険を冒して最前線視察のためアリーシュにやってきたというのに、もう三時間も足止めされたままだ。本来なら二時間で視察を終え、今頃はアシュケロンの方面軍司令部へ戻る最中だというのに……」

どうやらマンシュタインは、ここのところ進捗が思わしくない最前線の進撃速度をなんとかしようと、わざわざアリーシュまで出向いたらしい。

ところが到着早々にシナイ半島南部にあると思われる自由連合軍航空基地から飛

来した、多数の戦闘機と爆撃機による空襲に見舞われてしまった。

それでもマンシュタインは、どうせ三〇分ほどで終わるだろうとタカをくっていたが、なんと三時間たったいまも、断続的に空襲が続いている。

この規模の大空襲は、一箇所の航空基地ではハードすぎて無理だ。

最低でも三箇所の航空基地が連携し、ローテーションを組んで計画的に出撃でもしない限り、これほど短時間かつ反復した爆撃は実現できない。

「敵も必死なんだと思います。我々にここを突破されると、スエズ運河北端にあたるポートサイドまで、遮るもののない砂漠上の街道とバーダウイル塩湖しかありませんから。

そこで自由連合軍は、バーダウイル塩湖の南側を通るエジプト街道を中心とする、大きく分けて三箇所・三重の防衛陣地を設営しています。

この陣地は開戦前から用意周到に建設されてきたもので、最も近いA阻止陣地地帯だけでも、東西幅二キロ、南北幅八キロにわたり、幾重にも盛られた戦車阻止土塁やコンクリート製阻止壁、鉄骨構造の阻止柵、街道の左右には広汎な地域に対戦車・対人地雷原、A阻止陣地だけで八列におよぶ塹壕《ざんごう》陣地と、各所にコンクリブロックを積み上げた対戦車・対空砲座……。

数えあげるだけでも、うんざりするほどの重防備が待ち構えています。その上で連日の爆撃なのですから、歩兵師団でしかない我々は、アリーシュから一歩も動けない状況が続いているのです」

ドイツ正規軍の指揮官としては珍しく、ベルグマンはずっと上の上官に対し、面と向かって愚痴を吐いた。それだけ日頃から思うところがあったのだろう。

言われたマンシュタインも、驚きを隠せない表情を浮かべている。

「……もう少しの辛抱だ。いまロシア黒海艦隊から、エジプトを攻撃しているイタリア・ロシア合同艦隊とは別に、中東方面軍支援のための艦隊が向かっている。艦隊には旧型ながら二万トンクラスの戦艦二隻もいるそうだから、その艦隊が到着すれば、敵の阻止陣地など艦砲射撃で一網打尽にしてくれるはずだ」

「その艦隊に空母はいるんですか？　もし空母がいなければ、シナイ半島にいる米軍・英軍・日本軍機を有する航空基地の餌食になるだけですが……」

いまアリーシュを爆撃しているのは陸軍機ばかりだが、上空監視兵の報告によると、時間帯によって機体についている国籍マークが違うとなっている。

朝一番は日本軍双発機、夕刻の大規模爆撃は米軍双発・四発機、朝から夕方までの不定期な小規模爆撃は、三ヵ国が入り混じった単発戦闘機と単発爆撃機がやってきて、主にドイツ側の塹壕陣地や補給物資を備蓄している半地下式倉庫などを破壊していく。

とはいえ、ここまで連日の爆撃ともなると、ドイツ側も上空からはほとんど判別できないよう巧妙な隠蔽《いんぺい》方法を編み出しているし、上空から見ても、おそらくめぼしい目標は何もない状況と考えられる。

それでもなお爆撃を続行しているのは、アリーシュにドイツ正規軍の装甲部隊を入れないためである。

現在一個歩兵師団のみが、あたかも生贄《いけにえ》のような状況で張りついているのも、それ以外の砲兵部隊や装甲部隊・航空隊などを強引に展開しても、すぐに全滅させられるとわかっているからだ。

どうせ生贄部隊ならドイツ正規軍部隊ではなく、ナチス衛星国家から拠出させた部隊を据えればいいと思うところだが、そのようなことをすれば、すぐさま降伏してしまい、アリーシュもろとも敵の手に渡ってしまう。

ここは惜しくとも鉄の規律で縛られているドイツ正規軍を据え、ベルグマンたちが必死に耐えている間に抜本的な攻略作戦を実施する……。

これがマンシュタインが実施している、エジプト制圧作戦の基本構造となっている。

とはいっても、作戦自体はマンシュタインが立案したものではなく、遠くドイツ本国にあるドイツ陸軍省内で組まれたものだ。

あえてナチス連邦総司令部ではなくドイツ陸軍省で立案したのは、そこにヒトラーの強い意志を貫くためという特別の理由が存在している。

ヒトラーが発案し、ドイツ陸軍省が立案した作戦は、絶対に失敗が許されない。

なにしろナチス連邦すべての規範となる部門だけで行なっている作戦なのだから、ここが失敗するようでは連邦全体の規範を保てなくなるからだ。

だからこそ、ヒトラーの信任厚いマンシュタインが抜擢されている。

対する北アフリカ担当のロンメルは、同じヒトラーからの命令により作戦展開をしているものの、作戦はナチス連邦総司令部にロンメルが直談判して、現地裁量をきわめて大きくしたものとなっている。

ロンメルの指揮下にある部隊も、方面軍のうち直率なのは三個師団程度でしかなく、他は連邦国家拠出部隊が多数を占めている。

さすがにドイツ陸軍省も、これではロンメルの自由度が高くなりすぎると考えたのか、一個ドイツSS装甲師団をつけ足しているが、それすらロンメルの手にかかると手駒のひとつにされてしまいそうな状況となっている。

つまり同じ方面軍でありながら、中東方面軍はナチス勢にとってきわめて特別な存在であるのに対し、北アフリカ方面軍はごく標準的な編成でしかないのだ。

「空母が来るかどうかは聞いていない。もしかすると、いま支援を要請しているエジプト攻略艦隊の空母を一時的にまわすのかもしれんな。

まあ、そんなことをせずとも、テルアビブにある我が軍の基幹航空基地の新型戦闘機が、そろそろ出撃可能になる頃だ。キプロスの中継基地を、追加の飛行隊と航空機を乗せた輸送船が出発しているという情報もある。だからあと数日のうちに、かならず動きが出てくるはずだ」

「ようやくジェット機が来てくれるんですね!!」

ベルグマンの声は、本当に嬉しい時にだけ出る音色《ねいろ》に染まっていた。

世界で最初に実戦配備されたメッサーシュミット262F-Vが、ついにドイツ本国での足止め措置を解禁され、真っ先にシリアの地へ運びこまれたのだ。

苦境に立っている部隊の司令官にとって、これほど嬉しい情報はない。まさに救世主の到来だった。

「ああ、それも一個飛行隊四〇機だ。これがテルアビブに配備されているんだから、ここも余裕で航続圏内に入る。そうなれば自由連合の鈍重なプロペラ機など標的にしかならない。当然、空母艦上機の支援なども必要なくなる」

なるほど……。

ロシアのスターリンが、空母の完成数をごまかしているのを、ヒトラーはじつのところ承知しているようだ。そうでなければ、もっと真剣になって、黒海にいるはずの二隻の軽空母を出せとせっつくはず……。

実際には完成したばかりの一隻を、公試を兼ねて、黒海内で訓練しているにすぎない。

なにしろ陸軍国家のロシアが世界の時流に乗り遅れまいと、無理矢理にドイツから基本設計図だけを受けとって突貫で建艦した代物《しろもの》だけに、なにかと問題がありすぎる。

噂では、試験のたびにかなり重度の不具合が発見され、そのたび一ヵ月以上もドックで修理するといった泥縄式開発に終始しているらしい。

そのような欠陥空母を黒海の外へ出せば、ナチス連邦諸国の笑い者になる。

スターリンがこの屈辱に耐えられるはずもなく、いくら要請しても黒海艦隊から空母は出てこないことになる。

ただし、バルト海にあるレニングラードで建艦している正規空母一隻と軽空母二隻は、ドイツ本国から建艦技術者や科学者を多数招聘《しょうへい》しているせいで、かなりまともな代物ができあがりつつある。

ただ、ドイツ本国からして陸軍国家のため、自由連合に比べると軍艦の建艦ノウハウが絶対的に少ない。

それをドイツは、基礎科学力の優位性と、情報工作による自由連合からのノウハウ奪取でカバーしてきた経緯がある。

さすがに開戦後は自由連合のガードも固くなり、そうそうスパイ情報を入手できなくなっているが、それまでに得た知識とノウハウ、そしてナチス以前から存在した戦艦や巡洋艦といった従来型艦船の建艦ノウハウを総動員して、なんとかまともな空母を作りあげた。

そのドイツで完成された空母建艦技術が、いまようやくナチス連邦中枢国家へも解禁された状況なのだ。

したがって、いま完成しているドイツ以外の空母、とくにロシア黒海艦隊のように、ナチスドイツの技術支援なしで建艦された空母は、ほとんど実戦に使えないガラクタだと考えたほうがいい。

どれくらい酷《ひど》い出来かは、ドイツに占領されてナチス化したナチスフランスが建艦した軽空母二隻が、すでにマルセイユにおいて実戦配備についていることでもわかる。

ナチス中枢国家のロシアより、ナチス衛星国家のフランスの空母のほうがまとも……。

これはスターリンにとって恥辱以外のなにものでもなかった。

もっとも、フランスが建艦したといっても、実際にはドイツの民間企業が丸抱えで造船所を建設して建艦したものだから、ナチスフランス政府は法外な建艦資金のみを担当したというのが実状である。

「おっ、どうやら爆撃がやんだようだな。誰か外の様子を探ってこい。もし爆撃が終了したのなら、一刻も早くアシュケロンに戻らねばならん。

そのためには、厳重に隠しておいた私の専用車と護衛車輌を砂の中から出す必要がある。その準備を急がせろ！」

もう地獄のようなここには一秒でもいたくない……。マンシュタインの声には、暗にそう込められている。

「まもなく陽が暮れますので、どうせお帰りになるのでしたら、日没後のほうが安全ではないでしょうか」

言わなくてもいいことを、またベルグマンが口にした。どうも連日の爆撃で、少し神経がまいっているようだ。

「夜に車列を連ねて街道を驀進し、もし敵の遊撃部隊が前方展開していたら、絵に描いたような的になるではないか。あの日本軍空挺部隊による補給部隊襲撃を、貴様はもう忘れたのか？

日本軍は、我々装甲部隊の足を止めるだけのため、わざわざインドからやってきて、短期間に凄まじい補給路破壊を実施したと思ったら、さっさとサウジへ遁走してしまった。

つまり連中は、一個の戦術的な目的のため、超短期間に空挺部隊のような最高度の機動力を持つ部隊を投入するのも厭《いと》わないということだ。

もし私が、いまここにいることが敵に知れたら、敵はなんとしても私を抹殺しようと試みるだろう。そのためにサウジから空挺部隊一個連隊を送りこんでもおかしくない。

だから私は、基本的に居場所を秘匿しているし、移動は常に敵の裏をかくような時間帯にしか行なわない。

今日でいえば、それはいまだ。日没前後、敵の航空隊が帰路につき、新たな航空隊が出撃できない夜が迫っている時間帯……それでいて、車列が見つかりにくい薄暮こそ、私が移動すべき時なのだ」

なにかマンシュタインの言葉を聞いていると、どことなく偏執的なニュアンスを感じてくるから不思議だ。

もっともナチスドイツは結党以来、秘密主義や怪しげな宗教的思想活動に熱心だったし、ヒトラーがそうでなくとも、部下の多くがいくつかの秘密教団に傾倒していたのは公然の秘密となっている。

その中にマンシュタインがいたかどうかは、事が秘密なだけに明らかにはなっていないが、彼ほどの重鎮がヒトラーに進言すれば、ナチス連邦全体が秘教主義に染まっていても不思議ではなかった。

2

七月八日　アゾレス諸島北西海域

「どうしたもんかな」

戦艦ジョージアの慣れない昼戦艦橋長官席に座りながら、第9任務部隊司令官の加藤隆義中将は、どことなく間の抜けた声をあげた。

指揮下の艦隊には戦艦阿波もいるが、さすがにハルゼーと共闘する艦隊で日本海軍の戦艦を旗艦にはできない。

そこで、艦隊指揮機能が充実しているジョージアが旗艦に選ばれたのだ。

「なにか？」

グレン・B・デイビス部隊参謀長（大佐）の声がした。加藤はいつのまにか席の背後に立っていたデイビスの存在に驚き、たどたどしい英語で答えた。

ついでに、いつもつき従っているハワイ出身の日系通訳武官へ、断りの言葉もつけ加える。

「雑談に翻訳は必要ない。間違ってはならない場合には、私のほうから通訳を頼む。それ以外は無視してくれ」

同じ米国駐留指揮官の宇垣纏が、いまでは日本語と変わらないくらい流暢に英語を駆使しているのに対し、古いタイプの日本人に属する加藤は、いくら練習しても日本式英語の域を出ることができない。

米海軍側もそれを配慮して翻訳武官をつけたのだが、加藤にしてみれば自分は大丈夫と思っているため、内心ではいらぬ配慮だと思っているようだ。

「そうそう、質問されたのだな。いやなに……こうして長官席に座り、遠くにファイアル島を眺めることになるなんぞ、夢にも思っていなかったものでな。このようにのんびりとした戦争というのもあるものだと、つい感慨が声になって出てしまったのだよ」

うまく英語がデイビスに伝わったかどうか、少し気になったようで、加藤はちらりと目線を横に動かした。

翻訳武官は、あい変わらず横に立っている。

ただし、何か言うでもなく黙ったままのところを見ると、いまの英語におかしいところはなかったらしい。

「アゾレス諸島へ到着して三日がたちましたので、諸島に存在するすべての滑走路は破壊され、水上機基地も砲撃で跡形もありません。港湾に関しては、さすがに漁村の港まで破壊するのは住民の反感が酷くなりますので、交易用埠頭と沿岸警備部隊用区画のみ破壊しました。

また、各島の沿岸に設置されていた八センチ以上の沿岸砲も、ハルゼー司令官が置き土産に二度の航空攻撃を行なってくれたおかげで、ほとんど使い物になるものはないと判断しています。

事実、我々はファイアル島の沖二〇キロ地点にいますが、島からの砲撃は一度もなく、漁船すら一隻も港の外へ出てきません。

こちらも朝と夕に二度の砲撃を、ひとつの島に戦艦もしくは重巡一隻を割り当てて実施しているだけですので、各島の敵守備隊もその時間だけ退避していれば、おそらくたいした被害は受けていないと思います」

なるほど、加藤が感じている感触がわかるような気がする。ようは、ぬるま湯のような攻撃に終始しているせいで、どうにも気が張らないといったところだろう。

「まあ、これが作戦予定通りの行動なのだから、仕方がないと言えばそうなのだが……どうにも気の緩みだけはいただけない。このままでは、肝心な時にヘマをしでかさないか心配だ」

「では、昼間の空いている時間を使って、沖に出て機動訓練でもやりますか」

気が抜けているのは加藤だけではないらしい。

いつもは聡明なデイビス参謀長ですら、どことなくトンチンカンな提案をしてきた。

「いや、それはまずいだろう。いつ敵側の艦隊が接近してきても対処できるよう、島の近くに居座っているんだから、その状況を変えるのは本末転倒している。

うーん……いっそ朝夕の砲撃実施にあわせて、各艦に割り当てられている島に特定の目標を設定し、砲撃の命中率を競うというのはどうだろう。

いくら本気で撃つつもりがなくても、破壊しておいたほうがいい目標は無数にあるわけだし、射撃精度を競うようになれば無駄弾も減る。射撃に参加していない艦や部所は射撃時間の間、自分の担当部門で好きに競争目的を設置し、成績優秀者には何か特典を与えるというのはどうだ？

たとえば操艦関連は、速度を出して回避運動しつつ、海上に標的を流して命中率を競うのもいい。対空部門は対空射撃の目標を飛ばすわけにはいかんから、射撃はせずに艦載水上機を標的に見立て、射撃寸前までの準備速度を競わせるとか……」

よほど暇だったのだろう、加藤は楽しそうにあれやこれやと訓練方法を語っている。

デイビスは黙ったまま通訳の横へ移動し、その姿を、生真面目な表情を浮かべて見ていた。

そして加藤が語り終えたあと、少し考えるそぶりをして、ようやく口を開く。

「よい考えだと思います。ともかく、我々の部隊に変化が訪れない限り、ハルゼー司令官の部隊も動きようがありませんので、いざということになった時、速やかにハルゼー長官が行動できるよう、我々も準備を整えておくべきでしょう」

現在、ハルゼー率いる第７任務部隊は、加藤の艦隊の南南西四六〇キロ地点で、ゆっくりと弧を描くように移動している。

その地点の周囲には海しかなく、アゾレス諸島で生き残っている単発複葉機が偵察に出ても届かない。

さすがにここまで赤道に近い地点だと、ドイツの潜水艦もやってこない……。

つまりナチス連邦にとっては、まったく監視の空白域となっている場所だ。

もっとも、それは自由連合軍にも言えることだが、北アフリカ戦線が形成されたあとは、モロッコへの航路を維持するため、米潜水艦が多数展開しているぶん、まだマシという程度である。

ハルゼー部隊は、おおよそ一日をかけてアゾレス諸島の西から南南西まで移動し、あとは半径一〇〇キロほどの南側へ長い楕円を描いて周回している。現在は三日めになるが、空母機動部隊に随伴可能な高速タンカー二隻がいるため、燃料に関しては問題なさそうだ。

この行動は、誰が見てもアゾレス諸島を攻撃半径に入れた状態で、様子見に入っていると思えるものだ（あくまでナチス側に発見された場合だが。現時点では行方不明もしくは母港へ帰投中となっているはず）。

すべては、ナチス連邦海軍の艦隊を大西洋に引きずり出すための予備行動……。

相手はスペイン艦隊だけとは限らない。

たとえば、大西洋側のスペインとフランスの間にあるビスケー湾には、すでにドイツ海軍の巡洋艦部隊が移動してきている。

この部隊は主にUボートと連携して、合衆国から英国へ向かう支援船団のうち、南回りのものを牽制するため居座っているのだが、場合によってはナチス連邦の他国海軍艦艇と合流したのち、こちらに出てくることも充分考えられる。

また、イタリア海軍に所属する水上打撃艦で、まともに出撃していない艦も多い。

その一部は軽空母部隊に伴い、北アフリカのモロッコからアルジェリア北岸へ接近し、爆撃をくり返している。

時には沿岸砲撃を実施する時もあるが、それはイタリア西地中海艦隊の一部の艦のみで、エジプト攻略支援のため張りついている艦隊を考慮に入れても、まだ多くがイタリア本土で出番を待っているのが現状である。

それらのうちの一部が、バレアレス海にいるスペイン地中海艦隊と合流し、ジブラルタルを越えてくることも考えられる。

最も近い位置関係にあるナチスポルトガルも、弱小ながら巡洋艦部隊を二個ほど所有しているため、それらも敵戦力に入れる必要がある……。

あれやこれや勘案すると、ハルゼーが本命とする地中海への殴り込みを実現するためには、これら大西洋に出てくる可能性のある敵艦群をまずどうにかしないと、最悪の場合、背後を取られて退却路が閉ざされる可能性が高い。

そこで加藤の第９任務部隊が、まずは囮《おとり》艦隊として敵を引きつけ、その隙にハルゼーが航空支援で叩く作戦が考案された。

大西洋における脅威が低下したのち、ハルゼーは獰猛な突進で地中海へ飛びこむ。

これが彼のたてた単純極まる作戦だった。

「では、今日の夕方から褒賞付き訓練を実施するとしよう。いまから準備しないと間にあわないだろうから、すぐ各艦へ伝達してくれ」

命令を下した加藤は、つぎに部隊航行参謀と艦務参謀を呼びつけ、各艦の位置関係について質問しはじめる。

命令を下されたデイビスも、生き生きと行動しはじめた加藤を見て、かすかに微笑むと艦橋を後にした。

やはり日本海軍の指揮官は、忙しいくらいがちょうどいいようだ。

ついこの前まで戦艦ルイジアナの艦長を担っていたデイビスは、これまであまり日本海軍と親しむ環境になかった。

そのため今回の任務部隊編成に伴い、参謀長として赴任してきた時、気難しそうな加藤を見て、本当にやっていけるのだろうかと悩んだほどだ。しかし、出撃前の艦隊訓練を行なってみると、かなり有能であることがわかった。

どれだけ複雑な作戦であろうと、加藤はすばやく理解し、しかも自分が不得意な分野に関しては、信頼できる部下を選定し、かなりの部分を任せる判断すらしてみせた。

そのぶんデイビス率いる部隊参謀部の仕事も増えたが、それは悪いことではない。

ハルゼーのようにワンマン運用が得意な指揮官の場合だと、部隊参謀部もいろいろと困った問題を抱えるものだが、ここではそれがない。

だが、アゾレス諸島の至近に居座って以降……。

加藤のゆいいつの欠点が露呈した。すなわち、『やることがないとだらける性格』である。

これまでは合衆国駐留の日本海軍部隊最高指揮官として、やらねばならぬことが無数にあったため、この欠点が表面化することはなかった。

それがいま唐突に現われ、当人すら当惑する事態となった。

こういう時こそ、女房役の参謀長が適確な判断と行動でサポートしなければならない。

それがどうやらうまくいきそうなため、デイビスも自然と笑顔になったのだ。

ともあれ……。

第9任務部隊の開店休業状態は、もう少し続くことになる。

事が動いたのは数日後のことだった。

＊

同日、午後……。

ほぼ地球の反対側となる満州南部において、ついに自由連合陸軍部隊は、当初の目標だった営口市街地への突入作戦を開始した。

営口の北側には、幅の広い河口に繋がる大江河が流れている。しかも市街地のすぐ北で折りたたむように蛇行しているため、あたかも二本の川に守られているように見える。

二日前……錦州にいる先遣部隊司令官のスティルウエル中将のもとへ、秦皇島にいた英第10機甲師団（マイルズ・デンプシー中将直率）が到着した。

これは、あくまで中国方面軍の動きのみを見た場合だ。

すでに遼東半島方面からは、自由連合陸軍独立第1機甲部隊に所属する近衛第二師団第二一戦車連隊を皮切りに、米第3機甲師団派遣戦車部隊／英南方アジア軍所属の混成第1戦車連隊／カナダ陸軍派遣第1戦車大隊／タイ陸軍第1戦車大隊が、丹東から西海にいたる街道の至るところに展開し、ほぼ遼東半島へ至るすべてのルートを遮断し終えている。

そして混成第１戦車連隊を中心とする大連制圧部隊が、すでに大連から湾をひとつ挟んだ大窟地区まで制圧を完了した。

これにあわせて旅順と大連を分断するため、極東海軍部隊による上陸作戦が決行された。

旅順西方六キロ地点にある佛門寺地区においては、すでに米第９海兵旅団が橋頭《きょうとう》堡《ほ》を設営し終えている。

すなわち……四日から今日までに、ほぼ遼東半島の封鎖を完了し、同時に海兵旅団と混成第１戦車連隊中心の部隊によって旅順と大連を制圧する試みは、ほぼ前提条件を満たしたことになる。

背後の憂《うれ》いが、ようやくなくなった。

そう判断したマッカーサーは、極東方面全軍に対し、本格的な満州奪還作戦の開始を大号令したのである。

それを受けて、これまでロシア軍を過度に刺激しないため秦皇島から動いていなかった極東英陸軍の精鋭部隊――英第10機甲師団が、ついに錦州入りをした。

この部隊が錦州入りしたら、そこに長くとどまるのは百害あって一利なし。

ほとんど通過する勢いで、そのまま錦州東方にある双台子河の浅瀬を簡易渡河橋のみで乗り越え、まっしぐらに大江河上流の浅瀬となっている田庄台地区へ向かった。

そして驚くことに、これまた大江河を数時間で突破してしまった。

大江河近辺はロシア軍の防衛拠点もなく、わずかに国境監視のための守備部隊（中隊規模）が、渡河可能な地点を点で防衛していたにすぎない。

営口の守備部隊は、二重に折れ曲がっている大江河下流地点に敵が侵攻してくると確信していたため、かなり営口市街地に近い地点に重厚な阻止陣地を構築していたのである。

田庄台から営口市街地北端まで、わずかに一五キロ。本来であれば、営口北東部にあった第三砲兵陣地が、二〇〇門の大口径砲で田庄台へ砲弾の雨を叩き込んでいるはずだが、すでに第三砲兵陣地は壊滅している。

このロシアが得意とする驚異的な縦深砲撃があるため、着弾地点に味方を展開していなかったというのが、今回最大の失敗といえるだろう。

仕方なくロシア軍は、営口北東六〇キロに位置する鞍山《アンシャン》に設営している鞍山守備隊（一個旅団）から一個戦車連隊を出させ、それを英第10機甲師団にぶつける策に出た。

一個師団の機甲部隊に一個戦車連隊では、いかに地の利と屈強なロシア戦車があろうと、阻止できるものではない。

当然、ロシア軍も承知の上で、ともかく奉天に展開している南満州守備軍の本隊から本格的な増援が届くまで、自由連合軍の尖兵を足止めできればいいと考えているようだ。

満州で三本の指に入る基幹拠点の奉天が落ちるようなことになれば話は別だが、さすがに一〇個師団相当の守備軍を張りつかせている奉天は、いかに自由連合軍が準備万端整えて攻めてこようと、そう簡単には落ちないと考えられている。

また、南から攻めている近衛第二一戦車連隊を中心とする独立第1機甲部隊の主力部隊は、営口を守るためたび重なる撃虎による砲撃に耐えたロシア陸軍満州方面軍所属・第18装甲師団／第36迫撃歩兵師団による真正面からの迎撃を受けていた。

ここで営口のロシア軍守備司令部は、致命的な判断ミスをしでかした。

南から来ている自由連合軍は陽動であり、錦州方面から迫っている英機甲師団こそが本命として、鞍山守備隊が出した一個戦車連隊と合流して英機甲師団を迎え撃つため、第18装甲師団の主力戦車二個連隊を移動させてしまったのである。

こうなると営口の南を守るのは、一個迫撃歩兵師団の半数と第18装甲師団の一個戦車連隊、そしてもともと営口守備部隊として配属されていた一個歩兵大隊のみとなってしまった。

戦況を冷静に見さえすれば、英機甲師団には歩兵部隊を中心とした漸減《ぜんげん》阻止部隊をあて、主にゲリラ戦に近い遊撃戦法で足止めしつつ、奉天方面からやってくるはずの援軍の到着を待つべきだった。

いま脅威なのは、営口から見て背後にあたる南側――。

遼東半島側から攻めている機甲部隊であり、それさえ殲滅《せんめつ》できれば、いずれ奉天から長春方面のルートがロシア満州方面軍の強大な戦力で埋め尽くされる。

そうなってから、営口を一時的に捨てて後退するか、それとも死守するか判断すればよかった。

だが、あまりにも迅速な自由連合軍の行動と予想だにしない航空攻撃により、砲兵部隊の壊滅と装甲車輌の半数近くが撃破されたことで、いまや営口守備隊は北方へ逃げ出すことしか頭が働かなくなったようだ。

この絶好の機会を逃しては、満州奪還作戦の初動となる営口制圧など無理……。

そう判断したマッカーサーが、つい先ほどあらゆる通信手段を用いて、極東方面にいる指揮下全部隊に対し、全力出撃の大号令を発したのである。

3

七月八日　夕刻　営口市街地北部

「錦州の前線司令部から通信連絡が入りました」

英陸軍6号中戦車クルセーダーⅠb――。

指揮戦車型の異様に大きな砲塔にある上部ハッチから半身を出していたマイルズ・デンプシー中将は、足もとのほうから装弾手兼通信手のトーマス・ブレナン曹長に声をかけられ、自分の腹を覗きこむようにして返事をした。

「いま忙しいんだが……なんと言ってきた？」

「朝鮮方面軍平壌航空基地からの問い合わせがあり、必要ならば撃虎部隊の支援攻撃を実施するそうです。いかがなさいますか」

英国陸軍の戦車乗りは無頼者が多いと聞くが、いまのブレナン曹長は借りてきた猫のようだ。

それもそのはずで、錦州の前線司令部にいるスティルウエル中将以下、大勢の者たちが必死で止めたにも関わらず、なんと自分の指揮下にある第10機甲師団の第1戦車連隊長の乗る指揮戦車を横取りし、自ら乗り込んで出撃してしまったのだ。

自分のいる戦車に、なんと中将閣下がおられる……。

そんなあり得ない状況を体験するのは、おそらく第二次大戦でも希なことのはずだ。

ただ全般的に見て、米軍のパットン中将が陣頭指揮を行ない大戦果をあげ続けているのを見て、他の機甲部隊指揮官も、ならば自分もと考えるのは仕方のないことかもしれない。

もっとも……。

強引に戦車から降ろされた第1戦車連隊長もただ者ではなく、機甲師団司令部直属のクルセーダーⅠb戦車を調達し、いまもデンプシー中将の指揮戦車の横に張りついている。

「親切な申し出ありがたいが、その必要はないので遠慮させていただく。出撃は別方面に行なってくれ……そう返電しろ」

「了解しました」

通信手があっさり承知したあと、別の声が聞こえてきた。

「いいんですか、師団長？　これから先、まだまだ長いんですから、支援は可能な限り受けといたほうがいいのでは？」

声の主は、砲撃手の横で小さくなって座り込んでいる士官服を着た小男だった。なんとこの男、師団参謀長のクレディ・サーパント大佐である。デンプシーが出るなら自分も出ると言い張り、定員オーバーを承知で戦車内に潜りこんだらしい。

そのせいで、本来なら砲塔内左側にある砲弾箱がひとつ取り除かれている。ただでさえ指揮戦車は、複数の通信装置を砲塔内に入れている。そのため搭載している戦車砲弾の数が少ない。

その少ない中から、さらに一箱撤去した結果、この戦車の保有砲弾数は、たったの一六発しかなかった。そのうちの一発は、すでに砲に装填されているため、残りは一五発だ。

「馬鹿言え。待ちに待った新型戦車の実戦テストだというのに、いらぬ横槍なんか入れられてたまるか。ロシア戦車が相手の実戦テストなんぞ、そうそうできるもんじゃない。多少の被害が出ても、今後のための貴重なデータ収集と思えばいい」

なるほど……。

被害を受ける可能性がきわめて高い出撃のため、部下に任せず自分が出撃したというわけか。

しかし、そこまでデンプシーが惚れ込んだ新型戦車が、いま搭乗している不格好なクルセーダーIbと、二列めに随伴しているA22重戦車改I型、そして複数の戦車に守られながら、まるで深窓のお嬢様のような扱いを受けている7号戦車ドラゴンフライなのだから、やはりイギリス人というのは少しばかり頭のネジが別方向に締められているようだ。

いずれの戦車も、ほとんどインド製である。

英国本土から開発技術者込みで設計図をインドへ送り、インド南部のマドゥライに自由連合各国が資金を提供して建設した巨大な戦車製造工場で、一日あたり八〇輛という凄まじい大量生産が行なわれている。

じつに月産二四〇〇輛だ。

この生産数は、ひとつの工場では世界でも五本の指に入る。対抗できるのは、合衆国のGM社が自動車工場を転用したものくらいだろう。

ただ、英国の戦車は癖のある設計が多いため、単純で大量生産に適しているアメリカ製に比べると、どうしても一輛あたりの製造時間がかさむ。

そのせいで、一位を争う立場ではなく、不本意な五位以内になってしまったようだ。

ちなみにドイツ国内を含めたナチス連邦では、五本の指に入る工場は存在していない。

これは製造方法に対する考え方の違いで、ナチス連邦の場合は多数の中小規模の工場を稼働させ、それらの合計数が充分な数になればいいと考えているらしい。

これはある意味で優秀な方法だ。

自由連合の巨大工場では、巨大ラインごとに一種類の戦車しか製造できない。通常、多くても三から四ラインがせいぜいのため、それ以上の種類は同時に生産不可能となる。

対するドイツ方式は、工場ごとに一種類を製造している。それが多数集合すると、多種大量の戦車を同時生産でき、しかも工場丸ごとライン交換することで、すぐに新型製造が可能になる。

一機種大量生産を優先させるか、次々と新型・改良型を生産する小回りを優先させるか……現況では、どちらが本当に有利なのかわからない状況が続いている。

英国戦車の場合は、大量生産に向かない設計なのに、無理に大量生産している感がある。これはこれで問題がありすぎである。

事実、合衆国の戦車開発陣などが『変態的』とまで呼んだ英国独自の設計思想は、いまのところ感心して真似をしようと考えているのは日本陸軍だけのようだ。

なにしろ、改装割合が比較的小さいA22重戦車改Ⅰ型ですら、原型となったA22重戦車の砲塔の二倍くらいある巨大な箱が車体の上に載っている。

そして車体側面と前面には、厚さが三〇センチはあろうかという鋼鉄製の大きな箱が張りつけられていて、それらが戦車全体の見た目を酷《ひど》く醜悪なものにしているのだ(『巨大な箱』というくらいだから、当然、中はなにもない空間である)。

これが全面的にインドで開発された7号戦車ドラゴンフライ、6号中戦車クルセーダーⅠb型ともなると、『もはやこれが戦車だろうか』と思うような出来になっている。

7号中戦車ドラゴンフライは英国陸軍の切り札らしく、初めて自由連合共通仕様の八〇ミリ六五口径戦車砲を搭載している。つまり英国軍人から見れば、キワモノに仕上がっているわけだ。

英国戦車ならポンド単位の砲でなければならない。それが戦車発祥の地のプライドというものだ……。

誰もがそう思っていたところが、戦車開発陣がインドへ渡り、全面的な自由連合各国の支援を受けた途端、あっさりとそのプライドを捨てて、『勝つための戦車』を作りはじめたのである。

すでに英国本土での装備開発は、基本設計を除いて中断しているものが多い。

いつ尽きるとも知れぬナチス連邦の長距離爆撃により、英国南部から中部にかけての生産設備や軍研究機関はことごとく破壊されている。

北部へ移動させた生産設備も、既存機種の補修部品を生産するだけで精一杯……。

肝心の合衆国からの軍事支援は、北部大西洋からドーバー海峡・英国北部に至るまで、恐ろしいほどの数のUボートが潜んでいるせいで、英国へ到着する輸送船団はわずか三六パーセントにまで落ちている。

あまりの危険度の高さのため、米国の海運業界が、英国支援業務に船や乗組員を出さないと宣言するに至っているほどだ。

また英国ロイズ海運保険も、青天井に保険金が上昇し、もはや民間海運業者では英国支援が不可能だと宣言した。

そこで自由連合軍は破格の金額を提示して、独立系の船主に参加を呼びかけると同時に、海軍予算を割いて戦時標準船の大量建造を開始した。

肝心の乗務員は、軍属扱いにする待遇（給料が段違いにいい）で大募集をかけているものの、それでも英国の必要とする物資の半分も渡っていないのが現状である。

現状では英国の軍事戦略が成り立たないため、すでに英国政府は大半の軍事生産および兵員増強を、莫大な人口をかかえるインドに頼る措置を実施している。

インドは見返りとして、大戦終了後の独立を約束された。そのせいもあり、インドで発足した英インド植民軍の士気は異様に高い。

独立後は大半がインド国軍に譲渡されるとあって、兵役につく者も生産に従事する者も、すべて母国インドのためにと懸命に働くのは当然だろう。

このような事情が、いま目の前にある三種類の戦車を誕生させたのである。

しかし……。

ドラゴンフライの異常さは、ミリ表記の砲にあるのではない。その砲をおさめる超巨大な砲塔がすべてを物語っている。

なんとドラゴンフライの砲塔は強傾斜装甲となっている車体前面の角度のまま、砲塔上部までまっすぐ定規を当てたように繋がっている。

むろん固定砲塔ではない。きちんと旋回する。

砲塔左右基部の幅が車体幅と同じというのも、あまりにも異常だ。

砲塔の左右基部は、車体側面にある履帯上部カバーの端に合わせるように始まり、そこから砲塔上部にかけて、異様なほどの急傾斜となっている。

正面から砲塔を見ると『強い傾斜の台形』、側面から見ると『前部が楔型《くさびがた》に尖り砲塔後部のみが垂直になっている、これまた変形した台形』となる。

そこまで巨大な砲塔となると、旋回させるのに大変なパワーが必要になるはずだが、実際に油圧方式で旋回させると、かなり軽々とまわってしまう。

このマジックのタネを明かすと単純だ。

巨大砲塔の大半はハリボテであり、薄い五ミリ鋼板の内側には、何もない大きな空間が広がっている。そして本当の砲塔は、その下二〇センチほどに、分厚い傾斜装甲を伴って存在している。

簡単に言えば、本来の砲塔をすっぽりと鋼板製の外殻で覆っているようなものだ。

実際には内側装甲と外板の間には、等間隔でステー板が設置されている。さらには、外板は多数の箱型ブロック構造（外板を除くと、スカスカのステーのみで構成されるブロックだが）になっているため、もし破損してもブロック単位で交換できる仕様になっている……。

が、だいたいにおいて『がらんどう』なのは変わらない。だから、見た目は異様に重たそうでも、実際は普通の砲塔なみに軽いのだ。

しかし、なぜ……。

すべての答えは、自由連合軍とナチス軍双方が戦車キラーの切り札として開発した、二種類の歩兵携帯対戦車砲のせいである。

自由連合ではバズーカ砲（一部はファイアアローI型砲）と呼ばれ、ナチスではパンツァーファーストと呼ばれるそれは、発射機構が違うものの、いずれも大きな成形炸薬弾頭を発射し、弾頭のモンロー／ノイマン効果により、分厚い戦車装甲を易々と貫通して内部を破壊する代物となっている。

だいたい傾斜装甲自体が、従来型徹甲弾の貫通性能を減ずるためだけでなく、強烈な貫通能力を持つ成形炸薬弾に対し、通常の装甲厚では対処不可能と判断したため採用されたものだ。

当初は傾斜装甲だけで阻止できていたが、そのうちナチス陣営の弾頭威力が急速に増大してきた。

なにしろ、あのパンターI型の装甲を軽々と正面貫通できる歩兵携帯武器というのだから、これはもう一二センチ以上の大口径対戦車砲に匹敵する威力である（ただし射程は段違いに短い）。

どうやらドイツ軍は、無敵の戦車を作ると同時に、その戦車を無敵ではなくなる装備も同時に開発しているらしい。これはある意味、正しい軍備開発の姿である。

そして現在……。

かすかに漏れてくるドイツ本国からの情報では、パンターI型が中戦車扱いになるほどの規格外れの重戦車──6号戦車が開発を完了しつつあるという。

ということは当然、その6号戦車の装甲を貫く対戦車装備も開発が完了しつつあることになる。

そのような絶大な威力を誇る対戦車装備、しかも歩兵携帯装備が登場すれば、既存の自由連合戦車はのきなみ鉄の棺桶《かんおけ》と化す。

これを危惧した英国技術陣は、まったく新しい発想から、成形炸薬弾をほぼ無効化する方法を戦車の外装に採用したのである。

名づけて『空間装甲』。

言わずと知れた、その後一〇〇年近く未来まで戦車装甲の基調となる構造が、この時初めて登場したことになる。

砲塔を覆う外殻鋼板に命中した成形炸薬弾は、それがどれだけ威力を持っていようと、噴出した金属噴流の大半は内側の空洞で拡散され、中にある本当の傾斜装甲にダメージを与えられない。

インドでの実験では、砲塔に見立てた傾斜装甲板と外側鋼板に対し、一二センチバズーカ砲へ試験的に前方から装填した、一六センチ試作弾頭を命中させてみたところ、外側鋼板には小さな穴があき、鋼板そのものもかなり変形したものの、内部に噴出した大量の超高温金属噴流は、内側傾斜装甲の表面に張りつく状態で冷え固まっていたという。

一六センチ径の成形炸薬弾頭の理論貫通厚は、じつに二〇センチを超える。そのような一枚板装甲を張りつけたら、戦車は重くて動けなくなる。

ドラゴンフライの内側傾斜装甲は、正面でも一〇〇ミリ、側面では八〇ミリとなっている(しかも傾斜装甲換算だから、実際はさらに薄い)。

本来なら、完全に貫通される装甲厚だ。

それが阻止できるのだから、まさにマジックである。この仕組みを理解すれば、A22重戦車改I型に張りつけられた鋼板製の箱の意味も理解できる。

あの箱は、じつは成形炸薬弾専用の追加装甲なのである。これまた、未来の戦車で常用されるようになる仕組みだ。

通常の徹甲弾が当たれば、おそらく箱は粉砕される。しかし下にある本来の傾斜装甲が徹甲弾を阻止する。

新型の中戦車二種は、最初から設計に二重構造を盛り込めたが、すでに英国本土でA22重戦車の開発が進んでいたため、インドに持ってきた時にはかなり完成度が高い状況にあった。

そこから装甲の設計を完全に変えると、実戦配備が相当に遅れる。そこで苦肉の策として、後付けの箱で対策を取ったのだ。

この後付け対策は、どうやら英インド開発陣の得意とするところらしい。

たとえば……。

現在のクルセーダーIb戦車とドラゴンフライ戦車は、一部の戦車（指揮戦車など）を除き、砲塔だけの二重構造となっている。

だが、たとえばデンプシーが乗っ取ったクルセーダーIb指揮戦車の側面には、転輪を半分隠すように、厚さ一六センチの鋼板製箱を連ねたものが張りつけられている（見た目には、ものすごく厚みのある側面カバーに見える）。

そのせいで、見えている転輪は下半分――地面に履帯が接している部分から四〇センチ程度の高さまでだ。

この箱も後付けで、側面から成形炸薬弾を食らった場合、最悪でも車室内へ金属噴流が到達しないための策となっている（走行中に四〇センチ以上の溝に履帯がはまった場合、箱が地面に接触して変形するものの、脱落するようには設計されていない）。

砲塔に比べて装甲の薄い車体、しかも側面ともなると、普通の徹甲弾でも貫通する場合がある。

それを防ぐため、わざと転輪の素材を固くしたり、側面装甲を少し傾斜させたりと、いろいろ涙ぐましい努力をしている。その前提があっての側面追加型空間装甲なのだ。

やれることはなんでもやる……。

この不格好な三種類の戦車を見ていると、英国がいま立たされている危機的状況を英国人がどう受け止めているか、なんとなくわかるような気がする。

まだ余裕のある合衆国や日本と違い、もはや英国には後がない。遠く離れた極東に最新式の戦車を投入するのも、今次大戦が全世界規模で連携した戦線を形成しているからだ。

極東で自由連合が圧勝すれば、ロシアは本土決戦の危機を迎える。そのような状況で、ロシアが中東方面へ軍を派遣するはずがない。

いくらナチス連邦がドイツの支配下にあろうと、自国が滅亡してまでドイツに忠誠を尽くす国家など存在しないからだ。

中東方面でナチス陣営の増援が難しくなると、ドイツはヨーロッパ本土から直接支援を送らざるを得なくなる。

そうなると、地中海を隔てた北アフリカ方面への支援が細る……。

遠く大西洋で隔てられた南アメリカ諸国など、とうの昔に見捨てられているはずだ。

ヨーロッパ本土のナチス連邦軍が目減りすれば、それだけ英国本土に対する圧力が減じる。

まさにドミノ倒しかバタフライ効果のような現象だが、これが実際に起こるのが世界大戦の特徴なのである。

「見えてきたな。あれはロシア版のパンターI型だ。ついにロシア軍も、虎の子を出す気になったか。ドイツ本国の本物に比べると性能は落ちると聞いたが、強敵には違いない。

では通信手、第1戦車連隊に伝達。前方に出現した多数の敵新型戦車に対しては、中心に三輌のA22重戦車改を据え、左右に二輌ずつドラゴンフライを随伴させた隊形で、真正面から砲撃戦を挑め。

敵戦車に随伴している擲弾兵部隊《てきだんへい》は、スティルウエル中将指揮下の第6歩兵師団が引き受けてくれるから、気にせず接近していい。

残る第1戦車連隊のクルセーダーⅠb戦車は、後方からやってくる第2戦車連隊の到着状況を見つつ、前方左右に展開しているT‐34改のみを潰せ。間違ってもロシア版パンターⅠ型とは戦うな。よし、伝えろ」

味方の戦車連隊への通信は、航空機にも搭載されている短距離無線電話を通じて行なわれる。

中距離の師団通信や遠距離の司令部通信は電信だが、これだけは声で直接送ることができるため、短時間での伝達方法として重宝されている。

問題は、砲弾が飛び交いはじめてあちこちで爆発が発生すると、たちまち空中の電波状況が悪くなり、時にはほとんど繋がらなくなることだ。

これは無線周波数が関係しているため、出力を大幅に上げるか、電波の抜本的なフィルタリング技術が必要になる。

いずれの方法も、現在の無線技術では不可能に近いため、将来の大幅な技術革新に期待するしかない。

「最前列のA22分隊、射撃態勢に入りました。護衛のドラゴンフライも、それぞれの獲物を探すため、停止して砲塔を旋回させています」

これまで黙っていたコリンズ一等軍曹が、左前方にある操縦席にすわったまま、操縦手用観測窓を通して見える光景を報告してきた。

「俺にも見えてる。だが、報告は逐次しろ」

そろそろ砲塔から上半身を出していると危なくなるというのに、デンプシーは平気な顔で前方の光景を見つめ続けた。

4

七月九日　朝　営口市街地北部

「ええい、なんとしても突破するのだ！　このままだと脱出路がなくなってしまうぞ!!」

ナチスロシア満州方面軍に所属する営口守備隊。名前こそ拠点防衛部隊だが、実際の規模は軍団（数個師団）規模の、防衛面積に比すると異常なほどの戦力集中がなされている集団である。

その守備隊長には当然、軍団長に該当する上級少将もしくは中将クラスが着任する。

ここの最高指揮官もレオニーエフ・ダンカン上級少将であり、その彼がいま、怒りと狼狽《ろうばい》のこもった声で叫んでいた。

「敵の重戦車の側面にまわりこめません。本来であれば、砲兵部隊によって敵の密集隊形を崩し、そこへT－34改を突入させる策を用いるはずでしたが、三個あった砲兵隊がすべて戦闘不能のため、敵は複数戦車の組みあわせによる側面防備を維持したまま向かってきています」

もう何度説明したかわからないといった表情で、守備隊司令部戦闘参謀が口を開いた。

――このままではダメです！

最初に進言したのは、砲兵部隊が敵航空機で大ダメージを受けはじめた頃だ。

『このような可能性』があるとして進言したにも関わらず、ダンカンはナチスドイツの技術を受けたロシア空軍機の性能を信じきっていて、たとえ爆撃を受けても砲兵隊の被害は軽微だろうと軽く考えていた。

二度めの進言では、砲兵隊の被害が壊滅的になり、このままでは営口守備に甚大な支障を来すため、手持ちの装甲師団の一部を使って奉天までのルートを完全確保すべきと告げた。

だが、その段階で強く進言すると、長春の方面軍司令部に、撤収前提のルート確保と受けとられかねない。一度でもそう受けとられたら、弱腰とのレッテルを張られロシア本国に報告が飛ぶ。

そうなればよくて更迭《こうてつ》、悪ければ粛清が待っているとして、かたくなに拒否された。

最後の進言は昨日の朝だ。

営口後方にあたる遼東半島基部の西海に、てっきり大連を攻めていると考えていた、朝鮮半島方面から来た敵の機甲部隊が出現したとの報告があった時だ。

おそらく敵は、遼東半島側からの攻撃に合わせて、錦州方面からも主力部隊が侵攻を開始している。

いまならまだ間に合うから、天然の戦車阻止地帯となる北部の大江河渡河地点まで装甲師団と守備部隊の野砲部隊、そして対戦車大隊をくり出し、そこを最終防衛線として守りぬくべき……。

この地点で敵の主力部隊を阻止できれば、営口守備隊は南から来た機甲部隊のみを阻止すればよく、戦力比から阻止が成功する可能性は高い。

むろん大江河渡河地点での戦力比は、守備側という利点を考慮にいれても、圧倒的に味方のほうが劣悪なため、おそらく味方は大被害を受けるだろう。

しかし、その被害の何倍もの損失を敵主力部隊に与え、なおかつ幾日かの時間的猶予を稼ぐことができるのであれば、これは必要な被害と判断する。

そして、これらの作戦により得た貴重な時間を用いて、長春から満州方面軍主力を南下してもらい、先に支援出撃しているはずの奉天の南満州守備軍とともに、営口周辺でいきなり主力同士の決戦に持ち込めば、補給線が短い味方のほうがきわめて有利になる。

現時点において、もはや選択肢はこれしかない。いま判断を誤れば、もう時間的に間に合わなくなる。

渡河地点を敵が通過すれば、奉天へ続くルートそのものが敵の南下するルートに早変わりする。そのルートに敵が乗れば、わずか数時間で営口市街地北部へ到達できる。

たしかに、いまの営口市街地は全体が要塞化されている。そのため、敵が安直に市街地へ入れば袋叩きにあう。

しかし、それは市街地を守る重火器陣地や、巧妙に隠蔽した戦車、地下に潜んだ対戦車守備隊などなど、町を守るとっておきの戦力が太陽の下に晒《さら》されることを意味している。

敵がその戦力を野放しにしたまま突入してくるなど、あまりにも都合のよい解釈であり、実際は事前に徹底的な市街地への攻撃が実施されるだろう。

とくに砲兵部隊を潰した、例の新型双発航空機の部隊が脅威となる。

あの航空機なら、市街地上空を何度も往復しつつ、完全に面による破壊を実施できる。

そして航空機の攻撃の合間をぬって前進してきた敵砲兵部隊の一斉射撃により何もかも吹き飛ばす策に出られると、たとえ地下に籠もっていても直撃により退避壕を破壊され、戦う前に戦力の大幅な減少を来すだろう。

地下ですらそうなのだから、地表に出た虎の子装備など標的にしかならない。

そう力説した戦闘参謀の気迫に押され、ダンカン司令官は、もう少しで戦闘参謀に打開策を実施するよう命じるところだった。

ところが運悪く、その時、司令部には朝鮮から撤収してきたロシアＳＳ第４装甲師団の指揮官……かつて降伏したチェイコフ司令長官にべったりと張りつき、実質的なロシア陸軍朝鮮方面軍を牛耳っていたピョトール・イヨレンＳＳ少将がいた。

戦闘参謀に押し切られそうになったダンカンを見たイヨレンは、薄ら笑いを頬に張りつかせ、感情のこもっていない声でささやいた。

『そこまで言うのなら、戦闘参謀みずから敵殲滅作戦を立案し、部隊を率いて討って出ればよろしいのでは？　どのみちダンカン司令官は司令部を動けない身ですし、他の指揮官も守備戦闘で忙しくなっています。

そうですね、もし貴方が営口北部から奉天へ続く街道を、敵主力部隊を貫いて一時的にでも確保してくれるのなら、その隙をついて、この私の部隊が支援出撃の伝令として奉天まで高速移動できるのですが……いかがでしょう』

なんという男だ。

その時、戦闘参謀が感じたのは怒りよりも呆《あき》れる感情だった。

朝鮮半島において、チェイコフ司令長官の側近中の側近だったにもかかわらず、情勢が絶望的になると、上官と二〇万ものロシア陸軍部隊を生贄に、自分の部隊だけ遁走させた男のセリフである。

それだけでも軍人として万死に値するというのに、今回もまたロシア本国からの死守命令を無視してまで、都合のよい理由をつけて奉天へ逃げようとしている……。

この話に乗ったら自滅させられる。

そう感じた戦闘参謀は、ダンカンへの進言そのものを取り消し、これまで通り守備を固めて耐えてくださいと進言するにとどめた……。

これが、八日朝の状況だった。


そして現在——九日正午前。

もうほとんど打つ手がなくなった状況において、初めてダンカンは、自由連合軍がこちらの戦力を完全掌握した上で、薄紙を剝ぐような段階的戦力低下をもたらす作戦を実施していると確信したらしい。

つまり、このまま営口に居座れば居座るほど、包囲された味方部隊は徐々に戦力を漸減され、最後には白旗を上げるしかなくなる。

これは朝鮮の大田で実施された完全包囲作戦の二番煎じにすぎないが、大田では方面軍丸ごと包囲なのにたいし、こちらは一段階規模の小さい軍団丸ごと包囲のため、すでに手慣れている自由連合軍が作戦を成功させる可能性はきわめて高い。

だからこそ戦闘参謀は、敵の包囲網が完成する前に、可能な限りの味方戦力を奉天もしくは長春方面へ逃がし、それらの基幹基地において戦力再編を行なったのち反撃に転じるプランを進言し続けたのである。

それも、もう後の祭り……。

もはや状況を打開できる抜本的な策はない。

やれることは、被害を受けつつも頑固に市街地へ籠もり、これでもかと攻め込んでくる敵を、戦車一輌、兵員一人でも多く倒すのみ……。

まさに絶望的な都市ゲリラ戦であり、たとえ最終的に捕虜になるにしても、ロシア軍将兵の被害は、相当悲惨なものになるに違いない。

その点、大田のチェイコフ司令長官は賢明だった。もはや希望がないと悟った段階で、まだ戦闘能力は充分にあったにも関わらず、予想外に早く白旗を上げたからだ。

しかし、ここの最高指揮官であるダンカンは、チェイコフに比べると愚鈍で判断力もない。いつまでも忸怩《じくじ》たる態度を取っているうちに、おそらく降伏する絶好の機会すら逃してしまうはずだ。

自分は運が悪かった……。

もはや途方に暮れるというのが正しい表現の戦闘参謀は、ただただ口を閉じ、黙したまま自分の直属上官を見つめている。

「そ、そうだ！　イヨレンを呼べ。ＳＳ第４装甲師団なら、命懸けで密集して敵主力へ突入すれば突破口を開けるかもしれない。よし、イヨレンが以前に提案した奉天への援軍要請のための移動を許可する。だから、ただちにイヨレンを呼び、準備ができたらすぐに突入しろと伝えろ。これは命令だといえば、あいつも従うだろう」

いかにも名案を思いついたとばかりに、ダンカンは希望に目を光らせながら告げた。

それを聞いた戦闘参謀は、ひとつ深いため息をついた。その上で、自分で言うより作戦参謀に言ってもらうほうが納得してもらえると、近くにいた作戦参謀を呼んだ。

簡単に話の内容を告げると、作戦参謀にバトンを渡す。

「あの……ダンカン司令官。その部隊でしたら、昨日までは営口東部から丹東へ繋がる街道沿いに展開していましたが、昨日の昼頃に司令官ご自身の命令により、手薄になっているとの報告のあった鞍山守備隊へ支援出動していますが……。

ちなみに錦州から出撃して営口北部へ迫りつつあった英機甲部隊に対し、鞍山守備隊からは、すでに一個戦車大隊を出撃させていますが、その戦車大隊は大江河渡河地点東方での戦闘で壊滅しております。

つまり現在、鞍山守備隊にいる装甲部隊はＳＳ第４装甲師団のみということになりますので、呼び戻すことは不可能ですし、最新の情報によれば、鞍山守備隊は奉天へ通じるルート確保のため、守備部隊とＳＳ第４師団合同で北方へ向けて移動を開始した……未確認ですが、このような情報も入っております」

これらのことは今朝、参謀長が朝の作戦会議で説明したことだ。

その場には、しっかりダンカンもいた。

だがダンカンは、自分が包囲されつつある状況ばかり気にしていて、他の守備隊の情報などほとんど聞いていなかったらしい。

思えば昨日のＳＳ第４師団からの移動願いに対し、安易に許可を与えたのも、ほとんど上の空での返事だったという。

やはり、まともに聞いていなかった……。

先ほどの戦闘参謀のため息は、自分の予測が当たったせいだった。

「あいつ……鞍山守備隊まで巻き込んで、ついに逃げたのか」

数日前に自分に提案されたことを、守備隊だけ変えて実践した。

行動は卑劣だが、イヨレンが最後まで諦めない凄まじい執念の持ち主という点では、ある意味、司令官たる資格の持ち主といえるだろう。

頼みの綱の精鋭部隊にまで逃げられたダンカンは、がっくりと肩を落とし、木製の椅子に腰掛けたまま黙りこくってしまった。あまりの失念に、思考停止に陥ったかのようだった。

だが、司令官がたとえ壊れようと、参謀部には部隊を動かす責務がある。

「仕方がない。地下に籠もっている対戦車部隊を全員、地上に出せ。英機甲部隊は、北部市街地を遠巻きにして、自由連合側の航空攻撃を待っているはずだ。

だから対戦車部隊による反撃は、航空攻撃がやむ日没直後に実施する。あまり遅れると、今度は敵の砲兵部隊による砲撃が開始されるだろうから、時間的な猶予はあまりない。

日没後の闇に紛れて敵戦車に接近し、ＲＰＧ－３を叩き込んでやれ。純ロシア製のＲＰＧ－２は当てにならんが、ドイツ設計のパンツァーファーストのコピー品であるＲＰＧ－３なら効果絶大なはずだ。

そして対戦車部隊が開けた穴にむけて、守備装甲師団所属の突撃砲戦車部隊と重戦車部隊のすべてを割り込ませ、強引に突破口を開く。残りの戦車や装甲車は、充分に突破口が開いたら全力で街道を北進、できるだけ多くの味方を奉天方面へ逃がす。営口の守備は、ダンカン司令官直属の第26重歩兵師団と、司令部直属の装甲偵察大隊のみで実施する。他はすべて、北へ逃れることに全力を尽くせ！」

ふいに、うつむいていたダンカンが顔を上げた。

「私はどうすればいい？」

「守備司令官ですので、最後まで私ら参謀部とともに残ってもらいます。必要であれば、ころあいを見て降伏するのも策のうちだと思っていますが、いまはまだ、それを予定にすることはできません」

今度の戦闘参謀の返答は、完全に見放した者の口調に染まっていた。

5

七月一〇日　朝　アゾレス諸島

「来ました。北北東四二〇キロ地点で転進し、現在は南東方向へ二〇ノットで移動しています」

通信室から自分の足で走ってきた通信参謀が、戦艦ジョージアの長官室で就寝中だった加藤隆義を叩き起こした。

どうやら朝一番に実施した航空索敵の結果が届いたらしい。

「落ち着け……まず報告するのは、敵艦隊の種類と規模だろうが」

ともすれば落ちてくる双の瞼《まぶた》を気力で開き、加藤は無理矢理に頭をはっきりさせようと声を出した。

確か寝たのは午前二時頃だった。まだ四時間ほどしか横になっていない。

いつ来るかわからない敵を待つ作戦だから、最初から無理しすぎると肝心な時に悪影響が出ると承知していたのに、つい接敵した時の指揮について考えていたら遅くなってしまったのだ。

「あっ、申しわけありません。敵はスペイン艦隊のみの模様。艦隊規模は、戦艦二／軽空母一／重巡二／軽巡四／駆逐艦一〇との報告がありました」

「ふむ……ほぼメキシコ湾に来た艦隊と同じ規模、構成も似たようなものだな。あの規模の艦隊では我々に太刀打ちできないとわかっているだろうに、なぜ単独で出てきたのだろう」

こちらの存在は、とうの昔に知られている。

そのため加藤は、ナチス連邦が艦隊を出してくるとしたら、最低でもこちらと同規模にするため、多国籍編成にすると思っていた。

多国籍編成といっても、いくつかの艦隊を合流させれば完成するわけではない。

まず、それぞれの艦隊が自分たちの役割に熟知するための習熟訓練が不可欠だ。

その上で、合同艦隊全体による艦隊協調訓練を行なう。

これが一人前にできなければ、海戦という複雑な要素が絡みあう流動的な現場では、すぐさま連携が崩れて個別に撃破されてしまう。

下手をすれば艦同士の連携が乱れて、味方艦同士の衝突による自滅にまで発展する可能性がある。

個別艦隊の習熟訓練に、最低でも半月。

これは、それぞれの艦隊が日頃から訓練しているせいで、新たな役割に慣れるための訓練のみを行なえばいいから短期間ですむ。

問題は艦隊協調訓練だ。

こちらは作戦に参加するすべての艦隊を集めなければ訓練にならないため、出撃直前まで続けなければならない。

しかも自由連合のように任務部隊制度を採用していない海軍の場合、初顔合わせになるのがほとんど……。

結果的に一ヵ月程度の訓練では使い物にならず、最低でも二ヵ月、自由連合海軍に対抗するなら三ヵ月は必要だ。

それでは、とても間にあわない。

だからスペイン海軍も、日頃から艦隊として訓練している部隊をそのまま出してきたのだろう。

規模がメキシコ湾へ送りこんだスペイン第２艦隊と同程度のため、おそらく第１艦隊もしくは第１艦隊と第２艦隊を再編して、出撃可能な艦隊を一個整備したかのいずれだと思われる。

もし地中海西部のバレアレス海にいる艦隊なら、もう少し規模が小さいはずだし、ジブラルタル海峡を抜けて大西洋に出る時、モロッコのセウタとタンジェにある海峡監視所に必ず見つかる。

だいいちジブラルタルは、いまもって英国領のままだ。

さすがに非武装化してあるものの、もしスペインやポルトガル、さらには他のナチス連邦国家がジブラルタルを武力で制圧することがあれば、モロッコは中立的立場を捨ててジブラルタル海峡を封鎖するとともに、即時自由連合へ加盟して世界大戦へ参戦すると宣言している。

この宣言が第二次大戦の開戦と同時に行なわれたため、さしものナチス連邦も、ジブラルタル海峡の自軍艦隊による安全航行を確保するためには、当面は手出ししないほうが得策と考えるようになった。

このモロッコの中立宣言は、自由連合にとっても、利点と欠点の両方を与えることになった。

まず利点は、ジブラルタル海峡における海峡通過の安全が保障されているため、いつでも警戒せずに通過できることだ。

むろんこれは、ナチス連邦の軍艦にも適用されるため、どちらの陣営の一方にのみ利があるといったものではない。

欠点としては、なんといっても地中海にいるナチス連邦海軍部隊が、なんら阻害されることなく大西洋に出られることだ。

これを自由連合軍が阻害しても、モロッコの中立宣言に抵触する。

そうなるとモロッコは、嫌でも自由連合海軍艦艇に対し、海峡の完全封鎖を実施しなければならなくなる。その一方で、パットンの北アフリカ方面軍に居場所を提供するのは、明白なダブルスタンダードと誹《そし》られるはずだ。

あくまでモロッコは、自由連合軍に軍隊の国内通過を認めただけで、モロッコ国内からジブラルタル海峡へ戦力を展開するのを許したわけではない。

ここらあたりは、戦時下というのに過去の国際条約を重視する、ヨーロッパ諸国の特徴がよく出ている。もしこれが極東アジア圏であれば、平気で条約を無視する国家が出てきても不思議ではない。

加藤が納得できぬといった表情で考え込んでいると、今度は通信室長が駆け込んできた。

「失礼します。モロッコの北アフリカ方面軍総司令部発の臨時情報通達によりますと、昨夜二二時頃、国籍不明の軽空母二隻を伴う艦隊が、ジブラルタル海峡を抜けて大西洋へ出たとのことです。なお、この臨時通達は、宛て先が自由連合海軍大西洋方面軍総司令部となっておりますので、我が艦隊宛ではありません」

軽空母二隻と聞いて、加藤はようやく納得した顔になった。

「例の、マルセイユにいたフランス艦隊だな。ついに出てきたか」

フランスがナチスドイツに蹂躙《じゅうりん》され、傀儡《かいらい》政権としてナチスフランス政府が設置されてから数年。以前に存在したフランス軍は完全に解体され、改めてナチスフランス軍とフランスSS部隊が新設された。

ただし、旧フランス軍の施設や装備の大半は受け継がれているため、旧フランス海軍が保有していた艦船の多くが、いまもナチスフランス海軍艦船として流用されている。

そのような状況にあって、開戦前に地中海の聖域化を目的とする戦力再配置が行なわれ、ドーバー海峡から北海にかけて多数配備してあったフランス艦隊の半数以上が、地中海へ移動させられた。

今回出てきた艦隊も、それらの艦を再編成したものに、マルセイユで建艦（ナチスフランス政府の発表ではマルセイユとなっているが、実際にはとなりのトゥーロン軍港の造船所製）された新設計の軽空母二隻が加わったものだろう。

その時、長官室に設置されている艦内有線電話が鳴った。

「ああ、わかった。すぐに行く」

電話は、ジョージア艦橋に詰めているデイビス部隊参謀長からだった。

在米日海軍総司令部から暗号電が入り、それがハルゼーからの暗号通信を転送したものだという報告だった。

転送先が加藤となっているため、デイビスは自分が独断で電文を読んでいいか迷ったあげく、加藤へ電話してきたらしい。

てっきり寝ていると思っていたらしく、恐縮しきった声だった。

加藤は任務部隊司令官服の袖に右腕を通しながら、長官室にいる二人に声をかけた。

「二人は通信室へ戻ってくれ。どうやら事態が本格的に動きだしたようだ。これから先、通信秘匿と通信連絡がそれぞれの発信元で違うため、いろいろ通信室も大変になる。

さらには敵の通信傍受も脅威になってくるから、当面は通信室に張りついてもらうことになるが、よろしく頼む。では、行ってよろしい」

ねぎらいなのか鼓舞《こぶ》なのかわからない内容を伝えると、二人と一緒に長官室を出た。

＊

「なるほど……暗号通信を、わざわざ転送するはずだ」

ハルゼーからの機密電文は、最初から加藤へ送ったものだった。

なのに、ハルゼーから米本土の海軍作戦司令部、さらには在米日海軍総司令部を経由し、あたかも在米日海軍の通信連絡のように見せかけて送ってきたのだ。

内容は次のようなものだった。

『総司令部転送。我が部隊は、これより例の作戦行動を実施する。その間、貴部隊は徹底的にスペイン艦隊を引きつけ、こちらの戦域へ接近させないよう強く要請する』

それは、これから実施する作戦内容そのものだった。

直接送れば、ハルゼー部隊と加藤部隊の連携がバレてしまうし、もし万が一にも暗号が解読でもされようものなら、ハルゼーの目標がフランス艦隊であることが露呈してしまうだろう。

しかし、電文内容ではフランス艦隊の『フ』の字も見当たらないから、これが在米日海軍総司令部からの電文であれば、加藤の部隊とは別の在米日海軍部隊——すなわち現在、南アメリカ大陸の大西洋岸を攻撃している宇垣艦隊に対し、ハルゼー艦隊が支援作戦を実施すると読めてしまう。

文面通りに読めば、次のように翻訳できる。

『在米日海軍総司令部からの転送。我が（ハルゼー）部隊は、これより南米ナチス諸国の新たなる目標破壊作戦を、宇垣部隊とともに実施する。その間、出撃したと報告のあったスペイン艦隊を、加藤部隊が引きつけていてほしい。

絶対に南米沖へスペイン艦隊を移動させてはならない。こちらの戦域へ接近させないよう強く要請する』

こうなってしまう。

これを誰が、加藤部隊を護衛したあと、南下するか合衆国東海岸へ戻ったと思われているハルゼー部隊からの通信と見抜けるだろうか。

そこまで徹底するほど、ハルゼーは地中海から出てきた艦隊の殲滅に集中している。

むろん、地中海から出てくる敵艦隊がどこの国のものかは、出てくるまでわからなかった。

もしかするとバレアレス海にいたスペイン地中海艦隊かもしれないし、イタリアの西地中海艦隊かもしれない。もしくは地中海に面する、ナチス連邦各国の合同艦隊（フランス艦隊も含む）の可能性もあった。

しかし加藤は、可能性が高いのはイタリア艦隊、ついでフランス艦隊だと思っていた。

その理由は、先に述べた艦隊訓練にある。

充分に訓練された単一艦隊で、しかも加藤の部隊に対抗できるのは、この二国の艦隊のみだからだ。さらには、空母を保有しているのもイタリア艦隊とフランス艦隊のみで、スペイン地中海艦隊にはない。

もし本気でアゾレス諸島を守ろうとするのなら、最低でも新鋭の軽空母二隻は必須である。

大西洋に出てきたスペイン艦隊にも軽空母一隻が随伴しているが、これはメキシコ沖に来た軽空母と同型の古いものでしかなく、おそらく搭載されている機も複葉機のみのはず……。

この旧式軽空母が通用しないのは、すでにはっきりとしている。そのため今回は、打撃艦隊へ直掩機を出すための艦隊防衛空母としての任務を中心としているはずだ。

これは加藤部隊にいる支援空母ネグロス／ニイハウの二隻と同じ役目であり、主目的を他艦隊の撃滅に定めたものではない。

だからどうしても、他に攻撃用の空母が必要になる。

それも加藤部隊の規模を見れば、新型の軽空母二隻（搭載機総数八〇機前後）が不可欠なことは、いくらナチス連邦が陸軍国家の集合体であってもわかるはずだ。

だから出してきた。

それをハルゼーは、正規空母三隻と軽空母三隻——今次大戦における、これまで最大規模の空母部隊で待ち構えていたのである。

第5章　それぞれの目論《もくろ》み

1

一九四二年七月　シナイ半島

七月九日を境に、シナイ半島をめぐる両陣営の攻防は、また一段と激しさを増した。

戦いが苛烈になった原因は、シナイ半島へ入りスエズを制圧後にエジプトへ入ろうとするドイツ正規軍に対し、自由連合軍の反攻作戦第一段階にあたる、大規模航空支援が開始されたことによる。

先月にシナイ半島南部の滑走路へ移動してきた自由連合中東方面派遣航空隊が、当座の間に合わせ的な派遣であったにも関わらず、予想以上の戦果をあげてドイツ装甲部隊を食い止めたのだ。

派遣された航空隊は、三箇所の飛行場へ分散して常駐している。

シナイ半島南部にあるエルトール基地には、英インド空軍第２派遣航空隊（二個戦闘飛行隊／二個爆撃飛行隊）がやってきた。

半島南端のシャルム・エル・シェイク基地には、セイロンへ派遣されていた日本海軍航空隊からの中東派遣航空隊支隊（一個戦闘飛行隊／一個陸攻飛行隊）と合衆国陸軍ハワイ航空基地から来た第３派遣航空隊（一個双発戦闘飛行隊／二個重爆撃飛行隊）が到着し、翌日の朝には戦爆連合を構成して出撃している。

彼らが来るまでは、もっぱらサウジアラビアのジャウフ航空基地とタブーク航空基地に常駐していた米中東第１派遣航空隊／英インド空軍第１派遣航空隊、そしてさらに南のハイル飛行場に、日本陸軍インド派遣航空団から一六機の呑龍双発戦闘機と一二機の一〇〇式双発爆撃機、そして空挺部隊や輸送用として一六機の九六式中型輸送機が移動し、爆撃任務と護衛戦闘任務・その他の輸送や偵察任務をこなしていた。

だが目標となる地中海沿岸地帯まで、最も近いタブークですら六〇〇キロもある。

往復一二〇〇キロの爆撃任務は、長距離飛行に慣れている日本軍以外、かなりの負担になっていた（現地での爆撃時間を考慮すると、一部の欧米機はぎりぎりの航続となる）。

そのため連日の支援爆撃などは不可能に近く、よくて三基地でローテーションを実施し、それぞれが三日に一度の出撃をこなすことで、なんとか一日一回の支援爆撃を可能としていた。

むろん自由連合軍としても、もっとシリア方面に近い場所へ航空基地や滑走路を設営したいのはやまやまだが、これ以上近づくとドイツ空軍機の制空権内となるため、出撃する以前の段階で基地を破壊されかねない。

その点、エジプトに近いシナイ半島南端なら、紅海沿岸に多数存在する英エジプト軍団所属の陸上戦闘機の支援が受けられる。

じつのところ、このエジプトに常駐している英空軍機が思いのほか精強だったせいで、これまでドイツ空軍機がシナイ半島上空の制空権を確保できなかったのだ。

ただし、早朝や夕方を狙った奇襲的な飛行場攻撃なら、ドイツ空軍にも実施可能だった。

受けた損害は甚大で、シナイ半島北部にあった四箇所の英軍飛行場は、いまもって破壊されたままだ。

このシナイ半島北部の英軍飛行場破壊をもって、ドイツ陸軍はシナイ半島への進撃が可能になったと判断したのである。

だが緊急措置として、シナイ半島南部の無事な飛行場へ、自由連合軍の航空隊が続々派遣されてきた。

この措置により七月初頭には、ドイツ陸軍機甲部隊の進撃が完全に停止した。

シナイ半島の東側入口にあたるアリーシュに陣地を構築し、いまも警戒にあたっているのがドイツ装甲部隊の先遣部隊となっている。

ところが……。

九日朝になって、いきなり事態が急変した。

この日の朝の爆撃担当は、シャルム・エル・シェイク基地所属の米陸軍第３派遣航空隊から出撃した、P－38三編隊一五機とB－25四編隊一二機だった。

飛行コースも、比較的安全な紅海沿いからスエズ運河上空まで移動し、そこから東へコースを変え、敵のアリーシュ陣地を爆撃するものだった。

しかし、航空攻撃隊がスエズ上空（スエズ運河南端）で方向転換し、バーダウイル塩湖の真ん中を通過していたところ、いきなり東方向上空から一二機の高速双発戦闘機に襲いかかられた。

その戦闘機を目撃したP－38のパイロットは、まるで飛んでくる矢のようだったと証言している。

凄まじい金属音を立てながら、はるか上空から急角度で突入してくる双発機。いくら目を凝らしても、どこにもプロペラが見えない。

すれ違ったP－38の一機が、持ち前の高速性能を生かして追尾したが、降下しつつの追跡で最大速度の六六〇キロを上回る七〇〇キロ前後に達していたにも関わらず、相手の戦闘機は、こちらをあざ笑うかのように引き離しながら上昇していったという。

この朝の戦闘で、B－25四機とP－38二機が撃墜された。

敵機の撃墜報告はない。それどころか、追尾して銃撃に成功したP－38は一機のみだったらしい。

P－38の被害が少ないのは、敵機がB－25の撃墜に専念し、P－38との交戦を徹底的に避けたためだ。

それでも被害が出たのは、焦った米軍パイロットが敵機の突入進路の先を横切るコースを飛行し、無理矢理にでも爆撃機への銃撃を阻止しようとしたためだった。

基地へ帰投した航空攻撃隊の報告を聞いた、サウジのメディナに設置されている自由連合空軍中東方面総司令部は、ドイツ空軍マークを誇らしげに胴体へ張りつけたその新型機を、英国情報にあったドイツ空軍国内専用の双発ジェット戦闘機——メッサーシュミット２６２Ｆ－Ｖと断定した。

Ｍｅ２６２の戦闘機タイプであれば、Ｐ－38より二〇〇キロ以上も速い八九〇キロをたたき出す。降下中の超過速度であれば、九〇〇キロ台も可能かもしれない（Ｍｅ２６２爆撃機タイプの最高速度は八六〇キロ）。

これでは勝負にならない。

Ｍｅ２６２が突入しての一撃離脱戦法をとる限り、Ｐ－38といえども標的同然なのだ。

さらに言えば、出現したＭｅ２６２は、少し前までドイツ国内にて温存されていた部隊であり、当然ながらみっちりと猛訓練をくり返してきた、エリート熟練パイロットのみで構成されている。

機体だけ新型なら、相手がたとえジェット機でも対処のしようがあるが、操る者まで最高級揃いとなれば、もはや対処の方法がない。

そこでメディナの空軍中東方面総司令部は、今後も不定期に爆撃任務を続行するものの、敵ジェット機が出現したら、ただちに任務を中断して反転帰投するよう緊急命令を下したのである。

かくして……。

シナイ半島北部の地中海沿岸は、ふたたびドイツ軍の制する地となり、アリーシュの陣地に籠もっていたドイツ正規軍の装甲部隊も、今日一〇日にも出撃しそうな気配を見せていた。

＊

バーダウイル塩湖の中央部南岸に近いエジプト街道沿いに、地元の遊牧民しか知らない程度の小さな集落がある。

わずかな樹木と草、そして小さな真水をたたえた泉があるせいで、一種のオアシス的な扱いで人が住み着いた場所だ。

そこを守るように集落の東側——一直線に延びるエジプト街道を横断するかたちで、自由連合陸軍中東方面軍の最前線陣地が構築されている。

「申しわけありませんが、英エジプト方面軍としては、これ以上の援軍派遣は不可能と思ってください。なにせアレクサンドリアへナチス連邦軍が上陸した結果、スエズ運河北端のポートサイドですら最前線になってしまったのですから、ポートサイドを手薄にしてまでこちらにまわす部隊はないのです」

カイロにある英エジプト方面軍から派遣されてきたバーダウイル支援部隊のコリン・ルーアン部隊長（少佐）が、心底から申しわけなさそうに口を開いた。

ここは三重構造になっているバーダウイル守備陣地の西端付近にある守備隊司令部だ。日干し煉瓦製の粗末な建物を一軒徴用し、そこを司令部本棟としている。

当然、小さな建物のため司令部機能のすべてを入れることはできず、作戦指揮部門と司令官室／通信室／参謀控室以外は、すべて玄関前にテントを張って当座をしのいでいる。

どのみちドイツ空軍の爆撃でもあれば、日干し煉瓦の家もテントも吹き飛ばされる。

そのため、最も堅牢に造られているのが砂を鉄板でせき止め、そこに戦車阻止用のコンクリート壁を流用した壁で囲った退避壕というから、まさに堪え忍ぶための司令部といったところだろうか。

ルーアンが連れてきた二個混成大隊は、カイロ周辺に展開している各部隊から、乾いた雑巾を絞るようにして選出したものだ。

本来なら一兵たりとも出したくないだろうに、自由連合軍最高司令部の至上命令により、しぶしぶ出せるだけ出したらしい。

内容は、軽戦車四輌／中戦車六輌／重戦車二輌／装甲車二輌／トラック一六輌／ジープ一二輌／八センチ対戦車砲二門／八センチ野砲八門／バズーカ砲一個中隊／各種迫撃砲二四門／兵員一六〇〇名となっている（戦車はいずれも在来型）。

これにシナイ半島の防衛を担当していた旧英陸軍中東派遣部隊の一部と、サウジの紅海沿いに急遽派遣されてきたインドからの新中東派遣部隊の一部が合流し、なんとしてもドイツ軍を食い止めようと必死になっている。

ここを突破されると、次の守備陣地は、ポートサイド東側の最終防衛陣地になってしまう。

そしてポートサイドを突破されたら、それこそおしまいだ。

その先には、アレクサンドリアへ上陸したイタリアとロシアの混成部隊が進軍してきている。両者が合流すれば、エジプトから中東にかけての地中海沿岸は、完全にナチス連邦の手に落ちてしまうのである。

ここに至ってしまえば、英エジプト方面軍がカイロに居座っていられるはずもなく、徐々にナイル川をさかのぼるかたちで、内陸部へ追い込まれていくだろう。

そうなれば、いかに北アフリカ沿岸部をパットン軍団が進撃してきても、そこには敵しかいないことになる。

パットン軍団の戦力をもってしても、独力でエジプト全土を奪還し、なおかつ北アフリカ沿岸部全域を確保するのは不可能だ。

まず大前提として、エジプト本土に英エジプト方面軍が健在であり、最低でもサウジに中東派遣部隊が健在でなければ、今度はパットン軍団がエジプトの地で籠城するハメになる。

「エジプトにおける英軍の苦労はよくわかっている。だからこそ、本来は太平洋軍に所属している俺たちが、わざわざ中東くんだりまで出張してきたんだ。したがって、まったく気にする必要はない。ここに来たら一緒くたに仲間だ」

スエズに旅団司令部を置く米第5海兵旅団から派遣されてきた、海兵第54強襲揚陸連隊のカーナビン・ジェスビー連隊長（中佐）が、米海兵隊士官らしい荒っぽい口調でねぎらいの言葉をかけた。

「我々も同感です。本来なら南西アジア方面の委任統治領へ派遣されるはずだったのが、いきなりセイロンまで連れてこられて、あれよあれよという間に地中海のそばまで来てしまいました。

日本から見れば、ここはほとんど地球の反対側です。あまりに遠すぎて、いまだに実感がわきません。しかも私の部隊は、砂漠戦の訓練といえば、オーストラリアの演習場を借りて、二週間しかしたことがありません。

だから、ここでの毎日は、すべてがエクササイズだと思い、部下たちともども頑張っています。ともかく……我々がドイツの装甲部隊とジェット戦闘機を食い止めなければ、エジプトが落ちるのは時間の問題でしょう」

まったく感情を顔に出さずに、かなりきわどいセリフを吐いたのは、日本陸軍派遣の第八軽機甲連隊長――白岩健吾《けんご》中佐である。

ただでさえ日本人は表情に乏しく、欧米人から見たら何を考えているかわからないと不評なのだから、おそらくいまの発言も、内容と表情の不気味な不釣り合いで、一種異様な感覚を与えたに違いない。

「そりゃ、耐えろと言われれば耐えるだけだが……耐えたあげくに全滅ってのは、ごめんこうむりたいぜ。もちろん、俺たちが全滅することで中東方面の情勢が劇的に好転するなら……不本意だがそれもありだが。

だけど、じり貧のまま戦略的な希望もない状況での無駄死にだけは避けたい。いくら勇猛果敢で鳴らした米海兵隊といっても、自殺同然の戦いに部下を晒《さら》すわけにはいかんからな」

全世界の戦場において、真っ先に海から攻め込む尖兵として恐れられている米海兵隊（最近は日本海軍陸戦隊も名を上げている）の指揮官であっても、譲れぬものは譲れないらしい。

ふたたび白岩が口を開いた。

「それについては、いまシナイ半島守備部隊長のパーシー・ホバート少将が、守備部隊司令部のあるシャルム・エル・シェイクからスエズへ向かっていると聞いています。

ホバート少将は英陸軍第７機甲師団長を兼任しておられますから、おそらく英第７機甲師団も、近いうちにスエズ防衛に加わるはずです。

彼らがスエズに来てくれれば、いざという時の心強い後方の味方ということになります。さすがに一個師団の機甲部隊ともなれば、ドイツ装甲部隊も策なしでは突っ込んでこないと思います」

「あの……肝心の陣地司令官がおられないのは、なぜなんですか」

派遣されてきたばかりで事情がわからないルーアン少佐が、恐る恐る階級が上の二人に聞いた。

「司令官？　ああ、英インド植民軍第４歩兵師団長のローウェル少将のことか。とはいっても、ご自身の歩兵師団はポートサイド防衛のため張りつかせている関係で、ここでは東インド第２義勇旅団と豪陸軍第６砲兵旅団を束ねる混成部隊の司令官を兼任なされているが。

でもってローウェル少将ご自身は、やはり自分の部隊が気になるのか、こっちはもっぱら我々とインド第２義勇旅団長および第６砲兵旅団長に任せっぱなしで、いまもポートサイドの守備隊司令部に詰めておられる」

白岩の返事は、言葉だけ聞くと上官に対する非難めいた言動に思えるが、それを無表情のまま言われると、なんとなく冷静な分析による発言に思えてくるから不思議だ。

「そうなんですか。そうなると私の立場は、お二人や義勇旅団長や砲兵旅団長より下ですから、ここにいるのすら身分不相応ということになりますね。

そういうことなら遠慮なく命令してください。ここに来た以上、軍人として恥ずかしくない働きはするつもりですし、部下たちにもそう教育してきたつもりです」

堅苦しい英国流の喋り方で決意を述べたルーアンだったが、いきなりジェスビーの大笑いで中断させられた。

「おいおい、なにガチガチの新兵みたいなこと言ってんだよ。この世の果ての地獄に来たんだから、もう俺たちゃ、一蓮托生《いちれんたくしょう》の仲間だ。だから作戦会議も、できる限り連隊や大隊クラスの長も加えて、担当作戦ごとに行なうつもりだよ。
　それに英インド義勇旅団の旅団長は、なんとグルカ兵部隊出身だぞ。豪の砲兵旅団長は、今回実戦が初めてとか言ってた。
言っちゃ悪いが、猪突猛進のグルカ兵隊長や新兵同様の旅団長より、貴様のほうがよほど頼りがいがありそうだぜ」

　グルカ兵と聞いたルーアンは、さすがに英国人らしくピンときたようで、思わず驚きの表情を浮かべた。

　グルカ兵とは、もともとネパールのグルカ族出身で構成される、遊撃的な白兵戦を得意とする者たちのことだ。出身地の地理的要因から、とくに山岳戦で際立った戦いかたを見せるという。

　英国人なら一度は、勇猛なグルカ兵の物語を聞いたことがあるし、実際に近代装備よりも大型ナイフや刀剣などの中世装備を駆使して超接近戦を挑む姿は、『グルカの影を見たら死神に愛されたのと同じ』と表現されるほど恐れられている。

　さすがに、指揮下にある英インド義勇旅団すべてがグルカ兵で構成されているとは思えないが、旅団長がそうなら、旅団も好戦的かつゲリラ戦に特化された戦いかたに特化されているはずだ。

彼らを陣地に張りつけて戦わせるのは、まさに愚の骨頂である。

闇夜に溶けこみ、また砂嵐に隠れて敵に忍びより、背後から喉元をナイフの一閃で切り裂く……。

砂漠はあまり適地とはいえないが、それでも彼らは独自の工夫を凝らし、ドイツ装甲師団の車輌をうまくやり過ごしながら、後方から進撃してくる擲弾兵《てきだんへい》部隊を抹殺する策を練っているはずだ。

そのような用途にこそ、彼らは相応しい。

「どのみち、ここは寄せ集め集団だから、もとの集団ごとに戦わないと、ヘマの連続になりかねん。新米砲兵部隊が支援の秘策というのは心細いが、陣地西側の数キロ後方に分散配置しておけば、よほどのことがない限り大被害は受けないだろう。

というわけで、この三重になっている阻止陣地は、俺たちだけで守ることになる。グルカ隊長の旅団は、独立部隊として好きに動いてもらおう。もちろん、撃破目標だけはしっかり与えておくけどな」

どことなく、これから起こる戦いを楽しみにしているような感じのするジェスビ

―だが、それは海兵魂がそう言わせているだけで、内心では恐怖と戦っているに違いない。

無表情で辛辣《しんらつ》な日本人、陽気な海兵アメリカ人、どことなく遠慮がちな英国少佐……。

まさに三人三様だが、まさか彼らも、これから起こる凄まじい攻防戦の結果、『シナイ半島を駆ける三人の魔術師』とまで呼ばれるようになるなど、この時点では夢にも思っていなかった。

2

七月一一日　朝　アゾレス諸島

現地時間、午前四時五二分――。

北大西洋にあるアゾレス諸島にも、夏の始まりを告げる早い夜明けが訪れようとしている。

「敵艦隊、なおも艦隊全速で西進中。敵艦隊上空には三〇機に達する直掩《ちょくえん》戦闘機が飛んでおり、味方空母の艦上機は接近不可能の模様！」

アゾレス諸島の中核的都市であるポンタ・デルガダのあるサンミゲル島。

サンミゲル島はアゾレス諸島最大の島であり、東西九〇キロ・南北一五キロ、二つのカルデラ湖を有するセテ・シダデス火山を見てもわかるとおり、火山活動によって形成された島となっている。

そのサンミゲル島にあるポンタ・デルガダの西方三〇キロ沖に、いま戦艦二／軽空母一／重巡二／軽巡三／駆逐艦一〇で構成されるスペイン第1艦隊が、ゆっくりとした速度で島の西端方向へ移動していた。

第1艦隊を率いているのは、古くはスペイン王室傍系の血筋を受け継ぐ、セシリオ・アレン中将。

ナチス政権下であっても、かつてのスペインの栄光は厳然として残っている。

ナチスドイツ軍にも貴族階級による差別的地位が横行しているのと同じで、これら旧勢力の一部を味方に引き込むことで、ナチス党は急速に勢力を伸ばした過去がある。

そのため、形ばかりの王室や貴族であっても、名誉と一部の資産だけは守られているのだ。

アレン中将は、メキシコ湾で大敗を演じたロベルト・レデーロ中将より若いが、軍上層部においての地位はアレンのほうが高い。

第2艦隊が壊滅的被害を受けるまでは、ビスケー湾を警備する第2巡洋艦隊司令長官だったが、このたび栄転のかたちで、古くは王室守護艦隊とも呼ばれた第1艦隊司令長官に就任したのだ。

「また逃げるのか……まったく憎らしい相手だな。索敵報告では日本と米国の混成部隊らしいが、おそらく指揮しているのは日本人だろう。そうでなければ、あのような姑息で卑怯、海軍軍人の風上にも置けぬ小心者そのものの艦隊行動は考えられん」

まったくもって酷《ひど》すぎる評価だが、たしかに加藤隆義司令官率いる第9任務部隊の、直近の行動は誉められるものではない。

戦艦を五隻も連ねる堂々とした大艦隊にも関わらず、アレンがアゾレス諸島に到着して以降、弱気すぎる行動に終始している。

昼間は二〇〇キロ近く西に離れた大西洋へ退避し、夜になると五時間あまりかけて諸島に接近、午前零時前後に一時間ほど艦砲射撃を実施すると、また一目散に西へ遁走をくりかえすばかり……。

夜明けと同時にアレンが艦載水上機を索敵に出すと、たしかに二〇〇キロ先でうろうろしている。

ただし敵艦隊上空には、いつ索敵しても三〇機ほどの直掩戦闘機が上がっていて、強引に接近しようものなら、たちまち大挙して襲いかかってくる。

アレンの艦隊にいる軽空母には、一六機の複葉艦戦と一〇機の複葉艦爆、そして五機の複葉雷撃機がいる。

昨日の夕刻には、思いきって航空攻撃隊を出してみたが、味方の護衛戦闘機の倍の直掩機がいては、極端にのろまな複葉艦爆や複葉雷撃機は近づくことすらできなかった。

それでも味方艦戦の決死的な突入射撃の隙をぬって、二機の艦爆が緩降下爆撃を実施した。

だが、いずれも輪形陣中央にいる戦艦五隻には近づけず、最外輪で対空防御していた駆逐艦一隻に、至近弾一発を投下するにとどまっている。

肝心の空母二隻は後方退避しているらしく、影も形もなかった。おそらく五〇から一〇〇キロほど西に移動し、そこから直掩機を出しているのだろう。

敵駆逐艦は魚雷発射管に損傷を受けた模様だが、こちらの艦爆二機、雷撃機一機、艦戦一機が落とされた。

ちなみに敵機撃墜の確認報告はない。

無理に行なった航空攻撃で、戦果どころか味方に大きな被害を出してしまった。

幸いにも、アゾレス諸島まで同伴してきた輸送船が陸揚げした荷の中に補用の艦上機が四機あったため、艦爆一機が目減りして艦戦一機が増えたものの、全体の搭載機数は元に戻ったことになる。

しかし今朝になると、もう誰も航空攻撃を実施しようとは言わなくなっていた。

「敵艦隊の空母は完全に艦隊直掩用のようです。おそらく二隻で八〇機前後の艦戦を搭載していると思われます。そうでないと、昼間に三〇機もの直掩を張りつけるなど不可能です」

艦隊航空参謀が、口惜しさを隠そうともせずに発言した。

アレンと参謀部がいるのは、旗艦となっている戦艦イグナシオの艦橋司令部控室だ。

昼戦艦橋の後方、昇降階段の裏側に出っぱるようにして設置された区画がそれで、他の国の戦艦には見られない特徴のひとつとなっている。

「まあ、そう口惜しがるな。相手が卑怯なだけで、こちらにはなんら問題はない。

逃げたければ逃げればいい。そして夜に接近して砲撃するのもよしだ。

しかし、そう長くは続かんぞ。いつもの調子で、明日あたりも夜中に接近して砲撃したら、朝になって逃げるところを、こちらの航空攻撃隊に袋叩きになるからな。新鋭のフランス製軽空母二隻に、ドイツの二個艦上飛行隊だ。それに我が艦隊の航空隊も参加するから、こちらの戦闘機の数のほうが上回る。

ヒトラー総統陛下の、この海戦に賭けておられる熱意は尋常ではない。フランス空母に練達の元ドイツ正規空母航空隊を派遣するなど、以前なら考えられなかったことだ。艦上機も第一線級だから、自由連合海軍艦上機に優るとも劣らない。

おそらく敵艦隊は、我々をアゾレス諸島に引きずり出し、なけなしの軽空母飛行隊を消耗させた後、メキシコ湾における悲劇の再現を狙っているのだろう。

たしかに我々が大被害を受ければ、スペイン海軍はとてつもなく苦しい立場に追い込まれる。大西洋における作戦行動など当面不可能になるし、スペイン沿岸部の防衛すら、自由連合の出方によっては難しくなる。

そうさせないためには、ナチス連邦海軍の協力が不可欠だ。いまはまだ自由連合海軍に劣っているため、そう簡単に協力しあえる状況にはないが、今回フランス艦隊を出してくれたことでもわかるように、徐々にナチス連邦海軍も力をつけてきている。

これでドイツ本国の大量建艦が軌道に乗れば、スペイン艦隊も余勢を受けて、地中海沿岸で建艦している巡洋艦や軽空母の恩恵を受けられる。さすがに戦艦と正規空母は、まだ当面先にならないと完成しないが、その他はなんとかなる」

「フランス空母部隊との連携により、敵艦隊が相応の被害を受けた場合は、追撃してさらなるダメージを与えるおつもりでしょうか」

戦闘参謀が、自分でも判断がつかない様子で質問してきた。

「そうしたいのはやまやまだが……ここでスペイン海軍の虎の子を失うわけにはいかん。敵が合衆国方面へ逃げるのであれば、そのまま放置する。

被害覚悟で、さらにアゾレス諸島の破壊作戦を継続するのなら、航空攻撃を中心とし、場合によっては水上決戦をアゾレス諸島近隣で実施する。絶対に遠出はしない。あくまでアゾレス諸島に張りつき、ここを死守する態度を示す」

そもそも自由連合がアゾレス諸島を攻撃したのは、ここが大西洋の中継点として重要だからだ。

諸島そのものには、たいした防衛設備もなければ巨大な基地もない。しかし、そこに島々が存在するだけで、自由連合海軍の太平洋における行動は相当に制限される。

だから破壊する。

本音でいえば、自陣営に取り込みたいはずだ。

しかしアゾレス諸島を確保して維持するためには、米本土から補給線を延ばさなければならない。

これを不充分な護衛艦隊のみで行なえば、たちまちドイツからUボートの大群が出てきて寸断してしまうだろう。

それがわかりきっているから、あえて破壊にとどめる作戦を実施しているに違いない。

この考えはアレン独自のものではなく、スペイン海軍上層部の統一した意見となっている。

司令部控室に、伝音管を通じて通信室から連絡が入った。

「フランス艦隊から暗号電です。今夜の夜半にアゾレス諸島南方一五〇キロまで接近する。そして明日の夜明けと同時に、敵艦隊へむけて航空攻撃隊を出撃させる。出撃の際は、貴艦隊の空母航空隊も随伴せられたし。以上です」

「フランス艦隊の指揮官は、たしかクロード・キルヒナー少将だったな」

アレンは記憶を探るようにして、アーリア人の風貌に近いキルヒナー少将の顔を思いだした。

階級はアレンより下だが、キルヒナーの階級はナチス連邦海軍のそれであり、時にはスペイン海軍独自の階級を上回ることもある。

しかもキルヒナー少将は、名前を見てもわかるように、フランス人とドイツ人の混血である。

そうでなければ、衛星国家にすぎないフランスの軍人に、ドイツの誇る正規軍航空隊を預けるはずがない。

おそらくキルヒナーは、早い段階でフランスSS海軍に所属し、そこから横滑りするかたちで新生フランス海軍の指揮官になったのだろう。

「返電なさいますか」

通信参謀が聞いてきた。

「馬鹿言うな。いま電波を発信したら、敵艦隊がなにごとかと思うだろうが。フランス艦隊の口を閉じさせることはできないから、先方が無線を封止しないのは勝手だが、こちらまで愚策を真似する必要はない」

腐ってもスペイン貴族の末裔《まつえい》……。

かつて世界の海を席捲した栄光の艦隊の末としてのプライドが、混血ドイツ野郎なんぞに負けてたまるかと暗に主張している。

アレンは、フランス艦隊を駆使することで、敵艦隊を罠にはめたと確信している。敵艦隊の愚かな行動を見る限り、すんなり罠にはまってくれるに違いない……。

そう思っているからこその、先ほどからの余裕ある態度だ。

だが……。

この時、じわじわと罠にはまりつつあったのは、アレンとフランス艦隊のほうだったのである。

＊

七月一日夕刻。

予定通りアゾレス諸島南南東二〇〇キロまで接近したフランス艦隊は、そこでいったん進撃を止め、明日の朝に航空隊を出撃させる五〇キロ先の海域を睨み、用心のため周辺警戒態勢に入っていた。

「今朝未明にも、敵艦隊はアゾレス諸島に対して砲撃を実施したそうですね」

士官食堂で食事をしていたクロード・キルヒナー少将は、食後の紅茶を飲んでいたところを、いきなり背後からぶしつけな質問を受けた。

この艦隊で、これほど失礼な態度をとるのは一人しかいない。すなわち、ドイツ海軍から特別に派遣されてきた空母航空隊の総元締、ユルゲン・ケフナー航空隊長（大佐）である。

ちなみに航空隊長は、各空母の飛行隊をまとめる指揮官であり、飛行隊長の直属上官に相当する。

飛行隊長は自分も艦上機に乗って飛行隊を指揮したり、そうでなければ空母に常駐して飛行隊の指揮を行なうのに対し、航空隊長は艦隊旗艦に常駐し、艦隊司令部の一員として強い発言力を持つ。

艦隊司令部といえば、艦隊参謀部に航空参謀がいるのだから、あえて任務が重複する航空隊長がいる必要はないように思えるが、それは空母部隊の実状を知らない者の考えだ。

空母部隊の航空隊は、ほとんど艦隊からは独立した存在として機能している。そのため独立部隊を束ねる司令官が必要になる。

艦隊航空参謀は、あくまで艦隊参謀の一員として空母を管轄するものであり、航空隊に対しては作戦を提示したり司令部の意向を伝えたりするといった参謀本来の役目がほとんどなのだ。

その航空隊長が、ナチス連邦軍では絶大な地位となるドイツ海軍航空隊出身者であり、いま現在もドイツ海軍航空隊の役職のまま赴任しているのだから、ナチス連邦海軍に所属しフランス海軍の指揮官にすぎないキルヒナー少将を軽んじる態度も、当然といえば当然のような気もする。

ケフナーは許可も得ずに、テーブルを挟んだ向い側の席に座ると、ふたたび口を開いた。

「敵艦隊のわざとらしい行動は、どう考えてもスペイン艦隊をアゾレス諸島から引きはがしたい思惑あってのことのように思えます。そうでなければ、あれほど愚かで露骨な行動は取らないでしょう」

キルヒナーはテーブルの上にたたんであったクロスで口元を拭くと、穏やかな口調でケフナーに語りかけた。

「航空隊長殿としては、敵艦隊がスペイン艦隊を誘いだすのに成功したとして、その後はどうなると考えているのですか」

「敵艦隊がアゾレス諸島近海へ現われる直前まで、護衛のため随伴していた空母部隊がいたそうですね。

その空母部隊は、大西洋岸にある南アメリカ諸国を爆撃と砲撃で破壊しながら南下している別艦隊からの打電で、支援のため南下していった……たしか最新報告ではそうなっていました。

となれば、敵艦隊が執拗にアメリカ大陸方面へ退避しては反転をくり返している意味を、もっと真剣に考えなければなりません。

なに、そう難しく考える必要はないです。退避した敵艦隊を追いかけたスペイン艦隊は、合衆国東岸から出撃した新たな空母部隊の餌食になるだけですよ。

この場合、強力な正規空母部隊や、遠くまで遠征可能な軽空母部隊は必要ありません。ただの航空機発着船として機能すればいいのですから、いま自由連合海軍が大量に建艦している見てくれだけの空母……先方では護衛空母と呼んでいるようですが、ようは、ちゃちな航空機運搬船を四隻も出せば、スペイン艦隊を潰すのはたやすいと思います。

そして守る者のいなくなったアゾレス諸島を、今度こそ本当に上陸作戦で奪取するか、もしくは継続的に破壊し、あとは放置するかのどちらかでしょう」

「ドイツ海軍の潜水艦の存在を考えると、よほど対潜駆逐用の部隊を大量に用意でもしない限り、危険を承知で補給線を伸ばしてくるのは愚策だろうな。そうしなくとも、モロッコへの補給線は、クリスマス諸島を経由した南ルートで足りているのだから、あえてここで新たな補給線を設置するとは考えにくい」

ケフナーが何を目的にして話しかけてきたのか、まだわからない。ここは無難な返事をしておいたほうがよい……。

キルヒナーはそう考え、適当な返事でお茶を濁した。

「私は、そうは思っていません。自由連合は、いずれ近いうちに本気でアゾレス諸島を制圧すると思います。なぜなら、スペインやポルトガルへ上陸作戦を実施するには、絶対的にアゾレス諸島が必要だからです」

「なんだと……」

とんでもないことを言いはじめたケフナーを見て、キルヒナーは正気かといった目つきになった。

「別に妙なことを口走ってはいませんよ。自由連合軍が北アフリカで苦戦しているのは、地中海側にイタリアとフランスがあり、ジブラルタルの北にポルトガルとスペインがあるからです。

だから北アフリカ戦線を本気でどうにかしようと思うなら、ヨーロッパ戦線の皮切りとなるスペイン／ポルトガル制圧か、もしくはイタリア／フランス上陸作戦を実施するしかありません。

　もし自由連合が地中海へ殴り込みをかけるなら、おそらくイタリア上陸作戦を優先する目論みがあるのでしょう。フランスに上陸するのは、現状では危険度が高すぎますから。

　また、アゾレス諸島を確保するのなら、スペイン上陸作戦を優先するはず……ほら、きちんと論理的になっているでしょう」

　たかが航空隊長が言うセリフではない。まるで方面軍司令官のようではないか。明らかに階級と役職を逸脱した、傲慢《ごうまん》きわまりない発言だった。

「まあ、どのみち君の部隊の働きで、敵艦隊は明日にも大被害を受ける……となれば、いま君が言ったことも机上の空論に終わるはずだ。そうではないかね」

「はい。たんなる絵空事だからこそ、食後の戯言《ざれごと》として話しているのです。ところで……明日の出撃に関しては、二個飛行隊の運用はすべて、この私に任せてもらえるのでしょうね。

　ヒトラー総統陛下からも、そう厳命されているはずですから、まさか妙な考えはお持ちでないとは思いますが……」

ようやく本題に入ったらしい。先ほどまでの会話は、本当に戯言だったようだ。

「飛行隊が空母を発艦したら、戻ってくるまで君の指揮下にあるのだから、好きなようにすればいい。我々は発艦まで責任を持って艦隊を運用し、あとは着艦地点に急ぐだけだ」

「そのお言葉を聞いて安心しました。では、明朝……」

確認するだけすると、ケフナーは完全に興味を失ったらしく、席を立って食堂を出て行ってしまった。

忌々《いまいま》しい……。

声には出さなかったが、心の中で毒づく。

「給仕兵！　紅茶をもう一杯たのむ」

気分転換しなければ、これからの艦隊指揮に影響が出かねない。

ここは芳醇な紅茶の香りで出直すべき……。

母方のフランス人の血が、そう囁《ささや》いている。

そして……。

このゆったりとした時間が、キルヒナーの過ごした生涯最後の安らぎとなった。

＊

一二日、午前四時三六分——。

「全機、出撃！　艦隊は南へ転進ののち、着艦地点へ向かえ!!」

まだ夜も明けていない薄明の刻というのに、ハルゼーのダミ声が、正規空母チェサピークの狭い艦橋いっぱいに響き渡った。

正規空母チェサピーク／エンタープライズ／ヘムステッド、軽空母ブルースワロー／ガッツ／涛鷹、空母六隻による第一次攻撃隊一三〇機、さらに三〇分の時間をあけて第二次攻撃隊一三〇機をくり出す、これでもかという大乱打前提の波状出撃だ。

それでも六隻の空母が保有する艦上機総数五〇〇機からすれば、まだ二四〇機を温存している。

そのうちの一〇〇機が艦戦だから、これから艦隊直掩につくのは三分の一相当の三〇機……。

六隻の空母に対して直掩三〇機はあまりに少ないが、もとからハルゼーは今朝の段階では敵から航空攻撃を受けるとは微塵も思っていない。

ハルゼーがしたためた渾身の秘策に、その答えがある。

現在のハルゼー部隊とフランス空母部隊の距離は、直線で四八〇キロ。往復で九六〇キロの距離が、ハルゼーの最も力強い味方となる。

自由連合海軍の艦上機は、往復最大で一四〇〇キロを飛行できる。

そのため九六〇キロの半分——四八〇キロを飛び、先方で二〇分ほど戦闘／爆撃行動を行なっても、余裕で帰ってこれる。

これに対しフランス艦隊の艦上機は、すべてドイツ製だ。ドイツの戦闘機や爆撃機は、いずれも目を見張る性能だが、いかんせん陸軍国家の航空機のため航続距離が短い。

Fw190-S艦上戦闘機の航続距離は、落下増槽を使用しても最大一〇〇〇キロ。

もし航空攻撃の護衛を担うのなら、行った先で最低でも一〇分以上の戦闘時間が必要だから、それに必要なぶんのガソリンが航続距離から削られる。結果的に、片道四五〇キロが最大となる。

Ju88スツゥーカ改艦上爆撃機は、さらに短い。

原型機の航続距離が八〇〇キロというのに、さらに空母着艦装置やら海上不時着時の機体フロート機能まで追加しなければならなかったのだから、たとえ両翼に小型落下増槽を追加しても、もとの八〇〇キロから大幅に増えるはずもない。

結果的にスツーカ改の航続距離は、片道四三〇キロが最大となった。

つまり……。

いまハルゼー部隊のいる場所からは、一方的にフランス艦隊を攻撃でき、かつ相手の攻撃隊は届かないことなる。

いわゆるアウトレンジ戦法である。

むろんハルゼーは、ドイツ製艦上機の性能をつぶさに知っているわけではない。

たぶんに想像をまじえた自由連合情報部からの予測性能をもとに、だいたい片道四五〇キロくらいが爆装最大飛行距離だと判断しているだけだ。

それでも現実の四三〇キロより長いのだから、過剰想定といえる。

そして、過剰想定にゆとりを持たせた四八〇キロの距離を発艦地点にした段階で、ハルゼーの策は万全となったのである。

今次大戦において、ハルゼーが歴史上初の空母航空隊による、明確なアウトレンジ戦法を実施しようとしている。

考えに考え抜いた策だ。
それがハルゼーの余裕となって現われていた。
そしてこれが、大西洋における『ハルゼー神話』の始まりとなったのである。

第一部資料

〈自由連合軍編制〉

＊本巻に登場する事項のみ記載

◎北アフリカ方面支援艦隊

司令長官　ウイリアム・ハルゼー中将
自由連合海軍第7任務部隊（ハルゼー直率）
＊在米日海軍第一派遣艦隊と米第7任務部隊の空母、さらに追加配備の空母を加えた機動部隊
部隊旗艦空母　チェサピーク（合同時総旗艦兼任）
正規空母　チェサピーク／エンタープライズ／ヘムステッド

軽空母　ブルースワロー／ガッツ／涛鷹
軽巡　シマロン／イエローストン／バークレー
　　リムパックA−01／02／03
駆逐艦　二〇隻
自由連合海軍第9任務部隊（加藤隆義中将）
＊在米日海軍第一派遣艦隊と米第7任務部隊打撃艦・追加の戦艦／直掩用の支援空
　母を加えた打撃部隊
部隊旗艦戦艦　ジョージア
戦艦　ジョージア／ニューメキシコ
　　バージニア／ルイジアナ
　　阿波
支援空母　ネグロス／ニイハウ
重巡　ジャクソンビル／サヴァナ／オンタリオ
　　琵琶

軽巡　基隆／伊豆／三宅
　リムパックA－04／05／06
駆逐艦　二四隻

◎自由連合軍極東方面艦隊

自由連合海軍極東方面艦隊　F・J・フレッチャー少将

1　極東第1任務部隊
戦艦　ニューヨーク／テキサス
軽空母　マザーホーク
重巡　ハートフォード／オーガスタ
軽巡　コロンビア／ウィラメット
駆逐艦　二〇隻
軽巡　伊豆

護衛空母　水鳥／海鳥
駆逐艦　六隻
海防艦　一二隻
竜型駆逐艇　一〇隻

2　極東第2任務部隊（井上成美少将）
軽巡　舞鶴／富山
　　　石垣／式根
軽空母　雲鷹
　　　天空／俊空
駆逐艦　一四隻

◎自由連合陸軍極東反攻部隊
＊実質的な中国本土からの反攻作戦部隊
A　極東反攻作戦司令長官　ダグラス・マッカーサー大将

合衆国陸軍中国方面軍（旧満州方面軍の一部を再編）
米第2／第6歩兵師団
米第12／17砲兵旅団
米第8／第16戦車連隊
米第13対戦車連隊
米第21迫撃砲連隊
米海兵第4特殊戦大隊

日第一三／二五／二六歩兵師団
日独立第八砲兵旅団
日独立第一〇戦車連隊
日独立第三対戦車連隊

陸軍航空隊特別襲撃隊（唐山航空基地）
一〇〇式戦闘機　三六機
九九式地上掃討機　四八機

英陸軍中国方面軍（一部）アーサー・パーシバル中将
英第10機甲師団（マイルズ・デンプシー中将）
英第16師団／第18師団
英第23砲兵旅団
英独立第11戦車連隊
英独立第42／43砲兵連隊

台湾義勇兵隊　四万
四個歩兵部隊（旅団規模）
二個砲兵部隊（連隊規模）
二個陸戦部隊（連隊規模）
二個機動部隊（連隊規模）
自由連合中国航空隊（煙台飛行場／威海飛行場／青島飛行場）
九七式飛行艇　一二機

七式軽双爆　二六機
B―17　一二機
B―25　一六機
P―38　三六機
九七式双戦　一二機

B　朝鮮半島陸軍部隊
米陸軍部隊
第49／第51歩兵師団
第22空挺旅団
第41戦車連隊
第85砲兵連隊
第26／28対戦車大隊
第9海兵旅団
日本陸軍朝鮮派遣部隊

近衛第二師団
第一三師団
第三五砲兵連隊
第六戦車大隊
第一八対戦車大隊
陸戦隊第五旅団

◎自由連合海軍南米派遣艦隊

南米派遣艦隊司令長官　宇垣纏中将（昇進）
旗艦　伯耆

A　打撃群（宇垣纏中将直率）
戦艦　伯耆／ユタ／フロリダ
重巡　十和田／ヒューロン／スペリオル
軽巡　恒春／八丈／神津

駆逐艦　一〇隻

Ｂ　空母群（レイモンド・Ａ・スプルーアンス少将）

正規空母　ヨークタウン

軽空母　ホープ／スピリッツ

　　天鷹／海鷹

軽巡　プロビデンス／オークランド／スネーク／サビーン

駆逐艦　一八隻

〈ナチス連邦軍編成〉

◎スペイン第1艦隊（セシリオ・アレン中将）

戦艦　イグナシオ／エルガウデリオ

重巡　オルランド／ビセンテ

軽空母　シプリアーノ

軽巡　フェリペ／レナート／ホアン

駆逐艦　一〇隻

◎フランス大西洋艦隊（クロード・キルヒナー少将）

戦艦　リシュリュー／ダンケルク
軽空母　ジョッフル／ベアルン
軽巡　ラモット・ピケ／グロワールⅡ
　エドガール・キネ／ワルデック・ルソー
駆逐艦　一〇隻

〈自由連合軍諸元〉

支援空母洋型（シンガポール級）
＊内容的には護衛空母なのだが、航空機運搬船としての性質が強かった水鳥型では、かなりの合成風力を得ないと離着艦に支障がでるため、そのぶん作戦用途には使いにくい代物でしかなかった。
＊そこで新設されたシンガポール国際共同造船所で試作されたシンガポール型支援

空母を元に、各国で護衛空母を量産できる造船所での同時生産を大前提とした、飛行甲板を延長し、艦の安定を保つためのキールその他の拡大および新設を行なった、拡張型護衛空母が急遽増産されることになった。
＊この艦種の緊急増産のため、既存の水鳥型は一部が建艦を後回しにされたが、以前として航空機運搬船の重要は大きいため、いずれ空いた造船所から建艦再開される予定となっている。

同型艦　大洋／海洋（日本・配備）
遠洋／龍洋／進洋／雲洋（日本・建艦中）
シンガポール／ジャカルタ（シンガポール・配備）
メダン／スラバヤ（シンガポール・建艦中）
バンガン（タイ・配備）
サムーイ（タイ・建艦中）
ネグロス／ニイハウ／グアダルーペ／カフラウエ（米・配備）
ロタ／テニアン／サマル／アッツ／キスカ／コディアク（米・建艦中）
モルジブ／コモリン（英インド・配備）

ヤンゴン／ゴア／モレー／ノース（英インド・建艦中）
富貴角《フーコィ》（台湾・配備）
恒春／緑島（台湾・建艦中）
海蓮／東蓮（中国・配備）
空蓮／光蓮（中国・建艦中）
クックタウン（豪・配備）
エスペランス（豪・建艦中）
ガスペー／ノバスコシア（カナダ・配備）
プーシア／ラブラドル（カナダ・建艦中）

基準排水量　一万八〇〇トン
全長　一八五メートル
全幅　二一メートル
主機　重油専焼缶一〇基蒸気タービン二基二軸
出力　五万馬力
速力　二六ノット

航続　一四ノット時八〇〇〇浬
備砲　一〇センチ五〇口径単装高角砲　四基
機銃　三〇ミリ二連装機銃　四基
　　　一二・七ミリ単装機銃　八基
乗員　一〇二六名
搭載艦戦／艦爆／艦攻総数四〇機（甲板係留を含む）

アトランタ級駆逐艦

＊パシフィック級軽巡同様、世界同時大量建艦用に設計された。
＊最大汎用性を持たせるため、艦隊護衛の中核艦としては物足りないが、それを数でカバーする計画。

同型艦　合衆国：ＡＡ級二四隻　建艦中
　　　　ＡＡ級三二隻予定
日本：ＡＪ型　二四隻　建艦中
　　　二四隻予定

英国（インド）：ＡＩ級　一六隻　建艦中
　　二四隻予定
豪州：ＡＡＵ型　一二隻　建艦中
　　一二隻予定
中国：ＡＣＩ型　八隻　建艦中
　　一六隻予定
タイ：ＡＴ級　八隻　建艦中
　　八隻予定
カナダ：ＡＣＡ級　一二隻　建艦中
　　一二隻予定
基準排水量　一四五〇トン
全長　一一五メートル
全幅　一〇メートル
主機　石油専焼缶／ギヤード・タービン二基／二軸
出力　二万八〇〇〇馬力

速力　三三ノット
兵装　主砲一二センチ五〇口径両用単装　二基
　　　高角一〇センチ五五口径単装　二基
機銃　二〇ミリ連装　二基
　　　一二・七ミリ単装　六基
雷装　六〇センチ発射管三連装　四基
爆雷　投射装置　一基（艦尾）
リムパック級軽巡洋艦
＊今次大戦初となる自由連合完全共用艦として、未曾有の大量建艦が予定されている。
＊連合各国の中規模造船所ならどこでも艤装まで可能となるよう、あらゆる面でブロック化・パッケージ化が計られ、パーツは専門の工場で製造、造船所は組立のみを行なうという新機軸が取り入れられている。

＊完全分業制のため異様なほど建艦速度が早く、造船所にすべてのパーツが届けられてから三ヵ月で艤装まで終了する。

＊最初のテスト建艦は、合衆国東海岸になるポーツマス軍港の造船所で、同時に六艦が建艦された。
＊基本設計はアデレート級だが、重要パーツである機関や装備は日米の高度な技術を持つ専門軍需産業が大量生産用に設計・製造しているため、結果的に性能は向上した。

同型艦　合衆国：リムパックA－01／02／03／04／05／06　完成
　　　　　　　　リムパックA－07／08／09／10／11／12　建艦中
　　　　　　　　リムパックA－13／14／15／16／17／18　予定
　　　　日本：リムパックJ－01／02／03／04　建艦中
　　　　　　　リムパックJ－05／06／07／08　予定
　　　　英国（インド）：リムパックB－01／02／03　建艦中
　　　　　　　　　　　　リムパックB－04／05／06　予定
　　　　豪州：リムパックAU－01／02／03　建艦中
　　　　　　　リムパックAU－04／05／06　予定
　　　　中国：リムパックCI－01／02　建艦中

リムパックCI－03／04　予定
タイ：リムパックT－01／02　建艦中
リムパックT－03／04　予定
カナダ：リムパックCA－01／02／03／04　建艦中
リムパックCA－05／06／07／08　建艦中

基準排水量　六八五〇トン
全長　一六〇メートル
全幅　一四・五メートル
主機　重油専焼缶一〇基（缶圧向上型）蒸気タービン二基二軸
出力　七万四〇〇〇馬力
速力　三二ノット
航続　一六ノット時七五〇〇浬
主砲　一四センチ五〇口径単装両用砲　四基
高角　一二・七センチ五五口径単装　四基
装備　四〇ミリ四連装機銃　四基

雷装　一二・七ミリ単装機銃　一四基
六〇センチ長魚雷発射管四連装　二基
投射爆雷発射装置　二基
水偵　一機
乗員　七八〇名

三菱グラマン一式艦上戦闘機『連風』（F5F『ウインドキャット』）
＊初の日米完全同一設計機となり、部品共通率も一〇〇パーセントとなった。
＊正規空母用に大型化されたため、軽空母以下での運用は不可。
＊英インド海軍のみ、着艦装置と機銃の換装をおこないフェアリーMGの名で採用した。

機体：設計　三菱飛行機
発動機：設計　カーチス・ライト社
全長　一〇・二メートル
全幅　一二・八メートル

発動機　ライトR－2600－8サイクロン
出力　一七〇〇馬力
自重　二八八〇キロ
速度　六二〇キロ
航続　一四〇〇キロ（落下増槽使用時）
武装　ブローニング一二・七ミリ機銃×6
爆装　五〇〇ポンド爆弾×1

中島ダグラス一式艦爆『連星』（SB－3A『ベオウルフ』）

＊この機も初の日米完全共通機。
＊正規空母用に大型化されたため、軽空母以下での運用は不可。

機体：設計　中島飛行機
発動機：設計　P&W社
全長　一〇・五メートル
全幅　一四・二メートル

発動機　P&WR－2800－8ダブルワプス
出力　二〇〇〇馬力
自重　四万一三八〇キロ
速度　五七〇キロ
航続　一四〇〇キロ
武装　ブローニング一二・七ミリ機銃×2（機首）
　　　ブローニング七・六二ミリ旋回機銃×1（後部座席）
爆装　一二〇〇ポンド爆弾×1

第二部

勝敗決す！

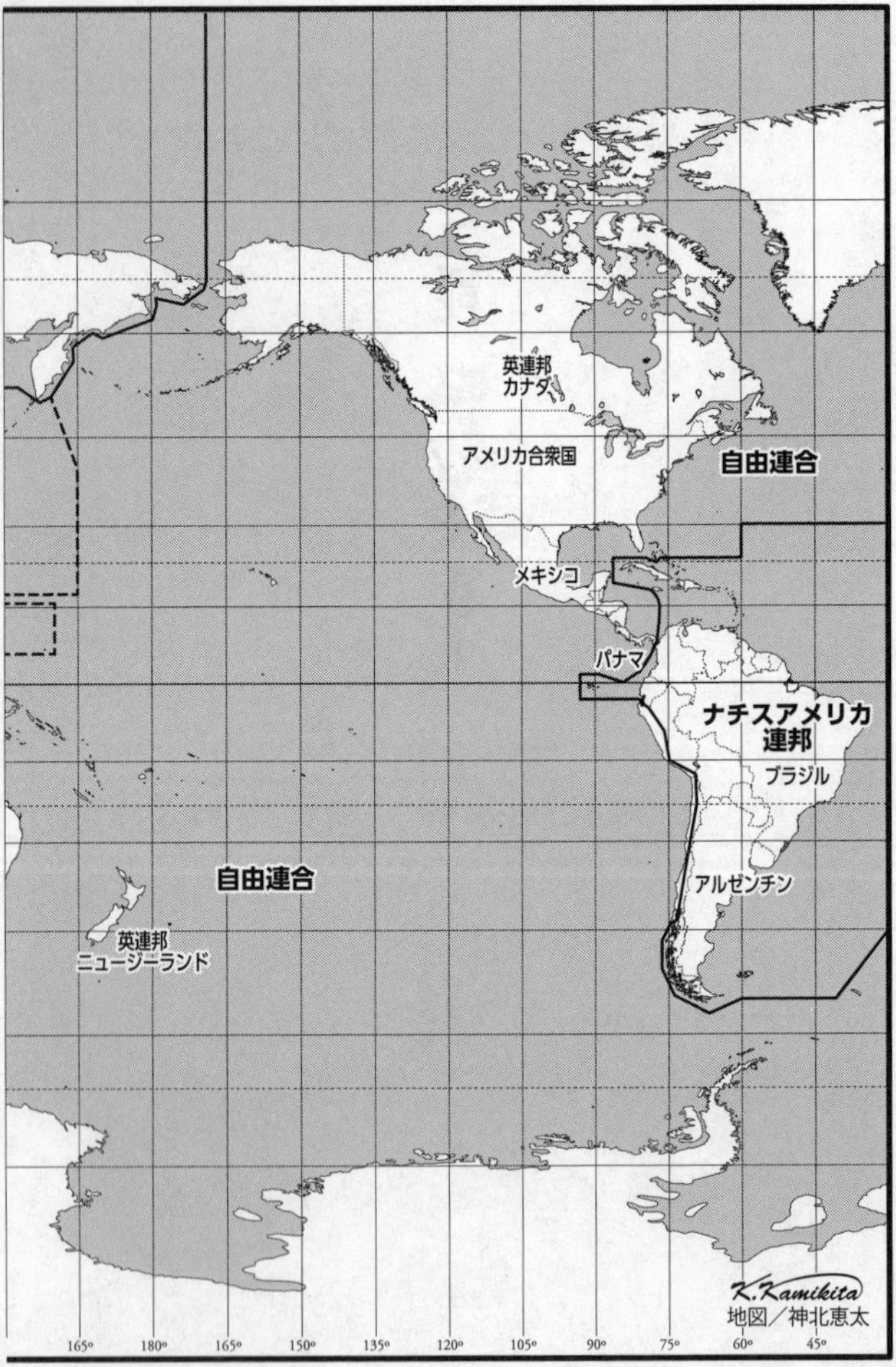

英連邦
カナダ
アメリカ合衆国
自由連合
メキシコ
パナマ
ナチスアメリカ
連邦
ブラジル
アルゼンチン
自由連合
英連邦
ニュージーランド
K.Kamikita
地図／神北恵太
165°
180°
165°
150°
135°
120°
105°
90°
75°
60°
45°

世界情勢
1942年7月
赤道縮尺
0
5000
km
自由連合
イギリス
ナチスドイツ
ナチスロシア
モンゴル
満州
ナチス
ペルシャ
エジプト
自由連合
中華民国
大日本
帝国
英連邦
インド
連合国
植民地
イタリア領
ソマリア
日領インドシナ
（ベトナム）
英連邦
オーストラリア
ナチス
アフリカ戦線
自由連合

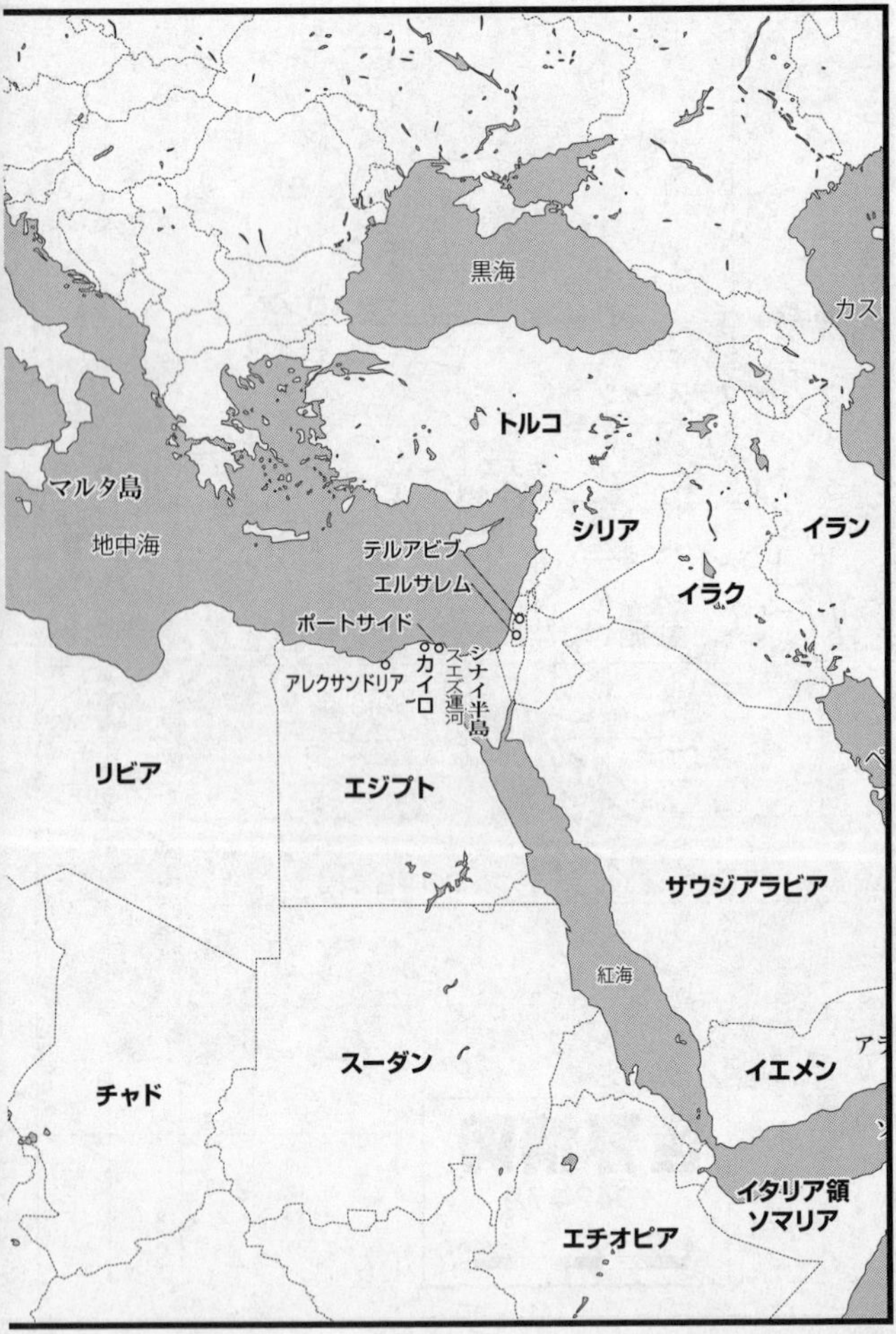
黒海
カス
トルコ
マルタ島
地中海
シリア
イラン
テルアビブ
エルサレム
イラク
ポートサイド
カイロ
スエズ運河
シナイ半島
アレクサンドリア
リビア
エジプト
サウジアラビア
紅海
スーダン
イエメン
チャド
イタリア領
ソマリア
エチオピア

洋
パリ
フランス
ビスケー湾
イタリア
ポルトガル
スペイン
バレアス海
リスボン
サルデーニャ島
ジブラルタル
海峡
アルジェ
チュニス
オラン
チュニジア
トリポリ
モロッコ
アルジェリア
モーリタニア
マリ
ニジェール

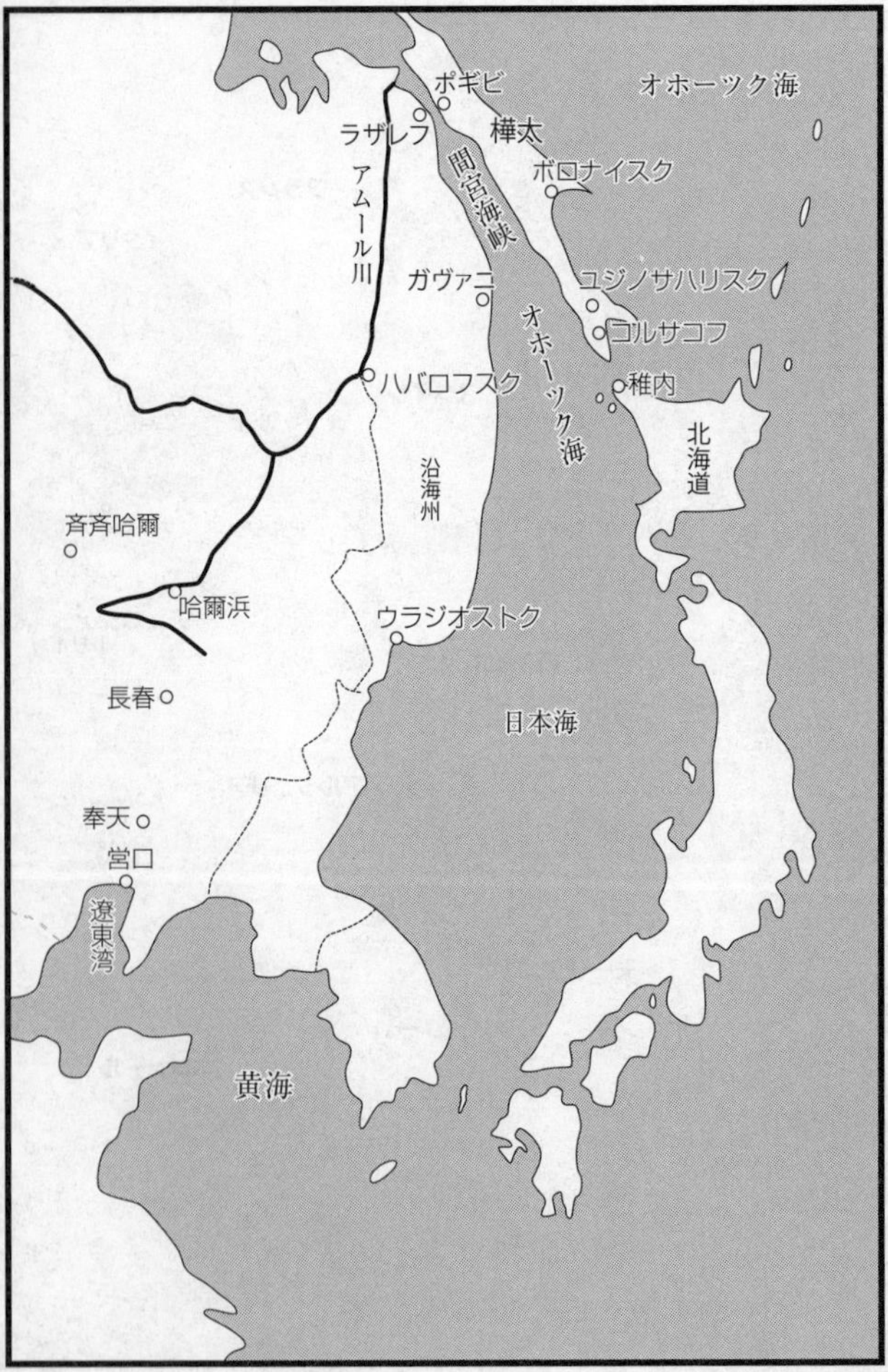

オホーツク海
ポギビ
ラザレフ
樺太
間宮海峡
ボロナイスク
アムール川
ガヴァニ
ユジノサハリスク
オホーツク海
コルサコフ
ハバロフスク
稚内
北海道
沿海州
斉斉哈爾
哈爾浜
ウラジオストク
長春
日本海
奉天
営口
遼東湾
黄海

第1章　奇　計

1

一九四二年七月一六日　北大西洋

一二日午前五時過ぎに行なわれた、ハルゼー機動部隊による航空攻撃……。

それはただの一撃だったにも関わらず、スペイン第1艦隊に惨憺《さんたん》たる被害をもたらした。

戦艦イグナシオおよび軽空母シプリアーノ喪失。戦艦エルガウデリオ大破、重巡オルランド中破、軽巡フェリペ喪失、その他軽巡二隻／重巡一隻／駆逐艦三隻小破……。

スペイン海軍はなんと、この航空攻撃と先のカリブ海における損失によって、可動戦艦ゼロ／保有空母ゼロという絶体絶命のピンチに追い込まれてしまった。

ナチススペインは、ナチス連邦総統であるヒトラーの命により、北部大西洋の東半分を防衛する大任を与えられている。

それがいまや北大西洋どころか、スペイン沿岸およびポルトガルの防衛すら困難な状況になってしまったのだ。事実上の制海権全面喪失である。

なのにスペイン海軍が使える軍港の補修施設は、先の海戦によって被害を受けた戦艦がいまだに修理中となっている。

そうではないドックや船台も、ナチス連邦軍の海軍増強計画に基づき新造艦の建艦中で、建艦を中止しない限り使えない。

つまり、今回の海戦で被害を受けた艦は、それらの補修設備が空くまで修理すらままならないわけだ。

それでも埠頭に横付けした状態で、喫水線より上の部分は緊急補修できるから、それによりなんとか可動可能になる戦艦なら一隻くらいはある。だが、それだけだ。

これらの事情を踏まえた上で現状の可動艦船を列挙すれば、フランコ首相が慌てふためいて、ヒトラー総統へ海軍の支援要請を嘆願するのも当然だった。

なにしろスペイン海軍を一時的に壊滅状況に追いやった敵は、新型艦上機多数を有する大規模空母機動部隊だとわかっている。

事実上、アゾレス諸島を奪取されてしまったのだから、その空母機動部隊がスペイン本土に襲いかかるのは時間の問題……そう誰でも考える。

さらに言えば、アゾレス諸島を執拗に攻撃していた水上打撃部隊も、空母機動部隊の動きに合わせてスペイン本土へ接近するのは時間の問題である。

おちぶれたとはいえ、スペイン海軍はかつて世界の海を支配した『陽の沈まぬ帝国の艦隊』だ。それゆえに海軍内部でも、いち早くスペイン存亡の危機を悟った高級幹部も多くいた。

それらの切実な進言もあり、フランコ首相は一三日遅くに、異例ともいえるヒトラー総統への電話による直訴に至った。

自国の悲惨な敗北を包み隠さず報告すれば、ナチス連邦内での立場が危うくなる。ヒトラーの気分次第では、連邦序列の降格どころか、連邦中枢国家の地位すら失いかねない。

しかし、メンツを保って国が滅びるより、メンツを捨ててもヒトラーの慈悲を得るほうがましと判断したフランコは、少なくとも愛国的な政治家という点では及第点をつけられるだろう。

そして、フランコにとって幸いだったのは、電話を受けた時のヒトラーは、すこぶる上機嫌だったことだ。

上機嫌の理由は、世界初のジェット式艦上戦闘機搭載の正規空母二隻——ベルリン／ドナウが猛訓練の結果、八月を待たずに習熟訓練終了と艦隊配備を達成したとの報告を受けたためだ。

画期的な新兵器を手に入れたら、次は実戦で使いたくなる。

これは古今東西、政治家から軍人に至るまで共通の心理であり、こと全能の独裁者であるヒトラーにとってはたやすく実現できる。それだけに、その誘惑は他国の政治家以上だった。

そこに、フランコからの泣きだしそうな嘆願の電話が届いたのだから、今日のヒトラーは怒りだすどころか、猫なで声まで出してフランコの正直な報告を誉め、ただちにナチス連邦海軍の全力をもってスペイン救援にあたると返答したのである。

ヒトラーが公言すれば、それは必ず現実になる。

その夜のうちに、ドイツ海軍に対しスペイン救援のための艦隊出撃準備命令が下され、翌日昼頃には、パリにある連邦軍総司令部内においても、ドイツ艦隊を中核とするナチス連邦大西洋艦隊の編成予定が策定された。

ただし、未曾有《みぞう》の大艦隊を各国から拠出させて編成・訓練を行なうには、最低でも数ヵ月が必要になる。

そこで暫定的に、現在各地で可動している連邦艦隊を大西洋へ呼びよせ、アゾレス諸島沖にいる自由連合艦隊を撃破する目的で、イタリア艦隊およびフランス艦隊への出撃命令が下されたのである。

ただし、いかに可動艦隊の緊急招集とはいっても、さすがに数日間で大規模な多国籍艦隊をまとめあげて出撃させるのは不可能だ。

そこで時間を稼ぐため、スペイン北部のビスケー湾にいたドイツ海軍第5巡洋艦隊に、急ぎリスボン沖へ南下するよう命令が下された。

同時に第5巡洋艦隊を支援するため、北部太平洋に展開していたドイツの八個潜水艦隊六四隻のUボートと、ドーバー海峡で英国封鎖作戦を実施していた六個潜水戦隊四八隻のうち、じつに半数の七個潜水艦隊五六隻を、スペイン沖の大西洋へ移動させる命令が発せられた。

地中海からも、先にジブラルタル海峡へ向かっていたフランスの軽空母部隊のほかに、西地中海を守備範囲としていたイタリア海軍西地中海艦隊にまで、ジブラルタルを抜けて大西洋へ移動するよう命令が出た。

イタリアはすでにエジプト攻撃のため、東部方面を担当していた派遣艦隊を出している。

となると、残っているのはイタリア本土艦隊のみとなり、地中海中央部から西地中海における広大な海域が無防備になってしまう。

そこでムッソリーニは自国可愛さのあまり、アレクサンドリア沖に展開していたイタリア派遣艦隊をマルタ島西方沖まで下がらせ、地中海全域を見張らせる命令を下した。

これは明らかな愚策である。

しかも、ヒトラー総統や連邦軍最高司令部に対し、事前の協議申請も行なっていない。

ムッソリーニからすれば、自分はヒトラーから一目置かれる存在であり、連邦次席の地位もある。

すでに作戦任務についている派遣艦隊を一時的に移動させるだけなのだから、イタリアの国内判断だけで大丈夫……そう判断したようだ。

だが……。

数日後のことになるが、この決定を知ったヒトラーは、それまでの上機嫌が吹き飛ぶほどの大激怒を見せたという。

ヒトラーにすれば、イタリア派遣艦隊は中東方面に出したドイツ正規軍の重要極まりない支援部隊であり、神出鬼没のイタリア空母部隊がいるからこそ、ジェット戦闘機部隊を陸上に前方配備する決定を行なったのだ。

その守り神が、中東へ艦上機の届かぬマルタ島沖まで下がれば、せっかく配備した双発ジェット戦闘機が、自由連合側の陸上航空基地所属機に撃破される危険性が高まってしまう。

いかに高性能のジェット機であっても、こちらの一機に対して四機以上で対処されれば撃墜される可能性が飛躍的に高くなる。これはドイツ国内での模擬戦闘でも立証されている。

実際問題、シナイ半島にある三箇所の自由連合空軍基地とサウジ北西部にある二箇所の航空基地からは、連日のように戦爆連合を組んだ陸上機が出撃している。

そして、メッサーシュミット262Fジェット戦闘機の出撃基地となっているテルアビブは地中海に面した都市のため、これまで常時、イタリア空母艦上機と基地直掩機《ちよくえんき》のダブル守備により守られてきたのである。

激怒したヒトラーは、ただちにメッサーシュミット262F部隊を、自由連合の航空攻撃範囲外にあるトルコ寄りの基地へ下がらせる命令を発しようとしたが、それはドイツ陸軍司令部の最高幹部たちによって阻止された。

いまジェット戦闘機部隊を後方へ移動させると、シナイ半島東部まで進出しているドイツ装甲軍団の中核部隊が航空攻撃の的になる。

いかに精強な装甲車輌でも、空から爆弾を雨あられと落とされたら撃破される……そう最高幹部全員が嘆願したものだから、さしものヒトラーも命令を撤回するしかなかったのである。

かくして……。

ハルゼーが放った一度限りの全力航空攻撃は、じつに地球の半分近くのエリアに展開する部隊の戦況に、大きな影響を与えたのだった。

＊

「索敵二二号機、敵艦隊を発見しました！」

息を切らして戦艦リシュリューの昼戦艦橋に駆け込んで来たのは、なんと伝令ではなく艦隊参謀長本人だった。

報告の内容からして、おそらく通信室に張りついていたのだろう。しかしその行為は、参謀長として誉められたものではない。

スペイン艦隊が壊滅的な被害を受けた頃、深夜にジブラルタル海峡を抜けたナチスフランス艦隊は、ちょうどスペインのセビリア沖に到達していた。

その時の位置からスペイン艦隊を見ると、おおよそ西に四〇〇キロ地点となる。

艦隊位置を把握できるのは、事前にナチス連邦軍から情報をもらったスペイン軍が、周辺海域にいる各艦隊へ暗号通信で知らせているからだ。

自由連合軍の空母艦上機は、じつに半径六〇〇キロ以上の攻撃範囲を誇っている。対するナチス陣営の既存艦上機は四〇〇キロ前後……。

片道二〇〇キロ以上もの差があると、まともな航空戦は望めない。普通の指揮官ならそう判断するところだが、軽空母二隻を有するフランス艦隊を指揮しているクロード・キルヒナー少将は違った。

もともとフランス人とドイツ人の混血という理由で、有利な条件のもとナチス連邦海軍士官に抜擢された男だけに、実績より政治的理由が優先されている。

しかも、もと所属していた旧フランス海軍にはまともな空母がなく、キルヒナーもフランス本土の軍港を防衛する海軍陸上航空隊の基地司令官だった。

つまり空母どころか、まともな艦隊指揮経験すらない男が、いまナチスフランス唯一の軽空母機動部隊を率いているのだ。

その艦隊に、訓練以上の能力を求めるほうが無茶な相談だった。

「敵艦隊の位置は？」

案の定、キルヒナーは敵艦隊の構成すら聞かず、勝手に主敵と判断してしまった。

「アゾレス諸島南南西一八〇キロです」

「スペイン艦隊がやられた場所から、おおよそ五二〇キロか。ということは、現在の我々の位置からすると、どれくらい離れている？」

質問は航行参謀に対して行なわれた。

「四八〇キロです。しかし、敵艦隊の索敵機を発見したという報告は入っていませんので、おそらく敵艦隊は我々の存在に気づいていません」

「それはそうだ。あくまで敵空母部隊の目標は、アゾレス諸島を守るためやってきたスペイン艦隊だったのだから、いま頃は大勝利に祝杯をあげているだろう」

「では、発艦可能位置まで進撃しますか？」

「当然だ。艦隊最大速度で移動し、発艦可能地点に到達したら、ただちに発艦作業に入る。敵に逃げる隙を与えるものか」

ここでキルヒナーがハルゼー機動部隊と勘違いしている艦隊は、以前からずっとアゾレス諸島に張りついていた、加藤隆義中将率いる自由連合海軍第9任務部隊である。

加藤部隊には支援空母という名の、護衛空母から発展させた軽空母二隻が随伴している。

そのせいで、空母を見慣れていないナチス連邦海軍指揮官からすると、空母機動部隊と勘違いしても仕方がないかもしれない。

事実、キルヒナーの部隊も軽機動部隊を名乗っているものの、所属しているのは軽空母二隻のみである。

その時、今度は本物の伝令が駆け込んできた。

「通信室より伝令です。先ほど発見した艦隊の北西八〇キロ地点に、新たな艦隊を発見しました。艦隊の規模は軽巡二／駆逐艦八隻です」

新たな艦隊と聞いて一瞬緊張したキルヒナーは、それが小規模な駆逐部隊にすぎないとわかり、あからさまにほっとした表情を浮かべた。

「敵空母部隊に随伴している駆逐部隊が、周辺の潜水艦を警戒しているだけではないか？　どのみち作戦実施に変更はない。ただちに発艦位置への移動を開始せよ」

もし熟練の艦隊指揮官であれば、大西洋のド真ん中に小規模駆逐部隊が新たに一個出現した意味を、もっと掘り下げて考える。

凡庸な指揮官なら、アゾレス諸島を本格的に奪取するため、先に来ている大規模部隊の増援として送られたと考えるだろう。

しかし多少才のある指揮官なら、一個駆逐部隊程度の増援では意味がないと考え、ほかにも増援があるはずと勘繰り、引き続き周辺索敵を命じるだろう。

そして優秀な指揮官は、その後の両陣営の戦略的見地から、おそらく新手の駆逐部隊は、ドイツ海軍が支援のため移動させた多数のUボート部隊を警戒してのことだと考える。

実際、北海やドーバー海峡、北部大西洋にいた多数のUボート部隊が一斉に中部大西洋方面へ移動したことは、英国の対潜哨戒活動によって判明している。

スペイン艦隊が半身不随な現在、フランス艦隊とビスケー湾にいたドイツの巡洋部隊だけで大西洋を守れるはずがない。

かといって、すぐに自由連合海軍に匹敵する大艦隊を大西洋へ派遣する余裕もない。となれば、手持ちの艦種で優位にたてるUボートを活用すると予測する。

群がってくる潜水艦の大群を戦艦や空母に接近させたら、自由連合海軍も無傷ではすまない。

そこで自由連合海軍側も、大量の潜水艦狩りの専門家である駆逐部隊を出撃させ、大西洋中央部で盛大な潜水艦狩りを実施することになる。

そのためには、ドイツが出してくるUボートに余裕で対処できるだけの駆逐部隊が必要になる。

一個や二個隊規模ではとても足りない。少なくとも小規模駆逐部隊の一〇倍から二〇倍は必要だ。したがって現われた駆逐部隊は、その尖兵に違いない……。

そこまで読んで行動するのが名提督というものだ。

ともあれ……。

キルヒナーは航空攻撃を選択してしまった。

彼我《ひが》の距離を考えると、キルヒナーの部隊が攻撃可能地点に到達するまで、おおよそ一時間ほどかかる。

そこから不慣れな発艦作業を行なうのだから、航空隊が発艦地点を離れるのに三〇分は必要なはず。となれば加藤の艦隊上空に到達するのは、さらに一時間半後となる。

現在が午前六時のため、敵艦隊攻撃時刻は三時間後の午前九時となる予定だ。

この時刻は、自由連合側から見れば遅すぎる時間帯で、まず間違いなく加藤の艦隊は周辺に航空索敵機を飛ばしている。

つまり、フランス艦隊の空母航空隊は奇襲を行なえる状況にはなく、艦隊直掩機がわんさと待ち構えている場所に突入しなければならない。

このような愚直な状況に至らないため、自由連合の空母使いたちは、日々あれこれと頭を悩ませている。

あのハルゼーですら、夜明け直後の奇襲攻撃を選択したのだから、自由連合においては、空母航空隊は奇襲が大前提というセオリーができあがっていると見たほうがよい。

そのセオリーがナチス連邦海軍には、まだ存在していない……。

これは彼我の戦力差以上に痛い、軍事上の欠点だろう。

「艦隊全速。これより発艦地点へむかう。各空母へ通達。発艦地点到着までに、各航空隊の発艦準備を終了しておくよう厳命する。以上、伝えろ」

ようやく艦隊参謀長が、本来の任務に基づき命令を発した。

2

七月一六日朝　北大西洋

通信参謀から報告を受けた加藤隆義中将は、かすかに唇の端に笑いを浮かべながら呟《つぶや》いた。

「予定通りだな」

送られてきた通信文は、アゾレス諸島南東海域まで突出して警戒態勢をとっていた、米海軍所属の新鋭潜水艦――特亜型潜水艦（米国バージョン）ＣＳ－12からのものだった。

米海軍の強い要請により、日本海軍が設計して日本と合衆国の二ヵ国で建艦された特亜型は、基準排水量が二二〇〇トンもある大型巡洋潜水艦である。

ともかく長距離を高速かつ静粛に航行し、敵海域深くまで侵入して情報を得たり、時には艦船攻撃を実施したのち逃げ延びられる性能を要求したものだけに、かなり贅沢な仕様になっている。

そのせいで一艦あたりのコストが上昇し、建艦期間が延びてしまい、高性能でありながら建艦計画が途中で取りやめとなってしまった。

現在は、安価でそこそこの性能を持たせた大量建艦用のノーチラス級が自由主義陣営の各地で建艦されている。

その高価で貴重なCS－12潜が、南東方向から接近しつつあるフランスの軽空母部隊を発見、やりすごしたのちに無線連絡を送ってきた。おそらくいま頃は、安全深度ぎりぎりまで潜航して遁走中だろう。

無線電波を発信したのだから、当然、フランス艦隊は気づいているはずだ。しかし電文によれば、フランス艦隊は警戒航行ではなく、艦隊全速航行で北西方向へ驀進中とあった。

そして加藤の部隊は三〇分ほど前に、所属不明の水上偵察機を二二キロ東方海上に発見している。

これらのことを考慮にいれると、あの水上偵察機はフランス艦隊のもので、加藤艦隊を発見したのち全速力で発艦地点へ進行中だったと判断すべきである。

ハルゼーから事前に渡されていた作戦計画書の、時系列ごとの進捗予定表には、ハルゼー艦隊がスペイン艦隊を撃破したのち、さほど時間を置かずにフランス艦隊がやってくる可能性が高いとあった。

この判断は、フランス艦隊がジブラルタル海峡を抜けた段階で、なかば確定状況とされていたものだ。

その後、ハルゼー艦隊がモロッコ沖まで南下して姿をくらました頃、続いてイタリア西地中海艦隊までもがジブラルタル海峡を抜けたと報告が入った。

こうなるとナチス陣営は、アゾレス諸島を取りもどすべく、真正面から決戦を挑んできたと判断すべきである。

ところが自由連合海軍大西洋司令部は、そうは判断しなかった。

策略好きなヒトラーが、スペイン艦隊が正面から挑んで破れた直後に、おめおめとふたたび決戦を挑んでくるとは思えなかったのだ。

となればフランス艦隊やイタリア艦隊は、自由連合海軍の気を引く囮《おとり》ということになる。

囮にしては規模がでかすぎる……。

誰もがそう思うところに、ヒトラーの大風呂敷を広げた策がある。

むろんフランス艦隊とスペイン艦隊にも、正面から全力で戦ってもらう大前提での策だ。

ただし両艦隊は勝利する必要はなく、可能な限り自由連合艦隊を引きつけて翻弄すれば勝利判定がもらえる。

なぜなら、ナチス側の攻撃主力がほかに存在しているからだ。

ただしその主力部隊は、まだ影も形もない。しかし、いま現在も、ひたひたとアゾレス諸島に接近している。

そう、目に見えない脅威……Uボートの大部隊である。

加藤たちが水上決戦を挑もうとすれば、すかさず側面から魚雷が襲ってくる。仕方なく対潜駆逐を実施すれば、その隙にナチス勢の空母艦上機や水上艦艇が攻撃を仕掛けてくる。

おそらく昼間は航空攻撃、夜間には接近して水上打撃戦を挑み、その間も随時、Uボートによる散発的だが大規模な雷撃がくり返されることになる。

ここまで読んだ以上、自由連合海軍の手はひとつしかない。潜水艦狩りの専門家を、必要なだけ合衆国本土からくり出すことだ。

そして、敵の水上艦艇を撃破できるだけの空母航空隊を用意することだ。

ただし、南へ回避しているハルゼー艦隊は使えない。

ハルゼーには別の重要な任務が与えられている。というより、加藤艦隊とそのほかの大西洋にいる艦隊のほうが囮で、ハルゼー部隊の動きを隠すための陽動作戦を実施しているのである。

だが、自由連合のほかの正規空母や軽空母は、大半が出払っているか、米本土防衛のために外せない状況にある。

この情報をドイツ側もある程度知っているからこそ、いまこの時期に大西洋の真ん中で決戦を仕掛けてきたのである。

だが、大西洋を預かる連合海軍大西洋艦隊司令部の上部組織である自由連合海軍総司令部、その長官となっているアーネスト・キング大将は、この戦いが一回の決戦で終わるとは思っていないらしい。

どちらかが一方的に大敗北して壊滅状態になるなら別だが、出てきたUボートすべてを撃沈するのは不可能に近い。

となれば水上艦艇同士の戦いも、どちらかといえば漸減戦《ぜんげんせん》に近いものとなり、なかなか決着がつかないはず……。

すると、そのうち必ず北海とバルト海からドイツ海軍の主力部隊が出てくる。

その時こそが真の決戦であり、そこでの決着が大西洋での不可逆的な趨勢《すうせい》を決めることになる。

おそらくヒトラーは、そこまで読み抜いている。

そして出した結論が、ともかくドイツ海軍が出撃できるまで時間稼ぎをするというものだった。それが今回の布陣なのである。

「米本土より暗号電が届きました。マーク・A・ミッチャー少将率いる第10任務部隊が、すでに我が艦隊の後方四〇〇キロに到達しているそうです。第10任務部隊は護衛空母編成ですので、現在の位置からさほど動かずに支援活動に入るとのことでした。

今後は敵艦隊の出方を見て出撃のタイミングを計るそうですが、敵の初撃だけは守りきれないため、なんとしても独力でしのいでほしいそうです」

伝令が渡した解読電文を報告した通信参謀は、うまく内容が伝わったかをうかがうような顔付きになっている。

「うむ、承知した……といっても返電はなしだが。おそらくミッチャー少将は、フランス空母の航空隊が我々に襲いかかった頃を見計らって出撃、送り狼になってフランス艦隊の場所まで誘導してもらうつもりだろう。

これが自由連合の空母航空隊だと、足の長さを逆手にとって明後日の方向へ誘導するといった奸計《かんけい》もできるが、ナチス勢の艦上機は航続距離が短いから、我々を攻撃したら一目散に戻らないと燃料が切れる。

そこに気づくとは……さすがミッチャーだ。ハルゼー提督の果敢かつ迅速な判断力もすごいが、米海軍は順調に次世代の空母使いが育っているようだな」

加藤の声には、日露戦争によってぽっかりと空隙ができてしまった日本海軍士官の層が、いまに至ってもなかなか埋めきれていない焦燥のようなものが感じられた。

そもそも、本来なら加藤などの老練な指揮官は、さっさと本土へ戻ってしかるべきなのだ。現時点において、三〇歳から四〇歳代の大佐あたりが艦長や小規模部隊の司令になっていなければ、次世代の日本海軍を引きつぐ将官が育たない。

宇垣纏は若いほうだが、それでもアメリカくんだりまで来て第一線で戦いつづけているのは異常だった。

「よし、そろそろ直掩機を警戒態勢につかせろ。敵が第二次攻撃を考えている可能性もあるため、直掩機は半数出撃とする」

加藤部隊には二隻の支援空母――ネグロス／ニイハウがいる。両空母合わせて八〇機の搭載数だが、そのすべてが艦上戦闘機である。

そのうちの四〇機を直掩につけるとなれば、これはかなり重厚な守備陣といえる。

「支援空母の位置は？」

「五〇キロ、アメリカ寄りです」

短い加藤の問いに航空参謀が答える。

「五〇キロだと近すぎないか？　敵編隊が我々でなく空母に向かうと面倒だぞ」

「大丈夫です。直掩四〇機がすべて阻止します。情報ではフランス艦隊の艦上機は、戦闘機がメッサーシュミット改良型、艦爆はスツーカ改良型となっていますので、我が方のF3F四〇機で充分阻止可能と判断しています」

航空参謀は自信満々だが、加藤はかすかに不安を感じていた。

たしかにF3Fは中島九九式艦戦のアメリカバージョンのため、馬力と機体機動には定評がある。しかし、メッサーシュミットの最高速度を改良型が維持していたら、じつに七〇キロ近い最高速度の差があることになる。

この速度差を生かした突入戦法を取られたら、さしものF3Fも苦戦するはずだ……。

むろん合衆国側も策を用意している。

ようは、突入戦法を取らせなければいい。

敵が攻めてくる側である以上、敵艦戦隊の任務は艦爆隊の護衛であり、そのため艦爆隊から離れて自由に戦闘できないはずだ。

その弱点を徹底的につけば、敵は低速飛行を余儀なくされ、F3Fは能力を最大限に生かすことができる。

問題は、四〇機の直掩で敵の艦戦と艦爆すべてを阻止できるかという一点にかかっていた。

あれこれ思案していた加藤は、二〇分が過ぎたことを失念していた。

「東南東方向二六キロ、高度二〇〇〇に敵編隊！」

加藤艦隊はレーダーを使用していない。

無闇にレーダー波を出せば、敵に現在位置を教えるだけと判断したためだ。

「戦闘態勢に入れ！」

あまり時間がないと悟った加藤は、戦闘準備命令を飛ばして、いきなり開始命令に相当する命令を下した。

＊

同日、紅海……。

急速に危機感が高まりつつある大西洋の状況は、地中海をまたいだ中東方面にも深刻な状況をもたらしつつあった。

その中で最も目立つ変化は、なんと言ってもエジプトを攻撃していたイタリア派遣艦隊が、ムッソリーニの厳命によりイタリア東岸近くまで撤収したことだろう。

まだ移動してさほど日数はたっていないが、エジプト北部と中東の地中海沿岸を守備する艦隊がロシア黒海艦隊のみとなったことで、事実上、ナチス連邦側の空母が存在しない状況になってしまったのである。

すべての原因は、アゾレス諸島を攻撃した自由連合海軍の加藤艦隊にある。

加藤艦隊を阻止すべく出撃したスペイン艦隊が惨敗したせいで、一時的に大西洋を守るナチス陣営の主力艦隊がゼロになってしまった。

このまま放置しておくと、自由連合は短期間で北大西洋を自陣営に取り込み、次にスペイン方面の攻略に着手する。

これを阻止するためには、ナチス連邦は無理を承知で大西洋へ主力艦隊を送りこみ、アゾレス諸島より東側を『ナチスの海』としなければならない。

ここらあたりの戦略的判断は、さすがにヒトラーだけあって瞬時に行なっている。

その結果、当座の戦線拡大を阻止するため、ビスケー湾から一個巡洋艦隊を送りこみ、ともかく加藤艦隊を牽制させた。

そして時間を置かずにフランス南部——地中海に面した軍港にいたナチスフランス地中海艦隊（軽空母二隻を有する軽機動部隊編成）に対し、ジブラルタル海峡を抜けて加藤艦隊を撃滅せよと命じた。

ここまでは単なる条件反射的な対応だが、その後の自由連合の動きまで予想して、イタリア西地中海艦隊（正規空母アキュラ／軽空母サルデーニャを有する主力級艦隊）まで、ナチス連邦最高指導者の地位を用いて大西洋へ向かわせたのは、さすがと言うしかない。

当然、これまで無傷に近いイタリア海軍主力艦隊が出てくるのだから、自由連合海軍も対処しなければならなくなる。

おそらく正規空母を含む大艦隊を合衆国東海岸から出撃させ、恒常的にアゾレス諸島周辺を警備させることになるだろう。

そうなれば、いかに海軍優勢の自由連合といえども、こと大西洋においては苦しい艦隊運用を余儀なくされる。

下手をすると、南アメリカ大陸東岸を攻撃している、宇垣らの派遣艦隊を呼び戻さなければならなくなるかも……。

それらの動きまで予測しているヒトラーは、駄目押しの一手として、ナチス連邦が所有する全潜水艦（ロシアも含む）の四分の一に相当する九個部隊四五隻を、一気に大西洋方面へ投入する決断を下した。

この潜水艦投入作戦を、自由連合側はまだ察知していない。

それでも予測はしていたため、Uボート艦隊阻止のための大規模駆逐部隊——第21任務部隊をアーレイ・バーク大佐に任せ、なんとしてもアゾレス諸島海域へ接近させないように手を打った。

これらの経緯は軍略的に順当であり、とりたてて問題になる点はない。

問題になったのは、イタリア本国を守る本土艦隊を除くと最大規模のイタリア西地中海艦隊が、結果的に地中海から出てしまったことだ。

そこで、イタリア周辺海域の防衛が手薄になったと感じたムッソリーニが、ヒトラーに無断でエジプト派遣艦隊を引きもどしてしまった。この動きだけは、ヒトラーも予測できなかった。

いかに連邦序列第二位のムッソリーニ首相といえども、ヒトラーの絶対的な地位に比すればゴミに近い存在でしかない。

当然ヒトラーは激怒し、ムッソリーニに対し、艦隊をエジプトおよび中東方面を支援するため戻せと、正式の連邦総統命令を発令した。

正式な連邦総統命令は絶対命令であり、それに従わない者は一国の首相といえども処罰される。ムッソリーニの場合だと、最も軽い処置で序列降格、最悪だと連邦反逆罪で死刑となる。

あまりにも処罰範囲の幅がありすぎて、どこで決着がつくかわからない。

ふたたび驚愕して恐れおののいたムッソリーニは、たんなる命令系統の手違いによるものと弁明し、ただちに派遣艦隊をエジプト沖へ戻す命令を下し、ヒトラーへの恭順の意を示した……。

この間、一週間もない短い期間だったが、モロッコ沖に潜んでいたハルゼー艦隊にとっては充分すぎる時間だったに違いない。

そして、もうひとつ……。

自由連合海軍の首脳部ですら、ともすれば忘れてしまいそうな、当座の間に合わせの艦隊が、この短期間の状況変化に合わせて動きはじめようとしていた。

「現在位置は？」

夜が白々と明けはじめた、一六日午前四時四〇分（現地時間）。

ウイリアム・F・センピル少将は、彼にしては珍しく徹夜した後の消耗した顔で、腐れ縁になっているルイス・アーノルド艦隊参謀長に対して質問した。

発言した場所は、センピル率いる自由連合海軍合同中東支援航空艦隊（略称は中東支援航空艦隊）の旗艦——軽巡アデレードの艦橋である。

この艦隊は艦隊名を見てもわかるように、空母を中心とした機動部隊編成となっている。

事実、四隻もの支援空母——シンガポール／ネグロス／モルジブ／バンガンを有する、この海域で有数の機動部隊だ。

ただし空母の数こそ立派だが、全艦が護衛空母改良型の支援空母のため、本格的な空母機動部隊のような神出鬼没の行動は望めない。

あくまで洋上における移動式の艦上機発着場。これが、自由連合海軍の基本的な認識となっている。

それは艦隊を与えられたセンピルも同様で、魚雷一発で沈む可能性のある支援空母を旗艦にするほど無能ではない。

もともと武器商人として抜け目のない才覚をもっていた彼だけに、自分の身を守ることについては、なみいる名提督以上のものを持っている。

他人を信じず、用心深い。甘い言葉には裏がある。石橋叩いて渡らず、石橋の下にこっそり自分専用の橋を架けて渡る。肝心の石橋には爆薬を仕掛けておいて、敵が反撃に出たら躊躇《ちゅうちょ》せず破壊する……。

彼に与えられた任務は、インド洋からスエズ運河にいたる航路と制空権の確保となっている。

なのにセンピルは、ソコトラ島沖から始めた北東アフリカのイタリア領各地に対する航空攻撃のみを実施し、なかなか紅海深部へ北上しようとしなかった。

早く行けと言う上層部には、なかなかイタリア空軍基地が潰せず申しわけないとの返電を送り、自分の不手際で作戦が遅れていると報告した。

そのじつセンピルは、とうの昔に紅海沿岸から内陸部二〇〇キロに至るまでのイタリア空軍基地すべてを完全破壊していた。

あまりにも爆弾と航空燃料を使いすぎるため、インド本土から弾薬補給船と航空燃料用タンカーを呼び寄せたほどだ。

センピルは、不用意に紅海深部へ侵入すれば、地中海側にいるイタリア派遣艦隊の餌食になると考えていた。だから自分の評判を落としてまで、じっと機会が来るのを待っていたのである。

「すでにシナイ半島南部にある、シャルム・エル・シェイク航空基地の制空圏内に入っています。最終目的地であるスエズまでは、あと二五〇キロとなります」

アーノルド艦隊参謀長に質問したはずなのに、答えたのは航空参謀だった。

もっとも、センピルの腰巾着と言われているアーノルドに聞いたところで、まともな返答を得られないことなど誰もが知っている。

そこでアーノルドが何も指示しないにも関わらず、勝手に各担当参謀が対応するシステムができあがっていた。

「ロシア艦隊の位置は？」

今度の質問には作戦参謀が答えた。

「英陸軍中東方面司令部からの定時暗号通信によりますと、現在はバーダウイル塩湖の北部一二キロ地点で、アルマザール防衛陣地に対し艦砲射撃を実施中とありました。

この通信は午前四時時点のものですので、おそらくロシア艦隊は夜明け前に砲撃を中止し、いま頃は沖へ退避中だと思われます」

アルマザールには、自由連合側のスエズを守る最前線かつ大規模な遅滞陣地が構築されている。

現在の中東方面は、この場所をめぐる攻防が一ヵ月近く続いていて、まさに膠着《こうちゃく》状況と呼ぶに相応しいものとなっている。

ナチス側から見れば、アルマザールを突破できれば、あとはスエズ運河の地中海側拠点であるポートサイドさえ制圧すれば、エジプトへの道が開けると同時に、スエズ運河の機能を麻痺させることもできる。

さらには、ポートサイドから別動部隊を南下させ、スエズ運河南端にあるスエズを攻略できれば、晴れてスエズ運河全体がナチス陣営の支配下に入る。

この状況は、ナチス陣営にとって計り知れないメリットをもたらすことが明白だけに、自由連合側としては最重要防衛拠点として死守する構えである。

それらを担う戦力の大半は地上軍だが、海軍としても何かしなければならない状況に追い込まれ、仕方なくセンピルの部隊をでっちあげて送りこんだ……これが寄せ集め空母部隊派遣の真相だった。

「よし、明日の朝に、アルマザールに対して支援航空隊を送ろう。とはいっても、攻撃するのはロシア艦隊だ。融通のきかないロシア熊野郎のことだから、明日の朝も、のこのこと砲撃にやってくるに違いない。

これに対してシナイ半島各地にある我が方の航空基地から、砲撃阻止のための戦爆連合飛行隊が出撃しているようだが、最近はシリア方面から飛んでくるドイツ製ジェット戦闘機に阻止され、かなりの損害を出しているという。

こちらも航空機の補給を大車輪で行なっているが、まだもとどおりにはなっていない。

なにしろ敵の双発ジェット機に狙われたら、B－17ですら簡単に撃墜されるらしい。護衛のP－38が死にもの狂いで阻止しようとしたらしいが、敵のほうが二〇〇キロも速いため、簡単に振りきられたようだ。

これらのことは、我が航空隊にも当てはまる。もし出撃して敵のジェット戦闘機に迎撃されたら、即座に作戦を中止して低空退避行動に専念しなければならない。

プロペラ機がジェット機に優るのは低空での小回りしかないからな。

敵艦隊への攻撃は、あくまで隠密行動が成功した場合に限ることを、いまここで厳命しておく。そして敵ジェット機から逃れるため、エジプト方面へ退避しなければならない。大きく迂回したのち、母艦へ戻るよう徹底しろ。

こうすれば、航続距離が極端に短いジェット機は追撃を諦めるし、母艦の位置をあやふやにすることも可能になる。

そして我々艦隊側は、スエズとシナイ半島南部を行ったり来たりして位置の特定を防ぎつつ、これから数日間、中東方面軍とエジプト方面軍の支援を継続する。

それが終われば、いったんソコトラ島付近まで下がり、本格的な補給を受けて再出撃の準備に入る。作戦完了は戦果にもよるだろうが、あと一ヵ月ほどは続くと思ってほしい」

なんとまあ、勇猛果敢なのか臆病至極なのかわからない作戦である。

しかし、よく聞いてみると、憎らしいほど人間の心理の裏をかいた作戦であることがわかる。

相手が油断しない限り近寄らない。

油断しきっているところを一撃したら、深追いせずにさっさと逃げる。

しかもエジプト方面に退避することで、ジェット機から逃げると同時に、艦上機の地上配備を匂わせることまで考えに入っている……。

もしセンピルがこすっからい武器商人と知れ渡っていなければ、思慮深い頭脳派の名提督と呼ばれていたかもしれない。だが、東アジアで好き勝手をしたせいで、すべて台なしになってしまった。

「ロシア黒海艦隊は戦艦一／巡洋艦三隻、あとは駆逐艦だけですので、たしかにドイツのジェット機とさえ鉢合わせしなければ、かなりの戦果が期待できますね」

最後になって、偉そうにアーノルドが口を開いた。

「敵の偵察機は、こちらの航空基地の近くまではやってこない。やってくれば、まず間違いなく撃墜されるからな。

だから、昼間は味方航空基地の近くに張りつく。移動を開始するのは日没後だ。二〇〇キロしかないから、余裕で夜明けには間に合う。

出撃地点に到着すると同時に発艦できるよう、すべての飛行隊と整備隊に厳命しておけ。出遅れた機があった場合、関係する全部門の兵員は朝飯抜きにする！」

食事くらいしか楽しみのない艦隊生活で、これは酷《ひど》い仕打ちである。

だが冷徹さにかけても、センピルは図抜けている。そうでなければ、武器商人などというあくどい商売を平気でこなせるわけがない。

「では、私は仮眠をとる。夕刻になったら起こしてくれ」

それは仮眠ではなく本格的な睡眠……。

誰もがそう言いたげな顔をしていたが、口に出すものはいなかった。

3

七月一六日午前　大西洋

「左舷！」

短い叫び声が聞こえた。

「伏せろッ!!」

答えるように艦橋内に誰かの声が響く。

上空には、ドイツ鉄十字をつけた艦上機がちらほらと見えている。

しかし、攻撃してきたのは左舷のずっと先、高度三〇〇メートルほどを接近中だったユンカース改艦爆だった。

――ドウッ！

くぐもった重い音。

加藤隆義は顔を上げたが、周囲を見渡しても異常は見当たらない。どうやら艦橋への直撃はまぬがれたらしいが、どこに命中したのか……。

すると、左舷艦橋デッキ担当の観測兵が飛びこんできた。

「本艦左舷中央、上甲板の第四高角砲座付近に着弾！」

ほぼ同時に、艦務参謀が伝音管のある艦橋右舷側から走り寄ってくる。

「左舷中甲板下にある兵員食堂付近に、大規模な火災が発生したそうです。いま消火班が駆けつけたところですが、かなりの高温のため接近できないとのことです。まず周囲の温度を下げるための放水から始めるそうですが、いまのところ鎮火の目処は立っていません！」

「兵員食堂……バイタルパートが破られたのか!?」

加藤がいる戦艦ジョージアは、現時点で最新鋭のニューメキシコ級だ。

自身の持つ四〇センチ五〇口径砲弾の中距離射撃に耐えられる装甲を持っているはずだが、それがたった一発で破られたとなると大問題である。

加藤の驚いた声に、どう返事をしていいのかわからず、艦務参謀が困った顔をしている。

「あ、いや……すまん。ともかく延焼を迅速に阻止するよう、全消火班に伝えてくれ。兵員食堂はバイタルパートの上のほうにあるから、おそらく下の缶室にまで影響は及んでいないはずだ。もし缶室までやられたら、真っ先に報告が入っている」

「了解しました。ただちに伝えます！」

走り去る艦務参謀を見もせずに、加藤は大声を出した。

「参謀長、いるか」

「はい、ここに……」

艦橋後方から参謀長がひょっこり現われる。

「命中したのは爆弾か？　妙な角度で着弾したようだが……」

「爆弾ではありません。攻撃を仕掛けてきたのは、高度三〇〇、距離八〇〇メートルにいた敵艦爆です。それより接近した機は、すべて味方直掩隊が撃墜しています。

上甲板にいた監視兵の報告を総合すると、どうやら新型のロケット兵器のようです。しかも着弾痕の報告を聞く限り、明らかに大型の成形炸薬弾が使用されたとのことです。

その証拠に、直撃を受けた一〇センチ連装高角砲座は破損しましたが、すぐ近くにある二〇ミリ連装機銃座はかすり傷ひとつ受けていません。

着弾時の子細な状況を報告したのも、この機銃座要員たちです。彼らはまったく被害を受けていません。これらの状況は、成形炸薬弾の直撃による穿孔《せんこう》破壊のみが被害となったことを物語っています」

いかに成形炸薬弾の炸裂とはいえ、着弾時には放射状の表面火炎が発生する。その半径が五メートル以内だったからこそ、幸運な機銃座要員は助かったのだ。

状況を見る限り、自由連合の持つ成形炸薬弾の性能より一段階優れている。バズーカII型などの場合、砲弾はずっと小さいにも関わらず、着弾時の放射炎は一メートル以上発生する。それが比率的に小さいとなると、それだけ成形炸薬の巻き起こすエネルギーの集中度が高いことになる。

いつのまにかナチス陣営は、成形炸薬弾を完全にモノにしていたらしい。

しかもロケット兵器となると、まったく未知の新兵器だ。これは由々《ゆゆ》しき問題だった。

加藤たちが驚愕した新兵器とは、ドイツのロケット開発陣が心血を注いで作りあげた最初期型の対艦誘導ミサイル——フリッツX型誘導ロケット弾だった。

全長三・二六メートル、重量一五七〇キロ。弾頭重量は三〇〇キロと平凡だが、それを成形炸薬弾頭に変更したところに先見の明がある。

性能は優秀で、高度四〇〇〇メートル以上から発射しても、半径三〇メートル以内に九〇パーセントが着弾する。それを八〇〇メートルまで接近して発射したのだから、おそらく艦中央を狙った必中の策だったのだろう。

いかに装甲が厚い戦艦であっても、バイタルパートを破られたら脆《もろ》い。このまま火災が内部で延焼すれば、最悪の場合、艦を放棄しなければならなくなる。

むろん合衆国製の戦艦の被弾時継戦能力は世界一とされているため、これはまさに矛《ほこ》と盾《たて》の戦いのようなものだ。

しかし一時的にせよ、旗艦が被弾し、消火作業に全力を傾注しなければならなくなったのは痛かった。

「上空の様子はどうなっている？」

今度は航空参謀に聞いた。

どうやら加藤は、旗艦を変更するつもりはないらしい。

預かっている艦隊には、同じニューメキシコ級のフラッグシップであるニューメキシコも所属している。そのため旗艦を変更してもなんら支障はない。

だが、あえてそれをせずに踏みとどまるのは、旗艦を見捨てる行為が大きく士気の低下に影響することを知っているからだ。

「上空のドイツ戦闘機は、あらかた撃墜するか追い払いました。メッサーシュミット改良型の艦戦らしく、かなりの強敵だったと報告が入っています。総合的な性能はＦ３Ｆとほぼ同じとのことですが、最高速と加速は先方が優っているようです。

しかし直掩機が四〇機もあがっていますので、余裕で二機態勢で対処できたことが勝因になったと思います」

一対一では危なかった……。

この事実を知った加藤は戦闘が終了したら、真っ先に合衆国東海岸にある海軍総司令部へ緊急報告を送る気になった。

現在の自由連合海軍は、すでに正規空母から機種変更が始まっており、ハルゼー艦隊の正規空母にも最新鋭のF5F艦戦が搭載されている。F5Fウインドキャットと呼ばれるそれは、日本では三菱グラマン一式艦上戦闘機『連風《れんぷう》』という名で、すでに制式採用されている。

しかし軽空母や支援空母・護衛空母には、F5Fは大きすぎて載せられない。いまのところ、F3Fで充分と判断されたからこその措置だが、これを根本から考え直す状況が発生したのである。

「敵航空隊、撤収します！」

航空攻撃が終わったと聞いた加藤は、思わずほっとした表情になった。

しかしすぐに顔を引き締め、通信参謀を呼ぶ。

「艦隊各艦へ伝えよ。最優先で被害状況を精査し、ただちに旗艦へ届けるよう厳命する。その間、各艦の警戒態勢は維持するよう伝えてくれ」

敵の航空隊は去りつつあるが、油断したその時が一番危ない。

北のほうでアーレイ・バーク大佐率いる駆逐部隊がUボート狩りを実施しはじめているはずだが、すでにこの海域へ潜入している先行組がいるかもしれない。

それに狙われたら、いまの加藤艦隊は危うい……。

そこまで考えての警戒続行だった。

「それにしても予想外の被害だ。まさかナチス連邦が、ドイツ軍の秘密兵器まで使うとは想定していなかった」

ロケット兵器に関しては、自由連合軍も独自に開発中だ。

主に日本と合衆国で行なわれているが、いずれも無誘導のロケット弾であり、誘導型は日本海軍が基礎研究として有線誘導型、日本陸軍が無線誘導型を開発している状況である。

有線誘導型は実戦配備も可能なくらい完成しているが、無線誘導型は、まだ当面無理……。

なのにナチス連邦は実戦で使ってきた。この技術力の差は絶望的に大きい。

このまま戦争が長引けば、ますます技術格差が開く一方なのではないか？

そう考えた加藤は思わず身震いをした。

だが……。

現実は、もっと過酷だった。

ナチス連邦内でも、ドイツ本国の軍首脳部しか知らないことだが、すでにドイツ軍の誘導ミサイル兵器は第二世代に移行している。

無線誘導の対空ミサイルは、目標に接近すると自らレーダー波を出して敵を感知し、たとえ命中しなくとも電波ドップラー効果により近接起爆する。これは合衆国が開発し、自由連合軍に大車輪で配備中の、あのVT信管と同じ原理のものだ。

ただし、自由連合のものは金属筒真空管なのに対し、ドイツのものはぶ厚い強化ガラス製真空管という違いがある。

そして対艦ミサイル型は、先ほど驚異的な性能を発揮したフリッツXの発展型であるフリッツⅧと、さらに大型のヘンシェル社製He294が実戦配備されている。

それらは大型正規空母用の艦爆に指定されたドルニエ335MK専用ミサイルである。ちなみにこの機は、ドルニエ335プファイルを艦爆型に改良したものだ。

ドルニエ335MKは全長/全幅ともに一三メートルを超える大型機のため、既存の空母には搭載できない。そこで新型の大型空母――ベルリン級専用機となっている。艦戦もジェット機のため、自由連合にとってはまったく未知の脅威である。

それらが、いつ出てくるか……。

自由連合軍がまったく感知していない裏で、ヒトラー率いるナチス連邦は、次の一手を着実に打ってきていた。

艦橋にやってきた上甲板警備班の軍曹が、まっすぐ加藤のところへ歩みよってきた。

「第10任務部隊の航空攻撃隊が上空を通過します。先行していた教導機から、先ほど通信筒が投下されました。中身をお渡しします」

そう言うと、一枚の紙きれを手渡す。

本来なら通信参謀などを経由して受けとるはずのものだが、ミサイル着弾によって大混乱中のため、確実かつ迅速に届けようと思ったらしい。

「わざわざすまんな。ご苦労だった」

そう言うと、すぐに通信文に目を通す。内容が短かったため、加藤は声に出して読み上げた。

「これより敵空母部隊殲滅《せんめつ》にむかう。かたきは討つ」

英文の手書き文字による通信だったが、なんと「かたき」の部分は、ローマ字で

『Ｋａｔａｋｉ』と書かれていた。

上空から見ても、かなりの被害を受けていることがわかったのだろう。あきらかに被害を受けた加藤艦隊を確認した上で、機上で書かれた文であることがわかる。

「いらぬ気を使わせてしまったな。だが、いかに被害を受けようと、いまの段階で退くわけにはいかない。これからが囮としての役目の本番だからだ」

加藤艦隊がアゾレス諸島に張りついているのは、あくまで敵の目を引きつけ続けるためだ。その艦隊が米本土へ撤収してしまえば、ナチス側もこれ以上の増援をする必要がなくなる。

それでは作戦が台なし……。

だから加藤は、どれだけ損害を出そうと、あと最低一週間は現地点にとどまる必要があった。

その矢先の大被害だったのだ。

そうこうしているうちに、ようやく艦隊全体の被害が判明してきた。

「酷いな……」

戦艦阿波／重巡オンタリオ、航行不能。

軽巡リムパックＡ－06／駆逐艦二、撃沈。

戦艦ルイジアナ／重巡サヴァナ／軽巡三宅／駆逐艦二、中破。

撃沈されたのは軽巡一／駆逐艦二のみだが、被害は艦隊の半数近くに及んでいる。

報告によれば、撃沈された艦は雷撃によるものであり、例の誘導弾による被害は大破および航行不能のみとなっていた。

これは成形炸薬弾頭が撃沈を目的にしたものではなく、あくまで艦の中枢部分を破壊し、継戦不能にするためのものであることがわかる。

「相手が軽空母二隻でよかった……」

それは加藤の素直な感想だった。

もし敵が軽空母二隻以上の航空戦力を持っていたら、いま送り狼となって進行しているマーク・A・ミッチャー少将率いる護衛空母四隻の航空部隊では潰し切れない可能性がある。

相手に第二次攻撃を許せば、おそらく加藤艦隊は一時的に再起不能に陥り、嫌でも合衆国本土へ戻らねばならなくなるだろう。

そうなれば、大西洋における一連の作戦は大失敗に終わる……。

まさしく、紙一重の幸運だった。

なぜなら、先行したフランス艦隊の後からは、ひたひたとイタリア西地中海艦隊が接近しつつあったからだ。

イタリア西地中海艦隊がジブラルタル海峡を抜けたことは、海峡の両側で監視任務についている自由連合陸軍により察知されている。

おそらく遅くとも二日後の朝には、航空攻撃が可能な海域に到達する。それまでに加藤艦隊は態勢を立て直し、戦える艦隊に戻らなければならなかった。

「ただちに被害状況を東海岸へ通達せよ。そして二日以内に間違いなく増援が到着するよう、最優先で要求しろ。いいな、要請ではなく要求だ。間違えるな！」

参謀長に向かって語意を強める加藤。

この要求は、囮艦隊として出撃する時、アーネスト・キング大将にしつこいほど念を押した事項である。

囮である以上、被害を受ける可能性はきわめて高い。被害を受けても踏みとどまれと命令するのであれば、その時は受けた被害と同等もしくはそれ以上の増援がなければ役目を果たせない。

それを確約するのであれば、囮としての役目を引きうける……。

それが合衆国へ派遣されてきた日本海軍艦隊としての、最低限の矜持《きょうじ》だった。

4

七月一六日夕刻　スエズ近海

「いいぞ……予想が当たった！」

声に出して喜んでいるのは、ついに紅海最深部まで到達した、ウイリアム・F・センピル少将だった。

「怖いくらい、提督の予想が当たってますね。タイミングもぴったりです。これで地中海東端にいる敵艦隊は、ロシア黒海艦隊のみになりますね」

アーノルド艦隊参謀長も、今回ばかりは素直に感心している。

すでに艦橋の外は、かなり暗い。

艦隊全体が灯火管制下にあり、しかも近くの陸上航空基地には、夜を通してすべての探照灯を空に向けて照射し続けてくれと嘆願してある。

だから、たとえドイツ空軍が無謀な夜間偵察を実施しても、無数のサーチライトの光芒に隠れた艦隊を見つけることはできないはずだ。

センピルは、ともかく明日の朝の航空攻撃開始まで、徹底的に身を隠す戦術に出たのである。

それを可能とするため、夜明け直前の航空索敵まで陸上航空基地に委託し、自分たちは航空攻撃に全力を傾注することにしている。

四隻の支援空母に搭載している一六〇機の艦上機のうち、じつに一二六機を一気に出撃させる。ほぼ全力出撃である。

これは、狭い海峡端にいる艦隊が普通に行なう策ではない。あくまで陸上航空基地の全面支援に頼る、他人任せの防衛策あってのことだ。

使えるものはなんでも使う。

悪徳商人の考えそうな策だが、ここまで徹底するとかえって清々しい。

「見てろよ、ナチス野郎……この手でひと泡ふかせてやる」

味方からすら期待されていない寄せ集め艦隊の指揮官が、いま燃えに燃えている。

センピルにしてみれば、おそらく軍人になって初めて軍人らしい働きをしようとしているはずだ。

むろんそれは、ここ一発で一気に名を高めるためだ。ちびちびと戦功を積むつもりはない。一発当てて、あとは海軍で幅をきかせられるようになり、それが本来のビジネスである武器商人の売り上げに貢献できれば万々歳……。

商売のために戦争をする。

この一点に関してだけは、彼の意志に揺らぎはなかった。

＊

一六日深夜……。

「まったく、我が軍の指揮系統はどうなっているのだ!?」

長官室へ戻って寝ようとした矢先、イニーゴ・カンピオーニ大将は参謀長に呼びとめられ、途端に機嫌を悪くした。

イタリア派遣艦隊を任されてから一年が過ぎた。アレクサンドリア上陸作戦の頃までは、まさに人生にスポットライトが当てられたような大活躍で、イタリア本土においても次期海軍長官間違いなしとの声が高まったほどだ。

それが、なぜこうなった……。

最近の一ヵ月は、これまでの好調が嘘のように雪崩《なだれ》のごとく不幸が舞い降りている。

今回の作戦一時中止命令とイタリア東岸への移動命令も、当初はエジプト遠征任務が終了し、ムッソリーニ首相直々に帰還命令が下されたのかと思った。

だが、西へ移動しはじめてから受けた命令の子細を見て、カンピオーニの顔色が変わった。

『ヒトラー総統の厳命により、イタリア西地中海艦隊を大西洋へ出す決定を下した。これによりエジプト派遣艦隊は一時的に作戦を中止し、西地中海艦隊が任務を終了して戻ってくるまで、イタリア本土東岸から地中海中央部にかけての警戒任務を命じる』

ムッソリーニ首相のサイン入りの書面が、わざわざ長距離飛行艇による通信文伝達によって届けられたのだ。

イタリア周辺海域以外で可動している艦隊では、自分の艦隊のランクが最上位だと確信していたカンピオーニは、格下のはずの西地中海艦隊の尻ぬぐい役を命じられたことが信じられなかった。

だが、すぐに思いなおした。

書面によれば今回の移動命令は、あくまでヒトラー総統の厳命を受けてのこととある。

つまり、イタリア国内の思惑を飛び越え、ナチス連邦最上位の地位にある人物からの命令だけに、ムッソリーニ首相も逆らえなかった……そう考えたのだ。

ならば粛々と命令に従い、ナチス連邦海軍によい印象を与えると同時に、ムッソリーニに借りを作っておくのも悪くない。せっかく高まった名声なのだから、ここで駄目押しして一気に政界への影響力を確保する。

いずれは、軍を超えてイタリア政界へ参入する気満々のカンピオーニだけに、今回は不本意だが従うという態度を見せる気になった。

ところが……。

二日かけて艦隊全速でイタリア東南東三六〇キロ地点まで到達した時、今度はイタリアナチス党本部からイタリアSS司令官名で、ヒトラー総統からただちにエジプトおよび中東海岸部の支援活動へ復帰するよう厳命が届いたのである。

この命令には、ご丁寧にも拒否権なしの総統命令規定がでかでかと押印されていて、たとえムッソリーニ首相であっても撤回できないよう根回しがなされていた。

むろんムッソリーニも承知の上であることは、追って届いた暗号電により判明したのだが……。

ヒトラー総統はムッソリーニの移動命令に激怒している。表立っては書かれていないが、あらゆる文面がそれを物語っていた。

ドイツは門外不出だった双発ジェット戦闘機や精鋭装甲師団を中東へ送りこみ、なんとしてもスエズまでの全中東地域を制圧しようとしている。

なのに肝心な時点に至った瞬間、最重要項目となっている海側からの航空支援がなくなってしまったのだ。

これは中東作戦の骨子を立案したヒトラーからすれば、明らかな作戦妨害に見える。それをナチス連邦序列第二位のムッソリーニが実行した。まさしく飼い犬に手を噛まれたようなもので、ヒトラーが激怒するのも当然……。

カンピオーニの頭の中で、素早く優先順位が入れ代わった。

これまで忠誠を誓う相手は、ナチスイタリアの最高指導者であるムッソリーニ首相だった。それがいきなり、ナチス連邦最高指導者のヒトラー総統へとシフトしたのだ。

安易にムッソリーニに従っていると、へまの巻きぞえを食らって失脚させられかねない。ここは面従腹背《めんじゅうふくはい》、表むきはムッソリーニに従うものの、肝心な時にはヒトラーの思考で判断すると決めたのである。

その結果、イタリア沖で燃料その他を補給すると、ふたたび艦隊全速でエジプト方面へ驀進しはじめた。

そして、二日後の本日未明――。

カンピオーニはアレクサンドリア沖ではなく、スエズ運河に近いポートサイド沖八〇キロ地点に到達していた。

いまさらイタリア主導のエジプト支援作戦に戻るのではなく、ドイツによる中東作戦を支援する行動に出れば、必ずやヒトラーの耳目《じもく》に触れるはず……。

ムッソリーニは不満に思うだろうが、おそらく処罰はされない。それがムッソリーニとヒトラーの地位の違いだ。

そう判断したからこその、カンピオーニ一世一代の大返しであった。

「いかが返答いたしますか」

海からの支援が途絶えて苦戦しはじめていた、アレクサンドリア上陸部隊。そこからの緊急航空支援要請が届いたため、参謀長がカンピオーニへ届けにきた。

眠くて頭がまわらないというのに、神経を逆撫でする支援要請である。

不機嫌になるのも当然だった。

「とりあえずシナイ半島突破を実施中のドイツ装甲部隊に対し、明朝に大規模な航空支援を実施する。これにはロシア黒海艦隊も艦砲射撃で参加するため、おそらく装甲部隊は敵の大規模阻止陣地を攻略できるだろう。

その後にエジプト沖へ戻るから、もう少し耐えてくれと返電してくれ。どのみちドイツ軍がシナイ半島を踏破してエジプト入りすれば、自動的にアレクサンドリアの東側はナチス陣営の支配地域になる。

その時にこそ、イタリア派遣陸軍部隊は本格的な南下を開始し、ドイツ軍より先にカイロ入りを果たしてもらいたい。そうすれば、これまでの作戦遅延など些細な出来事になってしまうだろう。そう添え書きして送れ」

先にエジプトへ上陸したのに、結果的にドイツに先を越されては面目丸潰れになる。

だからイタリアの沽券《こけん》にかけて、カイロ制圧はイタリア軍が行なわねばならない。

しかも、これ以上ぐずぐずしていると、アフリカ北岸沿いにパットン軍団が進撃してくる。

いまはドイツのロンメル軍団が阻止しているため大丈夫だが、いつ均衡が破られるかもしれない以上、さっさとエジプトの首都を制圧すべきだ。

これがカンピオーニの持論だけに、本来なら真っ先にアレクサンドリア沖へ行き、全力で航空支援を実施したいところだ。

しかし、それをやればヒトラーの逆鱗《げきりん》に触れる。

そこで次善の策として、シナイ半島方面を優先したのち、短期間でエジプト沖へ戻る策を実施することにしたのである。

「ロシア黒海艦隊のフィリップ・オクチャーブリスキー中将閣下から電文が届いています」

参謀長の後に隠れるようにして立っていた通信参謀が、ようやく口を挟むタイミングを見つけて発言した。

「我々が戻ることを、なぜロシア艦隊が知っているのだ？」

一連の命令は、イタリア海軍とナチスSSから暗号電と手渡し文書で受けている。なのに、こうもタイミングよく連絡してくるとなると、別ルートで帰還することが伝えられていたはず。そう思った。

「イタリアSS本部から連邦SS本部経由で、ドイツおよびロシア本国へ打電された模様です。ご存知のように、SSは連邦府や連邦軍とは別の命令・連絡系統で動いていますので、ヒトラー総統が必要と判断なされたら、面倒くさい連邦経由ではなくSS系統を使用すると思います」

さすがは通信参謀、カンピオーニが知らない裏事情にも一応の知見を持っているらしい。

「そんな大々的に通信連絡を行なったら、情報が自由連合側に漏れやしないか」

せっかく大車輪で戻ってきて、結果論的に隠密行動のような感じになったというのに、最後の最後でバレてしまっては口惜しすぎる。

「SSが使用している暗号は、すべて最新式のエニグマⅡと鍵照合方式の組みあわせですので、まず内容が解読されることはありません。

ただ……ロシア艦隊がロシア海軍内で使用している暗号は乱数方式の稚拙なものですので、そちらの安全性はまったく保証されていません」

ナチス連邦およびSS内部での機密保持は万全に近いが、各国軍や各国政府内での通信に関しては、それぞれの国の事情もあり統一されていない。

そこに自由連合の諜報組織が介入する隙はいくらでもあった。

事実……。

自由連合軍は、イタリア派遣艦隊が大急ぎで地中海の東西を行き来していることを、ほぼ正確に察知していた。

情報の出所は、やはりロシアだった。

ナチスロシアは現在、ヒトラーからの命令を受けてロシア陸軍の大部隊――ウラル方面軍主力の中東派遣部隊を、カザフスタン経由でイラン方面へ進撃させている。

これ以上、自由連合軍をインドからイラン経由で中東方面へ送りこまれては、ドイツ装甲部隊の背後が危うくなる。

そこでヒトラーはロシアに対し、イラン方面へ正規軍の大部隊を送りこみ、インドと中東を結ぶ最大の軍事支援ルートの遮断を命じたのである。

これを受けたスターリンは、シベリア中央軍をウラル方面軍のバックアップのため移動させ、ウラル方面軍とモンゴル義勇軍、そしてモスクワ方面からも精鋭部隊を出し、総勢七〇万を超える大部隊をカザフスタン方面へ南下させはじめた。

ナチスロシアの実動兵員数は二〇〇万と言われている。

しかし実際には、これに緊急召集された第二種兵役適合者（第一種で落とされたものの、予備兵登録されていた落ちこぼれ組や中年および壮年男子）が一〇〇万以上いる。

今回、中央アジア方面へ投入されたのはウラル方面の精鋭部隊のため、その穴埋めとして二線級部隊を新規編成して配備すれば、少なくとも数の上では辻褄《つじつま》があう。

だが現実的に見ると、シベリア中央軍がごっそり抜けた穴を埋める精鋭部隊がおらず、満州方面への増援がほぼ不可能な状況となってしまった。

戦車の運転や長距離砲の射撃すら満足にできない二線級の寄せ集め部隊を増援されても、人間の盾として使うしかない。防御一辺倒ならそれでもいいが、スターリンが満州方面軍へ下した命令は、開戦後の時からまったく変わらない『日本と中国を含む東アジア全域の制圧』なのだ。

当然、無理な命令を聞くわけにもいかず、ロシア満州方面軍は自由連合の総反撃を受けて、現在は長春防衛に全力を投入している段階となっている。

このような事情があるため、ロシア中央からロシア軍へ送られる命令は、日増しに増加の一途をたどり、そのほとんどが実行不可能なものとなりつつあった。

ロシア黒海艦隊に対しても、さっさとポートサイドを全面破壊し、ドイツ軍の進駐を支援しろと矢の催促が届いている。

しかし、黒海艦隊には空母がいない。

そのため日中にポートサイドへ接近すると、たちまちシナイ半島南部から自由連合の陸上航空機が殺到し、ろくに砲撃もできないまま追い返される。

そこで夜間に接近して短い時間の砲撃実施となるが、スターリンの命令には『スエズ運河と付属する施設は、傷ひとつなしに確保せよ』とあるのだから、運河に近い部分は怖くて砲撃できない。

そこで、運河周辺への精密爆撃を担っていたのが、イタリア派遣艦隊の軽空母ナポリ／ベネチアに搭載されている急降下可能な艦爆だった。

つまり……。

カンピオーニがイタリア方面へ去った後の四日間、黒海艦隊はまともな支援行動ができていない。そこにロシア本土から、カンピオーニが戻ってくるとの情報が届いた。

嬉しさのあまり、歓迎の電文を送りつけてきたのも、人情的には理解できる。

だが、軍事的には最悪だった。

ロシアから送られた乱数電文は、すでに朝鮮半島で捕虜になったロシア朝鮮方面軍司令部要員によって、ほぼ完璧に解読可能となっている。

イタリア派遣艦隊が、中東にいるドイツ装甲部隊への本格的な支援を実施するため戻ってきた。それに呼応してロシア艦隊とドイツ装甲師団が、今朝にもシナイ半島強行横断作戦を実施する……。

そこまでバレているのだから、自由連合軍としても、各方面に緊急対処の警報を発令するのは当然だろう。

かくして……。

結果的にバレバレとなったナチス側の作戦を、ついでのように知らされた艦隊がいた。

すなわち、紅海最深部でロシア黒海艦隊殲滅のため、航空出撃を実施する寸前だったセンピルの航空支援艦隊である。

＊

一七日、夜明け……。

「敵襲です！」

長官室で寝ていたカンピオーニ大将は、入口のハッチが激しく叩かれ、次に飛びこんできた作戦参謀の声でたたき起こされた。

「……敵襲？」

なんのことやらわからず、カンピオーニは上半身だけベッドから起こした状態で、茫然と作戦参謀を見つめている。

「敵機の来襲です！　一〇〇機を超える大集団が、あと二分で上空に到達します!!」

「な、なんだと!!」

さすがに一発で目が醒めた。

「敵の陸上航空基地に、大規模な増援があったとは聞いてなかったが……」

軍服の袖に腕を通しながら、ぶつぶつと愚痴をこぼす。

「現在、ロシア艦隊がシナイ半島方面へ二〇キロほど前進しています。そのため彼らのほうが先に来襲を察知できました。

報告では、飛んできたのはすべて単発艦上機だそうです。ロシア艦隊は自分たちが攻撃されると思って慌てていると、そのまま上空を通過したそうです」

「敵襲！ 左舷前方一〇キロ上空、敵機多数!!」

部屋の外で観測員の叫ぶ声がした。

あっという間に二分が経過していた。

「ともかく艦橋へ行こう。甲板を移動するのは危険だから、艦内通路を使って司令塔へ向かい、その後、戦闘艦橋へ上がるか司令塔へとどまるか決める。貴様も一緒にこい」

「艦隊への命令はどうしましょう」

「参謀長が、少なくとも対空戦闘命令くらいは下しているだろう。いまさら俺が新たな命令を下すにしても、艦橋に行かねばどうにもならん。だから急げ」

艦隊司令長官が非番で休息している時は、必ず長官代理をたてる決まりになっている。

今回の場合は艦隊参謀長に命じてあるので、当座のしのぎくらいはやってくれるはずだ。

長官室を出て艦内通路を走っていた二人は、いきなり足をすくわれるような衝撃を受けた。

――ドガガッ！

艦内通路は四方を金属の壁で囲まれているせいで、爆発音が猛烈に反響する。

両者ともに立っていられず転倒した。

「爆弾が命中した音だ」

旗艦に指定されている戦艦アンドレア・ドリアはイタリアの誇る大型戦艦であり、爆弾を上甲板に一発食らったくらいではビクともしないと言われている。

しかし、いい気分ではない。

これまでイタリア海軍の戦艦が、爆弾や魚雷を食らって損傷した事例はない。その最初となってしまった恥辱に、カンピオーニの顔が見る見る赤く染まっていく。

「いったい、どこから艦上機がやってきたんだ！　自由連合のやつらは、密かに陸上基地へ艦上機の大集団を集めていたのか」

座りこんだカンピオーニを立たせようと、先に立った作戦参謀が手を差し伸べた。

「そのお考えは、少し間違っていると思います。現状、自由連合の航空基地は、エジプトのカイロ南部およびシナイ半島南部以外、すべて我々の空母航空隊とドイツ陸軍機によって破壊されています。

したがって、いくら自由連合軍の艦上機の航続距離が長いといっても、ここまで飛んできて爆撃を行ない、またもとの基地へ戻るには少し燃料が足らないはずです。ということは、既存の生き残っている基地より近い位置に、敵の空母がいることになります」

作戦参謀は、わざとサウジ国内の基地を省いたが、おそらくそれは単発艦上機の攻撃範囲の外だという理由だろう。

自由連合陸軍所属の大型爆撃機や双発戦闘機なら、まだ何箇所か出撃可能な基地はあるが、いずれも水平爆撃しかできないため、イタリア海軍としてはさほど脅威とは考えていないのである。

「我々が数日間留守にしている間に、まんまと敵機動部隊の接近を許したというのか」

あまりの手際のよさに、カンピオーニは信じられないといった表情になった。

「そうとしか考えられません。以前の報告では、東北アフリカのイタリア領……これは紅海に面した地域ですが、そこをソコトラ島方面に展開している敵の空母部隊が反復爆撃を実施しているとありました。

時系列的に見て、その艦隊が紅海を北上し、スエズ付近まで到達していれば、いまの我が艦隊の位置まで航空攻撃隊を出すことが可能になります」

「そんな馬鹿な。我々が戻ってくるタイミングは、誰にも知られていないはず……あっ！」

自分で言っておきながら、カンピオーニは途中で言葉を呑みこんだ。寝る前に参謀長と話したことを、いまになって思いだしたのだ。

「犯人はロシア艦隊でしょうね」

さすがは作戦参謀、とうの昔に気づいていたようだ。

「またロシア野郎が、いい加減な暗号で重要電文を送ったのか⁉」

以前からロシア軍の情報管理は、ナチス連邦の汚点と言われていた。

ナチス中枢国家なのだから、当然、エニグマⅠ型だけでなく、エニグマⅡ型暗号生成・解読機を与えられている。

さすがに鍵合致型暗号との併用までは行なっていないものの、活用すれば暗号強度はドイツ正規軍なみになるはず……。

ところがロシア海軍は、面倒くさいエニグマ暗号を使うのを嫌がり、旧態依然とした乱数表による暗号を使うことを好んでいる。

それでもナチス連邦やドイツ軍との連絡には、嫌々エニグマ方式を使用しているが、ロシア本土や黒海艦隊司令部など、いわゆる身内に対しては、時には平文で打電するなどきわめてルーズな情報管理がなされていた。

そのことを知ったカンピオーニは、ロシア黒海艦隊と合同作戦を実施するにあたり、口を酸っぱくして暗号の重要さを説いたつもりだったが、どうやら理解してもらえなかったらしい。

「長官、いまはそれを問う時ではありません。敵空母がいるのですから反撃しなければ……」

「いまは無理だ！　敵の航空攻撃を予想していなかったから、この海域まで二隻の軽空母を引き連れたまま来てしまった。だからいま現在、空母も攻撃されている。そのような状況で発艦作業などしたら標的になるだけだ。

ともかく敵の攻撃をしのぎ、敵が去ってから航空隊を出撃させるしかないが……

本当にスエズ付近にいるのだろうか？

もし間違っていたら、こちらの航空攻撃隊は空振りに終わり、その間に敵の第二次攻撃が実施される可能性が高くなるぞ」

「空母が陸上を航行できるのであれば、そのほかの地点の可能性もあるでしょうけど」

まわりくどい言い方だが、作戦参謀はスエズ付近しか敵がいる可能性はないと言い切った。

もし……。

この時点でイタリア艦隊が空母攻撃隊を発艦させることが可能だったら、おそらくスエズ沖にいるセンピル少将の航空支援艦隊は、回復不能なまでの大被害を受けていたはずだ。

なにしろ一発食らえば大破確実の支援空母が四隻もいるのに、狭い紅海北端ではまともな回避運動もできない。

しかも全力出撃のせいで、わずかな直掩機しか残していないにも関わらず、航空攻撃隊が戻ってくれば彼らを回収する時間まで確保しなければならないのだ。

最悪、航空隊を陸上基地へ下ろして遁走する手段もありうるが、そのためにはイタリア艦隊による航空攻撃を早い段階で察知しなければならない。

じつのところカンピオーニは、いまこの瞬間、大勝利と紙一重の位置にいたのだ。

自分の空母二隻を、もし三〇キロほど後方に退避させていたら、いま頃は余裕で発艦作業を行なえていたはず。

またカンピオーニの艦隊も、なんとか水上索敵機を射出し、スエズ近辺に敵艦隊がいるかどうか確かめることもできたはずだ。

この二点さえクリアできていれば、敵艦隊の奇襲は防げなかったものの、反撃が成功する可能性はきわめて高い。

しかし、それは幻の大勝利に終わった……。

「ナポリの飛行甲板に着弾！」

最悪の報告が聞こえてきた。

二人はあと一分ほどで、艦橋直下にある司令塔へ到着できる位置にいた。

だが、すべては遅すぎた。二隻の空母のうち一隻が離着艦不能になっては、もはや勝ちめはない。

「駄目か……」

敵機が飛来する可能性はないと判断していたカンピオーニは、一機も直掩機をあげていなかった。

ロシア艦隊と合流したのち、あらためて直掩機をあげて両艦隊を守らせるほうが合理的と考えたのだが、それが完全に裏目に出たことになる。

直掩機のいない艦隊、それも空母二隻を随伴している艦隊など、自由連合の航空攻撃隊からすれば標的以前の存在でしかなかった。

第2章　世界同時多発！

1

一九四二年七月一七日　北大西洋

一七日午前、加藤艦隊へ航空攻撃を行なったフランス艦隊は、今次大戦の海戦においてナチス連邦海軍最高の戦果をあげるという大殊勲を打ち立てた。

しかし、その栄誉はきわめて短いものとなった。

大戦果の無線報告を平文で送ったフランス空母航空隊は、残りの燃料が少ないこともあって、最も燃費のよい巡航速度でまっすぐ母艦の待つ二三〇キロ彼方を目指した。

その背後……。

わずか三〇キロ後方、五〇〇メートル上空に一〇〇機もの各種艦上機集団が追尾していることなど夢にも思っていなかった。

フランス艦隊の空母航空隊は、すべてドイツ海軍に所属するドイツ正規飛行兵でまとめられている。彼らがきわめて優秀で、空母航空隊としても充分に訓練をつんだ練度の高い部隊であることは、大被害を受けた加藤が身に染みてわかっている。

しかし、母艦を操っているのはナチスフランス海軍将兵であり、彼らの練度はお世辞にも高いとは言えなかった。

ドイツ側の最高階級は飛行隊長の大尉となっている。対する空母航空隊をまとめる航空隊長はフランス人の少佐、航空参謀は中佐……。

必然的に、航空攻撃の子細は航空参謀と航空隊長で決めている。

現場の最高責任者である飛行隊長は、出撃したあとは自在に飛行隊を制御できるが、空母を発艦するまでは艦隊首脳部の命令を聞くよう取り決められていた。

それでもなお、フランス側の決定に不服がある場合は、艦に同乗しているナチスSS将校（ドイツ人政治将校）に進言すれば、SS権限により決定取り消しを求めることが可能になっている。

だが運の悪いことに、精鋭飛行隊のほぼ全員が旧ドイツ陸軍航空隊出身者だった。

ドイツ正規軍の中には、ナチスドイツ成立の経緯から、ナチス党をよく思っていない者も多い。だからこそ政治将校が常に見張っている。

その見張り役の政治将校に嘆願するなど、彼らにしてみれば恥辱の最たるものということになる。結果、もし飛行隊の誰かが追尾される可能性に気づいたとしても、それが艦隊首脳部へ伝えられることはなかった。

そして五二分後……。

着艦準備をして待っていたフランス艦隊は、軍事理論通りの壊滅的被害を受けることになったのである。

戦艦リシュリュー大破、戦艦ダンケルク中破。軽空母ジョッフル／ベアルン撃沈。軽巡ラモット・ピケ撃沈、軽巡ワルデック・ルソー小破。駆逐艦二隻撃沈。

このうち軽巡と駆逐艦の撃沈は、身をもって軽空母に対する雷撃を防ごうとした結果となっている。

戦艦の被害は、軽空母が予想以上に脆《もろ》く早々に沈んでしまったせいで、余った爆弾や魚雷を航空隊が置き土産に叩き込むことになり、もとから撃沈目標にはなっていなかった。

したがって、今回の攻撃は目標完遂の判定となり、大勝利と記録された。

貧弱な護衛空母四隻で大戦果をあげた第10任務部隊のマーク・A・ミッチャー少将は、航空隊を母艦へ収容したいまも、被害艦をアメリカ本土へ送り届けるための分離作業を行なっている加藤艦隊の背後五〇キロにいる。

加藤だけでなくミッチャーも当面は現場海域にとどまり、可能な限りナチス側艦隊を引きつけるよう命令され、当人たちも承諾している。

被害を受ければ被害艦のみ離脱させ、アメリカ本土からの増援を待って戦力の回復を行なう。燃料や食料その他は、すべて輸送船やタンカーがやってきて洋上補給してくれる。

こういった策を用いる場合、最も危惧されるのは敵潜水艦による夜間奇襲攻撃だ。

それらについては、両艦隊の北東一〇〇キロから一五〇キロにかけて、アーレイ・バーク大佐率いる第21任務部隊に所属する二個駆逐部隊――三隻を一単位とする駆逐隊四個で構成される二個部隊、総数二四隻の駆逐艦が重厚なピケットラインを敷いて待ち構えている。

もし二四隻で対処できないほど敵潜水艦の数が多い場合、緊急に一二隻、二日ほどでさらに一二隻が米本土から増援される態勢が整っている。

だから、さしものドイツUボート部隊もこの巨大な罠にはまらず、加藤およびミッチャー部隊へ接近するのは不可能と考えられている。

フランス艦隊が大被害を受け、半死半生の身でスペイン本土方面へ逃れはじめた頃……。

早くもバーク大佐の罠へ、先遣隊として偵察任務に出されたUボート部隊が引っ掛かっていた。

＊

「第212駆逐部隊の第2駆逐隊より入電。現在対潜哨戒航行中。深度四〇において感度四のエコーを探知。ただちに対潜駆逐行動へ移行するとのことです」

拡大軽巡ニューポートの艦橋で報告を受けたアーレイ・バーク大佐は、顔色ひとつ変えずに命令を発した。

「敵潜との交戦は第2駆逐隊に任せ、左右海域へ二個駆逐隊を展開させろ。ほかにいないか徹底的に哨戒するんだ。

敵が大西洋のド真ん中に一隻だけで出てくるはずがない。たとえ偵察任務であっても、ほかに僚艦がいるはずだ。それを見逃すな。

それから……第211駆逐部隊の主隊および四個駆逐隊は、敵潜発見海域の北西海域に展開し、引き続き待機しつつ対潜哨戒作戦を実施せよ。

指揮部隊は、これより第212駆逐部隊の南西へ移動する。これは万が一にも探知漏れがあった場合、指揮部隊直率の駆逐艦六隻で対潜駆逐を実施するためのものだ。

同時に第212駆逐部隊は、我が指揮部隊に所属する支援空母テニアンの航空支援下に入るから、安心して対潜駆逐に専念してほしい。以上、送れ！」

バークの指揮下にある駆逐艦隊は八個駆逐隊のほかに、二個駆逐部隊を指揮する二個主隊、そして駆逐艦隊をまとめる一個指揮部隊が所属している。

主隊はリムパック型軽巡一隻と駆逐艦四隻が所属し、指揮部隊には拡大軽巡一隻／支援空母一隻／駆逐艦六隻が所属している。

どうしても駆逐隊だけでは手が足りない場合、これらの指揮関連部門に所属する軽巡や駆逐艦も、ある程度の加勢にまわることが可能な構成になっているのだ。

「さて……果たして何隻、出してくるかな。数が多ければ多いほど、英国周辺のUボートが減る計算になる。ドイツもUボートの大量建艦を実施しているだろうが、すぐに後釜を用意するのは無理なはずだ。

そのぶん、英国周囲に空白域が増える。そうなれば英本土艦隊も、多少は動きやすくなるはずだし、英国本土の厭戦《えんせん》気分もやわらぐことになる。だから我々は、敵の数が多ければ喜ぶべきだ。少なければ、さらなるアゾレス諸島誘引作戦を実施し、一隻でも多くのナチス海軍艦艇を大西洋へ引きずり出さねばならない」

バークが話している相手は、旗艦の操艦を担当する艦長以下の艦橋要員と、彼の周囲に集まっている参謀部の面々だ。

たったいま指揮部隊の移動を命じたばかりのため、各員とも艦隊移動の作業を行ないながら、耳だけで聞いている状況である。

そのような状況の下、忙しくなった参謀長の代わりに副官代理を命じられた作戦参謀が、ずっとバークの横に寄りそっている。

「加藤艦隊はかなり酷《ひど》い状況のようですが……大丈夫でしょうか」

バークに質問しても仕方のない内容だったが、心配でたまらないのだろう。

「被害を受けるのは最初から想定していたことだ。日本海軍も覚悟の上で囮《おとり》を引き受けている。当然のことだが、被害を受けたぶんの増援は速やかに行なわれる。無線封止中のため所在はわからんが、おそらく、すでに加藤艦隊の後方二〇〇キロ以内へ到達しているはずだ」

「たしか支援艦隊は、トーマス・C・キンケード少将の担当でしたね。最初は、なぜ少将が……と思いましたが、たんなる艦の補給だけでなく、いざとなれば加藤艦隊に代わって、一時的に敵との交戦も可能な規模の部隊を率いるとなると、少将クラスでないと無理……そう納得しました」

自分の前にいるのが大佐のバークなのだから、あまりこの話題を続けるのはよくないはずなのに、作戦参謀はかなり無頓着な性格らしい。

それでいて綿密な思考を要求される職についているのは、もしかすると、いわゆる『オタク』的な精神構造の人物なのかもしれない。

「正規空母ワスプ、軽空母ホワイトイーグル／エルコンドル、支援空母グアダルーペ／カフラウエ……ハルゼー艦隊を除けば、自由連合海軍で最大の空母部隊だ。それを支援艦隊と言い切る軍首脳部もたいしたものだが……。

おまけに単独交戦も辞さずという姿勢は、同艦隊に所属する別動隊として五個襲撃隊まで参加させていることでもわかる。

日本海軍固有艦艇として設計された襲撃艦だが、ロシア海軍との戦いにおいて、短期間の限定された海域においてはきわめて有効な戦力となりうるとの評価が下り、急遽、設計図と建艦技師を日本から呼び寄せたという。

そして、アメリカが得意とする突貫的な大規模建艦……町の鉄工所ですら部分的な建艦に貢献するというなりふりかまわぬ生産方式によって、あっというまにアメリカナイズされた改良型襲撃艦を必要数揃えてしまった。

それが、ついに出撃するのだ。東海岸のお偉いさんたちも、今回ばかりはとことんやる気になったらしいな。

まあ、戦局的に見ても、全世界規模で大反攻作戦が開始された以上、反攻冒頭でナチス側の海軍戦力をたたきのめすのは、道理にあっているのだが」

バークが冗談っぽく言ったように、支援艦隊は異常なほど大規模なものとなっている。

なのに正規の任務部隊もしくは艦隊名がついていないのは、あくまで加藤艦隊の要請により、可動していた沿岸防衛部隊から編成されたことになっているからだ。

本来はアーネスト・キング大将率いる合衆国東海岸防衛艦隊所属の艦群の一部を臨時編成したものであり、緊急編成のため任務部隊ナンバーはついていない。

しかも、結果的に寄せ集めになっているため、旧型から完成直後の訓練中のものまである。

これらを正規の部隊として記録に残すのはまずいと判断したのだろうし、おそらく艦隊として存在する期間も一ヵ月程度と短いはずだ。

その後はいったん米本土へ戻り、必要とあれば、そのつど支援艦隊が編成されることになる。

「ともあれ、支援艦隊が我々のところへ来ることはないから、あまり気にせず自分の任務に専念することだ。たぶん支援艦隊の規模があれほど大きくなったのは、地中海の西半分を支配していたイタリア西地中海艦隊が出てきているせいだろう。旧態依然のスペイン艦隊や成り上がりのフランス艦隊と違い、永らく実戦配備についていたイタリア艦隊は、経験という点で比較にならない強敵だ。

それが出てきた以上、確実にしとめられるだけの規模を出さねば、後顧の憂いとなるだろう。

だが……精強と判断されたイタリア艦隊ですら本命ではない。海軍司令部が本命と考えているのは、いま我々が対処しようとしているUボートの大群の後方から、じっと機会をうかがっているドイツ正規艦隊だと思う。

とはいえ……ドイツ艦隊がドーバー海峡を通過したという報告は入ってない。もし通過しようとしたら、間違いなく味方の索敵網にひっかかるから、まだ母港に引きこもっているはずだ。

ただ、いったん動きはじめたら速い。それから対応策を練っていては間にあわないから、いまこの瞬間も応戦できる態勢でいなければならない。これは待機戦法を使う側の宿命だから、諦めて待つしかない。

もっとも、我が方の大西洋に展開する潜水艦隊の大半が、大西洋北部からビスケー湾近くに監視網を作るために展開しているから、接近してきたら、すぐ報告が入る手筈にはなっている。

そういえば、ドイツの本国から来るかもしれない大艦隊より先に、ビスケー湾にもドイツの巡洋艦隊がいると聞いたことがあるな。そいつらの所在も、いまは不明だ。

おそらくビスケー湾の奥深くに潜んでいるか、さもなくばナントあたりで、じっと待機しているかのどちらかだろう。あの海域は、敵側の駆逐部隊や航空部隊の哨戒範囲になっているため、こちらの潜水艦も近づけないからな」

そこまでバークが話した時、通信室から新たな報告が、艦橋スピーカーを通じて行なわれた。

『第212駆逐部隊から連絡です。先ほど潜水艦一隻の撃沈を確認しました。そして二キロ東方に、もう一隻を発見。現在、駆逐行動を実施中とのことです』

バークの乗る最新鋭の拡大軽巡ニューポートには、艦橋と重要部所を結ぶ有線通信網が完備されている。そのため伝音管は万が一、有線が使用不能になった場合の予備となっている。

「まだ先は長い。報告に一喜一憂していると疲れるだけだ。祝杯は敵潜部隊を完全に撃退してから行なうとしよう。それまでは警戒網を緩めるな」

日本人なら、勝って兜の緒を締めよというところだろうか。

後年、駆逐艦使いの天才とまで称されるようになるバークの、大規模な作戦に初めて従事した記念すべき日であった。

＊

一七日の朝、中東のシナイ半島北部。

ここ数ヵ月間、ずっと最前線となっている、バーダウイル塩湖南岸の自由連合陸軍広域遅滞陣地。

その地において、あたかも大西洋での戦いに連動するかのように、ガザ方面から進撃してきたドイツ陸軍装甲部隊（しかも中核部隊となっている第6装甲師団）が、猛烈な速度でエジプト街道を驀進しはじめた。

この情報は、英陸軍第3特殊戦旅団所属の強行偵察小隊によって確認されたものだ。

彼らは、広域陣地の東方六〇キロにある街道沿いの町アリーシまで偵察に出ていた。そして夜明け前に敵の侵攻を確認し、ただちに車載無線により陣地司令部へと打電したのである。

「……本当にうまくいくのか？」

バーダウイル支援部隊長のコリン・ルーアン少佐は、となりにいる男に半信半疑で聞いた。

彼はのちに『シナイ半島を駆ける三人の魔術師』の一人と呼ばれるようになるが、その名声の大部分は、いまとなりにいるキザな口髭を生やした男のおかげである。

男の名は、ジャスパー・マスケリンという。

英国陸軍の士官服を着ているものの、じつは軍人ではない。所属はイギリス陸軍情報局嘱託の民間人であり、いまここにいるのも、エジプト方面軍司令長官のモントゴメリー大将から強い依頼を受けてのことだった。

「魔術というものは、先にネタばらしをするとつまらないものですよ」

妙なことを口にしたマスケリンだが、じつは彼の正業は奇術師であり、とくに大規模な仕掛けを用いる大魔術と称するショーを得意としている。

「いや……仕掛けもなにも、たんに街道の一部を工事しただけで、なぜナチス連邦最強と噂される精鋭装甲師団にひと泡ふかせられるのか、さっぱりわからんのだが……」

マスケリンが説明しないのも悪いが、ルーアンも生粋の軍人だけに想像力に欠けている。

なのに三人の魔術師の一人なのは、ほかの二人もマスケリンを活用したからこそである。

残りの二人――米海兵第54強襲揚陸連隊のカーナビン・ジェスビー連隊長（中佐）と日本陸軍派遣の第八軽機甲連隊長の白岩健吾中佐も、マスケリンの指示に従い、それぞれ街道の北方面と南方面に陣取り、じっとドイツ装甲師団の先陣部隊がやってくるのを待っている。

ともあれ……。

たしかにルーアンの言う通り、マスケリンの仕掛けとは、いわゆる大魔術ショーなどにありがちな大掛かりなセットもなければ、なんらかの機械仕掛けの道具を用いるわけでもないらしい。

行なったことといえば、たった一夜で工事を完了した、長さ一二〇メートルの街道迂回路の設置のみである。

ガザからアリーシを経てバーダウイル塩湖南岸を通っている通称『エジプト街道』は、塩湖を南に迂回している関係から、塩湖の南東地点で、ガザ方面から見ると右に三〇度ほどカーブしている。

マスケリンはそのカーブ部分に対して、カーブする直前部分から一二〇メートル先まで直線道路を伸ばす工事を一晩で完成させるよう要請したのだ。

ようは街道をカーブさせず直線上に延ばし、先であらためてカーブさせる工事である。

延長された街道は、一二〇メートル先で右に三〇度ほどカーブすることになるが、当然、その先は工事されていないため道が存在しない。

以前から街道の左右の地面には、敵が街道以外を驀進しないよう、多重地雷原や戦車阻止用土手／戦車阻止策／落とし穴などが設置されていた。

つまり、途切れた道路の先には、それらの罠がこれでもかと待ち構えていることになる。

もともとあった本当の街道は、一時的に土手の盛り土を撤去して周囲と同じ高さにする工事を五〇メートルほど施してあるため、たしかに平地にしか見えない。しかしルーアンは、このような単純な仕掛けにドイツ軍がひっかかるとはとうてい思えなかった。

「魔術や奇術というものは、いかにして人間の心理を操るかにかかっています。大規模なものや奇抜かつ複雑な仕掛けであっても、肝心の人間心理を欺《あざむ》けなければ、奇術としては成功しません。

反対に、右手に握ったコインがいつのまにか左手に移動したかのように見せるマジックなどを見てもわかるように、ネタをバラせば小手先技でしかないにも関わらず、奇術であることを内緒にした状態で演じて見せると、一〇〇人中一〇〇人が騙されてしまいます。

今回の仕掛けも、ネタはきわめて単純です。その理由は明確で、複雑な仕掛けは失敗する可能性が高くなるため可能な限り単純にした……それだけです。

しかも少佐は、道路の仕掛けだけが私のマジックだと思っておられるようですが、じつはいま我々がいるこの場所も、しっかりマジックの仕掛けとして機能するよう準備されているのですよ」

自信満々というより、成功して当然といった感じの口調だ。

それも当然で、モントゴメリー大将の信任を受けて参加しているのを見てもわかるように、すでにマスケリンはエジプト方面において何度も敵を翻弄する策を成功させている。

エジプト方面軍においては、奇策専門部隊『マジックギャング』の隊長という愛称までもらっているのである。

今回も、そのマジックギャングを引き連れての参加のため、一番人手のいる道路工事こそ陣地の兵員を使用したものの、そのほかはすべてマジックギャングが効率よく準備を整えていた。

「この場所……？　ここは本来の街道の陣地東端だから、万が一に備えて対戦車部隊と虎の子の新型砲戦車二輌を配置しているだけだが……君の説明では、敵が現われたら遠慮せずに全力で攻撃してくれとのことだが、本当にこちらから所在を明かしていいのか」

せっかく街道の進路まで変えて陣地最東端の阻止拠点を隠蔽《いんぺい》したというのに、敵が現われたら先制攻撃するのでは、あまり隠蔽する意味がない。本来なら敵が罠にはまり、身動きできなくなってから攻撃すべきだろう。

「はい。ともかく最初だけは言った通りにしてください。その後、私の予想から外れる事態が発生したら、ただちにお教えします。

そうなったら、少佐の持たれている軍事常識に従って新たな行動を命じてください。それまでは私のショーですので、邪魔されたくありません」

「わ、わかった。モントゴメリー閣下からも、そうするよう厳命されているから、いまもこうして従っている」

全身から違和感を噴出しつつも、ルーアンは命令に忠実な軍人として振る舞った。

その様子は、そのうち胃でも悪くするのではないかと思うくらいだ。

「……報告。来ました。でかい新型戦車が先頭にいます」

地雷原の中に味方しかわからない小道がある。それをつたって戻ってきた偵察員が、小声で報告した。

「新型戦車？　例のパンターとかいうやつじゃないのか」

パンターI型中戦車の猛威は、ルーアンも嫌というほど聞いている。

実際問題として、この陣地に逃げ込んできた英中東方面軍所属の機甲師団の戦車兵が、味方のバレンタイン重戦車まで正面から撃ちぬかれたと恐怖まじりに報告してきたのだから、それが現われるだけでも大問題なのだ。

「違います。報告にあったパンターよりさらにひとまわり大きく、砲塔形状から主砲まで違っています。明らかに新型だそうです」

誰も知らないドイツの新型重戦車。

それこそ、ドイツ国内で完成して間もないティーガーⅠ型重戦車である。

ティーガーⅠ型は、最初期こそポルシェ博士率いるチームのハイブリッド発電方式・電気駆動を採用する予定だったが、車体の試作段階でハイブリッドエンジンを搭載したところ、なんと舗装路でも最大三〇キロ、不整地だと一五キロしか出せないことが判明した。

そのことがヒトラーの耳に入るやいなや、ポルシェ案は即刻廃止された。代わりにマイバッハ社が国策として開発していた、ディーゼルターボエンジンが採用された。

ガソリンエンジンを得意とするマイバッハ社は当初、ティーガー戦車用に八〇〇馬力のガソリンエンジンを用意していた。

しかし、ナチス連邦各地で大増産されている航空機用排気タービンと、小型戦闘艇用に開発したディーゼルエンジンの相性が非常によいことが判明し、最終的に九二〇馬力のディーゼルターボエンジンの採用となったのである。

このエンジンを搭載したティーガーI型は、なんと舗装路を五〇キロ、不整地でも三八キロ、泥濘地《でいねいち》ですら一五キロ以上で進撃できる高性能を発揮したらしい。

主砲は最初から対空砲を転用した八八ミリ戦車砲を搭載し、パンター戦車で威力を確認済みの強傾斜装甲に加え、砲塔側面と車体前面には、追加で装甲板を設置できるよう取り付け金具が標準装備されている。

これは戦車の前方から、搭載砲である八八ミリを距離一〇〇〇で撃たれても貫通しないという基本仕様を満たすためだ。側面の追加は同じ条件で、パンターの七五ミリ砲弾を阻止する仕様を満たすためである。

この仕様が事実なら、これまでの自由連合軍戦車は、既存の重戦車や砲戦車を含め、すべての戦車が一〇〇〇メートルの距離では、ティーガー戦車を撃破できないことになる。

まことに由々《ゆゆ》しき事態だが、先ほどルーアンが何気なく漏らした一言が、じつは起死回生の救世主であることに、まだ当人すら自覚がなかった。

遠くから多数の戦車が接近してくる、重々しい履帯の合唱が聞こえてくる。

「指揮官の皆さんは、阻止部隊後方の退避塹壕《ざんごう》に入ってください。ここにいたら、戦車砲を撃たれると一撃で細切れにされてしまいます」

新型の砲戦車を指揮している中尉が、わざわざ戦車を降りて退避勧告を行なった。

「ああ、わかった」

もとからここで死ぬつもりなどないルーアンは、すぐに身体を土手から起こし、マスケリン以下数名のマジックギャング要員と一緒に走りはじめた。

砲戦車に戻った中尉は、すぐに戦車兵たちに声をかけた。

「いいか、初弾で当てろよ。もし外して反撃されたら、この前盾《まえたて》で阻止できるかわからんからな。まだ死にたくないだろ？」

先ほどから物騒なことばかり口にしている中尉だが、どうやら脅すことで気を引き締める方法を好んでいるためらしい。

相手は新型の重戦車と聞いた。

だが、この英国設計・インド製造のリノ1型砲戦車（米軍名・M32A突撃戦車、日本軍名・二式重砲戦車）は、前方防衛だけは頭がおかしくなるほど強力なものとなっている。

ちなみに『リノ』とは、英語で『犀《さい》』のことだ。前方にむけて突進する犀の破壊力は象をもしのぎ、激突されればライオンや虎も、ただではすまない。ただし、横や背後は無防備に近い……まさにこれは犀戦車である。

なんと砲塔には天蓋《てんがい》もない。

その代わり、海軍仕様の一〇五ミリ高角砲を固定戦車砲に転用したせいで、砲に設置されている前盾は厚さ二二〇ミリもある。

しかも前盾は上下方向に直線傾斜、左右方向には湾曲傾斜させてあるため、自前の一〇五ミリ砲どころか、現時点において最大貫通能力を誇る一二センチバズーカII型砲弾すらも、かなりの至近距離で食い止めることができるという。

ただし、砲塔の側面防備は二センチ鋼板のみのため、一二・七ミリ機関銃弾までしか阻止できない。天蓋と後方防備は存在しないから、完全に無防備……。

まさに敵に対して正面しか向けないのが大前提の砲戦車を、それこそ究極なまでに突き詰めた結果の自走砲である（ドイツにも、かつてナースホルンなど同形式の突撃戦車があったが、あまりにも用途が限られるということで、現在は全面装甲採用となっている）。

車体は英国設計のチャーチルI型重戦車のものがインドで量産されているため、それを流用している。

しかし、あまりにも重い前盾と一〇五ミリ砲のせいで、重心を片寄らせないため砲座自体が異様なほど後方にオフセットされている。そのため極端に動的バランスが悪くなり、自走最大速度が二〇キロにまで落ちてしまった。

それでも、ドイツが将来的に出してくるであろう驚異的な各種戦車を確実に撃破するために必要ということで、主砲の威力と正面防御以外のすべてを捨て去ったのだ。

「来ました。本当に新型です！」

照準スコープに目をあてたまま、射撃手が驚きの声をあげた。

「用意……撃てッ！」

最初から撃ての号令を下したいが、あまりにも砲の威力がありすぎて、耳を守らないと発射時に鼓膜が破れてしまう。

また、砲戦車自体が受ける反動も強烈なため、しっかり身体を固定しておかないと弾き飛ばされる。事実、訓練時に五名もの戦車長が飛ばされ、一名死亡三名重傷一名軽傷という大事故になった。

――ドガッ！

間近で発射される大口径砲の轟音《ごうおん》。

しかも射出される砲弾は、軽量な対空砲弾ではなく対戦車用の重い徹甲弾だ。

街道がカーブしているところまで、おおよそ三〇〇メートルしかない。たしかに必中距離だが、それは先方から見ても同じだ。

「命中！」

二輌の砲戦車がほぼ同時に射撃し、先頭に立っていたティーガーI型二輌を正面撃破した。

一輌は砲塔正面を撃ち抜かれ、砲塔後部に爆発炎が吹きぬけている。もう一輌は車体前面を貫通し、砲塔を五メートルほど上空へ吹き飛ばした。

絶対無敵と思っていたのだろう。ドイツの先遣部隊の狼狽《ろうばい》は、見ていて可哀想になるほどだった。

後続のパンターや四号戦車多数が砲塔をこちらに向けたまま、停止して炎上している二輌を追い越していく。我先にと偽造された街道を驀進しはじめた。

そして一二〇メートル先で右に曲がった時、いきなり道がなくなっていることに気づき、急停止しようとした。

だが、うしろから驀進してきたパンター戦車二輌と四号戦車二輌に追突され、そのまま前に押し出される。

その姿が忽然と消えた。

そこにあったのは、戦車用に掘られた深さ五メートルもの落とし穴だったのだ。

ぴったり戦車がはまるサイズの穴のため、どうあがいても脱出できない。さらには、次のパンターが上から落ちてくる。そのパンターは下になったパンターの砲に履帯が絡み、まったく動けなくなってしまった。

「さて、そろそろ仕上げに移らないと、敵も冷静さを取りもどす頃です。ご命令を」

マスケリンに急かされ、ルーアンは慌てて持っていた信号弾を射ちあげる。

途端に、後方二〇〇メートルほどの地点にある第四列塹壕付近から、多数の迫撃砲弾が撃ちあげられた。

同時に、左手に盛られた砂の土手から多数のバズーカ砲が発射される。

「退避！」

迫撃砲弾とバズーカ砲の発射を確認したルーアンが、リノ１型砲戦車を含む最前列の塹壕にいる全員に対し、この場から撤収するよう命令を下す。

すぐさまマジックギャングのメンバーとマスケリンが、背を見せて走りはじめた。

――ババババババッ！

発射した迫撃砲弾が、街道上にいた残りのドイツ軍戦車の頭上へ降りそそぐ。

車体側面には、八センチバズーカ砲弾が一輌につき数発も命中し、派手な火花を散らしはじめる。着弾した様子から、それらはすべて成形炸薬弾頭であることがわかる。

戦車最大の弱点である上部や側面の薄い装甲に対し、たかだか八センチ口径のバズーカ砲や迫撃砲で攻撃を仕掛ける意味……八センチ砲弾に込められた成形炸薬の威力を熟知しているからこそできる攻撃である。

とくに迫撃砲弾の威力が際立っている。この砲弾は、八センチバズーカⅡ型砲弾とほとんど同じ威力とされ、二週間前の弾薬補給において、インドから新規にもたらされたものだ。

八センチバズーカ砲弾では、おそらくティーガーⅠ型はむろんのこと、パンター戦車の前面装甲ですら貫通できない。当たりどころがよければ四号戦車だけは潰せるものの、一度発射したが最後、たちまち反撃を食らうことになる。そこで側面のみを狙わせたのだが、貫通できるか確証が持てなかった。

だが極端な曲射となる迫撃砲なら、四〇〇メートルの距離でも、真上からの攻撃が可能だ。

そこでマスケリンは、まず奇抜な魔術的細工で敵戦車の群れを翻弄し、混乱が極に達した時点で、四〇門以上もの迫撃砲を斉射させる策を実施させたのである。少なくとも彼にとって、バズーカ砲の射撃は牽制の意味でしかなかった。

なんと最新型かつ常識外れのリノ1型砲戦車ですら、マスケリンにとっては前座のひとつでしかなく、定評のあるバズーカ砲も支援役、本当の主役はなんの変哲もない八センチ迫撃砲だったことが、ようやくその場にいた全員に理解されたのだった。

最前列塹壕から後方の塹壕へと走りながら、マスケリンが小さくほくそえんだ。

「我が術、成就せり」

この日のドイツ軍は、たった一人の軍事的には素人にすぎない男の采配で、二輌のティーガーI型戦車を含む一四輌もの精鋭戦車部隊を失い、自由連合側の恐ろしい大反撃にあったと報告、完全に敗走するかたちで撤退していった。

本来であれば、塩湖を越えて支援砲撃や航空攻撃をしてくれる、イタリア派遣艦隊とロシア黒海艦隊がいるはずだった。

ところが……装甲部隊が進撃を開始してまもなく、イタリア派遣艦隊の空母が敵空母航空隊の攻撃を受けて一隻撃沈され、もう一隻も離着艦不能にされたとの報告が、ガザで指揮をとっているエーリッヒ・マンシュタイン大将のもとへ届いた。

この時点でマンシュタインが進撃中止を命令していれば、マスケリンの策も空振りに終わっていたはずだ。

だが、そうはならなかった。自分の部隊に絶大な自信を持ち、なおかつ最新鋭のティーガーI型重戦車まで初めて出撃させたのだから、たとえイタリア艦隊の航空支援がなくとも、ロシア黒海艦隊の砲撃支援だけでなんとかなる。そう考えたらしい。

しかし……。

イタリア艦隊の航空支援がなくなったと悟ったロシア黒海艦隊は、すぐさまシナイ半島沖から逃げ出し、安全な北方海域へと退避しはじめたのである。

イタリア艦隊も、傷ついた空母を沈められてはかなわんとばかりに、スエズ近くにいると思われる自由連合の空母部隊と距離をとるため、ふたたび西方向へ引き返しはじめた。

これによりマンシュタインはまったく海軍の支援なしに、中東で最も守りの固い敵の広域遅滞陣地を攻略しなければならなくなった。

それでも常識的な攻防であれば、ドイツ側はかなりの被害を受けるものの、なんとか数と火力の圧倒的な差で押し切れるはずだった。

しかし陣地の端に到達した時点で、なぜか先鋒部隊が総崩れとなって敗走した。

後続の主力部隊は、必死になって逆戻りしてくる先鋒部隊を見て、自分たちもいったん引き返したほうがよいと判断したらしい。

これは現場指揮官の状況判断のため、後方にいるマンシュタインが一時作戦中止を知ったのは、まるまる一時間もたってからだった。

当然、マンシュタインは烈火のごとく怒った。

しかしすぐに、ティーガーI型戦車の正面装甲を簡単に撃ち破り、精鋭のパンター部隊一個小隊を全滅させた敵の正体がまったく不明なため、強攻策を続ければ同じめにあうと悟った。

そこで、ともかく自由連合の広域陣地で何が起こったのか、強行偵察部隊を出して調べることになり、またしてもエジプト方面への進撃は後日送りとなってしまったのである。

2

七月一八日朝　北大西洋

「敵艦隊、いまもアゾレス諸島西方八キロ地点で砲撃を続けています。ただ、報告にあった艦数が半減していますので、おそらく被害艦を分離退避させ、残りの艦で作戦を続行しているものと思われます」

参謀長のひと通りの報告を聞いた、イタリア西地中海艦隊司令長官のアルベルト・ダ・ザーラ中将は、被害を受けてもなお居座っている敵艦隊を哀れむような顔になった。

「おそらく敵は、交戦相手が我々だけとたかをくっているのだろうな」

スペイン艦隊とフランス艦隊が破れた直後というのに、まるでまだ味方艦隊がいるような口振りだ。

しかし、旗艦となっている戦艦リットリオの艦橋にいる誰もが、ザーラの発言を当然のように受け止めている。

それもそのはずで、彼らは『アルファ艦隊』と呼ばれる、さらに上位の艦隊群の一部として作戦に参加している。そのことを誰もが承知しているからこその発言だった。

アルファ艦隊には、大被害を受けてスペインのリスボン港へ退避中のフランス艦隊の残存部隊も含まれているが、それだけではない。

これまでスペインの陰に隠れて出てこなかったポルトガル哨戒艦隊、ビスケー湾にいたドイツ巡洋艦隊、そしてドイツ大西洋派遣潜水艦隊と名付けられた、じつに九個部隊四五隻ものUボート集団……これらが一丸となり、アゾレス諸島にいる傷ついた敵艦隊を殲滅《せんめつ》する予定になっている。

ということは、大被害こそ予想外だったものの、フランス艦隊は先遣部隊として敵艦隊に大打撃を与えたという点で、きちんと役目を果たしたことになる。

どおりで、ザーラが被害報告を聞いても動揺しなかったわけだ。

「報告によりますと、ドイツ大西洋派遣潜水艦隊の南下を阻止するため、自由連合の大規模な対潜駆逐部隊が展開しているとのことです。

つい先ほども、偵察のため一〇〇キロほど先行していた五隻構成の一個潜水隊のうちの二隻が、敵駆逐艦に追いかけまわされた挙げ句に撃沈されたと、残りの潜水艦から第一報が入っています」

心配顔の通信参謀が、まるで動じていないザーラに進言した。

「それは当然の行動だろう。なにせ北大西洋の中部といえば、合衆国の鼻先にあたる。日頃からピケットラインを引いての厳重な警戒網を敷いている場所だから、いざ敵艦がやってきたとなれば、続々と東海岸から本土防衛用艦隊が出てくるはずだ。しかし、それらはあくまで本土防衛用であり、アゾレス諸島まではやってこない。米本土をがら空きにしてまで、ちっぽけな諸島群を防衛するなど愚策中の愚策だからな。

だから我が陣営としては、可能な限り敵がUボート部隊に引き寄せられれば、それだけアルファ作戦艦隊の自由度が高まるという寸法だ。

むろん万が一、我々まで敗退した場合にそなえ、ドイツ海軍を中心とする連邦艦隊が控えている。暫定的にベータ艦隊と呼ばれているそれらを最初から投入しないのは、それがナチス連邦海軍の切り札だからだ。

切り札は事が大規模になるだけに、一度使用するとしばらく使えない。その間に自由連合海軍がやりたい放題になるのでは、切り札を使う意味がないだろう？

使う以上は、相手も一時的に壊滅的なダメージを受けてもらわねば使えないのだ。

それらを実現するため、我々前哨戦部隊が戦うことになっている。

とまあ、連邦海軍の言い分はそうなっているが、なにも我々まで引っぱりださずともよさそうなものなんだが……。

あまりにも不甲斐なかったスペイン艦隊の敗北に、ヒトラー総統陛下もかなりご機嫌斜めらしい。海戦前、フランコ首相は大西洋は自分たちで守ると豪語していたが、蓋を開ければ散々だ。

その点、我がイタリア海軍はエジプト方面で着々と戦果をあげ続けている。事をイタリア海軍に絞れば、我々は常勝しているのだ。それをロシア極東艦隊の壊滅と、スペイン艦隊の二度にわたる敗北が帳消しにしてしまった……じつに歯がゆいばかりだ」

これらの愚痴をイタリア語で聞くと、まるで罵《のの》っているかのように聞こえる。

しかもムッソリーニ張りのオーバーアクションを交えての発言だけに、旗艦に同乗しているドイツ人のSS将校も目を丸くしていた。

むろん同じイタリア人である参謀部や艦橋要員たちはまったく気にせず、いつものザーラの繰り言だと無視する態度だ。

どことなく緊迫感にかけるイタリア艦隊だが、それは国民性の違いのため仕方がない。しかし、余裕とも感じられるそれらの態度も、そう長くは続かなかった。

「……じつは長官。いまおっしゃったことに関して、新たな情報が入っています」

まるで自分が失態を演じたかのように、通信参謀が恐縮しまくりながら言った。

「……？」

なんのことか見当もつかないザーラは、SS将校と一緒に目を丸くしている。

「じつは昨日の朝になりますが、エジプト方面を担当しているカンピオーニ大将の派遣艦隊が、敵空母機動部隊の奇襲航空攻撃を受けて軽空母一隻を撃沈、一隻を大破される大被害を受けたそうです。

どうもイタリア本土で情報をとめていたようで、先ほどようやく入電しました。

本土ではフランス艦隊の敗北と同時の自国艦隊敗北は、あまりにも衝撃が強すぎるとして、国内一般向けはむろんのこと、ナチス連邦軍総司令部やドイツ総統府への報告も、子細判明に時間がかかったとして遅らせたようです」

「……なっ!?」

完全に予想外だったらしく、ザーラは絶句してしまった。

しばらくして、ようやく声を絞りだす。

「ということは、地中海で可動可能な空母は本土艦隊の二隻だけになったのか」

「はい。しかも本土艦隊は本土防衛用艦隊ですので、おそらく穴埋めに出てくることはないと思います」

「それじゃ……地中海は誰が守るのだ！」

「当面は巡洋艦部隊クラスの中規模艦隊を出して、当座をしのぐしか……」

広大な地中海全域を、空母航空隊なしで守るのは不可能に近い。

水上打撃艦構成の艦隊では狭い範囲の砲撃支援しかできないため、事実上、地中海周辺で戦っているナチス連邦軍は、海からの支援を諦めるしかない状況だ。

ザーラがまたしても絶句してしまったため、三名とも沈黙してしまい、気まずい時間が流れはじめる。

まことにもって幸先の悪い状況だった。

＊

「残りの航空隊で大丈夫か」

加藤の声には、わずかだが不安の色が滲んでいる。

それもそのはずで、昨日の朝に大被害を受けたばかりというのに、二四時間しか経過していない現在、今度はイタリア艦隊の空母航空隊による早朝攻撃が確実になってしまったのだ。

加藤がイタリア艦隊による航空攻撃を察知できたのは、フランス艦隊の動向を見張っていた米海軍潜水艦部隊が、いまも周辺海域に残っていたからだ。

総数二五隻・五個潜水隊で構成される潜水艦偵察部隊は、もともと北大西洋の常時監視のために編成された大西洋艦隊司令部直属の常設部隊——第三潜水艦隊の一部のため、臨時編成の任務部隊としてはナンバリングされていない。

第三潜水艦隊は、所属潜水艦数六四隻を誇る世界有数の一大潜水艦集団だが、その多くは母港に指定されている米東海岸の各軍港に、五隻編成の隊もしくは一五隻編成の戦隊編成で所属し、個別に沿岸警備を行なっている。

つまり、今回のような特別任務が与えられた時のみ、このうちの隊もしくは戦隊単位で出撃し、任務を終えれば再び母港で沿岸警備にあたる仕組みになっているのだ。

これは相互に連絡を取る必要のない、潜水艦という艦種であるからこそ可能な運用である。同じことを水上艦で行なえば、たちまち艦隊行動に支障を来すだろう。

午前四時四六分に一隻の米巡洋潜水艦が、偶然にもイタリア艦隊所属の空母から航空隊が発艦している場面を発見、危険を承知の上で敵前七キロ地点に緊急浮上し無線連絡を実施してきた。

これは、まさに死を覚悟した上での英雄的行動である。

もし相手が米海軍もしくは日本海軍の艦隊であれば、まず見逃す距離ではない。

だが、相手がイタリア艦隊というのが幸いした。

なんとイタリア艦隊は、空母航空隊が発艦した直後に退避行動へ移るため、完全な逃げ腰態勢になっていて、周辺警戒すらろくに行なっていなかったのである。それでも至近距離で打電されれば、何隻かの通信室が気づく。

今回の場合、重巡フューメの通信室が、イタリア本土からの通信を聞き逃さぬよう待機していた。すると、その周波数帯にかぶさるように、至近距離から発信された別周波数の干渉波による猛烈な雑音に見舞われた。

そこで、ただちに周波数を走査し、それが自由連合海軍潜水艦の緊急打電に使われるものであることが判明したのである。

ただし、その後がいけない。

せっかく至近距離からの電波発信を確認したというのに、重巡フューメから艦隊旗艦の戦艦リットリオへ連絡するのに、情報伝達効率の悪い発光信号を用いてしまった。

そして、空母航空隊の発艦で混乱している艦隊司令部は、その報告を発艦終了まで放置してしまった。

結果……。

発艦が終了して艦隊が退避行動へ移行したのち、駆逐艦二隻を無線が発信されたとおぼしき地点へ向かわせたものの、米潜水艦は余裕で潜水退避した後であった。

これはどう考えても艦隊司令部の失態だが、それに対するアルベルト・ダ・ザーラ中将の言い分(のちに航海日誌で判明)がふるっている。

『もし敵潜水艦に攻撃する意志があれば、無線発信の前に魚雷を発射していただろう。それをせずに無線通信を実施したのだから、敵潜水艦はその時点で脅威ではなかった。

また、我々が最優先で潜水艦狩りを実施すれば、それだけ発艦作業が遅延するため、敵の無線通信を阻止できる状況にはなかったことになる。

つまり、敵潜に攻撃意志がなく無線通信も阻止できないのであれば、なにもせずに艦隊の退避を最優先するのが最も合理的ではなかろうか』

言いわけをさせたら、イタリア人にはかなわない。しかし、これが詭弁《きべん》に近いものであることは、その後の戦況が明白に物語っている。

この場合、ザーラが取る選択肢として最良なのは、発艦および航空攻撃を中止し、いったん行方をくらませたのち、あらためて奇襲攻撃を仕掛けることである。

それ以外の選択肢は、すべて艦隊を危うくする。

とくにいまのような状況——大西洋にナチス連邦側の空母が自分たちの艦隊所属艦しかいない状況であれば、空母の温存こそが最優先されるべきであることは、誰の目にも明らかである。

だが、悲しいかなナチス連邦は陸軍国家であり、たとえ海軍が充実しているイタリアであっても、上位組織のナチス連邦軍が陸軍優先主義を貫いていれば、海軍思想を定着させることは難しい。

そのうち、当のイタリア海軍にまでＳＳ政治将校が乗り込むようになると、今回のような重大局面で陸軍的思考が割り込むことになる。

ザーラも、常に政治将校の目を気にしつつ采配を振るわねばならず、この時もヒトラー総統の厳命である『敵艦隊の殲滅と継続的な空母戦力による警戒活動の維持』を最優先させねば、自分の身が危うくなると考えていたらしい。

それらが最悪の選択を強いたのだから、人間の心理とは難しいものである。

不安を漏らした加藤に対し、航空参謀が落ち着いた口調で答えた。

「米潜による報告では、敵艦隊に所属しているのは正規空母と思われる大型空母一、軽空母と思われる小型空母一の計二隻となっています。

ゆえに軽空母二隻だったフランス艦隊より航空戦力は大きいと判断していますが、どうも潜水艦の報告によれば、直掩《ちょくえん》を残しただけの全力出撃ではなく、常識的な半数出撃を実施した模様ですので、こちらに向かっている航空攻撃隊も五〇機前後と判断しています。

対する我が艦隊の支援空母ネグロス／ニイハウに搭載している残存機は、出撃可能なものが六二機となっています。もとが八〇機ですのでかなり目減りした計算になりますが、これには故障機や被弾機も含まれますので、それを考えると妥当な数でしょう。

そこで支援空母群には、空母直掩に二二機、我々の直掩に四〇機を割り当てるよう命じてあります。つまり、上空を守るのは四〇機となります。

敵航空隊の飛来速度がわかりませんので、少し早めの直掩展開となる関係で、あと一〇分ほどで飛んでくるはずです。

敵数五〇前後に直掩四〇ですから、おそらくフランス艦隊の時のような誘導ロケット兵器を搭載していなければ、ほとんど被害は受けないと思います」

「同じナチス連邦海軍の空母攻撃隊なのだから、装備も似たようなものではないのか」

妙なことを言い出した航空参謀に対し、加藤は素直な質問を発した。

「いいえ、似て非なるものがイタリア艦隊ということは、すでに英国情報部の調べで判明しています。

イタリア海軍は、ほかのナチス連邦海軍が率先してドイツ海軍装備を導入しているのに、なぜかかたくなに国産装備にこだわっています。おそらく、ムッソリーニ首相のプライドがそうさせているのだろうと、英情報部では判断しているようですが……。

今回出てきた正規空母も、イタリア海軍初の正規空母アキュラと思われます。すでにイタリア本土艦隊には、最新型の第二世代正規空母が配備されている頃ですが、少なくとも実戦に参加しているのは、いまのところアキュラ一隻と思われます。アキュラは純然たるイタリア国内開発の空母ですので、ドイツの装備や技術は使われていません。搭載機も英情報部の報告から変わっていなければ、マッキ社製の艦戦N202Aとブレダ社製の艦爆N94Aのままだと思われます。

軽空母のほうは、アキュラより遅く竣工したサルデーニャ級軽空母だと思われます。この型はエジプト上陸作戦に参加している二隻の軽空母と同型で、合計四隻が建艦されています。残る一隻は、おそらく本土艦隊に配備されていると思われますが、いまだに確認が取れていません」

フランス艦隊の空母には、純粋にドイツで育成されたドイツ海軍の正規航空兵と純ドイツ製の艦上機による航空隊が配備されていた。

だからこそ、門外不出だった誘導対艦ミサイルを実戦で使えたのだ。

ということは、イタリア製の空母にイタリア海軍航空隊による攻撃隊であれば、搭載しているのは通常の徹甲爆弾と航空魚雷の可能性が高い。

むろん、最悪のことを考えて行動しなければ、とても囮艦隊など務まらないのだから、加藤も安易に敵攻撃隊の能力を低く見積もる愚は犯さなかった。

「まあ、用心するに越したことはない。幸いにも後方一〇〇キロにはミッチャー少将の第10任務部隊が待機しているから、そこからも少し直掩機を出してもらおう。距離があるぶん滞空時間が短くなるが、そこは自前の直掩隊に頑張ってもらうしかない。

ともかく、現状の残存艦だけは守らなければ。これ以上目減りすると艦隊行動すらままならなくなり、囮艦隊としての役目を果たせなくなってしまう。

米本土には支援要請を行なっているが、どうやら今朝には間に合わないらしい。

となると、ともかく今朝だけでも自力で切り抜ける必要がある」

「ミッチャー少将の第10任務部隊はフランス艦隊の時と同様に、送り狼方式の攻撃隊を出す予定なのですが……こちらに直掩機を出してもらうと、そのぶん攻撃隊が目減りする勘定になります。それでよろしければ大至急打電しますが……」

返事をする口調から、どうも航空参謀は賛成しかねている様子だ。

それを見た加藤は、命じてしまった以上、安易に前言撤回すると指揮系統を混乱させるとして、口を閉じることで命令の撤回はないことを示した。

「……承知しました」

加藤が返事をしないため、航空参謀も諦めて命令を伝えるために走っていった。

ともかく時間がない。

あと三〇分もすれば、敵航空隊がやってくる。

すでに参謀長や戦闘参謀など艦隊防衛に関係する者は、対空戦闘実施のため走りまわっているのだ。

自分の艦隊が『生きた状態』でこの海域に残ってさえいれば、まだなんとでも策はある……。

加藤が考えているのは、ただそれだけだった。

＊

四二分後……。

すでに上空はすっかり夜が明け、清々しい青空が広がっている。

「戦艦ジョージア／ニューメキシコの対空レーダーが敵機集団を確認！　東南東八二キロ、高度四〇〇〇と高度三〇〇〇に分かれて進撃中とのことです!!」

現在の加藤艦隊は所在を隠そうともせず、対空および対水上レーダー波を最大出力で発しつづけている。

それだけ最新鋭戦艦に搭載されたレーダーが信用できる証拠なのだが、古い海軍の生き残りである加藤は、いまだに無線封止に始まる古風な海戦のほうが有利ではないかと勘繰っていた。

しかし、わずか八〇キロとはいえ、敵の飛来方向と高度が判明したのだから、そのぶん対空射撃陣と直掩隊には対処する時間が与えられる。

　これは想像する以上に効果が大きい。短い時間であっても『待ち伏せ』が可能になるなど、以前では考えられなかったからだ。

「対空戦闘、用意！　命令あり次第、戦闘開始へ移行せよ!!」

　艦橋に一番近い左右にあるスポンソン設置の一二・七ミリ機銃座から、射撃班長のものと思われる声が聞こえてきた。

「あと二分で、ミッチャー艦隊の支援戦闘機が到着します。支援機数は二〇機ですので、直掩数は合計で六〇機になります。ぎりぎりで間に合いましたね」

　息せき切って走ってきた航空参謀が、途切れがちな声で報告した。

「それでミッチャー少将は、何機構成で航空攻撃隊を出すつもりなのだ？」

　自分で支援を申し出ておきながら、今度は航空攻撃隊の数を心配している。どうやら加藤は、連日の戦闘で疲れているようだ。

「戦闘機だけ二〇機も目減りしているので、艦爆や艦攻だけ多く出しても被害機を増やすだけということで、今回は半数出撃しかできないそうです。

　護衛空母グアム級の搭載機数は一隻三二機ですので、四隻のうちの二隻ぶん……出撃するのは、艦戦艦爆艦攻あわせて六四機の計算になります」

「ふむ……」

敵艦隊は正規空母一／軽空母一の半数出撃だから、まだ半数が艦隊に残っている。

こちらは四隻の護衛空母の半数出撃のため、出撃総数は六四機……。

敵空母に残っている機数が五〇機前後として、常識的に考えて、そのうち戦闘機は二〇機ほどになる。

六四機の味方攻撃隊を二〇機で阻止するのだから、被害皆無とはいかないだろう。

かといって、空母二隻を確実にしとめられる数かといえば、あまりにも微妙だ。

とくにイタリア固有の正規空母がどれだけ抗堪《こうたん》性能を持っているか、まだ誰も知らないのである。

「長官、対空戦闘開始のご命令を」

いつのまにか参謀長がとなりに来ていた。

「ただちに対空戦闘を開始せよ」

なかば反射的に加藤は命令を下した。

それだけ参謀長の判断を信頼していたし、状況からして確認している時間はないと思ったからだ。

たちまち左舷側の対空砲座が雄たけびをあげはじめた。

＊

「もらった！」

眼下に見える巨大な戦艦を見下ろしながら、ブレダN94A艦爆機をあやつるニコラ・フェレーロ少尉は、左手で操作できる爆弾投下レバーを手前に引いた。

ガタンと振動が伝わり、二〇〇キロ徹甲弾が機体下部から離れていく。

「せえのッ！」

投下レバーから左手を離したフェレーロは、その手を急いで操縦桿に添えると、両手で思いっきり引いた。

急降下により限界速度近くまで加速している機体がなんとか頭をもたげようとしみをあげる。こんな時もイタリア製のエンジンは、なかなか回転数をあげてくれない。

最高馬力こそ、それなりの値を記録している。だが、肝心の中間トルクを犠牲にしてのピーキーな最高馬力のため、こういった場面では回転数があがらないとトルクが出ないのである。

それでも、じれったいほどゆっくりとした速さで、徐々に機体が水平方向へと移動していく。

「左上空に敵機！」

後部座席で背中合わせになり、七・七ミリ旋回機銃を操っている同僚のヴァレリオ軍曹が、射撃直前になって報告してきた。

「くそっ！」

せっかく敵直掩機の目を盗み、こっそり単独急降下を開始したというのに、最後の最後になって見つかってしまった。

左斜め後方にいる敵機は見えないが、間違いなくF3Fと呼ばれる日本設計の小型艦戦である。

F3Fはこの高度では、いまだに世界最高の格闘戦能力を持っている。

早く逃げなければ確実に落とされる……。

仕方なくフェレーロは前方垂直上昇を諦め、右旋回に入った。

「味方戦闘機は何してるんだ！」

操縦桿とラダーを駆使しながら、なんとか敵機の射撃軸線をかわそうともがく。

こうなってしまうと、落とした爆弾が命中したかどうかなど気にしていられない。

「左翼上空より味方機……でしたが、いま落とされました」

支援に駆けつけてくれた味方機がいたらしい。だが別の敵戦闘機に、横から攻撃されて落とされたようだ。こうなると、なんとしても自力で逃げるしかなくなった。

「ええい！」

フェレーロの家系は、祖父が第一次大戦時にイタリア陸軍の複葉戦闘機に乗ってエースの称号と勲章をもらっている。父親も熟練パイロット……。

つまり、栄誉ある戦闘機乗りの血統であり、フェレーロも小さい頃から親父にあれこれ聞かされて育った。

その中に祖父が敵戦闘機から狙われた時、九死に一生を得た機動というものがあった。

それを咄嗟《とっさ》に真似てみようと考えたのだ。

その機動とは、失速ぎりぎりの状態で機体を右連続回転させ、極端なまでに機速を落として敵機を前へ押し出す方法である。

もともと極低速での機動に優れている複葉機ならではの戦法を、イタリアでは高速戦闘機の部類に入るマッキでやろうというのだから、まさにいちかばちかの一発勝負……。

「うわあ！」

無茶苦茶な機動に、背後でヴァレリオが悲鳴をあげる。しかし気にせず、機体の横回転を維持する。

操縦桿が暴れる。

もうこれ以上やると、左右どちらかの翼がもぎ取れるというほど回転加速度がかかった頃、ようやく敵戦闘機が左横を通過していった。

だが、喜ぶのはまだ早い。

これから機体を失速させずに立て直すのは、至難を通り越して無茶に近いからだ。

そこでフェレーロは無駄なあがきをやめ、素直に機体を一度失速させた。ガクンと機首が下がり、機体が木の葉のように舞いはじめる。

海面まで、あと二〇〇メートル……。

しかも対空射撃の銃砲弾が乱れ飛んでいる空間に突入する。

「ままよっ！」

機体が一瞬、水平になった瞬間を見計らい、すべての機体制御から手足を放したのち、スロットルを全開にした。

たちまち機体は、エンジンとプロペラと翼が作り出す揚力のみで空中を漂いはじめる。

その状態で、そっと操縦桿に手をあて、細心の注意を払いつつ、少しずつ機体制御を取りもどしていく。

二発ほど翼を機銃弾が貫いたが、気にしている場合ではない。

二〇秒ほどのち……。

いきなりエンジンの回転数が跳ね上がり、豪快な雄たけびをあげた。エンジン回転数がトルクバンドへ到達し、本来の強馬力を発揮しはじめた証拠だった。

「……ふう、なんとかなったぞ！」

おそらく後部座席で死んだようになっているはずのヴァレリオへ安心するよう声をかけた。

だが……。

返ってきた声は悲鳴のように引きつっていた。

「後方より多数の新手が！」

「なんだと……」

フェレーロは無茶な機体制御をしつつも、周囲の状況を可能な限り監視していた。

いま愛機は交戦海域の外れにいる。

そこまで追いかけてくる敵機はいないはずだ。ましてや、いまヴァレリオが示した方角は、交戦海域とは正反対の西方向だった。

ようやく制御を取りもどした愛機の機首を、急速に西へ向ける。

いた。

そこには、どう見ても一〇〇機を超える単発機の大集団が、まっしぐらにこちらへ向かってきている。

「どこから来たんだ……」

いままで戦っていた敵機は、まだ背後の交戦海域上空を守っている。

となると、別動部隊ということになる。

この状況で新手が飛んでくれば、もう逃げ場はなかった。

「くそ野郎！　ただで死んでたまるか!!」

自分が艦爆乗りであることも忘れ、フェレーロは無謀にも敵集団に単機で向かいはじめる。

それを察したのか、背後にいるヴァレリオが泣き声をあげた。

「少尉、やめてください！」

「逃げても助からん。諦めろ！」

「そんな……」

イタリア人にあるまじき闘争心。

まさに希有《けう》の存在だが、それがいま散ろうとしていた。

＊

「援軍です！　間に合いました‼」

嬉しい悲鳴をあげながら、通信参謀が走り寄ってきた。

ミッチャー艦隊から二〇機の航空支援をしてもらった加藤艦隊だが、それでも昨日の戦闘で傷ついた所属艦での応戦はきついものがある。

とくに痛いのは、加藤の乗るジョージアをはじめとする戦艦四隻が集中的に攻撃を受けていたせいで、多くの対空火器に被害を出していたことだ。

対空砲座や機銃座を潰されなくとも、断片被害や爆風で作動不良を起こしたものも多い。それらを一両日で突貫修理していたが、まだ完了にはほど遠い状況である。

しかし、敵は待ってくれない。

囮になると決心した時からこの状況は予測できたものであり、いまさら弱音など吐けないというのが本音だった。

この状況で援軍となれば航空支援しかないが、加藤は事前に何も知らされていなかった。これはナチス側に情報が漏れるのを防ぐためだから、加藤も承知している。

加藤の艦隊は無線やレーダーを止めていないため、援軍要請も暗号電で送ることができる。そして事前の取り決めにより、援軍要請には必ず応えることが作戦内容に明記されていた。

だから援軍は必ず来る。

ただし、その中身が何かは状況次第のため、加藤にはわからないだけである。

「支援戦闘隊の隊長機から近距離無線電話による連絡が入りました。ミッチャー艦隊ではありません。

新たに米本土から増援されてきた、トーマス・C・キンケード少将率いる特別支援艦隊からの飛来だそうです。直掩支援に三〇機、すべてF3Fです。内訳は支援空母グアダルーペ/カフラウエの搭載機となっています」

「支援空母……直掩支援のみの艦隊を出してきたのか？　いや、もしそうなら、わざわざキンケード少将が出てくることはない。大佐クラスで充分なはずだ。ということは、ほかにも艦が多数いるはずだが……」

「支援戦闘隊長の連絡は以上ですので、ほかはわかりません」

「伝令！」

通信参謀の返答と、艦橋へ走りこんできた伝令の声が重なった。

現在は戦闘中のため、艦内有線通話は禁止されている。理由は周囲が騒音だらけなので、重要な連絡を聞き漏らす可能性が高いからだ。

「第一通信室よりの至急連絡です。たったいま、トーマス・C・キンケード少将率いる特別支援艦隊より暗号電を受信しました。これより支援艦隊は空母群を分離して、貴艦隊の支援空母二隻に合流させる。

空母群を切り放した主隊は、そのまま前進して貴艦隊へ合流する。ただし艦隊指揮は一本化せず、同一海域に二個艦隊が配備されることになる。

支援艦隊の内容は次の通り。

戦艦アラバマ／フロリダ、正規空母ワスプ、軽空母ホワイトイーグル／エルコンドル、支援空母グアダルーペ／カフラウエ。

重巡オリンピア／ボストン、拡大軽巡バンドン、軽巡ティファナ／バークレー／タコマ／マイアミ、駆逐艦二四隻。

なお支援艦隊には別動部隊として、フランク・R・ウォーカー大佐率いる独立第

1襲撃艦部隊・五個隊が随伴しているが、すでに彼らは支援艦隊を離れて作戦行動を開始しているそうです」

「正規空母を出してくれたのか!?」

これには加藤も驚いた。

艦隊規模から見ても、ハルゼー艦隊に次ぐ大戦力であり、いま南大西洋で長期作戦に従事している宇垣纏とスプルーアンス艦隊の合計に匹敵する。

つまり、一方面を充分にカバーできる大艦隊を、はるかに規模の小さい加藤艦隊のために出してくれたのだ。

「どうやら近いうちに母港へ戻れそうだな……」

これだけの艦隊が、一回の支援だけのために出てくるはずがない。

任務部隊形式になっていないため、長くても一ヵ月程度の作戦予定だとは思うが、その間に加藤艦隊を米本土へ戻し、代わりの囮艦隊を出す時間を捻出するまで予定に入っているに違いない……加藤はそこまで読み取った。

「予想以上の大規模支援ですが、こうなると海軍司令部も、イタリア艦隊を無事に戻すつもりはないようですね」

伝令の内容を聞きに走ってきた参謀長が、ついでに感想を述べた。

「ああ、戦艦アラバマ／フロリダ、重巡オリンピア／ボストン、拡大軽巡バンドンはあきらかに水上打撃戦を想定したものだ。これに我々が加われば、イタリア艦隊にどれだけ打撃艦がいようと優位に立てる。

おそらく、これから航空攻撃を行ない、夕刻までに敵を漸減《ぜんげん》する。その上で夜戦を挑むつもりなのだろう。そうでなければ、我々との合流を急ぐ意味がない」

空母群を後方に残し、水上打撃艦群のみを前進させるのは、水上打撃戦を挑むに際しての常套的な艦隊機動となっている。

キンケード艦隊は、おそらく寄せ集めの急造艦隊だ。当然、艦隊機動訓練も行なっていない。

それでも有効に戦いを進めるには、もといた艦隊から引っこ抜かれた集団……日本海軍でいう戦隊規模の単位で、個別に戦う方法が用いられる。

これらの戦隊規模の部隊は、これまでもともとの所属艦隊内で猛訓練を行なってきているため、戦隊としての戦闘は完璧に近く実施できる。

それ以上の機動は期待できないものの、戦隊単位への統合指揮を艦隊司令部が実施すれば、それなりの数にものを言わせた戦いが可能になるはずだ。

「合流すれども合同指揮は行なわない。なるほど、そういう理由だったのですね。

おっと、そろそろ敵の航空攻撃も終わりますので、私は艦隊の被害確認を急がねばなりません。これにて失礼します」

そう言い残すと、参謀長はまた早足で去っていった。

「通信参謀……上空にいるミッチャー艦隊とキンケード艦隊の支援戦闘機に、心からの感謝の意を送ってくれ。彼らが来てくれなければ、本当に危なかった」

「承知しました。ついでにキンケード艦隊に対しても、すべて了解した旨の返電を送っておきます。まあ、どのみちあと二時間ほどで合流ですので、先方が到着してからでも遅くはありませんが」

「いや、いま送ってくれ。先方が無線を解禁した以上、遠慮する必要はない。それに新手からの通信が実施されたことはイタリア艦隊も察知している可能性が高いから、それを考慮に入れると、キンケード少将はあまり間を置かずに航空攻撃隊を出撃させるはずだ」

五〇キロ後方にいる加藤艦隊の支援空母二隻と護衛用駆逐艦四隻のところへ、五隻もの正規空母を含む空母群が合流する。

合計七隻の空母は、数だけ見ればハルゼー艦隊すら上回る規模だ。

もっとも、ハルゼー艦隊には正規空母が三隻もいるので、航空戦力の比較では負けている。そのぶんは、ミッチャー艦隊の護衛空母群がカバーしてくれるはずだ。

しかし、合衆国海軍も思いきった手を打ったものだ。これで南北大西洋に五隻もの正規空母が出撃していることになる。

となると非番の正規空母は、チェサピーク級正規空母のラリタン／ヘムステッド二隻のみ……しかも最新鋭空母として訓練中だから、米本土には追加で出撃できる正規空母はゼロということになる。

むろん、いざとなればラリタン／ヘムステッドを実戦投入するだろうし、西海岸のサンフランシスコで建艦中のフランクリン級正規空母二隻（フランクリン／シャングリラ）も、一ヵ月もしないうちに完成する。

したがって、たとえ正規空母を失ったとしても穴埋めは可能な状況である。

いや、本当に心強いのは正規空母の数ではなく、常識外れの大量建艦を実施している護衛空母と支援空母のほうだ。

これらは乗艦する者たちには悪いが、ある程度の損失覚悟で、それを上回る速度の建艦でカバーする仕組みになっている。

自由連合加盟国家すべての建艦を合わせると、護衛空母は一週間に一隻、支援空母は二週間に一隻の割合で完成しているのだから、一ヵ月に最低でも五隻が新たに戦列へ加わる計算になる。

それ以上に凄いのが、軽巡／駆逐艦／潜水艦／防護艦（海防艦・襲撃艦を含む）の建艦だ。

ナチス連邦が逆立ちしても追いつけないほどの大量建艦……。

これこそが自由連合の切り札であり、すでにそれらは完全に軌道に乗っている。

もっとも、これはナチス連邦にも言えることで陸上装備、とくに装甲車輌や重火器に関しては、ナチス連邦の生産量のほうがはるかに上回っている。

ただし自由連合は、ナチス勢の戦車などの数に戦車生産数で上回るような無謀なことはせず、戦車数自体は同等レベル（性能的には劣る）にとどめ、質的劣勢をカバーするため、歩兵用や小部隊用の対戦車兵器や対地攻撃機の増産に心血を注いでいる。

それらの結果が、バズーカ砲や双発地上掃討機『撃虎』であり、予想されていたよりはるかに多くの大戦果をあげていることは、すでに自由連合軍においては共通認識になりつつある。

ただしロケット兵器、それも誘導型のミサイルと呼ばれるようになる飛翔兵器については、まったくナチス側の独擅場であり、この分野において自由連合は絶望的なまでに遅れを取っている。

また、ナチス連邦から亡命してきたアインシュタイン博士などの物理学者集団が提唱している原子爆弾については、まず反攻のための戦時大増産にすべての予算を投入している関係で、まだ大学における基礎研究の域を出ていない。

対するナチス連邦では、英国情報部の調査によれば、スカンジナビア半島において、ドイツ単独による重水製造工場の稼働が確認されているため、ドイツも独自に原子爆弾の製造に向けて駒を進めているとなっている。

これは自由連合としても看過できない大問題のため、ともかく英国情報部を中心とする原爆開発阻止チームを編成し、具体的な開発妨害のための策を練っている最中となっている（これについては、まもなく特別な爆撃が実施されるとの噂がある）。

ともかく、原子爆弾のような途方もない未来兵器さえ登場しなければ、第二次世界大戦は既存の技術による通常兵器同士の戦いになる。

それならば自由連合にも勝ちめはあると判断したからこそ、いまも必死になって戦っているのである。

3

七月一八日夜　アゾレス諸島近海

キンケードの空母群による最初の航空攻撃は、予想より早い時間帯に行なわれた。

なぜなら、加藤艦隊と合流した打撃群が大量の索敵機を出したことにより、一八日正午を待たずして敵艦隊を捉えることに成功したからである。

索敵機の報告によれば、イタリア艦隊は空母を合流させた上で、艦隊全速に近い速度でスペイン方向へ遠ざかりつつあった。

これは新たにキンケード部隊が登場したことで、形勢不利と判断して退避行動に移ったためと思われる。

このままでは、スペイン陸軍の航空支援範囲に逃げられてしまう。

自由連合海軍部隊も、スペイン本土沿岸部にある陸軍航空基地から大量の戦闘機や爆撃機が飛びたってくれば、いずれ数において劣勢になる。

そうなる前にスペイン本土の航空基地を潰せればいいが、スペインは第一次大戦まで航空大国を自称していた国のため、とくに大西洋岸からジブラルタル海峡近くに至る地域には、それこそ市町村ごとに小さな飛行場が造られている。

それらを虱《しらみ》潰しに破壊するのは、現在の艦隊規模では不可能に近いし、飛行場にいる敵航空機も、すぐにほかの飛行場へ退避することで、なかなか数を減らすのが難しいと考えられている。

これらを根本的に解決するには、どうしても艦隊による急襲と同時に空挺部隊を投入し、その上で大規模上陸作戦を実施することで、一定以上の地域制圧を完遂しなければならない。

だが現在は、まだその状況にはない。まず大西洋の制海権を奪取してからでないと、スペインは攻略できないからだ。そのための戦いが、いま行なわれているのである。

キンケード部隊とミッチャー部隊が午後一時に送り出した第一次航空攻撃隊の数は、半数出撃にとどめたにも関わらず、じつに一六〇機に達した。

今日中にイタリア艦隊の足を止め、強引に夜間水上決戦へ持ちこむためには、どうしても二度の出撃が必要になる。つまり、夕刻にダメ押しの第二次攻撃を実施する前提があるから、どうしても半数出撃になってしまうのである。

だが……。

それらは嬉しい誤算となった。

イタリア艦隊の直掩機は二〇機前後しかおらず、しかもマッキ艦戦の性能が高速戦闘に特化された機体のため、思うように直掩できない状況が生まれてしまったのだ。

空母上空における低空低速での巴戦《ともえせん》では、新型のF5Fウインドキャットはむろんのこと、すでに代替わりしはじめているF3Fにも対抗できないことが判明し、俄然、自由連合側が有利な状況になった。

第一次攻撃により、まず軽空母サルデーニャが沈んだ。アキュラにも一発魚雷が命中したものの、飛行甲板が無傷だったため、多くの帰還機を収容したことが確認された。

そこでキンケードは、ただちに第二次攻撃を決意し、夕刻を待たずに実行に移した。

その素早さは、まだ第一次攻撃隊が着艦する前に、第二次攻撃隊が出撃したことでもわかる。

結果……。

間を置かずに実施された二度めの攻撃により、ついに耐えきれずアキュラが沈んだ。

空母をすべて失ったイタリア艦隊は、ここで初めて作戦を中止し退避行動へ移ったが、その時点で旗艦のリットリオが魚雷二発を後部に受け、艦速が六ノットまで落ちてしまった。

もし自由連合海軍部隊が同じ状況に追い込まれたら、迷うことなくリットリオを自沈させ、艦隊速度を回復したのちに遁走しただろう。

だが、イタリアにおいて海軍は誉れの最たるものであり、地中海の覇権を確保するのに欠かせない戦艦を自らの手で沈めることは、とうてい許されないこととされている。

そこで、イタリア艦隊を率いるアルベルト・ダ・ザーラ中将は撤収自体を諦め、反対に周辺海域に集まりつつあったナチス連邦各国の部隊に対し、大至急イタリア艦隊のもとへ集結するよう命令を発した。

もともと集結予定だったポルトガル哨戒艦隊とドイツ巡洋艦隊が、すぐさまこれに応えた。

そして夕刻になって、スペイン本土へ退避していたフランス艦隊残存艦とスペイン海軍所属の残存艦が、ともかく支援のため無事な艦を集めて出すと返答してきた（結果的にいえば、このスペイン軍港からの派遣は間に合わなかった。フランス艦隊は被害甚大な大型艦を軍港へ向かわせ、少数の軽巡主隊の部隊のみ参加させることにした）。

これによりイタリア艦隊は当初の予定通り、一八日夜には『アルファ艦隊』と銘打った合同艦隊の編成が可能となり、突貫で夜間決戦態勢を整えたのである。

自由連合側としては、せっかく優位に立っているのだから、明日の朝を待ってダメ押しの航空攻撃で決着をつけたほうがよいとの意見も出た。

だが、おそらくナチス連邦側は夜明け前にはスペイン沖へ撤収し、陸上航空隊の掩護を受ける予定だろうと判断し、やはり夜戦で決着をつけるしかないとの結論に至った。

かくして両陣営の大規模艦隊同士による夜戦が、ここに不可避となったのである。

だが……。

それらの動きをよそに、ひたひたと忍者のごとくイタリア艦隊へ忍びよる小型艦の集団がいることに、ナチス側は誰も気づいていなかった。

そして、日没直前の午後六時。

シーウルフ級襲撃艦二五隻からなる五個隊構成の独立第1襲撃艦部隊が、最大艦速に近い三二ノットを保ったまま、まっしぐらにイタリア艦隊めがけて突入したのだった。

＊

日が沈み、水平線がおぼろげに見えるようになった頃……。

イタリア艦隊は、大幅な速度低下をきたした戦艦リットリオをかばうように、軽巡を直率艦とし、左右に駆逐艦三隻を張りつけた陣形で東への逃避行を続けていた。

「もう、これ以上の航空攻撃はないな。夜間は潜水艦に注意しつつ、味方艦隊との合流を果たす。その時点でリットリオを分離し、スペインへ退避させよう。空母を失ったことは非常に痛いが、まだ我々には水上打撃艦がある。

夜戦では、戦艦より機動力のある巡洋艦や駆逐艦のほうがダメージを与えやすい。その点、合流する味方艦隊は二個とも巡洋艦部隊だ。彼らさえ合流すれば、夜明け前に敵艦隊へ一矢《いっし》を報いることができる」

一方的に被害を受けたザーラだけに、このまま地中海へ帰るわけにはいかない。

戻ったところで、待っているのはイタリア海軍で今次大戦初の敗軍の将というレッテルだけだ。下手をすれば敵前逃亡で軍法会議にかけられる。

そのような屈辱を受けるくらいなら、多少の危険を冒してでも、敵艦隊に同等以上の被害を与えて痛み分けの判定をもぎ取るべきと考えた。

ナチス連邦の軍部では、とくに名誉とか勇猛果敢といった精神的な部分が強調される。

なぜかといえば、全体主義においては根拠のある事実認定より精神的判断のほうが、より簡単に邪魔な人物を粛清できるからだ。

もともとはロシア首相のスターリンが得意とする手法だったが、ドイツでもユダヤ人排斥と旧国軍幹部の粛清で同じ手法が用いられ、それは速やかにイタリアへも波及している。

もっとも、イタリアではヒトラー総統の怒りの矛先《ほこさき》をかわして粛清されないよう、逆の立場で考えることが多いという特徴があるが……。

ともあれザーラも、ほかのイタリア海軍幹部がエジプト方面で戦功をあげたり、本土艦隊で出世のことばかり考えている者しかいない現状において、自分一人が負け戦の責任を取らされてはたまらないと思ったのである。

「予定では、ポルトガル艦隊がそろそろ現われる頃ですが……ドイツ艦隊は、あと二時間ほどかかりそうです」

航行参謀が、艦橋後部にある海図台のところでザーラに説明した。

ザーラの発言だけでなく航行参謀の予測でも、スペイン本土からやってくるはずの二個残存艦隊の話題は出なかった。

スペイン艦隊とフランス艦隊の主力艦が受けた被害は、どう見ても最低で一ヵ月ほどの補修が必要と思われる。それが最低レベルの補修であり、完璧に直すとなると半年近く必要なのだ。

したがって、補修途中の艦を強引に出撃させようとしても、思うようにいかないのだろう。

確実に駆けつけてくるのは、フランス艦隊残存艦の軽巡と駆逐艦のみ……。

これでは期待するほうが誤算を生むとして、無視することにしたのである。

「そうか。では、そろそろ旗艦変更の準備をしなければいかんな。合流時に艦隊を停止させるから、その時にカイオ・デュイリオへ移動し、以後はあちらを旗艦とする。

そして合流終了時には、リットリオその他の被害艦を分離してスペインへ向かわせる。こうすれば、可能な限り時間的なロスなく艦隊合流と再編ができる。あとは敵艦隊の待つ西北西へ舵を取り、なんとしても午前四時までに夜戦を挑むだけだ。当然、夜明けと同時に敵航空隊が襲ってくるから、その時は全速で逃げねばならない」

午前四時に海戦を実施して、それから夜明け時の航空攻撃をかわすなど、現実問題として不可能に近い。

しかし、それを真面目に考えたら夜戦そのものができなくなるため、あえて無理を承知で予定が組まれていた。

相手にしている航行参謀と作戦参謀、そして艦隊参謀長も、このことは重々承知している。

いや、承知しているどころか、夜明けの逃走時にどうやってポルトガル艦隊を殿《しん》軍《がり》にして逃げ延びるか、それしか考えていなかった。

本音を言えばドイツ艦隊も殿軍にしたかったが、それをやるとヒトラーの怒りを買うことになるため、ドイツ艦隊に関しては、先方に状況判断を一任することで意見が一致している。

これらの状況は、もはやナチス合同艦隊の中では、まともな戦況判断ができなくなっている証拠である。

　判断する材料が政治的なものばかりになっているため、戦略どころか戦術レベルですら軍事的な判断ができなくなっている。それを当人たちも承知の上で実施しているのだから事は深刻だった。

「左舷前方に発光信号……ポルトガル艦隊です」

「右舷三〇度方向、距離おおよそ七キロに発光信号。ドイツ艦隊と思われます！」

　ふたつの報告が、ほぼ同時に舞い込んだ。

　律義なドイツ艦隊は、なんと予定より二時間も早く合流地点へ現われた。ザーラにしてみれば、まさに不幸中の幸いである。

「合流作業を前倒しにする。急げ！」

　予定が二時間も早まれば、夜戦のタイミングも前倒しにできる。

　ここにきてようやく、ザーラも戦術的にまともなことを考える余裕が出てきたようだった。

　だが……。

　事は幸先よしどころか、じつは最悪への坂道をまっしぐらに転がり落ちている最中ということに、合流するすべての艦隊の指揮官は気づいていなかった。

＊

「敵艦隊発見！」

最高速度が三四ノットというのに、じつに三二ノットで突進してきたフランク・R・ウォーカー大佐率いる独立第1襲撃艦部隊は、ようやく無茶な突進が報われようとしていた。

日本海軍が設計し、米海軍が改良したシーウルフ級襲撃艦は、日本の海狼《かいろう》型襲撃艦では不可能なことをやってのけたのである。

強化され馬力に余裕が出た機関により、缶室圧力をあげなくとも高速巡航が可能になった。

また、やや増大した排水量を生かし、さらなる外洋航行能力と航続距離の延長を可能にしている。同時に魚雷のサイズも六〇センチ長魚雷へ拡大し、敵艦に対する打撃力を向上させた。

そしてなんと言っても、日本では三種類あった艦種を一種類に統一し、すべて雷撃艦としたことが最大の特徴となっている。

日本海軍は襲撃艦を機能分離型と定めて開発したが、米海軍は最初から、外洋における高速魚雷艇的な位置付けで部隊を編成するつもりだったのだ。

これらの判断は、すべて日本海における日本海軍とロシア海軍との交戦記録をもとに行なわれている。海狼型襲撃艦は奇襲雷撃に最も効果がある。事実その通りだったため、米海軍が雷撃艦に特化するのも当然である。

「無線封止を解除する。全隊へ通達。第１および第２隊は現状のまま突っ込む。第３と第４は予定通り左右へまわりこみ、主隊突入後の混乱時を狙って挟撃しろ。残る第５隊は主隊後方から追撃し、撃ち漏らした敵艦の掃討にあたれ。以上だ！」

威勢よく命じたウォーカー大佐だったが、報告した第１隊のシーウルフＷ－01艦副長は、言葉を遮るように報告を追加した。

「……ですが、どうも敵艦隊の数が多すぎるようです。しかも全艦が停止して何かを行なっている様子ですので、もしかすると支援部隊と合流中なのかもしれません」

ナチス側が支援部隊を急行させているという報告はなかったが、場所的に見ても、いくつかの艦隊が大西洋にいる可能性は充分にあった。

それを危惧した副長だったが、ウォーカーはあらためて声を大にして告げた。

「敵はもう目の前だ。いまさら敵の数が増えても関係ない。我々は予定通りに突入し、一撃離脱をもって作戦を終了する。その間の標的が増えたと考えろ！」

副長が伝えた敵艦隊の位置は、おおよそ二〇キロ先。現在の速度で直進すれば、三〇分もたたぬうちに敵艦隊の中心部へ到達する。

いまさら回避するわけにもいかないし、たしかに標的が増えたと解釈することも可能だ。

「了解しました。ただちに伝えます！」

襲撃部隊が敵の数を恐れるなど弱腰すぎる。

そう理解した副長は、ただちに同じ艦橋内にある通信ブースへ走ると、いま命じられたことを近距離無線電話で伝えさせた。

無線電話だろうと電波を出すことには違いない。次第に薄暗くなっていく宵闇の刻だが、敵艦隊もすぐにこちらの存在に気づくはずだ。

そうなれば、あとは時間との勝負である。

「機関全速！　出せるだけ出せ。雷撃班へ通達、全門斉射用意。六門すべてを一回の攻撃に投入する。発射後はそのまま敵陣中央を突破して向こう側へ突き抜ける。突き抜けたら、全速のまま逃走する。いいな!?」

小さな襲撃艦のため、ウォーカーは五隊二五隻もの襲撃部隊司令官にも関わらず、シーウルフＷ－01艦の艦長も兼任している。

そのため、いまの命令はＷ－01艦に対する個艦命令だった。

米東海岸で猛訓練してきた成果を見せて、ウォーカー率いる第１隊は、五艦が真横一直線に並ぶ完全横隊で侵攻している。すぐ後方には、第１隊の各艦の間に位置するよう横にずれた形で、同じく横隊の第２隊が続いている。

すでに命令が届き、第３隊と第４隊は左右へ単陣縦列隊形で分かれつつあり、第２隊の後方四〇〇メートルには、最も危険度の大きい殿軍として第５隊が追従していた。

「彼我《ひが》の距離一二キロ。敵艦隊のこちら側にいる駆逐艦が発砲！」

敵が気づいた。

距離が一二キロでも雷撃は可能だが、このような遠距離で撃つつもりはない。

襲撃艦の雷撃基準は、じつに二キロ以内だ。

それまでは敵の迎撃を変態的な機動でかわし、必中距離で狙いを定めて発射する。

ただし今回の場合は、魚雷を何度も発射している余裕がないため、狙いを正面の大型艦に絞り、全弾を狭い扇型になる放射状に発射する。

搭載されている魚雷発射管は正面方向に固定されているが、個々の発射管ごとに左右五度ほどの小さな角度だけ変更できるよう固定台座部分に調整機構がついている。それを事前に調整すれば放射状発射も可能なのである。

ただし、あくまで事前に周到な調整が必要なため、戦闘中は無論のこと、敵を発見してからの調整も無理だ。

「第四機動で侵攻する」

襲撃艦の特徴は、なんといっても三胴型という特殊な艦形と、左右のフロート前部に副舵が設置されていることだ。

副舵と後方にある主舵を艦橋にある二つの舵輪で操作すれば、通常艦とは次元の異なる不可思議な機動が可能になる。

いまウォーカーが命じたのは、敵の砲撃を避けるため転舵するタイミングを定めた機動制御の割り振りであり、第四機動は、まず左へ二単位時間、次に右に一単位時間、次に右へ三単位時間、次に左へ四単位時間移動することを意味している。

この間、襲撃艦の艦首は常に正面を向いている。いわば海上で、車のドリフト走行のような機動を行なうに等しい。

当然、六門の魚雷発射管は、機動途中だろうが常に正面を向いているため発射可能である。

この駆逐艦ですら苦労する常時照準を、襲撃艦はいとも簡単に行なえる。

しかも敵の砲撃や雷撃を、正面をむいたままかわすことができるため、常に敵に対して最小面積部分しか見せないで接近できるという途方もないメリットがある。

「三番艦、被弾！」

「先方の艦長に任せる。残る四艦はそのまま突入！」

襲撃艦の排水量は、増大したといっても九七六トンしかない。最近の駆逐艦は敵味方とも二〇〇〇トン近くか、もしくは超えているため、そのぶん主砲も大型化している。だから駆逐艦の主砲弾の直撃を食らえば間違いなく大破する。

ただし三胴の艦体を持つため、そう簡単には沈まない。

「距離四〇〇〇！」

「第一機動へ変更。これより個艦突入!!」

ここまで到達できれば、もはや隊陣形を保つ理由もない。

各艦ともに前部にある一〇センチ四五口径単装二基を連射しつつ、雷撃のタイミングを計るだけだ。

「距離二〇〇〇！　左舷至近に着弾!!」

左側の副胴が大きくあおられたものの、すぐに修正する。

雷速を最大の五〇ノットに調整してある六〇センチ長魚雷が、わずか二キロの距離を走りぬけるため前方へ投射された。

「右舷二〇メートル移動。速度そのまま。右舷にいる敵艦の後部をすり抜ける」

魚雷を射ったら、あとは遁走あるのみ。

命中したかどうかは、後部甲板にいる二〇ミリ単装機銃手と、艦の各所にいる六名の監視員にゆだねられる。

「後方の第2隊に炎上中の艦あり！　艦ナンバーは不明！」

「敵の射撃が当たりすぎるな……」

日本海軍からもらったロシア海軍との交戦記録では、ここまで砲撃被害を受けてはいなかった。

ウォーカーの独り言に対し、副長が律義に返事した。

「もしかすると、ドイツ艦がいるのかも……」

「かもしれんな。イタリア艦艇は、艦自体は優秀だが乗員の訓練がなっていないと聞いている。だからもう少し被害も少ないと思っていたのだが、相手にドイツ艦がいるとすれば、想定外の被害もうなずける」

「全門、発射‼」

「敵巡洋艦の後部をすり抜けます！　銃撃回避のため艦橋要員は全員、身を低くしてください‼」

作戦参謀が緊急指示を出した。

その直後。

左舷艦橋の窓を数発の一二・七ミリと思われる機銃弾が貫通し、反対側の艦橋内部にある薄い鋼板に命中した。

この鋼板は艦橋内に飛びこんだ銃弾や砲弾断片による跳弾被害を防ぐため、わざと貫通するよう薄い鋼板を張り、内側で跳弾処理をするためのものだ。

したがって、よほど運が悪くない限り、被害は直接命中する一回のみとなる。

「負傷者はいないか？」

副長の誰何《すいか》がなされた。

「レーダー担当員が右太股を貫通され、重傷の模様！」

「すぐに衛生班を呼べ！」

小さな艦のため、軍医は乗艦していない。そこで、看護師資格を持つ衛生班長をトップとする衛生室が医務室の代わりとなっている。

「正面に駆逐艦！」

「急速回避！　同時に砲撃牽制‼」

前部にある二門の主砲は、いずれも露天式で簡単な砲盾《ぼうじゅん》しかついていない。そこで射撃を続行している射撃班は、いずれも肝の座った猛者《もさ》ばかりである。

襲撃艦において最大の危機は、敵艦の真横をすり抜ける時だ。

こちらは二門の主砲を手動旋回させて対抗するのが精一杯だから、敵弾が命中する可能性が最も高くなる。ロシア艦隊との海戦でも、大半の被害が交差時に発生していた。

「二番艦、中央部に巡洋艦主砲の直射命中！」

「むう……」

駆逐艦ならまだしも、巡洋艦の主砲弾を食らえば助からない。

「暫定報告！　敵戦艦二に雷撃四発が命中！　重巡と思われる一隻に三発、一隻に一発が命中！　あと軽巡と駆逐艦にも艦数不明ながら六発命中‼」

これは第1隊が放った三〇発の魚雷による戦果のはずだ。

おおよそ半数近くが命中している。

これは驚異的な命中率だった。

「初撃はこんなものだろう。敵も用心するから、後続部隊の命中率は下がるはずだ」

すでに敵艦隊の中央部をすり抜けた第1隊は、焦って詰めよろうとする駆逐艦を機動だけでかわしながら、三四ノットのまま突き抜けつつある。

しかし後続の第2隊と殿軍の第5隊は、これからが本番……。

左右にまわりこんだ第3／第4隊は、タイミング的には第5隊の突入と同時になるため、彼らも敵がよほど混乱していない限り、猛烈な反撃を食らうはずだ。

それでも突入する。それが襲撃艦の宿命であり、駆逐艦乗りですら敬意を抱く由縁である。

＊

「射撃開始！」

一九日午前二時五八分……。

総旗艦に抜擢された戦艦ニューメキシコへ移動した加藤隆義中将は、支援に駆けつけたキンケード少将からの強い勧めにより、臨時の合同部隊の総指揮官に着任した。

そのせいでニューメキシコが、二つの水上打撃艦隊を束ねる総旗艦となったのである。

闇夜を貫く七隻の戦艦による集中砲撃。

昨日まで旗艦だった戦艦ジョージアも、数多くの被害をものともせず主砲を撃ちまくっている。

相手のナチス連邦艦隊は、イタリア艦隊を中心とする戦艦二／重巡三／軽巡六／駆逐艦多数の混成艦隊だ。

ナチス側も生き残った空母を退避させた上での、水上打撃艦のみでの応戦となった。

「北東方向より新手！」

思わぬ報告が入った。

正面にいる敵艦隊ですら合同艦隊だというのに、また一個あらたな艦隊が現われたらしい。

「退避途中の襲撃艦より入電！　接近中の艦隊は、艦影から先日退避したフランス艦隊の水上打撃艦と思われる。以上です!!」

一度はリスボン方向へ逃走したフランス艦隊だったが、どうやら上層部から強い命令が出て、健在な艦のみ夜戦に間に合うよう引きかえして来たらしい。

「……ということは、戦艦と軽巡が主体か」

加藤が思わず呟《つぶや》いたのを、参謀長は見逃さなかった。

「いいえ、おそらく軽巡だけです。フランス艦隊にいた戦艦二隻は、いずれも撃沈をまぬがれたものの、双方とも大破から中破していると思われます。艦速もそれなりに落ちているはずで、時間的に見て速度を落とした戦艦が同伴していては間に合いません」

「軽巡と駆逐艦だけなら、水雷戦隊構成で仕切りなおす可能性もある。まあ、そう簡単に艦隊直掩艦が水雷戦隊に早変わりできるとは思えんが……ともかく敵の雷撃に注意するよう各艦へ通達してくれ」

夜戦で恐いのは、派手な戦艦主砲による砲撃ではなく、闇に紛れて急速接近してくる水雷戦隊である。

むろん強大な戦艦に立ち向かうのだから、先方も被害はまぬがれない。とくに今回のような、自由連合側に一〇隻以上もの重巡や軽巡がいる場合、返り討ちにあう可能性のほうが高い。

それでも突入してくるのだから、もはやそれしか選択肢がないと言っているようなものだった。

「戦艦群は、左舷を正面にして全門砲撃を継続せよ。敵艦の突入を阻止するため、戦艦群の正面に重巡四隻を移動、砲撃により阻止せよ。戦艦群の前後にはそれぞれ二個駆逐群を配備、これも敵艦突入阻止のため動け。

ともかく夜明けまで陣形を固めて防御戦に徹する。夜明け寸前まで敵艦隊を引きつけられれば、あとは航空攻撃隊が始末してくれる。その前に逃走するのであれば、深追いせずに放置して味方被害を最低限にとどめる。以上、徹底するよう伝えよ」

あまりにも常識的な判断だが、もともと古風な戦いしかできない加藤にとっては、これが最善の策となる。

もし、あまりにも現代海戦の常識から外れているとなれば、たぶん臨時の副長官になったキンケードが忠告してくれるだろう。

すべては夜明けまで。

それさえ無事に迎えることができたら、おそらく大西洋における戦いは一時的にやむはずだ。

こちらはまだ戦力を有しているものの、これ以上先に進む予定はない。

あくまで加藤艦隊は囮であり、アゾレス諸島海域を一時的に確保し、敵艦隊を誘いだせば役目を終えることになる。

対するナチス連邦側は、あまりにも立て続けに甚大な被害を受けたため、ドイツ本国から精鋭艦隊を出す以外、もう大西洋へまわす余裕がなくなりつつある。

このまま半年単位で戦闘がやむ可能性もあるが、ヒトラーの性格からしてその可能性は低い。

激怒しつつも敵味方の戦力差を考慮にいれるヒトラーは、おそらくナチス連邦の沽券《こけん》に関わるとして、リベンジ可能なドイツ本国艦隊を出してくるだろう。

これまでまったく戦闘に参加していない、まっさらの新鋭艦ばかりで固めた艦隊だけに、いかなる新基軸が山盛りされているか、自由連合側はまったく知らない。

それを出す以上、ヒトラーは勝ちめがあると算段して出してくる。したがって自由連合海軍も、加藤艦隊のみでは（たとえキンケード部隊の応援があるとしても）負ける可能性が高い。

となると、どうすれば……。

そこまで考えて一連の作戦を立案していなければ、とても一流の軍とは言えない。

当然、自由連合軍大西洋方面司令部は、今後のことまで考えて全体の作戦立案と運用を実施している。

あくまで加藤艦隊の囮作戦は、それらの出発点にすぎなかった。

＊

七月一九日朝、地中海。

「来たか！」

ハルゼーはたった今まで、正規空母チェサピークの艦橋左舷側にある長官席に座り、呑気にうたた寝をしていた。

だが、艦橋後部にある有線電話ブースから走ってきた通信参謀の報告を聞くやいなや、一瞬で日頃の獰猛なブルドッグの顔つきにもどった。

「イタリア艦隊にいくつかの巡洋艦隊が合流したものの、先に空母戦力が半減していたため、夜明け前の水上決戦も逃げ腰で行なわれたようです。そのせいで陣形が乱れ、数多くの雷撃が命中、戦艦一隻と重巡三隻を撃沈したそうです」

「水上打撃艦の報告はいい。肝心の空母はどうなったのだ？」

「はい。さすがに正規空母はしぶとく、大破したものの沈むことなくスペイン本土方面へ逃走しました。しかし継戦可能な空母は、これで皆無となりました」

ナチス連邦海軍が大西洋へくり出したすべての空母が、沈むか被害を受けて戦えない状況になった。

ハルゼーはこの状況が生まれることを、いまかいまかと待っていたのだ。

「よし。それだけわかれば充分だ。これでイタリア本土にいる空母は一隻か二隻だから、もはや我が艦隊の脅威とはなり得ないし、常識的に言ってイタリア本土が攻撃を受けなければ出てこないはずだ。

では、作戦を開始する。空母群へ伝達。ただちに発艦し、目標を攻撃しろ。これだけ伝えれば、あとは事前の打ち合わせ通り勝手に動くはずだ」

「承知しました。では」

通信参謀もすべて了解しているらしく、そのまま有線電話ブースへ戻っていく。

「作戦参謀！」

ハルゼーは長官席から立ち上がると、さも作戦参謀が艦橋にいるのが当然といった感じで見回した。

「聞こえています。いま命令を発するところですので、少々お待ちを」

「あ、ん？　ならば、それでよい」

作戦参謀が先読みしたらしく、ハルゼーは気勢を削《そ》がれてふたたび長官席へ座りなおした。

その耳に作戦参謀の声が聞こえた。

「これよりアルジェに対し航空攻撃を実施する。ナチス側からの陸上機による反撃の可能性もあるので、対空防衛担当艦は空母群の前面に出て、対空戦闘可能な状況で待機するように。

直掩機はすべて空母群防衛のため割り振るから、水上打撃群の上空に味方機は一機も来ない。よって飛んでくるものはすべて敵機と判断し、片っぱしから撃墜するように。

なお、三〇ミリと四〇ミリ機関砲の砲弾には従来型のVT信管が設置されているが、両用砲と対空砲の砲弾には、日本で開発された新型のVT信管起爆の拡散型砲弾が用意されている。

これにより八センチ以上の対空砲座は、敵機の前方に照準を定めるだけで、あとは砲弾が勝手に撃ち落としてくれる。従来のVT信管より命中範囲が広くなるから、狙うより数を撃つことに専念しろ。以上、各伝令はただちに伝えよ！」

どうやら艦隊参謀としての役目と同時に、チェサピークの対空射撃班に対する個艦命令も同時に行なっているらしい。

現在位置は、オラン北東二八〇キロ。

アルジェにある飛行場から偵察機が飛べば、数十分で到達できる距離だ。

つまり夜が明けた現在、常に発見される危険性のある場所に居座っていることになる。

ただしアルジェの陸上航空戦力は、たいしたことはない。

あまりにもパットン率いる自由連合陸軍との距離が近すぎるため、砲撃などにより航空基地を破壊される可能性が高く、実際に三箇所ある周辺航空基地のうち二箇所までが、すでに使用不能なまでに砲撃と爆撃で破壊されている。

残る一箇所は、もっぱらアルジェ南方二〇〇キロ付近を通る内陸部の街道周辺を攻撃している。その地点には、アルジェを素通りして先へ進もうと画策するパットン軍団の先陣がいるためだ。

したがって、これほど身近にハルゼー艦隊が迫っているとは誰も思っていない。

おそらく地中海方面への航空索敵は行なっていないはず……。

すべてはハルゼーの読み通りだった。

「さてさて、ドイツの誇る名将ロンメルが、この航空攻撃を受けてどう動くか、結果が楽しみだな」

地中海といえば、ほんの一週間ほど前までナチス連邦……とりわけイタリア海軍の海と、誰に聞いてもそう答えるほど常識となっていた。

それがあっという間に、ハルゼーの海になっている。しかもナチス陣営がまだそのことに気づいていないという、まさしく最悪の状況である。

敵の最悪は味方の最良……。

パットンには事前に、もし海軍側の明確な動きがあったら、ただちに全力で作戦を進捗させよとの命令が届いている。

さすがにハルゼーの動きが漏れることを恐れて、肝心な部分は抽象的な表現となっているが、たしかにハルゼー艦隊によるアルジェ爆撃が実施されれば、どんなに愚鈍な指揮官でも命令された条件が満たされたと感じるだろう。

当のロンメルは、いまだにチュニスにいる。

ロンメル軍団の半数以上をアルジェに移動させつつも、軍団司令部はチュニスに置いたまま、北アフリカ方面の広い範囲に睨みをきかせている。

だからこそパットンも、アルジェを無視してエジプト方面へ突進するのを躊躇《ちゅうちょ》していたのだ。

下手に突進すれば、アルジェの敵とチュニスの敵に挟み撃ちにされ、補給線も寸断されたあげく大敗しかねない。

ロンメルがパットンにそう思わせるための布陣なのだから、現状はロンメルの手のひらの上でパットンが息をひそめていることになる。

それが手のひらの外から、ハルゼーの猛烈な支援攻撃が入る。ゆえに今後は、ロンメルの判断で大きく戦局が動くことになる。

しかもその最初の兆候は、ハルゼーが行なう第一次航空攻撃が終了する二時間後に、早くも現われるはずだ。

アゾレス諸島と中東沿岸での戦いが、いま北アフリカ方面を大きく変えようとしている。

そしてもうひとつ、地球を半周近くまわった極東方面においても、新たな大規模かつ徹底的な動きに繋がろうとしていた。

4

現地時間一九日午後　北海道

「特命、下りました！」

札幌からほぼ真北に位置し、しかも先のロシア軍による北海道侵攻作戦で重要な役目を果たした、利尻《りしり》・礼文《れぶん》の両島までは行かない海域……。

そこにある天売島《てうりとう》・焼尻島《やきしり》のすぐ南側の海に、いま自由連合海軍の艦隊が集結している。

F・J・フレッチャー少将率いる極東第一任務部隊、および井上成美少将率いる第二任務部隊、そして今回の作戦のため新設された巡洋戦隊構成の極東第三任務部隊(阿部俊雄大佐)の三個任務部隊である(任務部隊ナンバーは自由連合極東海軍の司令部が日本に置かれているため、日本海軍中心の作戦の場合、漢数字での表記が許されている)。

いま報告の声がむけられたのは、第二任務部隊旗艦・軽巡舞鶴に乗艦している井上成美に対してだった。

「至急、発光信号にて総旗艦へ伝達。第二任務部隊各艦は、フレッチャー司令長官の命を待ち、出撃命令が下ると同時に移動を開始できるよう、ただちに準備に入れ」

井上の命令は、自分の部隊だけ抜け駆けで準備を整えるよう命じたように聞こえるが、じつはそうではない。

三個部隊のうち航空攻撃隊を出せる空母は、井上指揮下の軽空母雲鷹《うんよう》／天空／俊空の三隻のみであり、出撃命令が下れば、ただちに航空攻撃隊を出撃させる予定になっている。

その後、航空部隊は攻撃隊を収容するため、安全な収容地点まで移動しなければならず、それには事前に準備しておかねばならないのだ。そのための先駆的な命令である。

ちなみにフレッチャーの部隊にも三隻の空母がいるが、護衛空母水鳥／海鳥は艦隊直掩専用空母であり、残る軽空母マザーホークも、本来は井上の空母と同じ攻撃隊を編成できる軽空母分類にも関わらず、開戦以来ずっと艦隊直掩空母に甘んじている。

これは以前の合衆国海軍の軍事ドクトリン（空母を艦隊防衛に用いるもの）をそのまま踏襲したためだ。

だが、当の合衆国海軍（主に大西洋艦隊）が、完全に日本型の機動部隊を活用するドクトリンに変更しているというのに、こちらは開戦以降、ずっと実戦に出ずっぱりだったせいで、まだそのままになっている。

しかし、三個任務部隊に小型空母が六隻もいれば、最上級に近い航空支援が可能になることも確かだ。

とくに井上の部隊は、これまでずっとウラジオストク破壊作戦に従事していたせいで、所属している飛行兵たちは、いずれも出撃回数二〇回以上の猛者ばかりになっている。

その間に事故やまぐれ当たりの対空射撃で失った艦上機は六機というから、井上の采配がいかに見事だったかわかるというものだ。

そのかいあって、いまやウラジオストクは瓦礫《がれき》の山と化している。

ウラジオストクに繋がるシベリア鉄道や東朝鮮鉄道の線路も、一ヵ月やそこらではとても修復できないほど広範囲かつ多発的に破壊されているため、さしものウラジオストク守備隊も残留するのを諦め、どうやら満州方面へ撤収していったらしい。

ウラジオストクをロシア軍が放棄したことを確認した上で、井上は第二任務部隊を舞鶴港へ戻し、ひとまずの作戦終了を報告した。

むろん、その後にロシア軍が舞いもどってきたとの情報があれば、ただちに港を出撃して、ふたたび追い出すか全滅するまで攻撃を再開する前提での一時終了である。

そして……ロシア軍は戻ってこなかった。

いまやウラジオストクは、軍事物資を食い潰すだけの不良債権と化している。

いくら再建しても、絶えることのない航空攻撃で破壊されるのだから、再建するだけ無駄と考えるのが普通だ。

しかも満州方面軍は、スターリンがイラン方面へウラル方面軍の大半を進撃させてしまったせいで、後方の予備部隊がほとんどいなくなっている。大量の軍事物資もウラル方面軍が持っていったせいで、満州方面軍に対する支援が途切れがちになってしまった。

こうなると営口地区を取りもどすどころか、満州の心臓部である長春周辺に大部隊を張りつけて、徹底抗戦の構えを見せるのが精一杯……。

まさに猫の手も借りたい状況のため、本来は所属の違うハバロフスク守備軍（極東シベリア軍団）まで満州方面軍に組み入れた。

このような状況の中、いくら歴史と伝統のあるロシア軍港のウラジオストクとはいえ、特別扱いで死守する理由はどこにもない。

それどころか、ロシア陸軍から言わせれば、滅んでしまった太平洋艦隊の母港など即座に切り捨て、まずは満州を死守すべきという意見が大半だった。

かくして……。

日本海が完全に日本の海となったことを確認した日本軍総司令部は、自由連合軍極東司令部に対し、胸を張って『時機到来』の報告を行なったのである。

この報告を受けた極東軍司令長官ドワイト・D・アイゼンハワー大将は、かねてより日本陸海軍独自で行なう作戦について、実施する許可を与える気になった。

そして、世界にいくつか存在する主力方面の作戦展開の状況を見て、こちらの作戦実施が必要と判断したら、ただちに作戦実施命令を下すとの言質《げんち》を与えた。しかも、日本軍だけでは戦力不足と見て、自由連合軍から『特別支援軍』まで出すと約束した。

それ以来、日本陸海軍は、ロシア側の情報工作員に察知されないよう細心の注意を払いつつ、極秘裏に独自作戦の準備を完了させたのである。

今回、この海域に三個任務部隊が集結しているのも、表むきは『ロシア軍による北海道第二次侵攻が行なわれたと想定しての合同訓練』のためとなっている。

実際、北海道の一部に上陸されたのだから、この訓練は必要不可欠なものであり、誰もそれが欺瞞《ぎまん》作戦であるなどと疑いもしない。

そこまでして隠し通した独自作戦とは『樺太制圧作戦』である。

北海道の一部を一時的に占領された報復には、ロシア側の出撃拠点となったサハリン――日本名の樺太を制圧し、今後の出撃拠点を消滅させるのが最も効果的だ。

しかし、ひと口に樺太といっても、ロシアの樺太開発は遅々として進んでおらず、大半が自然の地形のまま、北から南にむけて数本の細い未舗装道路が繋がっているだけというお寒い状況のため、そこを占領するとなると大自然を相手に戦う覚悟が必要になる。

つまり、出撃拠点となったコルサコフ近辺に上陸作戦を実施して占領するのはたやすいが、その後に陸路を北上するのが困難を極めると予測されているのだ。

しかも、いまは夏のため問題は少ないが、早くも一〇月後半には冬が訪れる。

その冬も、東北や北海道の冬が小春日和に思えるほど強烈なものだけに、越冬するとなるとそれなりの施設と装備が必要になる。

これに関しては、北海道に展開している日本陸軍北海道方面軍から、寒冷地に特化した部隊を編成している。さらにはアイゼンハワーの英断で、彼らを軍事教導してくれたカナダ陸軍と米軍アラスカ方面軍所属部隊が特別派遣部隊を編成してくれた。

たとえ樺太の冬がどれほど寒くとも、アラスカやカナダ北部に生活基盤を持つ特別派遣部隊将兵たちからすれば、なんの変哲もない日常的な寒さでしかない。

これまでカナダ軍とアラスカ方面軍は、あまりぱっとした働きを見せていないが、今回ばかりは面目躍如と張りきっているようだ。

初動作戦は、ロシア側が実施した作戦の完全な裏返しとなる。すなわち、稚内に集結した小型の輸送船や輸送艇、上陸用舟艇などを使って、連続的にコルサコフ近くの海岸へ上陸作戦を強行するのである。

その間、反復輸送路の護衛は、日本海軍の北海道方面守備隊に所属している沿岸警備部隊が担当する。

北海道全域から最低限の沿岸警備部隊を残して出動させるため、なんとその数は、駆逐艦一八隻／根室型海防艦六隻／北竜《ほくりゅう》型駆逐艇二四隻／国後《くなしり》型海防艇四六隻／四号魚雷艇二二隻／乙種北方警戒艇三六隻と、凄まじい数になった。

とはいえ、駆逐艦を除けば最大でも根室型海防艦の八二〇トン、ロシア侵攻の時に活躍した北竜型駆逐艇は六八四トン、最小の乙種北方警戒艇に至っては三二トンしかない。

しかし前回のロシア侵攻において、なまじ大きい艦より、数多くの小型船でこまめに防衛するほうが効果的だと判明している。

もし敵潜水艦がどこからか出撃してきたという、あり得ないほど低い可能性のために駆逐艦を配備した以外、ほかは完全に上陸部隊の直近護衛に特化した編成となった。

では、肝心のフレッチャーが指揮する合同任務部隊は、いったい何をするための部隊なのか……。

それは現時点において極秘とされているが、作戦が開始されればすぐにわかるはずだ。

作戦自体はきわめて簡単明瞭なだけに、失敗は絶対に許されない。

日本軍としても、独自に動く希有の機会とあっては、万が一にも作戦が失敗に終わらないよう、念には念を入れてしつこいほど細心の注意を払いつつ実施するつもりになっている。

極東総司令部からの命令を、フレッチャーに伝えて一二分後……。

総旗艦の戦艦ニューヨークから、所属全部隊の全艦に対し、合同艦隊としての出撃命令が発令された。

「直掩機、上げ！」

まず声をあげたのは、井上の部下となる部隊航空参謀だった。次に参謀長が声をあげる。

「空母直衛群、空母の離艦進路確保のため進撃を開始せよ」

先に空母直掩隊を上げ、そののち井上の部隊が動く予定らしい。

その間に先遣部隊として、動きの軽い阿部俊雄大佐率いる第三任務部隊が、先行して北上を開始する。

日本海軍初の拡大軽巡となる阿蘇を旗艦とし、軽巡二／駆逐艦六／AJ型簡易駆逐艦四／北竜型駆逐艇一六という、小粒だが俊足揃いの構成である（北竜型は最大二七ノットだが、それは冬の荒天時でも出せる速度のため、冬場以外なら巡航でも二六ノットが可能）。

彼らには空母艦上機による上空支援はないが、代わりに北海道北部の陸軍航空隊が支援してくれる。

まずフレッチャー部隊がやることは、上陸部隊に先んじてのコルサコフ港徹底破壊である。

作戦予定では、沿岸砲台や海岸陣地／陸上航空基地／陸軍駐屯地は言うに及ばず、湾内外に多数いる小型沿岸警備艇や魚雷艇、武装漁船まで徹底して沈めることになっている。

武装漁船といっても見た目は漁船そのものであり、多くても連装機関砲、通常は単装機銃一門だけを装備し、あとは手持ちの小火器だけなのだから、これを沈めるとなると、ほぼすべての漁船がターゲットとなる。

そこまで徹底すると日本海軍が決めた以上、部隊を束ねる意味で、フレッチャーも異論ひとつ出さずに了承したという。

まずはコルサコフ攻略。話はそれからだった。

＊

現地時間二〇日未明……場所は、北アフリカのオラン北東二八〇キロ海域。

昨日朝のアルジェに対する航空奇襲攻撃を成功させたハルゼーだったが、いまだに肝心のパットン側からどう動くかの連絡がない。

予定ではモロッコの司令部を経由して、なんらかの連絡が行なわれることになっているのだが、それが丸一日経過しても届かないのである。

もともと怒りっぽいハルゼーが癇癪《かんしゃく》をこらえて待っている姿は、恐いというより滑稽に見える。まるで食事のお預けを食らったブルドッグのようだ。

「こっちから電波を出すわけにはいかんことを、パットンも知ってるだろうに」

地中海に入ったからには、それなりの結果を出さねば戻るに戻れない。

しかし長居をすれば、いくら痛手を受けたイタリア海軍とはいえ、ナチス連邦各国からの強い要請を受けて艦隊を出してくる可能性が高い……。

ハルゼーはその猶予期間を、おおよそ三日と見積もっていた。

最初の攻撃から三日後には、いったん作戦を中止して行方をくらませる必要がある。

地中海の中に敵の航空索敵を逃れられる場所はほとんどないため、どうしてもジブラルタル海峡を抜けてモロッコ沖まで戻らねばならない。

退避自体、あまりくり返すとナチス側に察知されるため、多くても二回が限度だ。

その後は作戦を中止して、いったんアメリカ本土へ戻ることになる。

それまでに、なんとしてもパットンにエジプトへの進路を与えなければならない。

今日の午前三時に傍受した合衆国海軍ラジオ放送——ボイスオブヨーロッパ（BOE）によれば、大西洋における勝利が、なぜか極東方面にまで波及しはじめたらしい。

中東方面も、インドに集結している世界最大規模の自由連合軍部隊が、いよいよイラン経由で中東への進撃を開始したという。

それに対し、ロシア陸軍の大部隊がウラル山脈南部からカザフへ入り、現在はキルギス経由でウズベキスタンへ向かう様相を見せている。

おそらく、インドからイランを通じて中東入りする自由連合軍を、アフガン経由でイランへ侵攻後、自由連合軍の側面から攻撃を仕掛けるつもりのようだ。

これをやられると、たとえ自由連合軍のほうが圧倒的多数であっても、狭い移動コースのド真ん中を寸断されることになり、先に進んでいた部隊が孤立するのはむろんのこと、補給すらままならない状況が訪れる。

補給に関しては、ペルシャ湾を使って海軍が海上輸送することも可能だが、なにしろインド植民軍や、東南アジア植民地から来た将来の国軍予定の義勇軍部隊まで加えると、じつに一〇〇万を軽く超える大軍になっている。そのため陸上ルートを遮断されると数十万が中東側で孤立し、海上での輸送だけでは絶対量が足りなくなる。

となれば、道はひとつ。

インド方面軍は中東進撃を一時中止し、全力でロシア陸軍を撃退しなければならなくなる。

これを目的としての、ヒトラーのスターリンへの厳命なのだから、いまのところロシア軍はヒトラーの思惑通りに動いていることになる。

しかし自由連合軍も、むざむざとヒトラーの罠にはまるつもりはない。本格的な中東侵攻を実施すれば、いずれロシア軍の南下を招くだろうことは、事前の机上演習でもなかば常識となっていた。

しかし、南下するロシア軍が七〇万近い大軍となると、なかなか有効な手が打てない。

そこで頭を絞った自由連合軍の作戦立案担当部門は、これまで手つかずの軍を、ついに使用する決心を固めた。

その軍が、いま動きはじめている……。

これら中東から極東にかけての、大きなうねりのような軍事的変化が、すべてハルゼー艦隊の作戦成就にかかっているのだから、さしものハルゼーも苛立《いらだ》つはずだ。

そのハルゼーのもとへ、通信参謀が駆けよってきた。

「三〇分前に出撃した軽空母濤鷹《とうよう》搭載の長距離偵察機が、サルデーニャ島南方をチュニスへむけて南下中の大船団を確認したそうです。大船団には巡洋艦が八隻前後、多数の駆逐艦が護衛のため随伴しているそうです」

「イタリアが海軍ではなく陸軍を動かしたか……」

シナイ半島沖と大西洋で、二隻の空母を失い二隻を戦闘不能にされたイタリア海軍は、残る出撃可能な空母を二隻にまで減らされ、ついに弱腰になったらしい。

もっとも、まともな海軍であれば、ハルゼー艦隊に三隻の大型正規空母がいると知れば、正規空母一隻と軽空母一隻のみで戦いを挑もうとは考えない。

事実、ハルゼー部隊の規模は昨日の朝の攻撃後、ロンメルがすかさずくり出した長距離双発戦闘機と双発爆撃機による陸上航空攻撃隊によって捕捉されている。

肝心の爆撃は、もともと命中率がきわめて悪い水平爆撃だったことと、単発の新型艦戦に双発長距離戦闘機が太刀打ちできなかったことで、ほとんど戦果らしい戦果をあげられず惨敗という結果に終わった。

ただロンメルも、この攻撃隊でハルゼー艦隊をどうにかしようとは思っていなかったふしがある。

あくまで攻撃はついでであり、実際は強行偵察の意味合いのほうが強かったことは、先ほどのイタリアからの輸送船団の動きを見てもわかる。

ロンメルは今回のようなことがあった場合、ただちにイタリア陸軍から増援部隊を出させ、彼らにチュニス防衛を任せる算段を固めていたようだ。

チュニスの軍団司令部をイタリア軍に防衛させれば、自分の部隊は自由に動かせるようになる。

前からロンメルは、一刻も早いパットンとの雌雄を決する戦いを挑みたいと考えていたのだから、そのきっかけをハルゼーが作ってくれたことに感謝しているのかもしれなかった。

「どうせ彼我の距離は、こちらの航空攻撃がぎりぎり届かない海域なんだろう？」

皮肉をこめた口調でハルゼーが質問する。

「あ、はい。通常の水上機索敵では届かない場所を、なぜ長官が、わざわざ日本の長距離偵察機まで使って調べろと命じられたのか、皆も不思議に思っていたのですが……まさか輸送船団が来ることを予期なされていたのですか」

通信参謀は自分の役職も忘れて質問した。

「ある程度はな。ただ、来るのはイタリア艦隊だと思っていたが、どうやらロンメルのほうが一枚上手だったらしい。

考えてみれば、俺たちを艦隊で追い払おうとしても成功する見込みは小さいが、陸上部隊を送りこめば確実にロンメルの自由度は増大する」

「では、このまま見逃されるおつもりですか」

いまにも行なわれようとしているアルジェに対する第二次航空攻撃を中止し、全速力で東進すれば、敵船団がチュニスの航空支援に入る前に攻撃できるかもしれない。

　そう思ったらしい通信参謀が、またしても身分不相応な質問をした。

「アルジェを放置すれば、おそらくアルジェの敵部隊は南下を開始するはずだ。そうなれば、南の内陸部を移動中のパットン主力部隊は、側面もしくは後方に敵を接近させることになり、そのまま先には進めなくなるだろう。

　それこそがロンメルの狙いだ。なぜ我々の攻撃を受けても、かたくなにアルジェから装甲部隊を含む大戦力を動かさなかったのか、これで説明がつく」

　アルジェの南近郊にいる自由連合軍は、日本の陸戦隊旅団とアメリカの海兵旅団、それに一個軽機甲兵旅団のみとなっている。

　彼らが大被害覚悟で守りに徹すれば、あるいはアルジェのナチス連邦部隊の南下を阻止できるかもしれない。

　しかし、常識的には一点突破される。

　自由連合側の阻止部隊は、突破されてしまえば圧倒的な戦力差のため後退するしかなくなり、次の阻止ラインは内陸部にある主幹線道路になってしまうはずだ。

　そうなれば、パットンの進撃路が脅かされ、早期にエジプト方面へ突進するという野望も潰《つい》え去る。

ハルゼーは、さも当然といった感じで宣言した。

「予定通り、このままアルジェに対する航空攻撃を実施する。変更はない！」

ロンメルが呼び寄せたイタリア陸軍が気になるものの、それはハルゼーの管轄外だ。

無線を封止しているため、できることといえば長距離偵察機を出して、モロッコ近くの味方陣地に通信筒連絡を行なうくらい……。

あとは、合衆国東海岸にいるお偉いさんたちが考えてくれるだろう。

命令を下したハルゼーは、イタリア海軍の潜水艦にだけは注意しろと言い残し、早めの朝食をとるため、正規空母チェサピークの艦橋タラップを降りていった。

＊

二〇日午後、アルジェ南方……。

ここはアルジェリア内陸部にあるドジュファ。

アルジェから見ると、おおよそ直線距離にして二二〇キロほど南下した場所にある小高い丘陵地帯に囲まれた小都市である。

ドジュファからさらに南へ行くと、丘陵地帯が尽きたところで砂漠地帯となる。

そこから南にもいくつかの町と街道が存在するものの、それは砂漠の中に点在するオアシスの名残りのようなもので、事実上、アルジェリアの豊かな地域はここで終わりとなる。

当然、北アフリカを東西に連結する内陸部の街道も、ここを通っている。

西にやや南下しつつ向かえば、モロッコとの国境の町ペシャールへ至り、東に向かえばビクスラを経由してチュニジアのジェリド湖、さらに先へ進めばチュニジアを通過し、リビアの首都トリポリへ至る。

そしてそのルートは、そのままパットンの進撃路となるはずだった。

トリポリにさえ到着できれば、あとは地中海沿いの太い街道を通じ、たちどころにエジプトへ到達できる。リビアはすぐ海岸近くまで砂漠が迫っている地形のため、選べる進撃路はひとつだけだ。

これは敵に狙われやすい反面、たとえチュニス方面からロンメルが攻めてきても、迂回して奇襲に出るためには砂漠へ入らねばならず、戦う前に遅れを取ってしまう可能性のほうが高い。

先を行くパットンを止めるには、それ以上の速度で同じ海岸線をたどるしかなく、もしそれを行なえばパットンの仕掛けた罠——後続部隊との挟撃作戦にはまり、逃げ場を失うことになる。

そうなればロンメルは、死にもの狂いで包囲網を突破し、チュニスへ逃げかえるしか手段がなくなってしまうだろう。

この戦力の不均衡は、ロンメルがアルジェへ戦力を割り振った結果だから、なかば自業自得である。

もしアルジェを捨てることが可能ならば、間違いなくロンメルは全軍を集結させ、パットンの主力部隊のみをターゲットに決戦を仕掛けるはずだ。

それしかロンメルの持つ戦力で、確実に勝利を得る手段はない……。

あと半年遅ければ、ナチス連邦の北アフリカ戦線に対する本格的な支援策が実施されていたはずだから、ロンメルとしてはあまりにも時期の悪いパットンの進撃だった。

「これで……砂漠の狐が野に放たれたわけだ」

ドジュファ市街地の東側にある街道沿いの広大な空き地に、パットンはテント仕立ての野営陣地を設置し、そこでハルゼーからの連絡を心待ちにしていた。

昨日に始まったいきなりの空母航空隊によるアルジェへの攻撃は、本来ならパットンにとって進撃ラッパの役目を果たすものだった。

そこで昨日から突貫で進撃準備を行ない、今朝には主力部隊を一〇〇キロ東にあるプーサアーダまで移動させようとしていた矢先、モロッコの方面司令部から極秘の暗号連絡が届いた。

それによれば、チュニスへ大規模なイタリア陸軍部隊の増援が移動中であり、それらがチュニスへ到着次第、おそらくロンメル軍団の主力部隊が動きはじめるとあった。

なおハルゼー部隊は、明日朝の航空攻撃を最後に、いったん地中海から退避して行方をくらます予定になっているとも伝えられた。

となると、アルジェを守っているナチス連邦軍が、自分たちが自由になったことを悟るのは、おそらく二日後……明後日の朝の航空攻撃がないことで、ようやくハルゼー部隊が去ったことを知るはずだ。

それからチュニスにいるロンメルへ作戦伺いを行ない、実際に動きはじめるのに最低でも半日は必要だから、アルジェの部隊が南下しはじめるのは早くて二日後の夜になる。

今日からまる二日間……。

それがパットンに与えられた猶予期間となった。その間に有効な手を打たない限り、パットンはロンメルに先手を取られることになる。

「アルジェ包囲網は、もはや必要ない。ただちに包囲部隊へ連絡を入れ、夜を徹してドジュファまで南下しろと伝えろ。明日の朝に到着しない部隊は、ドジュファの居残り部隊になると伝えれば、焦って戻ってくるだろう」

作戦参謀にそう命じると、さてどうしたもんかと、木製の椅子にどっかと腰を降ろしながら紙巻き煙草に火をつけた。

こちらの動きを秘匿するため、あえてハルゼーへの連絡を行なわなかった。

これは陸軍と海軍の約束を反故《ほご》にする重大な違反のため、ハルゼーはいま頃怒りまくっているはず……。

だが、自分の作戦に支障が出るとなれば、たとえ味方といえども容赦しないのがパットンである。

この点に関してはハルゼーも似たり寄ったりのため、そのうちハルゼーもパットンの思惑に気づくと楽観視していた。

「どのみちアルジェから南下してくる敵部隊は、誰かが阻止せねばならん。それには海兵部隊や陸戦隊では無理だ。敵の装甲師団を殲滅できるのは、こちらの機甲師団と対戦車部隊の連合部隊だけだ」

考えがまとまったらしく、パットンは作戦参謀に命令を発した。

「よし。モロッコへ打電して、メシェリアの補給基幹基地で防衛待機している第４機甲師団と第46／52対戦車連隊を、ここへ移動させろ。当然、一個か二個歩兵師団も随伴させる大前提だ。

連中は第二次派遣部隊だから、まだまともに戦っていない。ここを守らせてもしばらくは耐えられるだろう。守備隊指揮官には……そうだな、第４機甲師団のクレイトン・エイブラムス大佐に任せる。

ただエイブラムスは、俺が機甲軍団長として機甲師団の大拡張をした時に、少佐から大抜擢した男だから、まだ若い。

あいつに守備部隊指揮官を任せると、ほかの先任師団長が怒るかもしれんが、文句があるなら俺に言えと伝えれば、エイブラムスに迷惑はかからんだろう。

戻ってくる海兵隊と陸戦隊は、ここで守るもよし、俺についてくるもよしとする。連中がいればいろいろと奇策を実施できるが、間に合わなければ仕方がない。連れていくかどうかは、明日の昼に決める。ただちに暗号電で確実に連絡してくれ。

ああ、それからハルゼー艦隊に対しては、この陸軍暗号電をもって返答とする。ハルゼー側が陸軍の暗号を解読できればそれでよし、できなくとも連絡しない意志は伝えられる。あとは先方が勝手に理解してくれるだろう」

どのみちハルゼー艦隊は、明後日には去る立場だ。彼の航空支援攻撃は、全世界を揺り動かすほどのインパクトを与えたが、それももう終わり……。

きわめてドライな考えを持つパットンは、どれだけハルゼーに恩義を感じていても、それを理由に物事の優先順位を変更するような性格ではなかった。

かくして……ついにパットン軍団までもが、本格的に動きはじめたのである。

第3章　ヒトラーの誤算

1

一九四二年七月二一日　中央アジア

キルギスからタジキスタンを経てアフガンへと通じる、山岳地帯に挟まれた中央アジア有数の街道……。

そこはかつて、中国西域からサマルカンドへ至るシルクロードの一部をなしていたほどの由緒ある交易路だ。

しかしいまは戦車や装甲車、大型トラックに牽引砲、そして無数の徒歩で移動する兵士たちの列で埋まっていた。

彼らはヒトラーの厳命によりスターリンが出撃させた、ロシア陸軍ウラル方面軍を主体とする大部隊である。

ウラル方面軍所属の六八個師団のうち、じつに五四個師団もが、この行軍に駆り出されている。さらにはモスクワを含む東部方面軍からも、精鋭の四個装甲師団と二個擲弾兵旅団《てきだんへい》、六個砲兵師団／二個対戦車旅団をくり出し、全体では方面軍というより、ひとまわり大きな『軍集団』規模に達する歴史的な遠征部隊となった。

延々と続く車列と兵士の列……それは、じつに二〇〇キロ以上にも及ぶ。

当然、いくつかの軍団規模で統率しなければ、とても統制が取れない。

中核的な軍団は『中央派遣軍団』と名づけられ、スターリンの肝いりで抜擢されたロデオン・マリノフスキー元帥が軍団長を担っている。

またマリノフスキーは、全軍団を統率する派遣部隊司令長官にもなっているせいで、この中央派遣軍団司令部が事実上の部隊中枢といえるだろう。

そして、二一日の深夜。

事はマリノフスキー率いる中央派遣軍団の後方一〇〇キロ――ウズベキスタンとキルギスの国境付近にあるフェルガナの郊外で起こった。

「なんか聞こえないか？」

フェルガナ郊外に設置された野営地には、第4派遣軍団に所属する先遣部隊――一個戦車大隊と二個砲兵大隊、そして護衛のための三個歩兵連隊／一個偵察大隊が仮泊している。

その野営地の周辺警備にあたっている歩兵連隊所属の兵士が、並んで歩いている同僚の一等兵に声をかけた。

彼らの本隊である第4派遣軍団は、北西方向に二五キロほど戻ったマルギランの町に駐留していて、明日の朝にはフェルガナへ移動してくる予定になっている。

そして第4派遣軍団がここへ到着すると、先遣部隊である彼らは移動を開始し、西一〇〇キロのゴーカントにいる中央派遣軍団のところへ移動する予定になっている。

彼らがゴーカントに到着する頃には、中央派遣軍団は、さらに先にあるサマルカンド方面へ進撃している。

これは、いわゆる『玉突き式』の部隊移動だ。

ひとつの部隊が野営地を明け渡すと、次の部隊がそこに入る。当然、野営に必要な物資と道具その他はそこに残されたままだから、いちいち輸送したり設営する手間が省けるという利点がある（さすがに消耗物資は運ぶ）。

むろん最前列を進む先鋒偵察部隊に続く、前方主力の第1派遣軍団は、よけいに物資や野営道具を運ばねばならない。

だがそれも、後方に命令中枢である中央派遣軍団がいるとなれば、彼らのための露払い的な役目を担わされているわけで、ロシア流に言えば当然至極の部隊運営となる。

そうして全部隊が、物資と資材を食い潰しながら進撃する。足りなければ容赦なく周辺地域から調達する。それがロシア風といえばロシア風の進撃風景と言えるのかもしれない。

「いや……なにも？」

質問された一等兵は、しばし無言で耳を澄ませたが、なにも聞こえなかったらしく、そう答えた。

「そうか？　ここらへんは野生動物も少ないから、風で何かが飛ばされたのかな」

「そう神経質になるなよ。ここらへんの原住民は部族社会のため、族長に話さえ通せば何もしない。それにタジキスタンは、形ばかりとはいえロシアの支配地域に組み入れられているから、ロシア正規兵には何もしない……ぐっ」

同僚の声が、小さくくぐもった声と同時に途絶えた。喉でも詰まらせたかと兵士が顔を向けた瞬間、背後から黒装束に身を包んだ男の手が伸び、一瞬で兵士の喉をかき切る。

男の手に血塗られたククリナイフが一瞬、光った。

彼らはインドのネパール地方から中国へ支援軍として派遣された特殊部隊の一部だが、なぜいま中央アジアにいるのだろう。本来の派遣目的は満州奪還作戦の支援行動だったはずだが、それがどこかで変更されたらしい。

彼らはまったく口を開かず、手と指だけで会話している。これを見るだけでも、かなり熟練した特殊工作部隊であることは明らかだ。

と、その時……。

二〇〇メートルほど離れた丘の上から、青色の信号弾が射ちあげられた。

ほぼ同時に、野営地を囲む丘の上から無数の小銃発射音が鳴りひびく。

いずれも単発式らしい旧式小銃の音だ。

だが、数が凄まじく多い。発射炎の数から見ても、包囲している者たちの数は数千を超える。

しかもそれは、小銃部隊のみの数である。

まさか、このような中央アジアのド真ん中で襲撃されるとは思ってもいなかったロシア軍が、安易に丘に囲まれた平地を野営地に選んだのが間違いだった。

とはいえ……。

そこに野営していたのは、一個戦車大隊と二個砲兵大隊を主力とする先遣部隊だから、野営のため機動車輌や重砲を丘まで上げる苦労を省略したい気持ちは痛いほどわかる。

しかし今回だけは、それが命取りになった。

小銃の発射音が鳴り止まぬまま、その背後から今度はけたたましい蹄《ひづめ》の音が聞こえはじめた。

すぐに丘の一角から、馬にまたがったウイグル族の衣服をまとった男たちが、まったく速度を落とさずに駆け降りてくる。

手には刀や槍／ナイフ／拳銃など、各自得意とする武器を持っているが、いずれも旧式なもので、まるで第一次世界大戦時の騎馬部隊の襲撃を見ているようだ。

突然の白兵戦を挑まれ、次々に倒されていくロシア軍の戦車兵や砲兵たち。なんとか歩兵が小隊単位で態勢を立て直して反撃に出ようとした時、上空からこの世のものとは思えないほど大量の擲弾が降ってきた。

後世の軍人がその光景を見たら、まるでクラスター爆弾の炸裂のようだと思うに違いない。

それほど密度が高く、広範囲を一度に破壊する擲弾……。

もとをただせば、たんなる小銃の銃身にさし込む形で使用する小銃擲弾である。

ただし、それを発射した小銃の数が半端ではない。

最初に丘を取り囲んで小銃を撃っていた部隊が数千名だとすれば、今度の擲弾を発射した小銃の数も数千……。

小さな擲弾では、戦車は破壊できない。

しかしロシア軍の戦車兵たちは、戦車から離れた野営用テントで就寝していたため、戦車はいずれも無人のままだ。

せっかくの近代兵器である戦車や重砲が、なんの役にも立っていない。

唯一、ロシア軍で反撃できたのは、小隊単位で配備されている軽機関銃だけだ。

だが、散発的にあちこちで軽機関銃の発射火炎が発生するや、たちまちそこに数十発の擲弾が撃ち込まれ、すぐに沈黙させられてしまう。

そして、とどめの一撃が開始された。

地響きのような、人間の大集団が雄たけびをあげる恐ろしい音とともに、丘の全周囲から万を超える東洋人の兵士集団が突入してきた。

彼らは一人一人を見ると、とても熟練した兵士には見えない。年齢もまちまちで、少年のような若者もいれば、四〇過ぎの髭男もいる。

共通しているのは、手に持っている銃剣付き小銃が、いずれも第一次世界大戦で自由主義陣営が使用した雑多な単発ボルトアクション式小銃ということだけだ。

彼らは中国各地に点在している地方軍閥から派遣された、いわゆる私兵集団である。

その数、じつに六〇万名。むろん、いま襲撃している部隊は、その中のごく一部でしかない。

自由連合の協力を得てナチスチャイナを駆逐した中国国民党政府は、次に満州奪還を目論《もくろ》む自由連合軍に協力しつつも、自軍兵士を満州方面へ出すことはなかった。

これは自由連合が最初から決めていたことで、ともかく中華民国政府は国内に多数いる軍閥を支配下におさめ、一刻も早い中国統一を成し遂げるべきとの結論を得ていたからだ。

そのためには、自由連合軍の満州奪還作戦に参加せず、まずは国内各地で武力による威圧を実施しなければならない。

これは、中国国民党を統率する蔣介石《しょうかいせき》にとっても渡りに船の提案であり、自由連合軍が満州から撤収してきて以降、ずっと中国国内の平定に専念してきた。

そして、ようやく最後まで抵抗していた成都《チエンドウ》の軍閥を支配下におさめた蔣介石は、日本や台湾、そして中国沿岸部や東南アジアで戦時増産計画が達成されはじめると、ただちに中国正規軍の全面的な近代化に着手したのである。

その結果、それまで正規軍が保有していた前近代的な装備が大量に余った。それらを平定した地方軍閥に所属していた民兵に与え、『中華民国地方軍』を組織することに成功した。

この地方軍は、ちょうど合衆国の州兵のようなものだ。

本来は軍閥解体後の地方の治安を維持するための警察軍であり、中国正規軍が出るほどではない小規模な地域紛争の平定に用いられる予定になっていた。

ところが、ようやく地方軍の組織が完成し、全体の指揮系統の統一もなんとかできあがったと思った途端、ロシア軍が中央アジアへ南下を開始したとの情報が入った。

ちなみに、現在のタクラマカン砂漠地域は中華民国の支配地域とはなっておらず、さりとて近代的な国家として自立しているわけでもない。

そこにあるのは中世から連綿と続く部族社会であり、ウイグル民族の多数の部族がタクラマカン砂漠を取り囲むように点々と集落を営んでいるだけだ。

そこに中国から兵士の大軍を送りこめば、部族社会は侵略と判断して敵対する可能性が高い。

そこで自由連合軍総司令部は、まず同じイスラム宗派のネパール地域に住む部族集団に、このままロシア軍の南下を見過ごすと、いずれタジキスタンからタクラマカン砂漠へロシア軍が侵攻し、ロシア人が部族の解体とナチス化を実施することになると、いわゆる喧伝《けんでん》工作と懐柔工作を同時に行なったのである。

まだ国際的な紛争に巻きこまれたことのない昔ながらの部族集団だけに、同じ宗派の者は外来の友人として歓迎する。その風習を巧みに利用し、彼ら自身の意志で自分たちの土地を守る決意を固めさせたのだ。

そこまでお膳立てをした上で、あらためて彼らを支援するという名目で、五万名ほどの中華民国正規軍（小規模軍団構成）に指揮される、約五〇万の地方軍将兵部隊がやってきた。

そして、五万弱のウイグル部族兵集団を土地勘のある案内役として、一気に全部隊をタジキスタン方面へと移動させたのである。

彼らの目的は、ロシア軍集団の寸断のみ……。

もしロシア軍が本格的な反撃に出たら、さっさとタクラマカン砂漠へ戻り、そこで地の利を生かして個別撃破することになっている。

もしロシア軍が分断されても先を行く本隊集団が南下を諦めない場合には、インド方面軍と連動して挟み撃ち作戦を実施することになっている。

挟み撃ち作戦が実施されれば、おそらく装備に劣る中国派遣軍は大被害を受けるだろう。

しかし、自分たちの生活基盤を奪われまいとするウイグル族を中心として、中央アジア全域において凄惨な持久戦へと移行するはずだ。

そうなれば、泥沼にはまるのはロシア軍――。

肝心の反撃主力は、一時的に中東方面への進撃を諦め、本格的にロシア軍と対峙《たいじ》することになるインド方面軍一〇〇万となる。

しかも一〇〇万は実動兵員というから驚く。つまり一〇〇万の後方には、予備役やこれから徴兵される予定のインド人や東南アジア人が、じつに一〇〇〇万近く控えていることになる。

数の多さは、それだけで脅威となる。

陸戦においては圧倒的に装備や軍組織が優れているナチス連邦だが、こと動員できる人間の数という点では、地球人口の半分以上を抱えるアジア地域を有する自由連合にはとうていかなわない。

となれば、自由連合が追い詰められて最後に選択する戦法は、まず間違いなく人海戦術となるはずだ。

ところが、人間の尊厳から権利その他、一切合財を完全に無視する人海戦術は、最も自由連合の理念から遠く離れたところにある、まったく言語道断の戦術である。

となれば、方法はひとつ。

圧倒的多数の兵員に、自分の身を守れるだけの装備を配給し、あくまで近代戦争の枠内で戦わせることだ。

それが今回、あたかも試金石となるような形で、ロシア軍分断作戦として形になった。

この作戦は戦略的に見てもきわめて重要であり、ここで成功すれば、次に中東方面で実施されることが確実視されている。

さすがに北アフリカ方面では多数の人間を移動させることができないため、近代的な人海戦術は使えない。

満州方面では使えるかもしれないが、すでに自由連合軍の正規軍多数が投入されている現在、あえて人海戦術を使用しなくても大丈夫との判断があって、こちらでも人海戦術は採用されない見込みとなっている。

翌日の午後……。

連絡の途絶えたフェルガナ野営地へ、マルギランから第4派遣軍団所属の偵察部隊が到着した。

だが、彼らの目に映ったものは、凄惨という言葉が生易しいほどの惨劇の現場だった。

なんと一万名を超える野営していた先遣部隊が、ある者は喉をかききられ、ある者は擲弾で手足を吹き飛ばされ、そして多数の者が小銃弾を浴びて折り重なり、いずれも死体の山となって野ざらしにされていたのである。

敵襲があったことは、馬鹿にでもわかる。

だが、第4派遣軍団所属の偵察部隊は、どう報告すればよいか現場で悩んだ。

なぜなら、そこに残っていたのは死体の山だけであり、戦車や砲その他——軍備の一切合財が、まるで神隠しにあったように消えていたからである（なんと部隊炊飯設備まで消失していたらしい）。

物量作戦で強引に押し切るため、南下しているロシア軍部隊には、ロシア正規軍の中でも最良に近い大量の装備と弾薬が与えられていた。

この場で消滅した装備だけでも、熟練した者が一万近く必要な規模なのだ。それを不慣れな者が奪い去るとなると、最低でも数万名が夜通しかけて運ばねば不可能……。

なのに、どこに持ち去ったのかすらわからない。いや、相手が誰なのかすらわからないのだ。

最も考えられるのは、タジキスタンで細々と抵抗運動を行なっている民族主義的なゲリラ集団だが、彼らにそれだけの戦力があるとはとうてい思えない。

となれば自由連合軍が、遠く中国本土からやってきたとしか考えられないが、ロシア軍はまったくその兆候をつかんでいなかった。

おざなりの調査を終えた偵察部隊長は、仕方なく本隊へ向かわせる伝令に対し、次のように伝えるように命じた。

『フェルガナ野営地の先遣隊一万名余は、正体不明の敵の襲撃を受けて全滅した模様。これより偵察部隊は周辺の警戒偵察を実施するが、第4軍団司令部においては、早急なる現場移動と調査、そして周辺防衛の必要性ありと判断する』

自分たちでも調査してみるが、なにせ相手は一万の精鋭部隊を殲滅《せんめつ》した得体の知れない強敵なのだから、下手をすると自分たちも全滅させられるかもしれない。

そこで、建前は調査を実施すると報告し、実際は少し見回ったらさっさと安全な場所へ退避するつもりなのだ。

そして本隊と合流したのちは、第４軍団司令部へ丸投げして任務を終了する……。

自由連合軍やナチスドイツ軍あたりでは言語道断の所業だが、ロシア軍内部では、けっこう普段から行なわれている責任転嫁だけに、この偵察隊長を責めるのは可哀想かもしれない。

ただ、怠慢を原因とする時間的なロスが、そののちロシア軍にとって致命的な敗退に直結することを、まだこの偵察隊長は知らなかった。

この時……。

軍備の一切合財を戦利品として略奪したウイグル部族兵たちは、まさに国境となる山脈の間道へさしかかった頃であり、もし素早くロシア軍が追撃していたら、逃げ場のない間道で全滅させられたのはウイグル部族兵たちだったのだ（さすがに戦車や牽引砲・機動車輌などは、中国正規軍が運転している）。

そして道案内を失えば、中国地方兵集団も烏合《うごう》の衆と化し、まともに戦えるのは五万の中華民国正規兵のみとなる。

相手は一〇万を超える第4派遣軍団、しかもロシア製の最新装備で武装した精鋭部隊なのだから、まず勝ちめはない。せっかく中国正規兵が奪ったロシア軍装備も、移動は可能でも攻撃や防衛に使用するほど慣れていないから使えない。

中国側が勝つためには、徹底した奇襲と攪乱《かくらん》しかないのである。

ロシア軍は、最も効果的に敵を屠《ほふ》るタイミングを逸した。これはまさに致命的な失態であり、その後も大きく尾を引くことになる。

かくして自由連合軍による最初のロシア軍部隊分断作戦は、見事に成功したのだった。

2

七月二五日　南米

七月中旬以降……。

自由連合陣営による世界各地で実施された反攻作戦によって、それまで膠着《こうちゃく》状況だった地域にまで大きな変化が現われるようになっている。

場所によっては、作戦任務についている当事者たちですら驚かされるような事態が発生しているのだから、これはもう人類の総体的な意識の流れが変わったと言わざるを得ない。

そのような変化のひとつが、あい変わらず南米沖で作戦行動に従事している宇垣纏のところにも訪れていた。

「なんだと……すまん、もう一度言ってくれ」

報告を受けた宇垣は、自分の耳が信じられないといった風に、あらためて顔を傾けながら、戦艦伯耆の通信室からやってきた伝令に声をかけた。

時刻は二五日の午前三時。

これから早朝にかけて、久しぶりの作戦行動に移ろうとしていた矢先のことである。

宇垣率いる南米派遣艦隊は、一連の南米東海岸破壊作戦をひと通り終了し、乗員の休養を兼ねる本格的な補給を行なうため、英国が実効支配しているアルゼンチン沖のフォークランド諸島へ仮泊していた。

フォークランドには、英海軍が派遣したカウンティ級重巡洋艦カンバーランドを旗艦とする南大西洋部隊（重巡一／軽巡一／駆逐艦六隻）がいる。

彼らは宇垣の作戦には参加せず、もっぱらナチスアルゼンチンとナチスブラジルに戦前供与された、ナチスドイツでは初期型にあたる潜水艦U－Ⅰ型二〇隻（ブラジルとアルゼンチンそれぞれ一〇隻ずつ）を警戒し、場合によっては駆逐する活動を行なっている。

とはいえ、部隊内で対潜駆逐を実施できるのは駆逐艦六隻のみなので、これでは広大な南大西洋をカバーできない。

そこで、英領南アフリカのケープタウン軍港に所属する二個駆逐戦隊と、英領ナイジェリアのラゴス港に所属する一個駆逐戦隊の協力を得て、これまでに確認二隻・未確認一隻を撃沈した。

喜望峰を経由するアフリカ航路は、スエズ運河が使用できない現在、自由連合の重要な物資輸送ルートとなっているため、インドとアメリカを行き来する輸送船団が南米ナチス諸国所属のUボートに襲撃されて撃沈された数は、すでに数十隻にのぼっている。

そこに宇垣たちの艦隊がやってきた。

すると、出撃してくるUボートの数と頻度が激減し、最近では駆逐部隊が出撃しても発見すらできないことが多くなっている。

自分たちが手を焼いていた面倒くさい敵を、想定外のことながら宇垣の艦隊が追い払ってくれたことになるため、彼らがフォークランドのスタンリー港沖に停泊した時には、お世辞ではなく大歓迎された。

また、港を守備する巡洋戦隊や駆逐戦隊が頻繁に出払うのはよくないと判断した自由連合海軍は、どこか他の地域の艦隊を支援に向かわせられないか、あれこれと算段したらしい。

しかし現在、インドに集結している各国の大艦隊は、すべて中東方面支援のため駆り出されていて一隻もまわす余裕がない。

なにしろインドで建艦している新造艦が完成するやいなや、訓練を兼ねてアラビア半島南部への輸送船団を護衛させているくらいだから、既存の名だたる艦隊を割くなど言語道断の状況らしい。

そこで、どうせ訓練を兼ねての遠洋航海をさせるならと、遠くオーストラリアから、新造艦と新たに訓練されはじめたばかりの兵員で固められた艦隊――豪州海軍南アフリカ派遣艦隊が編成された。

その内容を見ると、驚きを隠せない。

オーストラリアで戦時増産計画に基づき建艦されたアデレード級汎用軽巡洋艦ア

デレード／メルボルンを中核艦とし、駆逐隊旗艦として二隻のリムパックAU－01／02軽巡、そして汎用新型駆逐艦のアトラン級（オーストラリアタイプ）AAU八隻である。

艦隊員も、派遣艦隊司令官のビクター・クラッチレー少将と参謀長以外、すべて戦闘経験のない士官と海兵となっている。

これでは支援どころかお荷物になりかねないのだが、英南アフリカ艦隊司令部としては、既存の主力部隊が出払っているあいだだけ、ケープタウンとフォークランド間を往復航行して、形ばかりの警戒任務につけばよいと考えているようだ。

南米ナチス諸国の潜水艦からすれば、相手が新米かどうかわかるはずがない。

見てくれだけは、最新鋭の汎用軽巡四隻と駆逐艦八隻の中規模駆逐部隊なのだから、潜水時間が短く、最高速度が遅い初期型Uボートからすれば脅威以外のなにものでもないはずだ。

ともあれ……。

フォークランドで大歓迎を受けて戻ってきた、宇垣率いる南米派遣艦隊打撃群とレイモンド・A・スプルーアンス少将率いる空母群は、今度はアルゼンチン沖からアマゾン南端まで北上し、ふたたび連続した破壊作戦を実施したのち米本土へ帰還する予定になっていた。

その矢先、アルゼンチンの主要港となっているモンテビデオに対する砲撃と、ややラプラタ川の内陸方面へ引っ込んでいるブエノスアイレスに対する航空攻撃を目前にした今日、先ほどの信じられない報告が舞い込んできたのである。

「先方は、ブエノスアイレスにあるアルゼンチン海軍司令部通信室と名乗っています。

昨夜の七時にアルゼンチン陸軍主導で開始された軍事クーデターにより、ナチスアルゼンチン政府庁舎・首相官邸・SSアルゼンチン支部、国営ラジオ放送局、SS首都防衛隊本部を占拠したとのことです。

先方の発信主は、アルゼンチン自由海軍司令長官と名乗っていますが、まだ人物確認はできていません。ただメッセージによれば、アルゼンチン陸海軍は、本日零時をもって軍政を開始するそうです。

そして我が艦隊に対し、これ以上の攻撃を中止するよう要求しています。さらには新規に発足した軍事政権との、友好協力に関する暫定的な協定を結んでほしいとのことです。

なお、ブエノスアイレスにいるナチス勢力は、ほぼすべて捕縛もしくは射殺したとのことです。ただ、その中にSS隊員が入っているかどうかは不明です。でもって先方は、できるだけ早く返答願いたいとのことで……本来であれば通信参謀経由でお伝えするべきですが、通信室長が重要案件のため直接長官へ届けろと……」

伝令といっても通信室にいる連絡班長のため、階級は軍曹である。それでも最高指揮官の宇垣の前では明らかに格が違いすぎる。

それは当人が一番理解しているらしく、一秒でも早く放免してくれないかと、なかば嘆願するような目で見ていた。

「相手がクーデター軍だとすれば、確認したくても早期には無理だな。かといって安易に信用もできん……仕方がない、スプルーアンス少将へ打電して一時作戦中断を伝えてくれ。

その間、空母群は出撃態勢のまま待機、直掩機《ちょくえんき》は規定通り上げるように。こちらの打撃群は砲撃予定を中止して、空母群のいる八〇キロ東方沖まで移動する。空母群と合流したのち、ただちに艦隊司令部会議を実施するから、艦隊幹部は旗艦へ移動する準備をしておくように伝えてくれ。

そうそう、肝心のアルゼンチン側に対する返答だが、こちらにも都合があるため即答はできないが、とりあえず今朝の攻撃だけは中止すると伝えろ。どうせ、ろくに迎撃機も上げられないほど疲弊しているだろうから、攻撃中止を伝えても、こちらに弊害は発生しないはずだ」

宇垣は几帳面な性格の持ち主だけに、これまで実施してきた破壊作戦は、スプルーアンスが『猫がゴキブリを痛めつけているようだ』と表現したほどである。

すでにブラジルとアルゼンチンの主要港は、港湾施設と軍事施設以外にも、燃料タンクから鉄道の貨物集積所、目立つ大きな建物までが攻撃対象とされ、そのすべてが破壊され尽くしている。

複数の輸送船団で定期的に弾薬と燃料／物資をピストン輸送しているにも関わらず、ひとつの都市を攻撃し終わった時には、スプルーアンスの空母群に備蓄されていた陸上用爆弾は、完全に空になったほどだ。

宇垣の打撃群は、さすがに砲身寿命の関係もあるため、むやみやたらに砲撃を実施してはいなかったが、それでもこれから第二次作戦を実施して合衆国へ帰還する頃には、大半の艦の主砲が寿命ぎりぎりに達する予定になっている。

ここまで艦載砲を酷使した指揮官は、これまで存在しない。このエピソードひとつをとっても、宇垣の完璧主義が本物であることがわかる。

命令を終えた宇垣の横に艦隊参謀長がやってきた。

「長官、敵の謀略の可能性もありますので、空母群との合流を果たすまで、周辺の対潜哨戒活動を行なわせたいのですが……」

参謀長は謀略の可能性と言ったが、その顔は先ほどの通信をまるで信用していない。

疑うことが商売のような参謀部の責任者だけに、あらゆる可能性を考えた結果、まだ信用するに値しないと判断しているようだ。

「ああ、それは当然やるべきだ。ただ今回の件は、どうも本当くさいぞ」

「………」

参謀長の顔を見た宇垣が、自分の考えは違うと言い出した。

「考えてもみろ。もし貴様がアルゼンチンやブラジルの軍首脳だと仮定した場合、ここ半月で北大西洋におけるナチス連邦海軍勢は、半年から一年以上、ほとんど作戦行動が取れないほどの大被害を受けた。

その子細な状況は、パナマに設置された自由連合軍の喧伝ラジオ放送局『ボイスオブサウスアメリカ（ＢＯＳＡ）』によって、広く南米全体に知らされている。

むろん南米のナチス陣営は嘘にまみれたプロパガンダ放送だと否定しているだろ

うが、世界中を駆けめぐる短波無線電信までは妨害できない。

軍用無線は暗号を使っているが、民間は平文で通信している。そのため、それらは南米各国でも傍聴できる。

とくに世界の海運保険を一手に引き受けている英ロイズの、世界各地にある支社への定期状況報告は、ロイズ社だけでなく多方面の海で生計をなしている者たちの安全指標になっている。

そのロイズの報告が、スペイン艦隊を皮切りにフランス艦隊とイタリア艦隊の大敗北により、北大西洋および中部大西洋の安全度が二段階も上げられたと伝えている。

ただ、さすがにアゾレス諸島以北の海域は、まだ多数のドイツ潜水艦が出没しているらしく、危険度は最高ランクに張りついたままだが。

それらの間接的な情報をあわせると、いま大西洋で何が起こっているかを推測するのはたやすい。

それに我々は知らされていないが、おそらく南米各地にも自由連合各国の情報機関員が潜入していて、メキシコの時と同じく、ナチス政府転覆のための工作活動を行なっているはずだ。

これらの下準備があった上での軍事クーデターだとすれば、あながち荒唐無稽とも言えないだろう？

大西洋におけるナチス海軍が、南米ナチス諸国に対して海軍支援をできる状況ではなくなったのだ。これから半年もしくは一年以上、我々がやりたい放題に沿岸部を破壊しまくれば、どんな政権でも音をあげる。

おそらくアルゼンチン政府は、まもなくナチス連邦の精鋭艦隊が、陸軍支援部隊を伴って南米へ駆けつけてくれる……そう喧伝していたのだろうな。そう言っておかないと、不安に駆られている国軍や国民をなだめることはできないだろう。

その嘘が、ついにバレたわけだ。それまでナチス政府に騙され、ＳＳによって不当な扱いを受けていた国軍が怒り心頭に発したとしてもおかしくない。

そうだな……この動きはおそらく連鎖する。もしアルゼンチンに続いてブラジルでもクーデターが発生するなり、政府要人が暗殺されるなり、ナチス政府にならかのダメージを与える事件が勃発すれば、この動きは本物だと断定する根拠になる。

それらの情報が入るまで、少し待つのも手だろうな。むろん上層部が攻撃を続行しろと命じてきたら、従うのは軍人の務めだ。だからこの様子見は、あくまで米本土へおうかがいをたてて、その返事がくるまでということになる」

宇垣の口調では、返事を保留して待機するのは長くても明日一日程度と匂わせている。

それくらいなら、作戦予定に支障を来すこともないと思った参謀長は、そこでようやく厳しい表情をやわらげた。

「もし……万が一ですよ、万が一、先方の言うことが本当だとして、我々は何をすればいいのでしょう」

「それだな、問題は。我々は強力な水上打撃群と空母群を有しているものの、陸にあがってアルゼンチン国軍を支援する陸上戦力をまったく有していない。艦隊内にいる警備部隊をかき集めても、一個連隊にもならんだろう。

となれば、先方が期待している武力支援なり治安維持なりを行なう専門の陸上部隊が必要になる。

一ヵ月以上の猶予があれば、スエズにいるカントリーロード作戦部隊を海上輸送して送りこむことも可能だが、それまでアルゼンチン側がしっかり国の内政を維持できるという保証はない。

最低でも、クーデターが本物で先方がナチスに反旗をひるがえしたと確認できたら、それから数日以内に首都警備部隊を送りこむ必要がある。

それをできるのは、フォークランドの英軍守備隊と、英領南アフリカ植民軍だけだろう。それらを前倒しで要請したいところだが、まだクーデターが本物であると確証が得られていない段階では無理……。

うーむ。そういえば参謀長は、フォークランド守備司令本部の参謀部と、けっこう交流していたようだが……個人的に内密の相談ができる者はいないのか」

宇垣は優秀な指揮官だが、唯一ともいえる欠点がある。それは人とのつき合いが壊滅的に駄目なところだ。

話せば、頑固ながら理解度は大きいこともわかるが、肝心の会話をする前段階で、あまりにも言葉数が少なく始終仏頂面《ぶっちょうづら》のため、プライベートの場では誰も近寄ろうとしないのである。

それは当人も重々承知しているらしく、人当たりのよい参謀長に艦隊社交を任せていた。

「親しいといっても……上陸した時に情報交換がてら、基地内の酒保で酒を酌み交わした程度の者ならいますが……」

「悪いが、英軍との共用通信回線を用いて、その人物と私的な通信をしてくれないか。私的な通信でも艦隊幹部なら暗号電文を使えるはずだから、先方に英軍の公用暗号で送れば解読してくれるはずだ」

「はあ、それは構いませんが……私的暗号文だと、どうしても秘匿レベルは低くなりますよ。それより公式暗号のほうが強度は保てると思いますが」

「まだ公式に扱えないから頼んでいる。調べてほしいのは、三日程度で編成できる軽装備部隊……ただし、最低でも一個中隊規模の機動車輌や戦車も必要だが、それらが動員可能かどうかを聞くだけでいい。

連絡を取りあっている間にクーデターの確証が得られて、なおかつ米本土から支援作戦実施の許可が出れば、すぐにでも軍用一級暗号通信に格上げする。これでなんとかできんか」

ここまで宇垣がしつこく頼むからには、内心では困っているのかもしれない。

そう感じた参謀長は、仕方なくやってみるだけやってみますと答えた。

そして翌日の夜……。

米本土から逆に、南米へ送りこんでいる情報工作組織員からの報告により、アルゼンチンのクーデターが本物であり、米本土の自由連合総司令部に対しても、間接的ながら支援要請が届いたとの報告があった。

それと同時に、宇垣が提案していた支援作戦にも許可がおり、在米英軍総司令部からも、可能な限りフォークランド守備隊から派遣部隊を出せるよう便宜を図るとの言質を得ることができた。

かくして……。

宇垣の南米破壊作戦は、するりとアルゼンチン支援作戦へと切り替わったのである。

そして二六日後……。

アルゼンチンが完全に自由連合側へ寝返ったと知った南米各国のうち、まずスエズに隣接するコロンビアが白旗を上げた。次にベネズエラからアマゾン地域に至る地域も、次々とナチス勢力を放逐するかたちで独立宣言を行ない、そののちにスエズにいるカントリーロード作戦部隊に支援を申し出た。

残るナチス勢力は、南米最大で南米SS本部も設置されているブラジルだけ……。

四方を独立勢力に囲まれ、自国内だけで食料を自給できるとはいえ、次第にその他の物資が枯渇しはじめることは明らかなため、まず国内経済が悲鳴をあげはじめた。

その上、リオデジャネイロ沖に宇垣艦隊が現われ、連日のように威嚇を行なった結果、八月二二日朝、ナチスブラジル政府は、政府要員の身柄の安全を条件に、そのほかは無条件で国を明け渡す声明を発表した。

この弱気の行動は、すでにブラジル国軍の大半が離反し、首都を守るブラジルSSと郊外で激しい戦闘を行なっていたためであり、いずれ弾切れとともに無力化されるSSに守られて共倒れするより、政府要員だけ抜け駆けで助かろうとしたものだった。

むろん、そのような姑息な手段が容認されるはずもないが、少なくとも彼らに対しては、即時銃殺ではなく戦後の戦争裁判によって裁かれるという権利が与えられたのだった。

3

七月二六日　樺太

二〇日の未明に始まった日本軍による樺太——サハリン南部侵攻は、コルサコフを守備するレオニード・プロステワ大佐にとって青天の霹靂《へきれき》だっただけでなく、いま現在も得体の知れない不気味な現象となっていた。

プロステワはナチスロシア国軍極東シベリア軍団に所属し、直属上官は極東シベリア軍団司令部長官のニコラエビッチ・メルクーロフ大将だった。

なぜ過去形かといえば、すでにメルクーロフ大将はハバロフスクに司令部のある極東シベリア軍団を離れ、満州方面軍の指揮下に入るかたちで哈爾浜《ハルビン》へ移動しているからだ。

かつての同僚たちの多くも大将の手駒として移動させられているため、いま現在、ハバロフスクの司令部は、軍団どころか師団規模の司令部に格下げされてしまった(名前だけは軍団司令部のままだが)。

つまり極東シベリア地区には、サハリンを守備するプロステワ大佐の一個歩兵師団／一個戦車大隊／一個砲兵大隊／一個工兵大隊のほかには、ハバロフスクに一個歩兵師団／一個砲兵連隊／一個戦車大隊／一個軽機動旅団がいて、そのほかの間宮海峡に至る各地の守備部隊として、三個歩兵旅団／一個軽機動連隊／三個砲兵大隊がいるだけになっている。

全部合わせても、たかだか五個師団規模……広大な極東シベリアを防衛するには、あまりにも微弱な戦力といえる。

それもこれも、後方から支援してくれるはずの中央シベリア軍団がウラル方面へ大きく移動してしまったせいであり、もとをたどればスターリンがウラル方面軍の三分の二を中央アジア方面へ進撃させてしまったからである。

援軍が期待できないプロステワも、いまの極東情勢を考えると仕方がないと感じている。

なにしろ自由連合軍で最大規模の満州侵攻軍と対峙しているロシア満州方面軍ですら、メルクーロフ大将が連れてきた八個師団規模の援軍をもって、当面のあいだ増援は打ちきられることが決定しているからだ。

この増援終了を知った満州方面軍司令長官のイワン・イワノヴィッチ・マスレニコフ大将は、すぐさま営口を捨て、満州方面軍の三分の二を旧首都だった長春周囲に集めはじめた。

そして残りの三分の一の半分を、次の最前線となるはずの奉天へ送り出し、そこに奉天全域を多重阻止陣地にするかたちで自由連合軍を食い止める作戦を展開しはじめた。

残る三分の一の半分だけ、長春より後方の哈爾浜や斉斉哈爾《チチハル》といった主要都市の防衛にあてている。

その他の場所は、モンゴル義勇軍の騎馬部隊を散開配備させ、おもに治安維持だけ実施し、もし自由連合軍が手薄な地点へ進撃してきたら、ただちに報告を入れると同時に撤収するよう命じてある。

つまりロシア陸軍満州方面軍は、すでに満州を面で防衛することを諦め、都市部を点で防衛する徹底した拠点防衛戦術を決め込んだのである。

こうでもしないと、かつて自分たちが満州の自由連合軍を駆逐した南下作戦と同じように、自由連合軍の反撃北上作戦に翻弄され、たちまち満州から追いだされてしまうからだ。

また、奉天や長春に立てこもって冬を待つ策は、自由連合軍が得意とする空母艦上機による沿岸部攻撃の攻撃範囲外に位置するといった意味でも、それが有効である理由となっている。

むろん自由連合軍も、奪取した営口周囲の滑走路を修復し、そこに陸上航空機を配備することは可能だ。しかしそれは、敵味方とも同じ条件で戦うことを意味する。

自由連合軍がロシア陸軍の奉天や長春付近の飛行場を攻撃できるのであれば、その逆も可能となる。互いに固定された出撃拠点なのだから、どちらか一方だけが有利になる条件はない。

そして、営口奪取から早くも三日後、実際に自由連合軍は双発陸上戦闘機と双発爆撃機を修復した滑走路へ移動させ、そこから奉天の飛行場へむけて爆撃作戦を実施した。

だが、それは惨憺《さんたん》たる結果に終わった。

なんと奉天の飛行場には、新鋭の単発レシプロ戦闘機のほかに、新たにモスクワにある西ロシア軍区から送られてきた、ミヤコンＴａ２８８双発ジェット戦闘機が配備されていたのである。

ミヤコンＴａ２８８は、後部左右に二基のラムジェットエンジンを備える変わり種のジェット機だが、おそらく構造が簡単なラムジェットだからこそロシアへ出せたのだと思われる。

このエンジンの原型はＶ１と呼ばれている無人ロケット兵器の推進エンジンであり、それを小型化して推力を多少高めたものにすぎない。

しかもミヤコンＴａ２８８は、狭い範囲を絶大な火力で徹底防衛する局地戦闘機として開発されているため、エンジンへ供給されるケロシンの単位時間あたりの量は相当なものとなり、そのぶん瞬発的な推力は莫大なものとなる。

これは低空で上昇する時に推力が出にくい、通常のジェットエンジンとは正反対の特性である。

奉天の飛行場から一直線に舞い上がってくるミヤコンTa288を見た自由連合側の戦闘機パイロットは、最初それをロケット機だと思ったという。

しかし、ロケット機が燃焼終了する最長時間の七分を過ぎても加速しているのを見て、ようやくジェット機だと確認したらしい。それでも二〇分ほどしか滞空していなかったようなので、おそらく限界滞空時間は三〇分程度と思われる。

その三〇分のあいだに攻撃を仕掛けた自由連合軍の戦爆連合攻撃隊は、戦闘機八機、爆撃機一二機を叩き落とされ、ほとんどパニック状態で逃げかえった。

その後、ロシア側の航空隊による反撃が実施されたが、護衛にジェット機がついてきているという噂が流れたせいで、迎撃担当の単発戦闘機部隊（アメリカ陸軍）が恐れを抱いて及び腰の応戦になったため、営口周辺の修復した滑走路二本は、またたく間に完全破壊されてしまった。

このような応酬があったため、現在の満州南部地域の戦線は完全に膠着している。

もっとも、この膠着が短期間しか続かないことは双方とも承知している。問題は、新たな突破口を作ることが可能な自由連合側に対し、ひたすら守るだけしか手のないロシア側のほうが、圧倒的に分が悪いということだった。

そして、それらの状況がまわりまわってコルサコフ守備隊のプロステワ大佐を、なんとも気味の悪い感触へ追いやる原因となっていた。

「上陸した敵軍が、橋頭堡《きょうとうほ》を築いている海岸から五キロ地点で停止したままというのは、本当に本当のことなのだろうな」

三度にわたる爆撃と艦砲射撃によって、コルサコフ市街はすでに瓦礫《がれき》と化している。

軍港部分の施設も軒並み破壊され、そこに逃れていた旧ウラジオストク所属の駆逐艦三隻も、ついに補修船台の上で息絶えてしまった。

これでウラジオストクに逃げ帰ったロシア太平洋艦隊の残存艦を除くと、ほぼすべての艦が可動不能に追いやられたことになる。

また、ウラジオストクも井上成美少将率いる極東第二任務部隊の反復攻撃により廃墟化しているので、確認こそしていないが、旧ロシア太平洋艦隊所属艦は全艦、港に係留されたままスクラップと化したと判断されている。

つまりコルサコフ港には、ごく少数の戦闘艇以外残っておらず、沿岸の防衛陣地も破壊され、全部隊は撤収済みとなっている。

肝心の守備隊も、大多数はコルサコフ市街地の北部にあるユジノサハリンスクまで後退し、しかも爆撃を避けるため東西にある山地に前もって掘られていた多数の退避用トンネルに逃げ込んでいる。

したがって、いまプロステワのいるコルサコフ守備司令部地下壕には通信部と参謀部、司令部直属守備隊、偵察中隊の一部しか残っていない。

すでに司令部の地上部分はコンクリートの残骸となっているが、地下三階構造の退避壕は、司令部のある高台の北斜面に出口が設置されている関係で、いくら司令部の残骸に頭上を覆われようと、地下司令部の機能に支障を来すことはなかった。

だが、ここまで敵の歩兵が攻めてくれば話は別だ。

北に三箇所ある出口を塞がれれば、もはや身動きが取れなくなる。そうなる前に脱出し、なんとかユジノサハリンスクへたどり着かねば明日はない……。

そう思っていたのだが、コルサコフの東三キロ地点——ちょうど岬を越えて平地になったところにある海岸線まで進撃してきた自由連合軍は、そこから三キロの距離を詰めることもなく、いまだに上陸地点から東に延びる大きな半島部分を確保するのに専念しているらしい。

むろん、サハリン南端にあるふたつの大きな半島のうちのひとつを奪取されれば、そこが北海道にきわめて近いこともあり、ロシア側が取りもどすのは困難となるはずだ。

それを見越して、まずサハリン制圧の足がかりとなる拠点地域を面で確保する算段なのだろうが、その作戦がプロステワを異様なほど気味悪がらせていたのである。

なぜなら、いまは七月だが、あと三ヵ月もすればサハリンには冬の兆しが訪れるからだ。

そして一一月に入ると、もはや厳冬という言葉が相応しくなり、すべてが凍りつき氷まじりの暴風が吹き荒れるオホーツクの地獄が始まる。

自由連合軍は、それまでにできるだけの地域を確保すべきなのに、なぜ、のらりくらりと拠点確保に専念しているのか……。

その理由が、プロステワにはどうしてもわからなかった。

質問に、自分も悩みながら参謀長が答える。

「何度も強行偵察隊を出して確認させましたが、報告に間違いはありません。敵は戦車や装甲車などの機動車輌多数を陸揚げしていますので、やろうと思えばいつでもコルサコフ方面へ進撃できるはずなのですが……」

「常識が通用しない場合は、なにか裏があるはずだ。なんでもいい、わずかでも気にかかる情報があれば報告してくれ」

「そういえば、三日前の夜間砲撃は戦艦や巡洋艦の主砲クラスが主なもので、堅牢な建物の大半があの砲撃で破壊されました。続く翌朝の航空攻撃も、監視兵の報告では空母艦上機の集団によるもので、急降下艦爆による精密爆撃と艦戦による、しつこいくらいの銃撃が主だったとなっています。

ところが昨日と今朝までの夜間艦砲射撃は、ほぼすべてが小口径単装砲による乱れ撃ちだったそうで、狙われた場所も、すでに破壊されている港湾施設や石油備蓄タンク、コルサコフ周囲の幹線道路や橋など、比較的脆弱《ぜいじゃく》な目標ばかりでした。

そして、夜が明けてからやってきたのも、北海道北部に出撃拠点を持つ敵の陸上爆撃隊だったそうです。

これらの報告を総合すると、どうやら大規模打撃艦隊や空母部隊は、作戦開始にあたって一過性の支援を行なっただけで、その後は別の場所へ移動していったと考えたほうがよさそうですね」

参謀長の話を聞いたプロステワは、しばし思案したのち、自分の考えをまとめるような感じで話しはじめた。

「おそらく空母部隊と打撃部隊は、これまでずっとウラジオストクを叩きつづけてきた艦隊だと思う。いわば港湾破壊作戦の練達部隊だから、ウラジオストクより規模の小さいここを破壊するなど朝飯前だったはずだ。

そして作戦目的を達成したと判断し、どこかへ去った。その後の砲撃は、上陸部隊を引き続き護衛している駆逐艦や海防艦、駆逐艇の主砲によるものだろう。あいつらの火力は小さいものの、なにしろ数が多いから、それなりの効果を出せる。

敵艦隊がどこへ去ったか……順当に考えれば、ウラジオストク攻撃を一時中断してやってきた以上、もとの作戦に戻ったと判断すべきだが……なんか引っ掛かる」

そこまでプロステワが言った時、地下壕の別室にある通信室から伝令が電文片手にやってきた。

「ユジノサハリンスク守備隊経由で、サハリンの対岸にあるガヴァニの守備隊から通信が入りました」

「なんと言ってきた？」

ガヴァニは天然の良港となっているため、冬こそ凍結して使えないものの、夏場は沿海州方面の重要な沿岸警備基地として重宝されている。

しかし、ガヴァニもハバロフスクの支配軍区に所属している以上、かなりの戦力を引き抜かれ、日々の活動にも支障を来しているはずだ。

なのに、いま頃になって何を言ってきたのか……。

もしかすると基地と軍港機能を確保するため、コルサコフに支援を求めてきたのかもしれない、そう思った。

「ガヴァニ軍港には軍港所属の水上機基地があります。ただ、あそこにある水上機は旧式の複葉機のため、飛行距離はなんとかサハリンへ到達できる程度でしかないのですが、少なくとも海峡の監視だけは可能な状況のようです」

伝令が内容を読み上げる前に、参謀長が補足の説明を行なった。

「電文を読みます。昨日夕刻、当軍港所属の水上偵察機が海峡監視のため偵察を行なったところ、海峡を北上しつつある多数の軍用艦を視認した。ただし薄暮の観測であることと、夏場の薄い靄《もや》がかかっていたせいで詳しくは観測できず、すぐ燃料不足になり帰投したが、あの軍用艦はコルサコフ港所属の艦なのか知らせてほしい……以上です」

「……!!」

この時のプロステワが見せた極端なほどの狼狽《ろうばい》を、参謀長はのちにこう報告している。

『まるで尻を錐《きり》で突かれた雌鳥のようだった』

自分が感じていた違和感の正体を理解した瞬間、驚愕がプロステワを襲ったのだ。

「ユジノサハリンスク守備隊に大至急……最優先で連絡しろ。方法はなんでもかまわん。

これよりコルサコフ守備隊は守備陣地を放棄し、ユジノサハリンスク守備隊以下、サハリン守備軍すべてを合同した上で、全速でラザレフ対岸のポキビ物資集積基地へとむかう。

同時に、ラザレフ基地およびハバロフスク指揮下にある周辺各基地に対し、ラザレフへ兵員運搬用の小型船を可能な限り出し、サハリン守備軍全隊の撤収支援を実施するよう強く要請する。

現在、サハリンと沿海州のあいだの海峡を、自由連合海軍の大規模艦隊が北上中だ。敵艦隊には空母がいる。連中の目的は、間違いなくラザレフの基地機能奪取と沿海州側への上陸作戦の地ならしだ。

このままだとサハリン守備全軍が逃げ場を失い、朝鮮半島の二の舞いを演じることになる。そうなる前に我々は脱出する。その上で、沿海州へ上陸するはずの敵陸軍を迎え撃つ態勢を整える。

これは最終的に、ハバロフスクを守るための戦略的撤収だ。もはやサハリンは、立てこもって玉砕する以外に選択肢のない死地と化した。このことを現場指揮官権限で判断し、より有効に敵を迎撃するため決断したことを報告する。以上、送れ！」

伝令に言いおわったプロステワは、すぐに参謀長へむき直った。

「いま言った通りだ。一刻も無駄にはできない。ただちに撤収する！」

「すぐにと言われましても……機密書類とか軍事物資とかは……」

「そんなもの、脱出に不用なら放置しろ！　装備も移動の邪魔になるなら、可能な限り身軽になるため放棄を許可する。ともかく時間がない。こうしているあいだにも、敵艦隊は北をめざして航行しているんだぞ！」

どれだけ急いでも、間にあわないかもしれない。プロステワの狼狽は口にせずとも、そう身体全体で表現している。

敵艦隊の進行速度は、どれだけ用心していても明日の朝にはラザレフを攻撃範囲に捉えるはずだ。それに対し、陸路を統率も取れずに撤収するプロステワたちの速度はあまりにも遅い。

たとえ機動車輌に乗り、歩兵を置き去りにして先に逃げても、サハリンの整備されていない非舗装路は曲がりくねり、一歩間違えば原初以来手つかずの泥濘地に突っ込んでしまう。

それでも一縷《いちる》の望みがある限り、サハリン北部へ逃げ延びるべきだ。

北部には、機動車輛が侵攻困難な泥炭地帯や湿地が数多くある。逃げられなくとも、そこに立てこもり、サハリン全域に消費物資を供給しているポキビ物資集積基地の物資を手に入れられれば、冬場まで持ちこたえることが可能かもしれない。そして冬になれば、間宮海峡が流氷に閉ざされる。そうなれば敵艦隊もやってこられず、悪天候のため空母航空隊も飛べない日が出てくる。その時こそ、沿海州へ逃げ延びるチャンスが訪れるはずだ。それまで日本軍の相手は沿海州側の各守備隊に任せる。後でなんと言われようと、生き延びることが先決……。

それに、いま命じた報告が上層部まで伝われば、最悪でも敵前逃亡ではなく戦略的撤退と判断され、その後、ハバロフスクの軍に合流して戦えば、いくらでも名誉を回復するチャンスはある……。

あれやこれや雑多な考えが、いまもプロステワの脳裏を駆けめぐっている。

だが身体のほうは一目散に、司令部直属の守備隊が所有している機動車輛を地下トンネルへ隠した場所へと向かっていた。

4

七月三〇日　モスクワ

ナチスロシアの首都モスクワ。

その中心部にある旧クレムリン宮殿を改装したロシアナチス党本部から、車で東北方向へ一五キロほど行ったナカロフスカヤ空軍基地の近くに、スターリンが所有する私的な別邸のひとつがある。

私的といっても建設費用から維持管理まで、すべてをロシアSS本部が賄っているのだから、純然たるプライベートな屋敷というわけではない。

おそらくそこは、近くに飛行場や陸軍基地などがある関係から、スターリンの安全確保のために建てられたものだろう。

当然ながら、広大な敷地や地上にある建物は表むきのもので、別邸の本体の大半は地下に存在している。

本来ならクレムリン地下にロシア首相官邸地下施設を設置し、万が一にモスクワが敵に攻撃された場合、そこにこもって指揮を取るのが施政者として当然のことだ。

しかし、ベルリンの地下に迷路のようなナチスドイツ政府施設を建設し、総統府の地下にも要塞に匹敵する地下司令部を建設したヒトラーが、ベルリン以上のものをナチス連邦各国が作ることを許可しない方針を貫いている。

そこでスターリンは、クレムリン地下には最低限の退避壕と緊急政府避難施設のみを建設し、いざとなったらモスクワ周辺部に複数建設した別邸名義の地下施設へ移動し、そこで指揮を取ることにしたのである。

モスクワ有事のさいに指揮機能を維持する場である以上、巧妙に樹々のあいだに隠された無線アンテナはむろんのこと、主要な軍施設やSS関連施設に通じる地下埋設の有線電話網も完備している。

そして、まだロシアでは珍しい集中冷暖房施設を有していることと、地下に巨大な冷凍貯蔵庫や燃料タンク／貯水タンクを併設しているため、おおよそ一〇〇〇名近い司令部要員が最高で三ヵ月間、外部との連絡が途絶した状況で生活できるようになっている。

このような重要施設は、すべてスターリンの私兵となっているロシアSS部隊が独占的に警備を担当しているため、たとえロシア国軍といえども許可なく敷地内へ立ち入ることは禁じられている。

これまで数えきれないほどのロシア国民を粛清してきたスターリンだけに、恨まれる理由は腐るほどあり、常に反乱や暗殺に脅える日々を送っている。半分はスターリンの被害妄想かもしれないが、残りの半分は自らの行為が招いた現実の危機である。

それらの身辺状況もあり、スターリンはクレムリンと各地の別邸、地方のSS支部やモスクワのSS本部など、まったく行動予定を外部へ知らせることなく、ごく日常的に居場所を移動していた。

「それで、第4派遣軍団の先遣隊を殲滅した敵の正体は、まだわからんのか」

中央アジアにおいて悲惨な夜間戦闘が勃発した七月二一日から、九日が経とうというのに、スターリンのもとへは、いまだに子細な情報が届いていない。

実際には、先遣隊壊滅の翌日には第4派遣軍団主力部隊が現地へ入っているのだから、それから八日間あれば、なにかわかってもよさそうなものだ。

さらにいえば、やってきた第4派遣軍団主力部隊に対しても、三日後の二四日夜に大規模な夜襲攻撃が行なわれている。

さすがに第4派遣軍団主力部隊も警戒していたし、守備する戦力も段違いに大きかったせいで二四日の夜襲は完全に失敗し、多数の敵と思われる死体も残されていた。

ところが……。

その死体をいくら調べても、中国方面からやってきたことはわかったが、どこの軍に所属するなんという部隊なのか、一切の身分を示す物品が存在しなかったのだ。

これが少数の奇襲部隊なら、特殊訓練を受けた身分不明の隠密部隊ということもあり得るが、攻めてきた敵部隊の総員は、どう少なく見積もっても一万を超えていた。

師団規模の特殊部隊など現在の世界には存在しないし、あってもほとんど意味がない。それほどの規模なら正規軍として運用したほうが効果的だからだ。

さらには、個々の死体の人種的特徴もまちまちで、ウイグル族／ネパール族／漢族／モンゴル族／東南アジア人……ともかくアジア各地から適当に集めたとしか思えない混在ぶりで、使用している武器も自由連合軍のものだけでなく、なんとロシア製まであった。

そして最も不思議なことは、二四日の夜襲で一〇〇〇名近い死者を出しているというのに、一名の負傷者も捕虜も存在していないことだ。

これは、よほど事前に生存者をロシア側に渡さないよう準備と訓練を徹底していないかぎり、現実の戦闘ではあり得ないことだった。

この奇妙な現象、じつは簡単な細工で可能になる。

実際は寄せ集め集団にすぎない中国派遣軍が、事前に徹底した訓練を行なった事実はない。あくまで雑兵に近い多数の者たちを、少数の中華民国将兵が指揮している。

それなのに、ロシア軍が驚くほどの統率力を見せ、一人の生存者も渡さなかった。その原動力となったのは、じつは報奨金と罰則金である。

中華民国政府は今回の作戦を実施するにあたり、自由連合各国から供与された潤沢な資金を利用し、部隊の隅々に至るまで褒賞・罰則制度を適用することにしたのだ。

今回の件についていえば、小隊単位で夜襲をかけて、もし小隊員が戦死すれば見捨てるが、負傷した場合には、残りの小隊員が最優先で安全な後方まで連れて帰ることになっている。

もし一人連れて帰れば、残存小隊員全員に半年ぶんの特別褒賞が与えられる。反対に生存者を見捨てた場合には、三ヵ月ぶんの給与を没収すると同時に、鞭打ちや重労働などの罰が適用される。

もし小隊全体が大被害を受けて負傷者を後送できない場合は、小隊が所属する中隊が総力をもって小隊全体を救援する。この場合も同様に中隊員全員に褒賞が与えられる……。

これを実現するためには莫大な資金が必要だが、幸いにも今回の作戦に従事している兵士たちの出身地は貧困地帯ばかりであり、そのぶん物価も驚くほど安い。

当然、支払われる給与も正規軍に比べると雀の涙程度であり、当人たちにとっては大金でも、中華民国政府や自由連合から見れば、一個師団を維持する標準的な費用とさほど変わらないことになる。

これらのことを事前に知っていれば、夜襲において最初の猛烈な攻撃のあと、ふいに攻撃が途絶えて敵の気配まで消えたことも理解できる。

あれは小銃隊なら小銃発射、擲弾兵部隊なら擲弾発射、騎馬隊なら騎馬突入……それぞれ割り与えられた攻撃を終了したら、その後はひたすら負傷兵や逃げ遅れた兵を支援しつつ、全速力で後退していたせいだった。

そのような事情を、当のロシア軍部隊が知るよしもない。

当然、スターリンも想像すらできないはずだ。

スターリンに質問されたラブレンティ・ベリアSS本部長は、鼻筋にかけるツルのないタイプのキザな眼鏡を光らせると、やや高めの声で答えた。

「現在、第4派遣軍団に随伴しているウラルSS支部所属のSS第41情報中隊に命じ、あらゆる方面において徹底した調査を行なっていますが、まだ確たる証拠は見つかっていません。

ただ、大規模な民兵組織による襲撃に見せかけた自由連合軍の作戦であることは、まず間違いないと思われます」

「我が精鋭のウラル方面軍が、多勢に無勢とはいえ、民兵風情に殲滅されたというのか⁉」

吐き捨てるように言ったスターリンの声には、明らかにロシア国軍に対する不信感が込められていた。

「二一日の夜は完全な奇襲でしたので、たとえ最精鋭のモスクワ方面軍であっても、ある程度の被害は避けられなかったと思われます。現に二四日は警戒を厳重にしていたため、ほとんど被害らしい被害はなく、反対に反撃によって一〇〇〇名以上の敵に被害を与えています。

しかしながら敵は、攻撃対象がウラル方面軍の軍集団レベルであることを承知の上で奇襲をかけてきたことは間違いなく、常識的に見て、返り討ちにあって全滅する可能性があるのは敵のほうだと事前に判断できたはずです。なのに攻めてきたのには、何か特別の理由があると判断しています。

軍事常識的に見れば、ウラル方面軍がイラン方面へ進撃するのを遅延させるためと思われますが、その場合は継続的な攻撃が必要であり、まともに戦えば敵側の被害が恐ろしいほど出るとわかるはずです。

となると、最初からウラル方面軍の動きを止めるつもりなど毛頭なく、一撃を加えて混乱させ、一時的に長蛇の列となっている派遣軍を分断できれば、それでよしとする作戦なのかもしれません」

「そんな場当たりな作戦など、なんの意味もない。なのに遠路はるばる雑多な兵の大軍を派遣してきた。しかもタクラマカン砂漠を越えてだぞ？

戦場に至るまでに大変な苦労が必要な遠征を、意味もなく実施するわけがない。となれば、必然的な理由がある。それを貴様に調べろと命じたのだ。敵の捕虜がつかまらんのなら、極東方面にいる味方の情報工作員を総動員してでも、敵が何を考えているのか調べるのだ。

ともかく、満州方面での弱気な報告といい、サハリン方面での新たな動きといい、なにか東アジアで大きな動きが発生しているような気がする。

そしてそれは、すでにイラン方面という中東地域へ影響が波及している。さらには、スエズ近辺での連邦海軍の敗北も、遠く大西洋方面における敗北に連動している。そうでなければスエズ方面は、ドイツ装甲部隊がとっくに制圧しているはずだ。

これらは全世界的に実施されはじめた、自由連合軍による反攻作戦の結果が出はじめたと考えるべきだろう。となれば当然、イラン方面も我々が想定しているように、簡単には突破できないことになる」

スターリンは軍人というより独裁者であり、いつもなら軍事的な想定が正しくないことのほうが多い。

だが今回のように、人間の行動を否定的側面から勘繰る方法で全体像を描く場合は、恐ろしいほど正確に読み取ることがある。

これは人間不信が凝り固まったせいで、あらゆることに疑念を抱き、隙あらば反撃を加えてやろうと考えているからこそできる技である。

「では、調査を継続するということで……ほかに現地へ伝えることはありますか」

スターリンの重要な命令は、必ずSS経由で行なわれる。国軍や政府の命令系統など、最初から信用していなかった。

「先を行っている中央派遣軍団のマリノフスキー元帥に連絡して、こう伝えるのだ。派遣軍の先鋒部隊に対し、インド方面から大規模な敵戦力が攻撃を仕掛けてくる恐れが高くなっている。したがって、その兆候が現われた場合は無理な進撃をせず、まず敵を撃破する作戦を最優先で実施しろと伝えろ」

まず妥当な命令である。

しかも伝達経路がロシアSS本部経由で、最高度のエニグマⅡ暗号なのだから、自由連合側へ事前に察知される可能性はほぼゼロ……。

「申しわけありません！　ベリア本部長はこちらでしょうか？」

いきなり別邸の書斎にある扉の外からベリアを呼ぶ声がした。

「誰だ？」

「SS警備部隊長のアンドロポフです」

たしかに声は、ベリアの知っているユーリ・アンドロポフ少佐のものだ。

しかし、いまはスターリンと会話している途中のため、独自判断で許可を出すことはできない。

「かまわん。扉を開けろ。どうせ貴様も、すぐ命令伝達で出ていかねばならんだろうからな」

スターリンは、アンドロポフの顔をかろうじて覚えていた。生真面目そうな若手SS将校で、たしか北カフカス出身だったと記憶している。

もともとは北カフカス軍団所属の第26歩兵師団司令官だったニキータ・フルシチョフ少将の下でSS将校として働いていたが、今回のウラル方面軍移動に伴い、フルシチョフは中央シベリア軍団へ転属していった。

そこでアンドロポフは、これまでの働きが評価され、先日付けで別邸警備隊長に任じられ、そこにスターリンがやってきたことになる。

「首相閣下のご許可が出た。入っていいぞ」

すぐに扉が開き、眼鏡をかけた実直そうなアンドロポフが入ってくる。

「中央シベリア軍団司令部から大至急、首相閣下へ連絡したい案件があるということで、さきほど別邸地下通信部にSS暗号通信が入りました。SS管轄のため、自分もしくはベリア本部長しか電文を見ることができず、仕方なく持参した次第です」

そう言うとアンドロポフは、手にもった数枚の書類をベリアにさし出した。

「ご苦労だった。なになに……!!」

まず書類に目を通しはじめたベリアの目が、驚きのあまり見開かれている。

「どうした、ベリア？」

異変に気づき、スターリンが歩みよる。

「……これを」

書類をさし出したベリアは、額に大量の汗を浮かべている。

「差出人は中央シベリア軍団司令部付のSS参謀長……ああ、あのフルシチョフか。それで……なに……な、なんだと！」

文面を目で追っていたスターリンまで絶句する。

それもそのはずだ。そこにはフルシチョフの名前とともに、シベリア共和国大統領という役職名が書かれていたからである。

「おい、貴様！　これはなんだ‼」

書類を手に持ったまま、スターリンはアンドロポフへ走り寄った。

「首相閣下。そこに書いてある通りです。中央シベリア軍団指揮下にあるウラル山脈以東の地域は、この告知宣言書に基づき、本日付けで新国家として独立しました」

「なんだと！　貴様……その口振りだと知っていたのか？」

「私はフルシチョフ大統領の直属の部下です。知っていて当然でしょう」

「ベリア、こいつを逮捕するようSS……あ、いや、秘密警察員に命じろ。明白な国家反逆罪だ‼」

狼狽しつつも命令を下すスターリンを、アンドロポフは薄ら笑いを浮かべて見つめている。

その右手が、かすかに動いた。

——ドドドドッ！

小さくはない炸裂音が三度響いた。

アンドロポフの上半身、ＳＳ将校服の下に隠されていた三個の対人手榴弾が、小さな電池で駆動される雷管によって起爆した瞬間だった。

その場にいた三名は即死した。

とくにアンドロポフは、上半身と下半身がちぎれるという凄まじい死に方だった。

だがその死に顔は、自分の死に場所を得たと言わんばかりで、穏やかに微笑んだままだった。

スターリン暗殺……。

すべては、スターリン亡き後のロシアを我が手に牛耳ろうと画策したフルシチョフの策謀である。

中央シベリア軍団への配置転換も、自ら裏で画策したものであり、日頃からロシア中央に冷や飯を食わされていた中央シベリア軍団首脳部を、フルシチョフは自分の手駒として動かしていた北カフカス政治局員を使い、ずっと以前から反スターリン派として育てていたのだ。

むろんスターリンが知れば、数千名単位で処刑される。

そのためすべての陰謀は、ごく少数のフルシチョフが育てた秘密工作員によって伝達され、国軍やSS、さらには政治局などにも完全に隠蔽《いんぺい》された形となっていた。

その中の数少ない工作員のひとりが、先ほど爆死したアンドロポフだったのである。

熱烈なフルシチョフ崇拝者であり、ナチス主義に根本的な懐疑心を抱いていたアンドロポフは、どうにかして母なるロシアをナチスの毒牙から解放し、やや自由連合寄りながら、広く社会全体が国家の幸福を求められる新体制を作りたいと思っていた。

それはそのままフルシチョフの思想であり、任期のある民間選出の大統領をトップとするものの、自由主義世界の大統領ほど権限を与えず、民衆代表である議会と大統領府が互いに切磋琢磨することで、ゆるやかな民主社会主義国家を建設できないかという夢のようなものだった。

そのための礎《いしずえ》になるのなら命など惜しくない。

若い将校ならではの熱情に急かされた行為だが、そうでもしなければスターリンを暗殺することなど不可能だった。

もし……。

先ほどスターリンがベリアへ命じた、イラン方面派遣軍への命令が実施されていたら、もしかすると自由連合のインド方面軍は苦戦を強《し》いられ、当初の目的を達成できなかったかもしれない。

だが、すべては爆煙の中に消えた。

命令は伝達されず、マリノフスキー元帥は以前に受けた命令、『イランを突破し、中東のドイツ軍の側面支援を最優先で実施せよ』を中止することもなかった。

勝手に中止すれば命令違反で粛清されるため、スターリンからの命令がない限り、以前に受けた命令を遂行しなければならない。

その点に関しては、スターリン派の重鎮であるマリノフスキーは愚直なほどに誠実であり、たとえ参謀部が意見具申しても、スターリンの命令なしには独自に動かなかったはずだ。

その結果……。

これから起こる未曾有《みぞう》の消耗戦――後年に『カザフ挟撃戦』と名付けられた一連の戦闘が勃発したのである。

そして、カザフスタンにおけるロシア軍の消耗に合わせるように、ロシア本土においても中央シベリア軍団が国家独立宣言を行ない、完全に国境を閉じてしまった。

その上で自由連合に対しても当面は局外中立を宣言、実質的にシベリア共和国は第二次世界大戦から離脱することになった。

この驚天動地の出来事により、ロシア満州方面軍は、モンゴル経由でしか支援を受けられなくなった。

そして頼みの綱のモンゴル自治区も、シベリア共和国に続きモンゴル共和国として独立宣言を行なったことにより、ロシア満州方面軍は完全に孤立無援、四面楚歌の状況に陥ってしまったのである。

第4章　雪崩《なだれ》落ちる雪のように

1

一九四二年八月六日　ドイツ

ドイツ北部、バルト海の奥深くにある名高い軍港キール。

そこから北西にひとつ、となりとなる小さな港町エッカーンフェルデが、わずか一〇年のあいだに大きく様変わりしていた。

キールやリューベックは歴史ある軍港ではあるものの、西側陣営の海洋国家である日本や英国・合衆国の軍港に比べると、どうしても見劣りがする。造船所やドック・船台の数も限られるため、ヒトラーはナチス党がドイツの政権を取るとすぐに、近くのエッカーンフェルデにも大規模な埠頭施設と大型造船所を国家事業として建設しはじめた。

　そしてナチス連邦が創設されるやいなや、エッカーンフェルデを連邦海軍基幹軍港と定め、一〇万トンクラスの巨大ドック一基、同じく一〇万トン級船台二基、六万トン級ドライドック二基、五万トン級船台二基を連邦海軍予算を使って建設した。

　ヒトラーが開戦前に開始した、海軍増強五ヵ年計画により建艦された大型艦の大半が、これら三箇所の軍港で造られているのだから、まさしくドイツ海軍の新たなメッカと言えるだろう。

　その西ドック地区と呼ばれる、ヴィンデビヤー・ノール湖と海をぶち抜く形で建設されたドック群が、いまドイツSS重装自動車化部隊により厳重に警備されていた。

「一刻の猶予も、まままならん。余計な予定はすべて取りやめ、最速で完成させよ」

　ドイツの誇る一〇万トンドライドック『S－1』の全景が見通せる造船監督タワー、そこにある中央制御デッキと呼ばれるガラス張りの戦艦艦橋に似た場所に、いまヒトラーが立っていた。

　大西洋においてナチス連邦海軍所属の艦隊が大敗したことを、ヒトラーは誰よりも危惧した一人だった。

「このドライドックは、建艦から艤装《ぎそう》まで連続的に行なえる世界で唯一の先端設備ですので、いちいち艦体完成ごとに進水式を行なう予定はありません。

事実、この四万トンを超える第三世代正規空母ノルン級は、ここを出る時は公試を行なう時となっています」

ヒトラーの質問をたんなる催促と受けとった造船所長は、我が子を自慢するような口調で、まもなく完成する四万六〇〇〇トンの最新鋭空母ノルンを眺めている。

しかもノルンの奥には、同じ型の空母がもう一隻建艦されているのだから驚きだ。

一〇万トン級ドックなのだから、四万トン級空母なら二隻同時に建艦できる理屈になるが、実際にそれをやろうとすればさまざまな問題が発生するため、自由連合でもよほど予定が詰まっていない限り行なわれない。

それをドイツは易々と行なっているのだから、海軍そのものの規模や練度は自由連合に劣っていても、こと建艦技術に関しては、同等もしくは一部上を行っていることになる。

「すでにキールでは、正規空母ベルリンとドナウが出撃するための訓練に入っている。とはいっても大作戦になるから、すぐには出撃できない。最低でも一ヵ月はかかるだろう。

ともかく、近いうちに出撃するドイツ大西洋艦隊には、キールにある全空母が参加するのだから、彼らが大西洋へ去った後、バルト海から北海にかけてを守る空母がいなくなってしまう。

これは国防上の大問題だが、ないものは仕方がない。そこでデンマークとポーランド、それにオランダの連邦海軍を総動員し、対英海上封鎖網を強化することにしているが、もし英国が自滅覚悟で北海に空母を出してきたら、こちらとしてはUボート部隊で対処するしか方法がなくなってしまう。

水上打撃部隊で夜襲をかけるという手もあるが、昼間は敵空母のやりたい放題の場所で、そう簡単に接近できるはずもないから、どうしても作戦上、無理がある。やはり空母には空母で対処せねばならん。陸上航空基地も、英国空母が北海の北部に逃れたら航続範囲外になるから、連中は積極的にそれを作戦に取り入れるはずだ。

だから一ヵ月以内にキールで完成する軽空母一隻は、公試すら省いて既存空母で訓練した乗員を乗せ、ただちに実戦を兼ねた訓練・公試航海に出る予定になっている。

それと同じように、このノルンも完成したら、すぐにバルト海で訓練行程に入らせる。そして、ジェット艦上機航空隊が離着艦できるようになったら、ただちに北海に出て英海軍を叩き潰す。

これを半年以内に行なわねば、ドイツ連邦は大変なことになるぞ。その責任を貴公が取れるというのなら好きなようにすればいいが、もしそうでなければ死にもの狂いで完成させよ」

最後になってヒトラーは、ようやく本音を吐いた。

ドイツ連邦の運命を背負わされるということは、なにか起こった時に処刑されるだけではすまないはずだ。

ヒトラーは具体的なことは言わなかったが、それがかえって所長の想像力を飛躍的に拡大させ、たちまち蒼白な顔に汗がびっしりと浮かびはじめた。

「……S－2とB－1でH3級戦艦二隻が建艦中ですが、あの二隻さえ完成すれば、ドイツ海軍は無敵になるのではないですか」

言いわけをするように、所長は別のドックと船台で建艦中の五〇センチ連装砲二門を四基の砲塔に搭載する超々弩級戦艦ジークフリート級のことを話題にした。

ちなみに巨大ドック『S』級のSは、ドイツ語で勝利を意味する『Sieg』の頭文字であり、巨大船台の『B』はそのまま船台を意味する『Bank』の略称である。

「戦艦は、あくまで制空権を奪取した海域での王者でしかない。忌々《いまいま》しいことだが、このことを証明したのは自由連合の日本海軍だ。ロシアの既存戦艦は、ナチス陣営でも大戦力と考えられていたが、日本の空母に翻弄されたあげく沈められた。

すでに自由連合は、空母部隊と水上打撃部隊の合同運用による作戦実施を常用している。それが顕著に現われたのが、今回の大西洋における一連の海戦だ。

我がナチス連邦が世界に覇を唱えるには、どうしても世界の海を制圧しなければならない。いかにユーラシア大陸とアフリカ大陸を制圧しても、日本や合衆国などの海に囲まれた国家は致命傷を食らわない。やつらを倒すには、まず海軍で勝つしかないのだ。

しかし単純な海軍の規模は、あと一〇年は自由連合のほうが上回ると想定される。だが、第二次大戦を一〇年も続けるわけにはいかん。

となれば、量の差を上回る質の差で勝つしかない。それを可能とするのが、ジェット搭載の正規空母なのだ。いまは二隻しかないジェット空母だが、二隻でも戦闘力は圧倒的だ。

その二隻を大西洋へ出すのだから、代わりの大型空母が不可欠なのは当然であろう。軽空母はいくら建艦しても、西側に対し優位には立てない。あくまで軽空母は、ジェット正規空母の少なさを補完するための、その場しのぎの保険のようなものだ。わかったか？　わかったなら、いまこの瞬間から、二四時間休みなしの連続建艦日程をこなせるよう、造船所の勤務態勢を根本から組みなおすのだ。それが完成して実動するまで、この造船所はドイツSS本部の管理下に入れる。いいな？」

泣く子も黙る精鋭中の精鋭、ヒトラー最側近親衛隊を自他ともに認めるドイツSS本部が見張りにつくと聞いた所長は、いまにも泣きそうな顔になった。

地獄が始まる……。

所長でなくとも、誰でもそう感じたはずだ。

SSは容赦しない。ヒトラーの命令を、それこそ杓子定規に貫徹する。

命じられたことをやり遂げられなければ、収容所での容赦ない強制労働が待っていることは、ドイツ国民なら誰でも知っている。

ただ、これまでそれらの処置は、ほとんどユダヤ人と共産主義者にしか適用されなかった。

だがいま、ヒトラーがそう言ったからには、これまでの慣例を越えてドイツ一級国民であろうと、時と場合によっては適用されることが明らかになったのである。

「では、私はベルリンに戻る」

そう告げて中央制御デッキ室を出るため歩きはじめたヒトラーのところへ、いつも影のようにつき従っているゲッベルスが歩みよってきた。

「……総統陛下、まずいことになりました」

耳元で、ヒトラーにしか聞こえない小声で報告している。

「どうしたのだ？」

「三〇日に勃発したスターリン暗殺と、シベリア共和国の独立宣言の件ですが……ナチス連邦中枢国家の沽券《こけん》に関わる大事件ですので、連邦SS本部が、総力をかけてロシアSS本部をはじめとする手駒を用いて反乱鎮圧を行なっていますが、それがうまくいっていません」

「反乱の首謀者は、シベリア共和国大統領を標榜しているフルシチョフという男だろうが。ということは、敵の本拠地はウラル山脈の東側にあることになる。モスクワはウラル山脈の西側にあるから、たとえスターリン一人が暗殺されても、すぐに代わりの首相を選出すれば、事はすむはずではないか」

ヒトラーは選出といったが、これは選挙を意味するものではない。

連邦国家の首相は、あくまでナチス連邦府内で選出された人物がなる仕組みとなっているため、該当国家の国民には選ぶ権利すらなかった。

「はい。すでにパリの連邦府においては、次のロシア首相にスターリンの側近だったニコライ・ブルガーニンを選出しています。

ですが、どうもロシアSS本部内において、反ブルガーニン派が暗躍しているようで、当人は暗殺を恐れて雲隠れしてしまいました。したがって、現在のロシア政府には主導者がいません」

「ロシアSS本部は、あくまで連邦SS本部の下部組織ではないか。なのに内部に造反者がいるとは信じがたい。ただちにロシアSS部隊を用いて強制排除するよう連邦総統として命じる」

怒るというより呆《あき》れたような表情になったヒトラーは、それでも自分の役目を果たそうとした。

「それが……ロシアSS本部の重要部門は、すでにフルシチョフ派に牛耳られているらしく、連邦SS本部の命令をのらりくらりと先延ばししているようなのです。

当然、SS本部隷下のSS部隊も、モスクワを守備している国軍部隊と連動する部門は、すべてフルシチョフ派に乗っ取られているようです」

「……なんだと！　それはクーデターではないか!?」

「はい。連邦府および連邦SS本部は、ナチス連邦全体に与える影響を考慮して、あくまで暗殺事件と、僻地であるシベリアの独立問題と言い続けていますが、実際にはロシア全体のクーデターと思われます。

ただ、モスクワを含むウラル以西地域は、シベリア共和国に参入するつもりはないらしく、先日からしきりにナチスロシアの内部改革をもって、ナチス連邦に所属したままの国内改革を打診してきています。

連邦府としては、総統陛下のご意志を確かめないままロシアの提案に返答はできないとして、先ほど緊急回線を用いて私に連絡してきました。

そして連絡の付帯事項として、もしロシア側の要求を全面否定した場合、西ロシアは勝手に独立宣言を行ない、シベリア同様に局外中立を宣言する可能性が高いとなっています。

当然、満州およびインド方面へ出撃しているロシア軍も、モスクワが独立宣言した場合、連邦軍の指揮下から外れてロシアの指揮下に入りますので、局外中立の立場から全軍が国内へ撤収すると思われます。

それを連邦府が阻止するとなると、ナチス連邦とロシアは戦争状態に入ることになります。この場合、シベリア共和国と同盟を結び、同時に戦力補充のため自由連合入りする可能性がきわめて高い……そう付帯事項に書かれています」

いつもは必ずヒトラーに対する称賛の言葉を入れるゲッベルスが、それすら忘れて報告するだけになっている。

それだけ事態が深刻なのだと、ヒトラーはすぐさま悟った。

「ともかくベルリンへ戻る。最悪でも、西ロシアを敵にするわけにはいかん。いまロシアと戦端を開けば、せっかく絶対安全地帯となった東ヨーロッパが危うくなる。連邦にとって東ヨーロッパは生命線だ。

あそこが戦場になれば、すべての計画が破綻する。戦時五ヵ年計画も、その多くが東ヨーロッパで実施されているのだ。それらが無に帰すことは、我が千年王国もまた無に帰すことを意味する。これだけは避けねばならぬ。

それより、いまのロシアはいったい誰が牛耳っているのか、それを調べあげよ。もしフルシチョフは間接的に関与しているようだが、間違いなく首謀者ではない。もし首謀者なら、さっさとシベリア共和国にロシア全体を編入すると宣言するほうが、将来的に最も安全だからだ」

「ブルガーニンは雲隠れしていますので、彼ではありません。となると……SSを制御しているのがフルシチョフだとすれば、謎の首謀者は国軍もしくは政治中枢をまとめあげる力量のある者となりますが……」

「君の憶測を聞きたいのではない。私は事実だけ知りたいのだ。さっさと調べろ！」

ついに怒りだしたヒトラーを見て、ゲッベルスはなおも何か言いたそうだったが、ヒトラーがともかくベルリンに戻ると言いはるため、すぐに言葉を呑み込むと、近くにいるドイツSS本部の高級幹部に対し、総統帰還の緊急命令を下しはじめた。

2

八月一〇日　世界各地

北アフリカ、アルジェ南方の街道主要拠点となっているドジュファ。

そこから東へ街道に沿ってひたすら移動すると、おおよそ五〇〇キロほどでチュニジアとの国境にあるトズルの町へ到達する。

先月二〇日、ハルゼー艦隊の支援を受けて移動を開始したパットン軍団主力部隊は、二〇日間かけて、ようやくトズルまで到達していた。

「ビスクラに設営された簡易滑走路を使って飛びたった陸軍偵察機が、チュニジア東海岸にあるガベスの港の様子を伝えてきました」

ガベスは、トズルからさらに東へ一〇〇キロほど行ったところにある、地中海に面した港町だ。

北へ三〇〇キロほど行けばチュニス、東へ三〇〇キロほど行くとトリポリに至る、まさにチュニジアの大都市を結ぶ幹線の真ん中の町である。

それゆえにロンメル側は、ここを制圧されるとチュニジアの真ん中で分断されることになる。それを許すようでは、とても方面軍を預かる資格などない。

「港に輸送船団はいなかっただろう？」

新しく届いたM４A２指揮戦車から下りたパットンは、報告のためジープでやってきた通信大隊連絡兵に、先読みするような質問をした。

ちなみにM４A２指揮戦車とは、日本で零式中戦車として知られているM４A１中戦車を強化改良したもので、パットンの強い要求により突貫で作りあげられた。

改良はM４A１を生産しているGM社が引き受け、M４A１の生産ラインはそのまま使い、無理矢理に既存砲塔に八〇ミリ五〇口径戦車砲を搭載、あとは外付けの追加装甲をべたべたと砲塔や車体に張りつけるという、いかにも間に合わせの改造となっている。

それもこれも、M4A1ではパンターI型戦車に対抗できないことが、これまでの戦闘で明らかになったからだ。

いずれ大規模な正面衝突が不可避と見たパットンは、その時までにパンターI型の七五ミリ六五口径戦車砲弾を八〇〇メートルで阻止できる戦車を大至急、北アフリカへ送れと、ほとんど命令に近い要求として送ったのである。

同時に、同じ八〇〇メートルでパンターを撃破できる主砲も載せろという無茶な要求に、GMは見事応えてくれた。

送られてきた改造戦車は、とりあえず三〇輌のみ。その後も大西洋における一連の海戦がおさまり次第、第二陣五〇輌、第三陣一二〇輌と、徐々に規模を拡大しつつ送られてくる予定になっている。

したがっていま現在、パットンの手元にあるM4A2は三〇輌のみだ。

軍団規模の機甲部隊の主力戦車にするには、あまりにも数が少ない。だが、ないものは仕方がない。そこでパットンは、自ら率いる第1機甲師団第1戦車連隊に三〇輌すべてを投入し、自らも同型の指揮戦車に乗ってトズルへやってきたのである。

「はい。トズルの市街地には、チュニジアから南下してきたと思われる機動歩兵部隊が、車輛と陣地の双方を用いて機動的に町全体を防衛できるよう布陣しているとのことでしたが、港に輸送船は一隻もなかったそうです。

また、ガペスの北一五キロ地点にある街道集合地点付近に、二個装甲師団規模の戦闘車輌が集結し、燃料補給などを行なう待機陣地を構成しているとのことでした。

これらの偵察情報を得た時点で、偵察機からの連絡が途絶えました。おそらくチュニス南方にあるドイツ軍飛行場を飛びたった迎撃機に撃ち落とされたと思われます」

「あれほど無理をするなと言ったのに……」

パットンは陸軍航空隊に偵察を要請するにあたり、くれぐれも無理しないよう念を押したつもりだった。

ロンメルは抜け目のない男だから、こちらが進撃する前には必ず航空索敵を実施することを承知している。そのため、偵察機を発見したらすぐに迎撃できる態勢を整えているはずだから、現場に一定時間以上とどまっていると撃墜されてしまう。

なのに偵察機の機長は、なんとしてもパットンへ重要情報を届けようと無理をしたらしい。

機長の気持ちが痛いほどわかるだけに、パットンも口をへの字に結び、しばらく沈黙していた。

だが、それも束の間……。

「補給陣地に二個師団相当がいるのなら、それが主力部隊のはずだ。となると北のスキラかスピあたりに後詰めの部隊がいるはずだな。どう考えても、俺たちをガペス方面へおびき出し、側面から叩く布陣だ」

トズルからガペスに至る街道は、基本的には砂礫質砂漠の中のオアシスを中継する道路で構成されている。

そして、ロンメル部隊が待ちうけている場所は、ガペスから北北西へ少し行ったところにある丘陵地帯と、オアシスのあるアウターフ地区の間……。

パットンの進撃路から見ると、まっすぐ東に向かえば北から側面攻撃を受ける位置であり、さりとてパットンがロンメル部隊のいる位置へ向かうには、丘陵地帯の麓にそって砂漠地帯を突っきる狭いエリアしかない。

つまり、無視すれば側面攻撃、こちらから攻勢に出ると、狭い砂漠の中のコースを敵のいる真正面に突っ込むしかルートがないことになる。

「さすがはロンメルだ。これ以上ないほどの適地に陣を張りやがった……と感心している場合じゃないな。さて、どうするか」

いまはまだ補給のきくトズルにいるから、軽口を叩く余裕もある。

いくらここがロンメルの支配しているチュニジアだからといって、トズルのすぐとなりにあるナフタには、パットンを支援するために二個機動砲兵師団／四個砲兵連隊が大規模な砲兵陣地を展開しているため、おいそれとは攻めてこられない状況にある。

「長官、第7歩兵師団と第11対戦車連隊、そしてバンデクリフト少将直率の第1海兵機甲旅団が、まもなく到着するそうです」

第1機甲軍団の軍団参謀長が、五〇〇メートルほど離れた市街地中心部に設営した第1機甲師団司令部幕舎からジープに乗ってやってきた（パットンが第1機甲師団とともに動いているせいで、軍団参謀部も師団司令部と一緒に移動している）。

「おいおい、このちっぽけな町に、いきなりそんな大軍を連れてきたら、補給が間に合わんぞ」

「ナフタに砲兵陣地が設営されていますので、そこに補給基地を併設するそうです。どっちみち長官は、ここから後退するおつもりなんてないのでしょう？」

完全に見透かしたような口調で、軍団参謀長は笑顔を見せた。

「うーむ、後方のことは軍団司令部と貴様に任せたとは言ったが、そこまで俺の承諾なしにやってくれるとは……まあ、その通りなんだが」

「そろそろお悩みになっておられる頃と思い、参謀部としての意見具申ついでにご報告したまでです。

それで、ここから先の進撃路の選択が難しいのであれば、いっそ南へ迂回して、ケビリ経由で先にガベスへ入り、市街地で敵を迎え撃つという策はいかがでしょう」

「それは駄目だ」

パットンは言下に否定した。

「偵察機が落とされたため中途半端な報告になってしまったが、おそらくガベス南方のメドニンかプトララに、敵の別動部隊が待ち構えているはずだ。

北からロンメルが攻め、東のトリポリからは、リビア方面のナチス連邦軍が迎撃に出てくる……これが、俺たちをチュニジアで殲滅《せんめつ》するための基本戦略になっているはずだから、その先陣部隊がいないほうがおかしい。

つまり、俺たちがガベスに突進することが、ロンメルの最初からの策と考えて間違いない。安易に前進したら、ナチス勢の二個方面軍に挟み撃ちにされて、さすがの俺様もお手上げになっちまう」

いかにパットン軍団が精強でも、相手が二倍以上の戦力で挟み撃ちにすれば、それを打ち破って前進するなど夢物語でしかない。

最良で、うまく立ちまわって同等の被害を与えたのちに撤収、普通に考えれば二倍以上の被害を受けて敗退、最悪の場合は三倍以上の壊滅的被害を受けてモロッコまで潰走《かいそう》しなければならない可能性まである。

「では、ご指示願います」

自分たちの意見が却下された途端、参謀長はパットンの策に従う態度に出た。

いつもならパットンから次々と命令や指示が出るのだから、意見具申したことのほうが異例であり、いまが普段に戻っただけだ。

「チャーフィーを呼べ。それと来たばっかりでご苦労だとは思うが、第11対戦車連隊がナフタに到着したら、ただちに連隊長をここに寄越してくれ。チャーフィーの部隊を先行させるが、あいつの第2機甲兵旅団に第11対戦車連隊を同行させる。チャーフィーには、少し苦労してもらわねばならん。具体的にはアカリまで突撃して、そこで一気に北へ方向転換し、そこから北西に位置することになるロンメルの主力部隊を側面から奇襲攻撃してもらう。

もちろん、これは危険な賭けだ。敵は主力装甲師団が二個、こちらは軽装備の機甲兵旅団と対戦車連隊だから、まともに激突すればはね返される。

だが、それでいい。チャーフィーの突撃は一度きりだ。それも対戦車連隊による待ち伏せ攻撃を有効にするため、素早く一撃したら必死で逃げねばならない。対戦車連隊も、撃てるだけ撃ったら、すぐさま逃げないと大被害を受ける。

これを今夜、行なう。夜襲だからできる奇策だ。

これによりロンメルの部隊をかきまわすと同時に、ガペスにいる敵守備隊に、俺たちがいまにも市街地へ突入するかのように見せかける。

当然、南で待機している敵の別動部隊も、慌てて北上してくるはずだ。そうなれば、さしものロンメルも自分たちの部隊をガペスへ集合させて、正面から俺たちを迎え撃つ準備に入るだろう。

この状況を明日の朝までに作りあげる。

とはいっても、敵がガペスに集結するのは早くても明後日くらいになるだろうが、そうなる方向性さえ出せれば、後戻りするのは難しくなるはずだ。

その間、俺たちは丘陵地帯が始まる手前にあるガフサへ密かに夜間移動し、ロンメルの背後につく。

決戦は明後日の明け方だ。場所はスキラ西方の砂漠地帯。あそこは砂漠といっても砂礫地帯だから、戦車が砂に埋まることはない。必然的に戦車戦になる。おそらく……史上最大の戦車戦になるだろうな。

そこで一気にケリをつける。

報告によれば、中東方面に最新型の重戦車が出てきたそうだから、遅かれ早かれ、こっち方面にも配備される。中東では敵を騙して重戦車を二輌潰したそうだが、同じ手を二度は使えんから、こっちでは苦労することになる。

ただ、中東で破壊した敵重戦車の残骸が手に入ったそうで、いまインドから英軍の戦車技師がシナイ半島へ飛んで、大車輪で構造解析しているそうだ。そのうち新型の弱点なり、攻略方法が届く可能性はあるな。

しかし、それを期待するより、新型重戦車が配備される前にロンメルの主力部隊を叩くほうが、まだマシだ。いまはパンター戦車と四号突撃戦車が最強だから、こちらも対処する方法がある」

明後日に決戦と聞いた参謀長は、あまりの時間のなさに絶句したままだ。

明後日に数個戦車連隊規模で決戦を挑むとなれば、いまから徹夜で戦術機動プランを練りあげなければならない。しかも完成したプランを連隊長に説明し、連隊長が部下に徹底するのに一両日しかないのだ。

普通の部隊なら、無理のひと言で終わる。

だがここは、泣く子も黙るパットン軍団である。これくらいの急場は、メキシコ戦でも何度かあった。

ただ……。

あの時といまでは、規模が一桁違う。参謀長自身、あの頃はパットン付きの師団参謀長だったが、いまは軍団参謀長に格上げされている。

そもそも軍団司令部は、もっと後方に設置されている。現在もドジュファから動かしていない。

だから参謀長もパットンも、本来ならそこにいなければならない身分なのだ。

いや……パットンは、さらに上の方面軍司令長官なのだから、いまもモロッコの方面軍司令部で方面軍全体の指揮を取るのが常識というものだろう。

これらの常識が、ここではまったく通用しなかった。

＊

同日、サハリン・タタール海峡……。

日本では樺太の間宮海峡と呼ばれている場所である。

「なんだって⁉　よく聞こえない！　ともかく、いまは電話してる場合じゃないんだ。もう切る……あれ？」

電話は唐突に切れてしまった。

受話器を耳から離したポキビ集積所所長のイヴァン・チェルネンコ大佐は、集積所の東側にある丘に掘られた退避壕の中にいる。

ロシア陸軍ポキビ物資集積所、そこはタタール海峡のもっとも狭い場所のサハリン側に設営された軍事物資集積所だ。そしていま集積所は、猛烈な艦砲射撃を受けている真っ最中だった。

砲撃しているのは、コルサコフを破壊したのち北上したF・J・フレッチャー少将率いる自由連合海軍極東方面艦隊である。

春になりタタール海峡の流氷がなくなったのを見計らい、対岸となる大陸側のラザレフ基地から最大六〇〇トン程度の小型輸送船を用いて、大量の軍事物資が運ばれてくる。

本来であれば、それはオホーツク海へ爆弾低気圧が居座る秋まで続けられるのだが、大半は夏までに届けられ、秋にかけてはサハリン各地の軍事基地へ陸送されることになっている。

つまり、現在は集積所に大量の物資が野積みされている時期であり、そこを砲撃されると、これから来年の春にかけて、サハリン全体が物資不足で致命的なダメージを受けることになる。

ところで……。

海峡の両側に軍事基地があるのは当然にしても、サハリン側が基地ではなく集積所になっているのは、サハリン特有の理由がある。

サハリンは冬になるとタタール海峡が完全に流氷で閉ざされ、船による輸送ができなくなるのだ。

ただの海面凍結ではなく、アムール川の河口から流れ出る大量の分厚い氷の板が割れ、それらが海面に重積することで流氷が形成されるため、危なくて船舶は近づけない。

しかも最悪なことに、流氷は割れながら移動する。そのため氷を整地して道路などを作ることができない。

さすがに徒歩での移動は可能だが、厳寒の中、大量の物資を背負って海峡を渡るのは非常手段にしか使えず、通常はポキビに集積した物資を使って冬を越すことになる。

「……着弾で断線したのか」

自由連合艦隊による砲撃は、大は戦艦主砲から小は竜型駆逐艇の八センチ四五口径砲までさまざまであり、それらが海岸すぐ近くから二キロ付近まで接近して五月雨式に撃っているため、着弾範囲もかなりバラツキがある。

海峡の海岸に隣接している集積所だけを砲撃するのなら、集積所の外れにある退避壕は安全なはずだが、現実には時たま砲弾が着弾しているのもそのせいだ。

同じ理由で、退避所に引かれている軍用電話線は、集積所の真ん中にある管理棟に電話線が入る前に、この退避壕用に線が分かれている。その分かれる前の電柱が吹き飛ばされたら断線してしまうのも当然だった。

――ドガガッ！

かなり大きな振動と着弾音がした。

どうやら巡洋艦主砲クラスの砲弾が至近距離で炸裂したらしい。

この退避壕は、高さ三〇メートルほどの小高い丘の斜面に掘られている。そのため、たとえ戦艦主砲弾の直撃を受けても崩落することはない。

さすがに出入口に着弾すれば当たった出入口は破壊されるが、退避壕の常識として複数の出入口を作ってあるため問題にはならない。

「どこからの電話だったのですか」

一応、『通信室』と名付けられている電話と無線機のある壕内の小部屋で、チェルネンコ大佐は部下で所内輸送責任者となっている少佐から声をかけられた。

「カタングリからだが、なんだかコルサコフ基地司令とか言ってたぞ」

カタングリ陣地はサハリン中部、ポキビから南東へ八〇キロほど戻った、島の反対側となるオホーツク海側にある港湾施設を守る陣地だ。

「コルサコフ軍港が、敵の上陸で占領されてしまったのかもしれませんね。それで基地司令部がカタングリまで後退したのかも」

「いや、後退するにしても、いきなりカタングリはないだろ？　常識的に考えても、ユジノサハリンスクか、さもなくばタキカ湾のあるボロナイスクで踏みとどまるはずだ」

反論された少佐は少し考えてから再質問した。

「いまここが砲撃されてるんですから、もしかするとコルサコフ軍港司令部は、こっちに敵艦隊が向かったことを知ってるんじゃないでしょうか。もしそうなら、一刻も早く大陸側へ移動しないと、島に閉じこめられることになりますから」

「おいおい、そりゃ、我々も同じだぞ」

敵艦隊が去らない限りチェルネンコ大佐以下、集積所で働いている第82輸送連隊三二〇〇名もまた、対岸にあるラザレフ基地へ戻ることができない。

「我々が集積所と物資を破壊されたまま、それらを置き去りにして撤収すれば、それこそ軍法会議にかけられて銃殺刑ですよ。我々は輸送部隊ですが、実質的には物資管理部隊なんですから、ほかの部隊が物資を必要としない状況になるまで、死んでも現場を離れることは許されていません」

「そんなことはわかっている。俺はここの所長だぞ」

部下に基本的なことを言われて、チェルネンコは途端に不機嫌になった。

そうでなくとも、いま受けている砲撃によって大量の物資がゴミ同然になりつつあるのだ。

集積所には、基地守備のための警備中隊しかいない。ほかは全員、労務を担当する非戦闘員である。

まさか敵艦隊が、サハリンにあるすべての軍事基地を無視して、いきなりここへやってくることなど想定外のため、ここには海からの攻撃に対処する装備や部隊は一切存在しない。

つまり、守れなくて当然なのだから、普通の軍ならチェルネンコが処罰されることはない……。

だが、ナチスロシア軍はとても普通の軍とは言えない存在だった。

「いまは物資の心配より、我々の身を案ずることのほうが先決だ。敵艦隊がいるあいだは誰もここに近づけないが、艦隊が去ったらサハリン各地から問い合わせが殺到するだろうし、ラザレフ基地からも被害調査班が派遣されてくるだろう。そして我が軍の通例として、誰かが被害の責任を取らねばならない。そして、その筆頭候補がこの俺だ。

だけど、俺は責任なんか取らないぞ。これは不可抗力だ。そうだな……敵艦隊がいきなりやってくることを想定していなかった、ハバロフスク軍団司令部の参謀部がいけないのだ。

ともかく、俺が罰せられたら貴様も安泰じゃない。いまのうちに責任を回避できるよう、いろいろ対策を実施しておかねば……」

敵艦隊の攻撃を受けている真っ最中だというのに、現場責任者が責任逃れのための対策しかやるつもりがない。

当然、コルサコフ守備隊長のプロステワ大佐からの電話など、すぐに忘れ去られてしまった。

＊

「第2戦車中隊は、道路にそっていったん内陸部へ入り、敵基地の南西側面から突入しろ。第1戦車中隊と第44歩兵連隊は、第1対戦車中隊の支援を受けながら、海岸沿いに突入する！」

ここは樺太の対岸、間宮海峡を渡ったところにあるロシア陸軍ラザレフ基地の近郊。

この基地はサハリンを維持するためだけに設営されている補給基地であり、肝心の間宮海峡を守る海軍基地は、五〇〇メートルほど北にあるズペルバンクの町にある。

ただし、海軍基地といってもコンクリート製の埠頭が一本と、木製の浮き桟橋が二本あるだけで、所属している船も、大半が物資輸送用の小型輸送船ばかりだ。

あえて戦力と言えるものを探しても、最大で二五〇トンの海防艇一隻、ほかは八〇トンクラス警備艇二隻に二〇トン警戒艇四隻しかいない。

それもこれも、ここが冬場は流氷で閉ざされる極寒の地だからだ。海岸まで流氷がびっしりと敷き詰められるせいで、すべての船舶は陸揚げしなければ破壊されてしまう。

つまり、コルベットやフリゲートクラスの艦を配備したくとも、冬になると居場所がなくなるため置けないのである。

そのような状況の場所へ今朝未明、二個旅団相当の敵部隊が上陸しはじめた。

当然、ラザレフ基地とズペルバンク軍港も、夜明け前には艦砲射撃、夜が明けてからは激しい空母艦上機による銃爆撃に晒《さら》されている。

砲撃のほうは、夜が明けると同時に対岸のポキビ集積基地へと集中しはじめたが、いまも航空攻撃と同時に、駆逐艦数隻による支援砲撃だけは続いている。

「航空攻撃隊の支援があるあいだに、できるだけ接近するんだ！」

カナダ陸軍第8旅団所属の第44歩兵連隊長――アンドリック・モーリン少佐は、まだ連隊司令部すら設置していない段階で、早くもロシア軍基地に対して突入命令を下しはじめた。

南方八〇キロ沖にいる、井上成美少将率いる極東第二任務部隊所属の軽空母三隻。

彼らの支援がある日中のあいだに、なんとしてもラザレフ基地を制圧しなければならない。

夜になれば、たとえフレッチャー艦隊による艦砲支援があっても、まず間違いなく南方七〇キロにあるデ・カストリ基地からロシアの増援部隊が来るからだ。

デ・カストリ基地は海に面しているため、本来なら先んじて砲撃と航空攻撃で破壊すべきなのだが、今回は樺太を最優先で孤立させなければならず、フレッチャー艦隊は無視するかたちでラザレフへ直行した。

どのみち、ラザレフをカナダ軍部隊が制圧したら、帰りの駄賃にデ・カストリ基地を砲撃破壊する予定になっているため、不用意に援軍を出せば孤立するのはロシア側という作戦である。

「第41機甲連隊長からの伝達です。これより第2戦車中隊に続いて、敵の退路を断つため出撃するそうです」

モーリン少佐たちの先陣部隊が上陸したのち、第二陣として上陸予定になっていた第41機甲連隊が、早くも出撃準備を完了したらしい。

そのことを連隊司令部直属の偵察小隊長が伝えに来た。

「承知した。武運を祈ると伝えてくれ」

反撃らしい反撃がなければ、上陸作戦とはこれほどスムーズに進むものなのか……。

作戦予定を大幅に前倒しするかたちで、全上陸部隊が動きはじめている。その様子を見たモーリンは、初陣にも関わらず順調すぎる進展に驚いていた。

他の極東カナダ陸軍部隊は、中国方面軍に所属している関係から、満州南部でかなり苦戦している。そのため日本の北海道で訓練する日々を過ごしていたモーリン部隊も、いざ作戦が始まれば苦労するだろうと覚悟していたのだ。

しかもモーリンの所属する第8旅団と第12旅団は、カナダ陸軍の中でも寒冷地作戦に特化されたオンタリオ州から派遣されている。

それが、彼らにとっては『暑い』と感じるほどの夏場の作戦実施となったのだから、まさに青天の霹靂《へきれき》である。

むろんモーリンも、この作戦が今年の冬に至るまで続けられるからこそ、彼らが派遣されてきたことを知っている。

まだまだ先は長い……。

作戦全体を支える橋頭堡《きょうとうほ》となるのがラザレフなのだから、不慣れな夏の上陸作戦などさっさと終わらせ、一日も早い出撃拠点構築を始めたい。

フレッチャー艦隊も、いつまでも居座ってくれるわけではないのだ。

代わりに日本海軍の地方部隊(海防艦と駆逐艇・警戒艇を中心とする小艦隊)が冬の流氷が来るまでは支援してくれることになっているが、彼らはあくまで上陸部隊を支える物資輸送部隊の護衛が主任務であり、部隊支援はついでとなっている。

さらには、モーリンたちが自力でラザレフに簡易滑走路を設営するまで、自由連合陸軍の航空隊は存在しない。

つまり、井上成美の空母部隊が去った後、滑走路が完成するまでの制空権はロシア側に移動する恐れがある。

もっとも、南のデ・カストリ基地の滑走路は破壊される予定だから、問題となるのは内陸方面にあるいくつかのロシア陸軍飛行場である。

そこにどれだけ爆撃機と戦闘機が配備されているか、正確なところはわかっていない。

最近のロシア軍は、スターリン暗殺とシベリア共和国独立により混乱の極にある。

そのため毎日のように部隊が右往左往していて、自由連合軍が送りこんだ秘密部隊やスパイによる偵察情報も、あっという間に過去の役立たずな情報となっているのだ。

今回の上陸部隊の規模は、ユーラシア大陸の東端に攻め込むにしては、あまりにも小規模なものでしかない。

総勢でカナダ陸軍二個旅団と一個機甲連隊、そして日本海軍陸戦隊所属の第八野戦砲兵大隊のみである。

万が一、ウラジオストク方面から敵の増援部隊がやってきた場合を想定し、稚内の陸軍基地へ二個歩兵師団と一個砲兵旅団、そして一個対戦車連隊が控えているものの、それでも満州方面のような軍集団規模どころか、すべて集めても小軍団規模にしかならない。

これは仕方のないことで、あくまで日本軍独自の枝作戦に、自由連合軍所属のカナダ軍部隊が特別参加している形を取っているからであり、もとから積極的に攻める作戦ではなく、相手に隙があれば攻め、それ以外は基本的に防衛を優先する作戦となっているからだった。

「みんな、ここが正念場だ。我々がここを制圧しない限り、満州方面軍も動きようがない。だから頑張れ！」

自らも司令部直属中隊を引き連れたモーリンは、腰の拳銃を抜いて左手に構えた状態で、連隊長専用ジープへ乗り込んだ。

モーリンが移動するルートは、道路がある内陸方向ではなく砂浜の続く海岸沿いだが、ジープなら踏破できると確信しての行動である。

幸いにも、砂浜は地雷原になっていない。

毎年、この浜は流氷が乗りあげて一切合財を押し潰すため、大量の地雷が冬に自爆することになる。しかも、ここに敵が上陸するなど可能性としてはゼロに近いと考えられていたから、防衛措置も適当だったのだ。

＊

間に合わなかった……。

ロシア・サハリン守備隊に所属するコルサコフ守備隊長のプロステワ大佐は、いきなり切れた電話を見つめ、小さくため息をついた。

ようやくカタングリ陣地まで、一本しかない未舗装の道路を車列を束ねてやってきたというのに、ここから八〇キロ北西にあるポキビは、どうやら攻撃を受けている真っ最中らしい。

これから日本の艦隊が猛砲撃中のポキビへ向かうのは、それこそ死にに行くようなものだ。さりとて、ポキビの集積物資なしにカタングリに立てこもっても一ヵ月もしないうちに物資が尽きる。

　ここで粘れるだけ粘って、最後は白旗を上げるか……。

　そう考えていた時、ハバロフスクからの遠距離無線電信が届いた。

　電話をしていた場所が、カタングリ陣地（というより基地に近い）の司令部内通信室だったため、すぐとなりの電信班から声がかかったのである。

『ハバロフスク軍団司令部は、これよりナチスロシア軍の指揮下から離脱し、シベリア共和国軍へ参入する。よって、ハバロフスク軍団所属の全部隊は、ただちに戦闘態勢を解き、武装したままハバロフスクへと帰還せよ。

　なお、自由連合とシベリア共和国は、現時点において戦争状態にはない。よって偶発的な戦闘勃発は絶対に避けねばならないが、武装解除する必然性もない。よって搬送可能なすべての装備を伴い原隊へ帰還せよ。

　シベリア共和国は、自由連合との非公式な連絡を行ない、いくつかの暫定合意に至った。その合意に基づき、今夜零時をもってハバロフスク軍団は全任務を解除され、以後はシベリア共和国軍の指示に従うことが決定した。

　よっていま現在、自由連合軍と直接対峙《たいじ》している隷下部隊は、ただちに戦闘を停止し、専守防衛態勢で今夜午前零時を待て。午前零時以後の安全宣言および移動開始命令は、改めて無線通信で送る。以上……』

唐突に、プロステワの戦争は終わりを告げた。

「……はあ」

あまりの安堵に気が抜け、守備隊員の前でへたり込む。しかし、それを笑う部下は一人もいなかった。

*

「いかがなされるおつもりですか」

苛《いら》ついた方面司令部参謀長の声を聞いても、イワン・イワノヴィッチ・マスレニコフ大将は口を閉ざしたまま、机の上にある電文を見つめている。

サハリン方面のロシア軍が、ハバロフスク軍団司令部からの通信電文を受けとった頃。ここ長春にあるロシア陸軍満州方面司令部にも、ロシア軍へ別れを告げる一方的な通信が届いていた。

電文内容があまりに重大だったため、方面通信部の部長は、長官であるマスレニコフへ届ける前に、司令部付きのロシアSS所属の大佐に電文を見せてしまった。

当然ＳＳ将校は、ＳＳ専用回線を通じてモスクワへ打電、現在は返電待ちの状況となっている。

ただ現実には、その頃のモスクワはクーデター側に牛耳られていて、ナチスロシアは形骸化した国家になり果てていた。

しかし、ナチス連邦との戦争を回避しようと画策しているクーデター側勢力のせいで、あらゆる情報がねじ曲げられ、隠蔽《いんぺい》されている。

当然ロシアＳＳも、大半がクーデター側に鞍替えしているのだから、いくら満州方面軍のＳＳ部門が返電を待っても届くはずがなかった。

その後、ハバロフスクからの電文はマスレニコフへ届けられたが、同時にロシアＳＳの手によってモスクワにも伝達済みとの報告も届けられている。

こうなると、ロシア国軍所属のマスレニコフとしても、安易に命令が下せない。ロシアＳＳ本部がどう判断するか結果を見ないで先走りし、その判断が裏目に出た場合、ロシア陸軍省がどういった処置を行なうか、彼くらいになると条件反射的に理解できた。

だが詰めよる参謀長は、マスレニコフの出処進退よりも満州方面軍のほうが心配らしく、なおも言い寄ろうと必死である。

「……我々が孤立したことは認めよう。だが、現時点において危機的状況にあるわけではない。我が方面軍は、奉天・長春といった満州地区の中枢地域を完全に掌握しているし、敵軍が全力で攻めてくる様子も見られない。したがって、我々は様子を見つつ本国の指示を待つのが賢明な策となる」

言っていることはまともだが、マスレニコフの口から出ると、どうしても言いわけにしか聞こえない。

支配しているのは満州の都市部のみ。母国は分裂という異常事態。

こうした場合、孤立した軍部隊は本国へ撤収すべきだが、その撤収ルートすらモンゴルを経由する以外、完全に閉ざされている。

これはシベリア鉄道が、離反したシベリア共和国内を通っているため、まったく使えないせいだ。モンゴル自治区内を移動するのも、機動車輌もしくは徒歩でなければ無理……。

このうち機動車輌は、早い段階で燃料切れを起こす。なぜならモンゴルには、大規模な補給基地がないからだ。

ということは、まだ満州を出るか出ないかのうちに、全軍が徒歩でしか移動する手段がなくなってしまうことを意味している。その状態で、遠路ロシアまで戻るとなると、たとえ夏場であっても大量の脱落者が出る。

それは食料にすらこと欠く地獄の脱出行動であり、飢餓に苦しんだ末に放置される者が続出することは、深く考えずとも明らかだった。

退くも地獄、このまま満州都市部に引きこもるのも地獄……。

完全に八方塞がりになった満州方面司令部だが、我が身を優先した通信部長の判断により、マスレニコフが先んじて撤収命令を下す唯一のチャンスも失われてしまった。

まだ電文内容がSSに知られない段階なら、戦術的見地から方面軍司令部を移動させる権限は方面軍司令長官にある。長春と奉天の防衛さえきちんとしていれば、方面軍司令部が後方へ下がること自体は処罰の対象にはならない。

しかし、方面軍が孤立した事実がSSに知られた後だと話は違ってくる。

孤立とは退く後方にも敵がいる状況であり、事実、シベリア共和国がそれに該当することは言うまでもない。この状況で、あえて後方へ司令部を動かすのは、どう考えても拠点防衛の放棄であり、敵前逃亡と判断される……。

「長官……このさい、恥を忍んで降伏すべきでは？」

ついに参謀長は禁断の言葉を口にした。

幸いにもSS大佐は、モスクワからの返電待ちのため通信部へ行っており、ここ長官室には参謀長とマスレニコフの二人しかいなかった。

「貴様まで、この私を見捨てるというのか!?」

マスレニコフは参謀長以外、誰もいない部屋を見まわした後、小声で言った。

「朝鮮におけるチェイコフ長官の場合と今回では、状況がまるで違います。たしかにチェイコフ長官は、スターリン首相に見捨てられたあげく、主力部隊を満州へ逃がすための殿軍役《しんがりやく》を命じられ、仕方なく引きこもったあげく降伏しました。

しかし、我々は違います。ここで戦力を完全に維持したまま自由連合に降伏することは、いわばナチスロシアとの離別であり、なおかつ世界有数の戦力を自由連合へ提供することにもなります。

降伏という言葉が悪ければ、満州方面軍は中央シベリア軍にならい、満州の地において独立した勢力として旗揚げをする。その上で、シベリア共和国のように局外中立を選択するのではなく、積極的に自由連合軍へ参入する……そう宣言すればいいのです」

「そんなこと、SSの連中が許すものか」

「このさい、方面司令部にいるSS将校および監視部隊については、我々国軍の手によって拘束すべきと判断します。そして彼らが抵抗すれば、その場合は不本意ながら射殺することも考慮すべきかと」

参謀長が過激な意見をやめないため、マスレニコフは皮肉そうな笑いを唇を歪めてあらわにした。

「日頃が日頃だけに、最初から全員、撃ち殺されそうだな。だが、貴様の意見具申を受け入れるわけにはいかん」

マスレニコフには、自由連合へ鞍替えできない理由があった。

それは営口の部隊を撤退させる時、スターリンの命令に従い督戦隊を編成したことである。

マスレニコフの命令を受けた督戦隊は、敵前逃亡しようとする営口守備隊員数百名を無慈悲に射殺している。この事実は格段の調査などせずとも、すでに自由連合の捕虜となっている元営口守備隊員の聴取で自由連合側にも知られているはずだ。

当然、方面軍司令部の者なら誰でも知っている。

もし自由連合に鞍替えするとしたら、同時に重大なジュネーブ条約違反も問われることになり、少なくともマスレニコフと督戦隊に関係した者は戦争犯罪者として裁かれることになる。

それがわかりきっているため、参謀長の意見に従うことは絶対にできない。反対に参謀部は、督戦隊編成には関わっていないため、言いたい放題ができる。

どちらかと言えば、方面司令部所属のSS幹部のほうが、スターリンの命令を伝えたという意味でマスレニコフに近い立場にあると言えるだろう。

しかしそれも、当人たちが自分は単なるメッセンジャーと弁明すれば、すべての責任はマスレニコフと実行者である督戦隊の隊長だけが問われることになってしまうはずだ。

他人のために自分を犠牲にするなど、マスレニコフの思考には微塵も入っていない。スターリンの大粛清を生き延びた高級軍人なら、多かれ少なかれ似たようなものだ。

「もういい、しばらく頭を冷やせ。これ以上、ロシア軍に対して批判的な言動を行なうと、たとえ参謀長であっても処罰の対象になるぞ。いまこの場での会話は不問にするから、SS本部からの指令が届くまではおとなしくしていろ。

その上で、あまりにも理不尽な指令だったら、その時に改めて対策を考えればいい。ロシア本国もいま大変な時だから、もしかすると本国防衛のため、すんなり撤収命令が下るかもしれないじゃないか」

あえて楽観的な見通しを口にしたマスレニコフだったが、参謀長を安堵させるにはほど遠いようだった。

「長官がそうおっしゃるなら仕方ありません。では当面、参謀部としては戦力温存を最優先にする方針で動きます。どうなるにせよ、満州方面軍七〇万の大戦力は、我々の最大の武器ですから」

ロシア分裂とハバロフスク軍団（正式にはロシア陸軍極東軍団）の離反により多少の目減りはしたものの、いまだに満州南部にいる自由連合軍を陵駕する戦力だけが、マスレニコフの身分を保障する唯一の材料となる。

この参謀長の意見は、ある意味正しい。

問題は、参謀長がどこまでも現実主義者であるのに対し、マスレニコフは自分可愛さのあまり、希望的観測に身をゆだねていることだった。

実際には、ロシア中央がクーデター側に制圧された時点で、マスレニコフの運命も決定しているのだが、それを当人が知るのは、まだずっと後になってからだった。

3

一〇月二二日　大西洋

八月一四日に勃発した北アフリカ戦線における最大規模の衝突は、あらかたの予想通り、パットンとロンメルの痛み分けという結果に終わった。

パットン側が総数八六〇輌の機動車輌（戦車および自走砲・装甲車輌）と二個連隊もの対戦車部隊、中東方面で効果が立証された迫撃砲部隊も、各師団から抜粋するかたちで二個連隊規模を出撃させた。

対するロンメルは、装甲部隊に一点集中した編成で挑んだため、じつに一二〇〇輌近くもの機動車輌を投入している。

戦闘そのものは三日間行なわれ、三回の大規模激突により痛み分けとされたが、パットンの失った戦闘車輌は二六〇輌余（可動不良により放置を含む）、ロンメルは四八〇輌余となっている。

ロンメル側が二倍近い損失だが、これはパットンの対戦車部隊（バズーカ部隊）

と迫撃砲部隊の砲撃により、四号戦車および軽戦車・装甲車輌が多数撃破されたためで、主力戦車自体の損害はむしろパットン側のほうが大きかった。

両者ともに三分の一近くの戦力を喪失したため、パットンは後方から追い撃ちをかけられる可能性を防ぐため、アルジェ南方のドジュファ基幹陣地まで後退を余儀なくされた。

ロンメルも同様の被害のため、補給が容易なチュニスへ戻ると同時に、一部の部隊を東のトリポリへ向かわせ、チュニスが孤立した場合にトリポリから迅速な増援ができるよう再配置している。

そしてチュニスだけでなく、トリポリにもイタリア陸軍の増援部隊が到着したため、これでパットンが自力でエジプトへ強行突入できる線は消えたと思われる。

つまり、戦術的には痛み分けだが、戦略的にはロンメルの勝ちと判定される戦いであった。

しかしそのロンメルも、ドイツ本国やナチス連邦各国から装甲部隊の大規模な増援がない限り、モロッコ方面やエジプト方面へ討って出ることは難しくなった。

そして、ナチス連邦の総本山であるドイツ国内では、ロシア分裂のせいでナチス連邦軍としての戦力配分が総崩れしたため、ヒトラーを筆頭に全力で戦線再構築

（あくまで作戦計画としてだが）を大車輪で実施している最中であり、とても各方面の現場にまで注意がまわらない日々が続いている。

ただ、大西洋方面に関してだけは、ロシア分裂の直前にヒトラーが命令を発していたため、予定通りに艦隊編成と訓練が進み、ようやく一〇月になって全艦隊の出撃準備が整った。

ヒトラーの命令では、九月中にも出撃させるような口振りだったが、さすがにそれは無理だったらしい。

予定は大幅に遅延し、一ヵ月近く遅れた今日、ようやく先遣部隊となるフランス海軍部隊とオランダ海軍部隊が、アゾレス諸島北東三六〇キロの海域に到達した。

これにスペイン本土で補修中だったスペイン艦隊とイタリア艦隊残存艦が合流し、アメリカ東海岸からアゾレス諸島沖にいる自由連合海軍部隊を牽制しはじめたのである。

＊

「我々は、ついに大西洋へやってきた」

総旗艦に抜擢された真新しいH2級戦艦ゲルマニアに乗艦している総司令長官――エーリッヒ・フォン・レーダー元帥が、自慢の白髭を震えさせて宣言した。

先遣部隊に続き、とてつもない威容を見せるドイツ海軍主力部隊を中核とする、ナチス連邦大西洋艦隊の主隊が姿を現わしたのである。

現在地点は、先遣部隊が遊弋《ゆうよく》しているアゾレス諸島北東海域のさらに北東――ビスケー湾からスペイン沖三〇〇キロ地点に至る海域となっている。

この海域からアゾレス諸島近隣海域まで、およそ一〇〇〇キロ。こちらの空母攻撃隊の航続範囲を大きく外れているが、足の長い自由連合の空母攻撃隊も、さすがに往復二〇〇〇キロは無理だ。

老練なレーダー元帥だけあって性急な海戦を回避し、まずは先遣部隊により敵艦隊の動きを牽制しつつ、じっくり敵の動きに合わせて戦いの駒を進める算段らしい。

これまでナチス連邦海軍部隊は、いずれも功を焦るあまり、相手の力量を計らずに突入して破れている。それが海軍として未熟な証拠と受けとられているが、レーダーほど年季の入った提督ともなれば、いかに陸軍国家といえども、海軍とはなにか、海戦とはなにかを熟知しているものだ。

その経験と実力をもとにして、レーダーは今回の決戦をヒトラーから一任されていた。

それにしても……。

さすがは、ドイツが遅延させてまで準備万端整えた艦隊である。よくぞ短期間でここまで大きくなったと、誉めてやりたいほどだ。

とくにジェット機搭載の正規空母二隻（ベルリン／ドナウ）は、最初に索敵報告を受けた自由連合海軍も驚きを隠せなかった。

レーダーの主力艦隊を初めて発見したのは、二三日夕刻、前方対潜哨戒活動を行なっていた、アーレイ・バーク大佐率いる第21任務部隊所属の第212駆逐部隊の主隊所属、軽巡リムパックA－10が放った一機の水上偵察機だった。

まさに大金星の発見だったが、それは彼らの命と引き替えとなった。

水上偵察機は発見報告の直後、ドイツ艦隊を直掩していたBvP205単発ジェット艦上戦闘機によって、またたく間に撃墜されてしまったからだ。

しかし、水上偵察機の搭乗兵二名は、最後の瞬間まで子細なドイツ製ジェット艦戦の様子を打電し続けた。

その報告によれば、ナチス陣営の艦隊規模は驚くべきものだった。

ドイツの戦艦は合計八隻。内訳は超大型戦艦一隻（のちに四八センチ連装四基搭載のH2級戦艦と判明)、大型戦艦(四〇センチ連装四基・H1級戦艦)三隻/ビスマルク級戦艦二隻/シャルンホルスト級巡洋戦艦二隻となっている。

フランス海軍がリシュリュー級戦艦二隻、オランダ海軍がダンケルク級戦艦一隻。

スペイン海軍とイタリア海軍は、先の海戦の被害艦を応急処置しての参加だが、ともに戦艦は一隻ずつに目減りしている。

戦艦総数一三隻は、今次大戦で出撃した数としては文句なく最大である。

しかし自由連合側は、もうひとつの報告に目を見張った。それはナチス連邦側が出してきた空母の種類と数である。

報告では、ジェット機搭載の大型正規空母二隻/正規空母二隻/軽空母五隻となっている。

これまで大西洋において、あれだけ空母を沈められたというのに、まだこれだけ出撃させられる余裕があったのだ。

むろん、これがすべてではない。

ヒトラーといえども、ドイツや連邦各国本土の守りを無視して全空母を出撃させることは無理なため、最低数の空母は本国の港に残してある。それでいて、この数なのだ。

この報告を受けた自由連合海軍総司令部は、すぐさま対抗手段を実行に移した。

二三日夕刻の発見からわずか四時間後、連合海軍総司令部長官アーネスト・キング大将自らが第1任務部隊を率いて出撃したのである。

この部隊は本来、合衆国東海岸を防衛するゴールキーパー的性格のものであり、それを出すということは、一時的にせよ東海岸の防衛が激減することを意味している。

しかし自由連合海軍は、ヒトラーが大西洋の覇権を賭けて決戦を挑んできたと判断し、同時に合衆国本土を攻める余裕はないと結論しての出撃だった。

第1任務部隊には、完成したばかりの四六センチ主砲搭載の超弩級戦艦オハイオ/ワシントンの二隻もいる。この二艦を中核艦とする、戦艦五隻/重巡三隻/拡大軽巡二隻/軽巡八隻/駆逐艦二四隻の大水上打撃艦隊である。

そして、地中海からアゾレス諸島南方海域へ戻ってきたハルゼー艦隊に、米本土から支援艦群が合流した。

その結果、ハルゼーの第7任務部隊は、史上最大の空母機動部隊として洋上再編された。

その規模は、さらに驚きである。

最新鋭正規空母フランクリン／シャングリラ二隻を中核とする、正規空母八隻／軽空母六隻／軽巡一一隻／駆逐艦三二隻……文句なく史上最大最強の空母機動部隊だ。

さらには後方からの航空支援として、すでに出撃しているトーマス・C・キンケード少将の特別支援艦隊に加え、モントゴメリー少将率いる支援・護衛空母編成かつ自由連合海軍合同の第22任務部隊――支援空母四隻／護衛空母八隻／軽巡八隻／駆逐艦二八隻が出撃している。

これに既存出撃の加藤隆義中将率いる第9任務部隊／マーク・A・ミッチャー少将率いる第10任務部隊（護衛空母部隊）／Uボート駆逐のため出撃しているアーレイ・バーク大佐率いる第21任務部隊、そしてカナダ海軍支援艦隊が予備艦隊として後方に位置することになった。

なおナチス側となるロシア艦隊は、今回の作戦には一隻も参加していない。

それはロシア海軍が、スターリン暗殺による国家分裂の余波で完全に統率を失い、現在は各軍港司令部ごとに艦を引きもどし、ロシア国内の情勢が安定するまで様子見の態勢に入ってしまったからだ。

満州方面においてマスレニコフ司令長官が決心したことが、彼一人の特異的なものでなかったことは、このロシア海軍の決定を見てもわかる。

基本的には内にこもり、権力の暴風が去るのを待つ歴代軍組織の性格を、ナチスロシア正規軍も踏襲している証拠だった。

これはロシア・バルチック艦隊に緊急出撃命令を下したヒトラーからすれば、まさに大誤算である。イタリア海軍に匹敵する規模を誇るロシア海軍が不参加になるとは、さしものヒトラーも予測できなかったらしい。

それでもなお、北アフリカ戦線において戦力的に劣るにも関わらず痛み分けにもっていたロンメルと同様、必ずやレーダーも大西洋海戦において、最悪でも痛み分けに持ち込み、ヒトラーに時間的な猶予を与えてくれると信じているらしい。

いまヒトラーに必要なのは、一にも二にも時間である。

期待していたティーガーI型戦車が、シナイ半島をめぐる小規模戦闘において二輌も撃破されたと報告を受けたヒトラーは、周囲の者が卒倒するほど激怒したらしい。

そして、ただちに大幅なティーガーI型の生産縮小と、開発中となっている次期重戦車ティターンの前倒し量産を命じたのである。

そのティターン重戦車が完成して各部隊へ配備されはじめるのは、早くて来年の春……。

なんと一〇五ミリ旋回砲塔を持つ自重六五トンの重戦車は、現在の各国基準からすると超重戦車と分類されてもおかしくない。当然、世界最大・最強の戦車である。

こんなものが戦場に現われたら、さしもの自由連合軍も、間に合わせの砲戦車などでは対抗できなくなるし、頼みの綱のバズーカ砲も、大型の一二センチでも正面から撃破できるか怪しくなる。

かといって、バズーカ砲をさらに大型化すれば、今度は歩兵装備の枠を出てしまい、これまで最大の利点だった歩兵による接近・撃破が不可能になる。

たんに重装甲の戦車を撃破するだけなら、射程距離が極端に短いバズーカ砲を大型化するメリットはまるでなく、最優先で配備すべきは牽引式の一〇五ミリ対戦車砲となる。

しかし、高射砲から転用された一〇五ミリ対戦車砲は、まだ少数しか配備されていない。ドイツの戦車がこれほど早く強大化するとは、誰も思っていなかったのである。

さらに時間がたては、来年の夏頃には遅れていたナチス連邦各国の建艦計画も、あらかた成就される見込みとなっている。

その結果、今回と同じくらいの艦隊を編成できる正規空母や軽空母、二隻のH3級戦艦も完成している。そして空いたドックでは、さらに驚異的な空母や戦艦が建艦されはじめる……。

独裁国家のほうが、なりふりかまわぬ増産が可能であり、いちいち予算とにらめっこしなければならない自由連合のほうが遅れを取る。

いま現在、一時的に自由連合が海軍で優っているのは、これまでの永きにわたって培われてきた海洋国家としての積み重ねがあったからで、今次大戦が始まってからは、むしろナチス連邦の増産のほうが優っていたのである。

かくして……。

未曾有《みぞう》の大海戦が、ついに開始されたのだった。

4

二三日夕刻　大西洋

夕暮れの空に、多数の赤く染まった飛行機雲が延びていく。この光景を初めて見る者も多いはずだ。少なくともハルゼーは、その一人だった。

「なんだ、ありゃ？」

空母チェサピークの飛行甲板が騒がしいので、なにげなく長官席から窓の外を見ると、空に雲の筋がいくつも延びている。

しかもその筋は、どんどんこちらへ向かって近づいていた。

「敵襲です！　対空レーダーで敵航空機の大集団を感知しました!!」

レーダー室からの艦内電話を取ったチェサピークの航海長が、艦隊通信参謀に受け渡すことなく自ら声を張りあげた。

「距離と高度は？」

慣れない航海長による伝達のため、肝心な部分が抜けている。そこをハルゼーに指摘されると、慌ててつけ加えた。

「距離三六キロ、高度六〇〇〇と八〇〇〇の二手に分かれているそうです！」

「ずいぶん高いな……」

予想より二〇〇〇から四〇〇〇メートルも高い場所にいる敵航空機集団。

二〇分ほど前にハルゼーが放った第一次攻撃隊の場合だと、だいたい四〇〇〇メートル付近が最も燃費がよく距離を稼げるとして、巡航する場合はその高さなのが常識となっている。

「長官、対空戦闘命令を」

参謀長が考えこんでいるハルゼーに催促した。

「おっと！　全艦、艦隊対空防衛態勢に入れ!!」

ハルゼー艦隊ほどの規模にもなると、個艦で対処するより多重輪形陣を活用し、艦隊全体で共同防衛するほうが効率がよくなる。

ハルゼーはいま対峙している敵が、これまで出会った敵とは段違いに強敵である予感がしていた。そのため、こちらも全力で対処しないと危ないと感じたのだ。

「高度八〇〇〇の敵、急速に高度を落としています……えっ!?」

受話器を耳にあてたままの通信参謀が、報告の途中で驚きの声をあげる。

その受話器は先ほど航海長が持っていたものだから、慌てて通信参謀が受けとったらしい。

「……追加報告！　敵の降下速度、時速八〇〇キロを超えている!!」

ざわっと艦橋に声ならぬ声がわいた。

「直掩隊《ちょくえんたい》に緊急連絡しろ。相手はジェットだ」

その騒ぎを静めるように、ハルゼーの低い声が流れる。

両陣営とも、ごく一部の特殊試作機を除くと、プロペラで飛ぶ飛行機で時速八〇〇キロを超えるものはない。ましてや最高速度の遅い艦上機では、絶対に存在しないと断言できる。

それがいま、ハルゼー艦隊へ襲いかかろうとしている。

素早く思考をめぐらせれば、すぐにそれが艦上ジェット機であることに行き着くはずだ。

ジェット機自体は、中東方面ですでに自由連合軍を苦しめているから、まったく未知の存在ではない。速度についても、中東の双発ジェット戦闘機は、最大で八〇〇キロを超えるとの報告を聞いたことがある。

だが、ここは大西洋のド真ん中……。

午後三時過ぎに敵機動部隊を発見しなければ、さしものハルゼーも困惑しただろうが、敵空母がいて、ジェットが飛んできた事実さえ素直に認めれば、それがジェット艦上機であるという結論に至るのは簡単である。

まだ騒ぎが収まらない艦橋内にむかって、ハルゼーの大声が響く。

「うろたえるな！　おそらくジェットは艦戦だけだ。重い爆弾をかかえて空母甲板を飛びたてるほど、ドイツのジェットはパワーがないと聞いている。だから我々が注意すべきは、ジェットの陰に隠れて忍びよってくる、敵の在来型艦爆だと認識しろ!!」

ジェットが戦闘機なら直掩隊に任せるしかない。

むろん各艦の対空射撃担当も、ターゲットスコープに捉えたら射撃するだろうが、あまりにも速度があるため、おそらくVT信管であっても遅延爆発となって被害を与えられない可能性が高い。

となると対空射撃で頼りになるのは、いわゆる『拡散砲弾』と呼ばれる日本海軍が開発した『零式拡散砲弾』、米海軍名『Mk−12P砲弾』しかない。

ハルゼーの一喝で艦橋の騒ぎはおさまった。

しかし、ほとんど間もなく、いきなりチェサピークの飛行甲板に小さな爆発が発生したのだった。

＊

「よし、命中だ。さっさと逃げるぞ」

遠くに大型正規空母が見えている。

距離は二キロほどだろうか。なのに正規空母ベルリンに所属する第1爆撃隊の第2編隊長――ヨハン・ヘブナー少尉は、早くも撤収を口にした。

「上空に敵機なし。そのまま旋回上昇して大丈夫です」

後部座席に乗っている爆撃手のペーター・ハイネマン軍曹が、うしろから機内有線電話を使って伝えてきた。

この有線電話は、受話器が互いの飛行帽にかぶせるかたちのヘッドホンに繋がっている。話す場合はマイクを手に取らねばならないが、聞くぶんにはなにもしなくていい仕組みである。

報告を聞いたヘブナーは、操縦桿を右に倒しながら、同時に左手でスロットルを全開にした。

たちまちドルニエ335MKの液冷倒立V型12気筒ターボエンジン二基が、合計四一六〇馬力という凄まじいパワーを発揮しはじめる。

そのパワーが、機首と胴体後部にある二基のプロペラに伝わるや否や、機体を牽引する力と推進する力の両方が発生し、常識では考えられない角度で右斜め上方へと舞い上がりはじめた。

「さすがは新型誘導ロケットです。電影照準器のターゲット中心に敵艦を捉えてさえいれば、あとは勝手に命中してくれるんですから、爆撃手としては楽なもんです」

ハイネマンの軽口を聞く限り、彼らはすでに爆撃を終えたらしい。

しかし二キロもの距離で、しかも高度はまだ五〇〇メートル以上ある。

彼らが放った必殺の槍は、ヘンシェル社製He294と名付けられた、対艦誘導ミサイルHe293の発展的な新型であった。

弾頭部には八〇〇キロもの成形炸薬が詰められていて、喫水より上であれば、地球上に存在するすべての装甲を貫通する威力を持っている。

先ほどハルゼーの乗る空母チェサピークに小さな爆発が発生したのは、まさにHe294が命中した瞬間だったのだ。

たしかに、飛行甲板には直径二〇センチ程度の小さな穴が開くだけだ。しかし、下の格納庫では地獄の惨劇が始まっている。

飛行甲板を貫通した溶融金属噴流と超音速の爆風は、穴の直下にある格納庫内で直径一〇メートル内にあるあらゆるものを溶融・破砕する。

しかも勢いはそこで止まらず、格納庫床面に五〇センチの穴をあけ、中甲板装甲すら突き抜けて空母のバイタルパート内へ噴流を送りこんだ。

なにしろ金属すら燃焼溶融させる高温の噴流である。艦内に飛びこんだそれは、またたく間に猛烈な火災を発生させ、バイタルパートという閉鎖空間内に広がっていく。

ただの火災ではないため、初期消火が間にあわない。チェサピークの消火班が駆けつけた頃には、かなりの範囲にダメージが広がっているはずだった。

＊

先ほどの小爆発に首を傾《かし》げていたハルゼーは、すぐに艦内大火災という悲報を耳にすることになった。

ただちに消火を実施するよう命じたが、米海軍の優秀なダメージコントロールを熟知しているため、あまり気にしなかった。

また、飛行甲板の被害は小さな鉄板を溶接するだけで補修でき、攻撃隊の着艦に支障はないと聞き、ようやく安堵したところだった。

「味方攻撃隊より緊急連絡！」

一難去ったと思った時、新たな連絡が入った。

「敵空母部隊上空に多数のジェット直掩機あり。接近した艦爆隊の大半が撃墜され、支援した艦戦隊も大被害を受けた。これ以上の攻撃行動は不可能なため、これより撤収する。以上です！」

「敵に与えたダメージの報告はないのか」

「軽空母一隻の飛行甲板に命中とありましたが、それ以外は不明です！」

夕刻の出撃は半数出撃を行なった。これは日没が迫っていたので、全力出撃しているると夜になってしまうためだ。

しかし、正規空母三隻／軽空母三隻の半数に近い二〇〇機を出撃させたから、かなりの被害を敵艦隊に与えられると確信していた。

ところが結果を聞く限り、惨憺《さんたん》たるものとなっている。まさに誤算だった。

「……むう」

途端に仏頂面になったハルゼーは、しばし考え込んだあと参謀長を呼んだ。

「味方艦の被害は判明したか？　ざっとでいい」

「このチェサピークが中破判定です。あと、ヘムステッドが喫水付近に似たような被害を受け、あちらのほうは舷側装甲を破られ、二箇所のボイラーが火災で破壊されました。幸いにも火災はボイラーの蒸気で食い止められましたが、艦速が二〇ノット以下にまで落ちています。

軽空母ガッツに徹甲爆弾一発が命中。こちらは飛行甲板がめくれあがる大被害のため離着不能となっています。ほかの被害は報告されていませんが、直掩にあがっていた六〇機のうち二二機が撃墜されています」

六〇機もの艦戦を直掩につけて、なおかつ二二機も落とされた。これはもう、標的同然の性能差であることを物語っている。

「ということは、まだ二五〇機近く残っているな。よし、ただちに出撃させろ。第二次攻撃を実施する。飛べないのはガッツの飛行隊だけだから、二二〇機くらいは出せるだろう。

そうだな。これだけでは足りん。後方にいるモントゴメリーの第22任務部隊に連絡して、あっちからも攻撃隊を出させろ。ともかく出せるだけの機を出すんだ。すぐにやれ！」

「もう一五分ほどで日没ですが……。それに攻撃隊も三〇分ほどで戻ってきますので」

「つべこべ言わずにやれ！　我々が勝てるチャンスはいましかない。攻撃隊が戻ってくる前に全機離艦させろ。そして第二次攻撃隊の着艦時には、飛行甲板にランタンを灯して誘導しろ。そうすれば夜でも降りられるし、その訓練もやっただろうが

!!」

たしかに緊急避難的な理由で、夜間着艦訓練を行なったことがある。しかし、まさか実戦でそれを行なうとは参謀長も思っていなかったらしい。

「りょ、了解しましたッ!!」

参謀長は、まるで新兵のような声をあげた。慌てて航空参謀と航空隊長のところへ走っていく。

「ジェットだろうがなんだろうが、夜は飛べんはずだ。だからチャンスは、いましかない」

短い独り言だったが、それは如実にハルゼーの考えを示していた。

*

ハルゼーの第一次航空決戦は自由連合側の大敗に終わった。しかしハルゼーは負けを認めず、薄暮出撃・夜間着艦を覚悟の上で、第二次航空攻撃隊を出撃させた。

これには後方にいる、モントゴメリー少将率いる第22任務部隊の支援空母と護衛空母一二隻も参加、総数五〇〇機を超える凄まじい航空攻撃隊が出撃することとなった。

「敵のジェットと交戦する時は、編隊単位で当たれと命令されている。編隊五機で連動攻撃する訓練はしていないが、三機と二機に分かれての空中機動訓練は行なっているから、あれの応用でやれるはずだ。

　間違っても、一機や二機で敵ジェットに挑もうとするな。すでに五〇機近い仲間が、それで落とされている。敵ジェットはもの凄い速度で一撃離脱を仕掛けてくるし、どう見ても敵の火器は二〇ミリ以上だ。だから一発でも当たれば落とされる。いいな、絶対に編隊を離れるな。編隊長機の無線電話による指示通りに動け。それしか敵に勝つ方法はない。以上、飛行隊長」

　マイクのトークスイッチから指を離したチェサピーク戦闘機隊長のディビッド・ワトソン少佐は、本当にいまの命令でよかったのかと自問していた。

　むろん彼らは、ジェット機と対戦したことはない。そもそも自由連合には、まだ初期試作段階のジェットエンジンがあるだけで、ジェット機は試作機すら存在していないのだ。

　これまで何度も出撃し、多くの敵を屠《ほふ》ってきた。しかし、いまほど不安に感じることはなかった……。

「ドイツのほうが、ずっと進んでいる。本当に勝てるんだろうか」

この不安が、いま自由連合艦隊の空母艦上機乗りの心を押し潰そうとしている。

それにいち早く気づいたハルゼーだからこそ、すぐこの不安を払拭しないと、勝てる戦いも勝てないと悟ったのである。

すでに日没を過ぎ、空は次第に紺色へと染まりつつある。西の水平線はまだオレンジ色だが、東の水平線は早くも闇に溶けこもうとしていた。

『こちら、エンタープライズ戦闘隊長。左翼下方前方三キロに敵空母発見。超大型だ。間違いなくジェット機の母艦だ。敵直掩は少数。これより編隊単位で突入する。以上！』

明瞭な短距離空中電話通信が届いた。

ワトソンはチェサピーク飛行隊に割り当てられた周波数に切りかえると、すぐにマイクのスイッチを入れる。

「こちら戦闘機隊長。エンタープライズの連中が敵空母を発見した。こちらもただちに攻撃に移る。爆撃隊は戦闘隊が突入した隙に突っ込んでくれ。以上！」

あまり細かい指示を出しても、この暗さでは混乱するばかりだ。

幸いにも、敵の直掩機は少ないらしい。

やはり第一次攻撃を軽微な損害でしのいだことで、今夜はもう安心と考えたようだ。

そこに油断が生じる……。

ハルゼーの判断は間違っていなかった。

ワトソンは翼を小さく振ると、直率している第一編隊に追従するよう命令した。

すぐに二番機が横に並ぶ。

二・三シフトと呼ばれる、二機が前方に三機が後方に位置し、本来なら強敵二機を相手にするフォーメーションである。

闇に溶けこむようにして、いきなり斜め上から敵ジェット機が突入してきた。前もって警戒していなければ、おそらく一機は撃ち落とされていたはずだ。

しかし間一髪で銃撃を左右にかわし、すぐに旋回しはじめる。

これから追いかけても、とても間にあわない。チャンスは敵機が突入行動を終えて旋回上昇してくる時だ。

案の定、薄暗い中に明るいオレンジ色のジェット噴流が一本見える。上昇するため、大量の燃料を燃やして推力を得ている証拠だ。

「よし、行ける！」

あの炎を目印にすれば、精密に狙わなくとも当たる可能性が高い。

そう感じたワトソンは、電影照準器に頼らず自分の目で敵機の後方噴流を見はじめた。

距離八〇〇……。

敵は旋回を終え、鋭い角度で上昇しはじめている。だが、こちらの存在には気づいていない。

ワトソンは可能な限りスロットルを絞り、マフラーから排気炎が出ないよう気をつけていた。

射撃する直前、すばやく僚機の位置を確かめる。

右上方二〇メートルに、ぴたりと二番機が追従している。ほかの三機の確認はしなかった。あちらは三機一単位で行動しているため、三番機が誘導することになっている。

「落ちろ、このヤロー!」

あまり上品ではない言いまわしとともに、新型のF5Fウインドキャットの両翼から、一二・七ミリ機銃四挺が火を噴きはじめる。

そのほとんどが敵機に吸い込まれた。

――ボン！

音が聞こえてきそうな勢いで、尾部近くの単発ジェットエンジンから火が吹き出る。

すぐにそれは胴体中央部の爆発につながった。

「こちら隊長機！　敵機の防弾性能は低い。当たれば落ちる。エンジンを狙え!!」

おそらくドイツのジェット開発陣は、一撃離脱に特化した機体――すなわち、可能な限り軽量にすることで鋭い加速を生む機体を開発したに違いない。翼も直進するためには小さいほうがいい。

その結果、小回りが難しく、エンジンに当たれば致命的な被害に直結する艦上機になった。

もしかすると、レシプロ機からの銃撃を食らうこと自体、可能性として低いと考えていたのかもしれない。

当たる前に当てる。

先手必勝……。

これがドイツのジェット艦戦のコンセプトらしい。ならば、勝てる。

瞬時にそう判断したワトソンは、今日初めて余裕をもってコクピットの外を眺めることができた。

＊

第二次航空攻撃は、反対にハルゼー側の大勝利となった。

ワトソンが想定したとおり、敵は慢心して最低レベルの直掩機しかあげていなかった。

しかも五機が一丸となって襲いかかったため、またたく間に数機のジェットが落とされた。それを見た残りの機は、態勢を立て直すと同時に周辺の状況を確認するため、驚異的な加速を見せて空戦域を離脱した。

それにより撃墜をまぬがれた機も多かったが、そのぶんドイツ艦隊の上空直掩が薄くなり、そこに突っこんだハルゼー側の艦爆隊が、あたかも標的を狙うかのような正確さで、次々とドイツ側の空母へ急降下爆撃を実行したのである。

夜八時過ぎに終了した第二次航空攻撃により、正規空母ベルリン／ドナウ両艦が飛行甲板に五〇〇キロ徹甲爆弾を一発ずつ受け、ジェット機の離着艦が不可能になった。

この報告を聞いたレーダーは、長期間の戦闘はこちらに不利と悟り、すぐさま主力艦隊をキング大将率いる第1任務部隊のいる南西方向へと突入させはじめた。

これは夜間のうちに、強引に痛み分け覚悟の決戦を挑む決意をした証拠である。

対するキングの艦隊は、まさか敵主力打撃部隊が急速接近しているとは夢にも思わず、当初の予定通り、明日の夜明け時点でアゾレス諸島北方海域へ到達するため、対潜警戒を行ないつつ巡航速度で移動していた。

これらの状況から推測すると、両陣営の全水上打撃部隊がアゾレス諸島北方二〇〇キロ地点で、夜明け前に接敵する可能性が高くなってきた。

問題は、レーダー側は海戦必至と考え、準備万端整えて突進しているのに対し、キング側はまだ海戦は先と思っていることである。

そして、夜明け前の午前三時二分……。

長官室で寝ていたキングのもとへ、真っ青な顔色になった伝令が駆け込んできた。

「長官、ただちに艦橋へお越し下さい。水上レーダーが未確認の大艦隊を捉えました！」

「……味方艦ではないのか？」

眠い頭のまま、キングはおぼつかない声で聞いた。

「わかりません。現在、敵味方識別を実施中です。ですから、ただちに艦橋へ！」

「わかった、わかった。すぐに行く」

まだ敵艦隊とは信じられないキングは、伝令を長官室から追いだすと、普段と変わらない調子で軍服を着はじめた。

そして、長官室を出て左舷甲板へ出た時、前方一〇時の方向に、まばゆいばかりにきらめく大きな発射炎を目撃した。

「……！」

こちらに向かって撃っている。

間違いなく敵だった。

遠くで『敵艦、砲撃！』と叫ぶ観測員の声が聞こえる。キングの足は、すぐに全速で動きはじめた。

＊

「あらためて思うが……凄まじいもんだな」

H2級戦艦ゲルマニアの艦橋に陣取ったレーダー元帥は、一砲塔二門、合計で前部四門の四八センチ主砲が一斉に咆哮《ほうこう》をあげたのを見て、その凄まじさに驚きを隠せなかった。

それはいまが夜明け前の暗闇のため、よけいに発射炎が派手に見えることも関係している。

しかし四八センチは、文句なく現時点において世界最大の戦艦主砲である。

いま標的となっている自由連合艦隊総旗艦の最新戦艦オハイオですら、二センチ小さい四六センチというのに、これまで主流だった四〇センチ砲の二ランクも上の砲を搭載したことになる。

それどころではない。いまキールで建艦されているH3級戦艦の主砲は、なんと五〇センチとなっている。

ひたすら巨大なものに強い信頼を寄せるヒトラーらしい、なりふりかまわぬ大艦巨砲化だった。

ゲルマニアが射撃を開始して一二分後……。

ようやくキング艦隊の最新鋭戦艦オハイオ級が、四六センチ砲を撃ちはじめた。

「敵弾、夾叉《きょうさ》！」

初回斉射から夾叉するとは、恐るべき命中精度だ。おそらくキングは最新鋭の射撃レーダーをフルに使い、人類史上初のレーダー統制射撃を実施している。

このドイツも開発していない新技術は、英国技術陣の協力なしには完成できなかったものだ。

たとえ砲のサイズが二センチ違っても、砲門数はH2級が八門に対し、オハイオ級は九門と多い。

さらにはレーダー統制射撃があるため、遠距離ではドイツが有利なものの、接近すればキング側にも勝てる可能性が出てくる。

「敵艦隊、まっしぐらに接近中！」

「むう……」

こちらの主砲の威力に驚き、敵艦隊はコースを変えて回避すると見ていたレーダーは、思惑が外れて思わず唸り声をあげた。

「敵艦隊の突入に備えろ。敵はすれ違いざまに一撃を与えて、そのまま遁走するつもりだ」

ようやく自由連合側の意図に気づいたレーダーは、ピンチをチャンスに変える命令を発した。

＊

「夜明けまで、あと一時間一六分です」

砲弾が乱れ飛ぶ中、艦隊参謀長が報告しにきた。

「被害は出ているか」

いまのところ、オハイオに着弾はない。

いかに巨大な敵主砲であっても、当たらねば脅威にはならない。

「敵の外れ弾の着弾で、駆逐艦一隻が断片被害を受けて小破しました。いまのところ、それだけです」

「そうか。ならばいい」

キングとしてはこのまま乱戦に持ち込み、朝を待つのが最良の策となる。

朝になれば、後方に控えている未曾有の空母群が、ふたたび航空隊を出撃させることになっている。

いかにドイツの戦艦が堅牢でも、急降下爆撃を無数に食らえば沈む。となれば、航空機の数で圧倒している自由連合側が勝つ。

と、その時……。

――ズン！

鈍い振動とともに、かすかにオハイオの巨大な艦体が揺れた。

近くに潜水艦でも潜んでいたのかと、キングは渋い表情になった。

「雷撃か？　どこから……」

「南方向、距離一〇キロ付近に敵駆逐艦！」

『こちら水上レーダー室。南方一二キロ付近に中規模の二個艦隊がいる模様!!』

最初の報告は艦橋上部にある観測所から、伝音管を通じて伝えられたものだ。そして次のものは、艦内のレーダー室からの有線電話を艦橋にいる参謀が中継したものだった。

「別部隊か。まずいな……」

南方向には、たしか加藤艦隊がいるはず。

それを無視してこちらに向かっているということは、ナチス側はキング艦隊を主力部隊と断定し、集中攻撃を仕掛ける策に出たと考えるのが妥当だった。

これから加藤艦隊に連絡して移動させても、とても間にあわない。夜明けまでは、キング艦隊単独で戦うしかなかった。

＊

「今度こそ、一撃くらわせてやる！」

そう言った時のアルベルト・ダ・ザーラ中将は、まさに鬼神の形相《ぎょうそう》をしていた。

自由連合の主力部隊と思われる大艦隊が、北方向わずか六二キロにいると報告が入った。

それは報告というより、レーダー艦隊が周辺にいる全部隊に対して状況を知らせるため発信したもので、特定の相手に絞っての通信ではなかった。

スペインの軍港で補修を受けていたアルファ艦隊所属のイタリア西地中海艦隊は、いきなり連邦総司令部より緊急出撃命令を受け、仕方なく可動可能な艦をまとめて出撃した。

陣容は、戦艦カイオ・デュイリオ／重巡ザラ／軽巡アブルッチ／駆逐艦六隻のみ。もとの艦隊からすれば、まさに半減した規模であり、残存艦隊と呼ぶほうが相応しい。これで何かをできるとは、さすがにザーラも考えなかった。

そこで、同じ軍港で補修中のスペイン海軍にも出撃命令が出ているのを幸いに、スペイン艦隊との合同艦隊として出撃することにした。

ただし、両艦隊は合同訓練を行なったことがないため、ひとつの陣形を保って戦闘行動することができない。そこで二個艦隊に分かれるものの、あまり離れず艦隊単位で攻撃することになった。

そしていま、ザーラ率いるイタリア艦隊は駆逐艦二隻を先行させて、距離一〇キロで雷撃を敢行させた。それが偶然か訓練の賜物かはわからないが、一発だけ敵主力艦に命中した。

幸先のよい出来事……。

命中確認の報告と同時に、ザーラは艦隊全速で接近するよう命令を下した。

一〇キロ地点まで接近し、そこから砲雷撃戦を仕掛ける。

一撃したら逃げる。あとは、左舷側を進撃しているはずのスペイン艦隊とレーダー艦隊に任せる。

これ以上の被害は絶対に受けたくない。

さりとて戦果はほしい……。

祖国イタリアに戻った時の扱いまで考慮すると、これしか策はなかった。

＊

「加藤艦隊、まもなく到着するとの通信が入りました」

あと夜明けまで三〇分……。

東の水平線が、かすかに赤みを帯びはじめている。その状況で遅ればせながら、加藤艦隊が北上してきたらしい。

「あっちはあっちに任せる。こちらは現状を維持しつつ、可能な限り被害を低減するよう各艦へ伝えよ」

キングは戦艦オハイオ艦橋にある長官席に座り、次々と命令を発していた。

幸いにもオハイオへ命中した魚雷は、舷側装甲を破ることができず、バルジに大穴があいただけですんだ。それでも艦速はかなり低下したが、まだ戦える状態にある。

それよりも、南から突入してきたスペイン海軍所属らしい戦艦一隻／重巡一隻を含む小規模艦隊が、まるで駆逐戦隊のような勢いを保ったまま、キング艦隊の輪形陣に突入してきたことで、キング艦隊の統率が大きく乱れてしまった。

そこに、正面からやってきたドイツ主力艦隊の砲撃が集中したからたまらない。

前衛を担当していた重巡ロングアイランド／ペリーの二隻に、敵艦隊の第二列を構成する二隻の戦艦が、これでもかと四〇センチ主砲弾を叩き込んだのだ。

のちに判明したことだが、ペリーを撃沈し、ロングアイランドを大破に追いやったのは、H1級と呼ばれる戦艦ラインゴルド／ワルキューレの二隻だった。

前衛を破られたキング艦隊は、このまま主力戦艦群を晒して対抗するのはまずいと考え、拡大軽巡アストリア／ニューポートの二隻を直掩につけると、軽巡八隻・駆逐艦二四隻で構成される輪形陣外縁の駆逐隊八個のうち四個を、敵艦隊へ突入雷撃させる戦法に出た。

被害が拡大しかねない突入戦法は、まだ使わないつもりだった。しかし、それをやらねば夜明けを待たずに主力艦に被害が出る可能性が高くなったため、仕方なく次善の策に出たのである。

雷撃隊は果敢に戦った。

だが、軽巡一隻／駆逐艦三隻が沈められ、ほかの艦の多くも被弾するという無視できない被害を受けた。

肝心の戦果は、敵陣左右を守っていた戦艦のうち、右舷側にいた二隻――ビスマルク／シャルンホルストに二発の魚雷を命中させることに成功したものの、戦線離脱させるほどの被害ではなかったらしい。

それでも時間を稼ぐことだけは成功した。

白々と夜が明けはじめ、さしものドイツ艦隊も航空攻撃を恐れて撤収しはじめたのだ。

そこに南から加藤艦隊が強引に突入した。

それはキングも驚くほどの無謀さで、戦艦五隻が束になって敵陣中央に突っ込む姿は、もはや今次大戦では見られないと信じられていた艦隊決戦を髣髴《ほうふつ》とさせるものだった。

むろん加藤は軽巡を主力とする雷撃戦隊五個を左右に従え、自らの戦艦群を敵艦の的にするかたちで、いわゆる肉を切らせて骨を断つ一撃離脱戦法を実行したのである。

結果は、やはり痛み分け……。

これは加藤艦隊だけでなく、キング艦隊にもあてはまった。

夜間の水上決戦で多数の艦に被害を受けたキング艦隊と加藤艦隊は、それ単体で見れば海戦に負けたと判定されても仕方のない大被害を受けている。だが、夜明けまで敵艦隊を引き止めた。

味方の水上打撃部隊が、我が身を削る思いで稼いだチャンスを、ハルゼー以下の空母打撃群は、それこそ全力を出しきって朝の一撃に賭けたのである。

レーダー艦隊に押し寄せた自由連合艦隊の航空攻撃機は、総数なんと五八〇機。

ナチス側の空母部隊も昨夜に受けた大被害をはねのけ、四〇機ほどの支援ジェット戦闘機をレーダー艦隊へ送り届けたが、さすがに多勢に無勢。さらには編隊対応に徹した自由連合の艦戦により、徐々にその数を減らすとともに、レーダー艦隊の被害は幾何級数的に拡大していった。

航空攻撃で大被害を出したレーダー艦隊以下のナチス連邦艦隊。空母多数が健在な自由連合が有利と思えた、その時……。

時刻にして午前六時二〇分頃。

まさにトドメとなる朝の第二次航空攻撃の発艦態勢に入っていたモントゴメリー少将率いる第22任務部隊の支援空母・護衛空母合計一二隻は、突然の雷撃を受けて、またたく間に二隻の支援空母と三隻の護衛空母が沈められてしまった。

この海域は、夜間のあいだ乱戦模様となり、その間に決死の覚悟で接近してきた数隻のUボートがいたことに、誰も気づいていなかったのである。

夜間の乱戦の隙をついて、まんまとアーレイ・バーク大佐率いる対潜駆逐部隊をすりぬけたUボート部隊、彼らが今回の海戦の趨勢《すうせい》を決めた。

支援空母や護衛空母といえども、海軍将兵多数を乗せた軍艦には違いない。

それがいとも簡単に五隻も沈められたショックは、さしものキングであっても避けられないものだった。

これ以上の空母喪失の危険を冒すのは愚策……。

そう判断したキングは、退避行動に入ったナチス艦隊を見て作戦目的は充分に達成したと判断、ハルゼー以下の空母部隊すべてに、いったん安全な東海岸近くまで退避するよう命令を発した。

同時にバーク大佐の第21任務部隊に対し、周辺海域における潜水艦狩りを徹底して実施せよと命じた。

この判断は、のちに気弱すぎたのではないかとの批判に晒された。

だが、海軍で優位に立っている自由連合からすれば、ナチス連邦海軍に当面出撃できないほどの痛手を与えたのは事実である。

その結果、陸上戦闘を行なっている全戦線の自由連合部隊にとって、一方的に有利になると判断すれば、これは悪い状況ではない。

悪いというより、引き続き海軍の支援を受けられる自由連合側のほうが、陸上でも優位にたてるチャンスを作ったという意味では、キングの判断は正しいと言えるかもしれない。

そう判断する者も、確実に一定数いたのである。

かくして……。

一〇月二四日の朝に完全終了した大西洋大海戦の後も、第二次世界大戦自体は翌々年となる一九四四年の春まで続いたが、この時、世界の趨勢は決したと見る歴史家が多い。

その証拠にこの海戦以降、まず南米ナチス勢が完全に白旗を上げ、南北アメリカ大陸に自由連合の敵がいなくなったことがあげられる。

次に、中央アジアを南下していたロシア軍に対し、インド方面軍が正面から全力を持ってぶつかり、今次大戦最大の激戦が、アフガンからイラン国境にかけて展開されることになった。

一時的に中東方面への支援をやめてまでロシア軍に対処したインド方面軍だったが、それだけでは力負けしていたかもしれない。

しかし、同時に再突入を決行した中国派遣軍が、今度は被害を無視してロシア軍の柔らかな横腹を喰い破った結果、ロシア軍は一時的に身動きできない状況に陥ったのである。

その状況で膠着《こうちゃく》しているところに、出撃した祖国のロシアから正式に全軍撤収命令が届いた。

それまでナチス連邦との戦争を回避するため、国家としての態度を保留していたクーデター勢力だったが、少なくともナチス連邦から離脱する全軍撤収命令を出すことで、ナチス連邦への別離を表明したのである。

そして、ロシア国内に戻ったウラル方面軍は、二度と国外へ出ることはなかった。

モスクワを中心とした一九四三年七月の軍事蜂起は、のちにソビエト革命と呼ばれるようになった。

クーデターを成功させた軍部は、当初は態度保留のまま軍政を敷いたものの、それまでのナチスによる圧政に苦しんでいた国民を救うには、もはや民主社会主義しか選択肢がないと悟った。

これはシベリア共和国が、自由連合寄りの共和制を採用したことも関係している。

ナチス連邦の国家社会主義とは離別したいが、疲弊しきった国内に自由民主主義を導入すると、たちまち貧富の差が拡大し、国家そのものが崩壊する可能性さえある。

そこで、軍政と宥和《ゆうわ》しやすい民主社会主義を採用し、徐々に国力を蓄えたのち、ゆるやかに自由主義を取り入れようというプランが採用されたのである。

これによりシベリアに続いてロシアまでナチス連邦を去り、もはや趨勢は決した。

それでもヒトラーは、残存する連邦各国に檄《げき》を飛ばし、ヨーロッパ絶対防衛を宣言したものの、それは実質的に北アフリカ・極東・中東から手を引く宣言となった。

ここにきて、冬を乗りきったロシア満州方面軍は、祖国そのものが瓦解したため、完全孤立状況にあって方針を決められないままとなっていた。

状況からすれば、祖国で軍事クーデターが勃発したのだから、同じ軍部である満州方面軍も、ロシア本国の軍部に同調すればよいことになる。

だが、悪いことにロシア軍は方面軍単位で軍閥化していたため、ロシアを牛耳った西ロシア方面軍とウラル方面軍の指揮官たちとは、マスレニコフは政敵と言うべき立場だったのだ。

どちらかといえば、シベリア共和国大統領に着任したフルシチョフのほうが、マスレニコフと思想的に近かったのだが、すでに満州において督戦隊作戦を実行してしまったマスレニコフを、フルシチョフが容認して仲間とする可能性はほとんどない。

つまり、祖国がナチス連邦と別れを告げたというのに、マスレニコフはいまだに孤立しか選択する道がなかったのである。

そして、さらに半年近くが過ぎた一九四四年の二月。

ついに物資が底を尽き、守備地域の周辺からかき集めた食料もなくなった満州方面軍は、方面参謀長による謀反を経てマスレニコフを拘束、ようやく自由連合軍に全面降伏することになった。

そして第二次世界大戦は、一九四四年三月にフランス北部のカレーに対する上陸作戦と、同時に行なわれたフランス南部にあるモンペリエ西方の浜辺に対する大規模上陸作戦によって、ヨーロッパ以外の戦線は終了を迎えた。

そして一九四四年六月にイタリア降伏、一〇月二六日にベルリンへ突入した自由連合軍により、ついに大戦は終了を迎えたのである。

ヒトラーは最後まで総統府地下の要塞施設に引きこもり、二六日朝に自らの拳銃で自殺した。しかし死体が発見されたのは、総統府にいたゲッベルスが白旗を上げた後だった。

これに先立ち、日本は一九四四年二月のロシア満州方面軍降伏をもって極東大戦の終了を宣言、ただちにシベリア共和国との講和条約にむけての交渉に入った。

これには中華民国とアメリカ合衆国も参加し、当初、樺太全域と千島列島全域を日本領として認めさせれば交渉成功と踏んでいた日本だったが、中華民国が満州地域の統治権を放棄すると言いはじめた。

蔣介石としては、もともと中国の版図に入っていない満州を押しつけられては、中国本土の戦後復興に支障を来すと考えたらしい。

そこで戦前と同様に、満州および朝鮮半島をひとつの地域と見なし、合衆国・英国・オーストラリア・日本・カナダによる合同委任統治地域として、とりあえず九年間の暫定統治期間を設置して合意に達した。

その上で合衆国は、いまだ未知数のシベリア共和国と、冬場にベーリング海峡が凍結することでアラスカと地続きになることを懸念し、日本に対し千島列島だけでなく、その先にあるカムチャッカ半島と、カムチャッカ半島西側の付け根から北極海に至るまでを直線で引いた東側の広大なエリアを、全面的な日本の委任統治領として管理監督するよう要請してきた。

この条件を呑めば、合衆国はシベリア共和国との二国間平和条約を締結すると宣言したため、今後の国土発展に苦慮していたフルシチョフは、どうせ無人で未開発地域となっているシベリア最東端地域と引き替えに西側陣営に参入できるのならと、喜んで合衆国の出した条件を受け入れることになった。

こうなると日本も拒否できず、ともかく委任統治に関しては了承したものの、その後の極東シベリア開発は遅々として進まず、二一世紀に至るまで日本発展の足枷となった。

もしかすると合衆国は、極東におけるこれ以上の日本の発展を内心では危惧し、カムチャッカ半島と極東シベリア地域を管理させることで国力を削《そ》ぐ策に出たのではないかと、いま現在も密かに陰謀論として囁《ささや》かれている。

なお、西暦二〇四三年まで委任統治されることになった朝鮮半島と満州は、各国入り乱れての政治的な実験場と化している。

そして重要なことだが、大戦中に英国が阻止したドイツによる核兵器開発は、戦後になって合衆国が引きつぐ形となったが、合衆国一国だけが核兵器を保有するのは自由連合の主旨にそぐわないとし、開発途中で全面的な廃止措置が取られた。

その後、エネルギー問題の観点から核兵器を製造できないタイプの原子炉が開発され、現在の世界は平和利用のみを目的とした核施設を運用している（当然のことだが、秘密裏に核兵器を開発しようとした国は、自動的に自由連合加盟国すべての敵とみなし、ただちに軍事行動で制圧するという国際条約が締結されている)。

ドイツは戦後、完全にナチス体制を滅却され、自由連合軍による軍事占領を経て、二五年後、ようやくドイツ共和国として再出発した。

その間、疲弊した西ヨーロッパを支えたのは、晴れて独立を果たした東ヨーロッパ各国であり、そのとなりとなるソビエト社会主義共和国は、シベリア共和国との軋轢《あつれき》から軍事国家としての閉鎖的な運用を余儀なくされたものの、その軍事力の大半はシベリア共和国へ向けられ、東ヨーロッパ諸国の脅威とはならなかった。

結果的に、ロシアは東西に分断されたことになるが、もともと多民族国家だったせいで国家統一の気運はまるで起こらず、現状維持を望む国民が双方の過半数を占めている。

インドは独立を果たしたものの、国内に自由民主主義者とイスラム教／ヒンズー教などの宗教勢力、そして厳格なカースト制度もあって、いまだに国内紛争が相次いでいる。

戦時中は自由連合軍が国内治安の維持を担当していたが、戦後の独立とともに全軍が撤収してインド国軍のみとなった結果、インド国軍内部でも各種の確執が表面化して、なかなか解決の糸口を見いだせないでいる。

これに対し、早期に国土統一を果たした中華民国だったが、戦後に政府内部で蔣介石独裁派と民主統治派が対立するようになり、一九六〇年代に大規模な内戦が勃発した。蔣介石に対抗して民主中国を唱えて戦ったのが、かつてのナチスチャイナから離脱した周恩来である。

双方の派閥とも自由連合に対して軍事的な支援を要請したが、自由連合は内政不干渉を理由に拒否した。

その後に内戦が泥沼化した結果、広州を中心とする華南共和国（周恩来派）と、南京を首都とする中華民国に分裂したまま今日を迎えている。

自由連合内においても、国家間の格差を原因とする新たな確執が生まれており、最近の合衆国は保護主義的な様相を見せはじめている。

対する日本と華南共和国は、アジア経済圏をまとめようと懸命になっているが、各国の思惑がうずまく満州・朝鮮保護区（委任統治領から名前が変わった）での動きが足枷《あしかせ》となり、なかなかうまくいっていない。

世界は、いまだに渾沌《こんとん》の中にあり、これから先、いかなる運命が待ちうけているのか……。

それは現在に生きる全世界の国民すべてが行なう、ごくささいな判断の一つひとつで決まるのかもしれない。

小さな個々の判断も、いくつか集まると民衆の声となり、それが国家規模になると自由連合すら無視できなくなる。

ただ、その自覚が各国民にあるかといえば、はなはだ怪しいのが現状であった。

(世界最終大戦　了)

第二部資料

〈自由連合大西洋作戦艦隊〉

総指揮　アーネスト・キング大将
総旗艦　オハイオ

◎第1任務部隊（アーネスト・キング大将）

戦艦　オハイオ／ワシントン
ネバダ／オレゴン／アイダホ
重巡　ロングアイランド／ペリー／バハマ
拡大軽巡　アストリア／ニューポート
軽巡　八隻
駆逐艦　二四隻

◎第2任務部隊（ウイリアム・ハルゼー中将）

＊地中海作戦後、ハルゼー部隊に合流するかたちで洋上再編された

合同旗艦　フランクリン
正規空母　フランクリン／シャングリラ
　　　　　白鶴／ラリタン／ヘムステッド
正規空母　チェサピーク／エンタープライズ
　　　　　ヘムステッド
軽空母　マザーホーク／ブルースワロー
　　　　ガッツ／涛鷹
　　　　ブルーヘッド／クラウンイーグル
軽巡　シマロン／イエローストン／バークレー
　　　リムパック級　八隻
駆逐艦　三二隻

◎7任務部隊（ウイリアム・ハルゼー中将）

＊在米日海軍第一派遣艦隊と米第7任務部隊の空母、さらに追加配備の空母を加え

た機動部隊

正規空母　チェサピーク／エンタープライズ

　　　　　ヘムステッド

軽空母　ブルースワロー／ガッツ／涛鷹

軽巡　シマロン／イエローストン／バークレー

　　　リムパックA-01／02／03

駆逐艦　二〇隻

◎第22任務部隊（モントゴメリー少将）

＊自由連合海軍合同支援空母部隊

支援空母　アッツ／キスカ／マウイ／モロカイ

護衛空母　モンテレーベイ／サンパブロベイ

　　　　　サンファラロンズベイ／スイスンベイ

　　　　　セティル／モンクトン（カナダ海軍）

軽巡ティファナ級　フレーザー／キャンプ（オーストラリア海軍）
軽巡リムパック級　二隻
駆逐艦　二八隻　六隻

◎第9任務部隊（加藤隆義中将）

＊在米日海軍第一派遣艦隊と米第7任務部隊打撃艦・追加の戦艦／直掩用の支援空母を加えた打撃部隊

部隊旗艦　戦艦ジョージア
戦艦　ジョージア／ニューメキシコ
　バージニア／ルイジアナ
　阿波
支援空母　ネグロス／ニイハウ
重巡　ジャクソンビル／サヴァナ／オンタリオ
　琵琶

軽巡　基隆／伊豆／三宅
　　リムパックA－04／05／06
駆逐艦　二四隻

◎**特別支援艦隊（トーマス・C・キンケード少将）**
＊加藤艦隊の要請により、可動していた沿岸防衛部隊から編成された
＊本来はアーネスト・キング大将率いる合衆国東海岸防衛艦隊所属の艦群を臨時編成
＊あくまで緊急編成のため、任務部隊ナンバーはついていない
＊寄せ集めのため旧型から完成直後の訓練中のものまである
旗艦　アラバマ（トーマス・C・キンケード少将）
戦艦　アラバマ／フロリダ
正規空母　ワスプ
軽空母　ホワイトイーグル／エルコンドル
支援空母　グアダルーペ／カフラウエ

重巡　オリンピア／ボストン
拡大軽巡　バンドン
軽巡　ティファナ／バークレー
　　タコマ／マイアミ
駆逐艦　二四隻

独立第1襲撃艦部隊　フランク・R・ウオーカー大佐
第1隊　シーウルフW―01〜05
第2隊　シーウルフW―06〜10
第3隊　シーウルフW―11〜15
第4隊　シーウルフW―16〜20
第5隊　シーウルフW―21〜25

◎第10任務部隊（マーク・A・ミッチャー少将）
＊加藤艦隊支援用の護衛空母部隊

軽巡　ニューヘブン
護衛空母　モンテレーベイ／サンパブロベイ
セイアベイ／オイスターベイ
駆逐艦　一二隻
搭載機　艦戦一五機×4
艦爆一二機×4
艦攻　五機×4

〈中東方面作戦艦隊〉

◎自由連合海軍合同中東支援航空艦隊（ウイリアム・F・センピル少将）
支援空母　シンガポール／ネグロス
モルジブ／バンガン
軽巡　アデレード／メルボルン／パタニ／チタゴン
駆逐艦　一六隻

〈ナチス連邦大西洋作戦艦隊〉

（1）アルファ艦隊（アルベルト・ダ・ザーラ中将）
イタリア海軍西地中海艦隊
戦艦　リットリオ／カイオ・デュイリオ
正規空母　アキュラ
軽空母　サルデーニャ
重巡　ザラ／フューメ
軽巡　アブルッチ／ガルバルディ
駆逐艦　八隻

（2）ポルトガル哨戒艦隊
軽巡　バスコ・ダ・ガマ
水上機母艦　サカデュラ・カブラル
重駆逐艦　ダン／リマ／テージュ

駆逐艦　四隻
フリゲート　六隻

（3）ドイツ巡洋艦隊

重巡　ベルン
軽巡　ブロッケン／ブレーメン
駆逐艦　一四隻

（4）フランス軽空母艦隊（クロード・キルヒナー少将）

戦艦　リシュリュー／ダンケルク
軽空母　ジョッフル／ベアルン
軽巡　ラモット・ピケ／グロワールⅡ
　エドガール・キネ／ワルデック・ルソー
駆逐艦　一〇隻

（5）ドイツ大西洋派遣潜水艦隊

Uボート　九個部隊　四五隻

〈ナチス連邦大西洋決戦艦隊〉

＊大西洋作戦が失敗に終わった結果、ヒトラーが連邦の運命を託して編成した決戦艦隊

総指揮　エーリッヒ・フォン・レーダー元帥
総旗艦　H2級戦艦　ゲルマニア

（1）ドイツ艦隊

戦艦　ゲルマニア／ドリッテスライヒ
ラインゴルド／ワルキューレ
ビスマルク／テルピッツ
シャルンホルスト／グナイゼナウ
ジェット正規空母　ベルリン／ドナウ
正規空母　グラーフツエッペリン

軽空母　リューベク／キール／エッカーンフェルデ
重巡　ヒッパー／ブリュヒャー／オイゲン
ザイドリッツ／リュッツオウ
軽巡　エムデン級　二隻
ケーニヒスベルグ級　四隻
フェーマルン級　八隻
駆逐艦　四八隻

（2）フランス艦隊

戦艦　リシュリュー／クレマンソー
軽空母　ベアルン／ジョッフル
重巡　アルジェリー／デュプレ
シュフラン
軽巡　デュゲイ級　二隻
ベルタン級　二隻
ガリソニエール級　四隻

駆逐艦　二八隻

（3）オランダ海軍

戦艦　ダンケルク

軽空母　テッセル

軽巡　エイセル級　二隻

駆逐艦　一二隻

（4）スペイン海軍

戦艦　エルガウデリオ（被害修復途中で参加）

重巡　オルランド／ビセンテ

軽巡　四隻

駆逐艦　一六隻

（5）イタリア海軍（アルファ艦隊残存艦）

戦艦　カイオ・デュイリオ

重巡　ザラ
軽巡　アブルッチ
駆逐艦　六隻

〈自由連合エジプト方面作戦艦隊〉

◎中東支援航空艦隊
軽巡　ジャカルタ／コーチン／ソンクラ
支援空母　シンガポール／ネグロス
　　　　モルジブ／バンカン
駆逐艦　一二隻
艦戦　一六機×4
艦爆　一四機×4
艦攻　一〇機×4

コスミック文庫

世《せ》界《かい》最《さい》終《しゅう》大《たい》戦《せん》 3
全世界同時大戦

2023年9月25日　初版発行

【著 者】
羅《ら》門《もん》祐《ゆう》人《と》

【発行者】
佐藤広野

【発 行】
株式会社コスミック出版
〒154-0002 東京都世田谷区下馬 6-15-4
代表　TEL.03（5432）7081
営業　TEL.03（5432）7084
　　　FAX.03（5432）7088
編集　TEL.03（5432）7086
　　　FAX.03（5432）7090

【ホームページ】
https://www.cosmicpub.com/

【振替口座】
00110-8-611382

【印刷／製本】
中央精版印刷株式会社

乱丁・落丁本は、小社へ直接お送り下さい。郵送料小社負担にて
お取り替え致します。定価はカバーに表示してあります。

ISBN978-4-7747-6503-7 C0193